# 中国古代小说简史

赵毓龙　胡胜 ⊙ 著

辽宁人民出版社

ⓒ赵毓龙　胡胜　　2023

**图书在版编目（CIP）数据**

中国古代小说简史 / 赵毓龙，胡胜著 . —沈阳：
辽宁人民出版社，2023.7
（博文书系）
ISBN 978-7-205-10759-8

Ⅰ . ①中… Ⅱ . ①赵… ②胡… Ⅲ . ①古典小说—小
说史—中国 Ⅳ . ① I207.409

中国国家版本馆 CIP 数据核字（2023）第 081129 号

出版发行：辽宁人民出版社
　　　　　地址：沈阳市和平区十一纬路 25 号　邮编：110003
　　　　　电话：024-23284321（邮　购）　024-23284324（发行部）
　　　　　传真：024-23284191（发行部）　024-23284304（办公室）
　　　　　http://www.lnpph.com.cn
印　　刷：辽宁新华印务有限公司
幅面尺寸：170mm×240mm
印　　张：22.25
字　　数：350 千字
出版时间：2023 年 7 月第 1 版
印刷时间：2023 年 7 月第 1 次印刷
责任编辑：阎伟萍　孙　雯
装帧设计：留白文化
责任校对：冯　莹
书　　号：ISBN 978-7-205-10759-8

定　　价：88.00 元

# 目　录

# 绪　论

## 第一节　小说之概念

有道是"名不正，则言不顺"，要梳理中国古代小说的发展历程，必须先为其"正名"，这里说的是辨明小说的概念。只有搞清楚概念，我们才能明确哪些文本属于这部"简史"描述、讨论的范畴。

从现代学科分类体系之下的文学立场出发，给小说下定义是比较容易的。所谓"小说"，是一种以虚构为本质、以散文为主体的叙事文学体裁。谭光辉在《小说叙述理论研究》一书中的定义更加全面："小说是被理解为过去向度的以叙述者意图为解释中心的散文体语言虚构叙述文本。"[①] 可以说，无论古今中外，但凡被现代人归入文学阵营的小说作品，都符合该定义的描述。

然而，当我们将视点移至前现代的中国社会，在传统文化这一基本语境中考察"小说"时，会发现很难给它下一个明确的定义。

有两道屏障横在我们面前：古人言语中的"小说"往往不被视作"文学"作品，也不是"一种文体"。而这里所谓"古人"，也仅仅是笼统言之。在不同的历史时期，基于不同的文化阶层、学术教养、艺术经验和言说意图，每一群（甚至具体到每一位）"古人"口中的"小说"，其内涵与外延都存在差异。要在这些历时性和共时性的差异中总结出规律，梳理出线索，并形成一个定义，确实不是一件容易的事情。

---

① 谭光辉：《小说叙述理论研究》，北京：商务印书馆，2019年，第11页。

好在解决问题的思路是清晰的，那就是回归古人言说的具体语境，本着实事求是的态度，做到具体问题具体分析，尊重中国古代小说的历史实际和民族文化特质。更进一步说，就是不以现代意义的"文学"为准绳，转而历史地、辩证地去看待古人所理解的"小说"；换句话讲，就是还原"小说"在古人心目中的历史文化形象。

那么，"小说"在古代是怎样一种历史文化形象呢？杨义先生有一个生动的比喻——拉杂文体的收容队。[1] 这里，有两个关键词："拉杂"和"收容队"。何谓"拉杂"？它包含两个层面的意思：一是多，二是乱。由此可知其不是一种"文体"，而是一个容纳着各种文体的"文类"。何谓"收容队"？指其麾下兵丁大抵是不为主流文化（或曰大宗文化）所接受的"散兵游勇"。这样一支队伍，在古人心目中是一个什么文化地位，也就可以想见了，无怪乎称其为"小"说。

这种以"小"视之的态度，可追溯至"小说"一词出现。就目前所见，"小说"一词最早出现于《庄子·外物》：

> 饰小说以干县令，其于大达亦远矣。[2]

这里的"小说"，应该还不是一个固定短语，只是临时凑合，指称浅识小语。言其"小"，既指话语形态，也指文化品位。庄子认为，修饰这种浅识小语，以谋求高名令闻，与"大智慧"就差得很远了，其中的贬抑态度是比较明显的。

到了东汉的桓谭口中，"小说"已经成为独立门类，称作"小说家"：

> 若其小说家合丛残小语，近取譬论，以作短书，治身理家，有可观之辞。[3]

---

① 杨义：《中国古典小说史论》，北京：中国社会科学出版社，2004 年，第 1 页。
② （清）郭庆藩：《庄子集释》，北京：中华书局，1961 年，第 925 页。
③ （南朝梁）萧统：《文选》，上海：上海古籍出版社，1986 年，第 1453 页。

从"丛残小语"和"短书"的表述，可知"小说家"的文本形态——属于零星片段式的短小话语。桓谭虽然肯定了这类文本"治身理家"的社会功能，但此一时期的小说，其实已经被排斥在主流文化圈子之外了。班固《汉书·艺文志》"小说家"小序言：

> 小说家者流，盖出于稗官。街谈巷语，道听途说者之所造也。孔子曰："虽小道，必有可观者焉，致远恐泥，是以君子弗为也。"然亦弗灭也。闾里小知者之所及，亦使缀而不忘。如或一言可采，此亦刍荛狂夫之议也。①

在《汉书·艺文志》的"诸子略"中，"小说家"是第十家，居于最末，前九家是儒、道、阴阳、法、名、墨、纵横、杂、农。排名不是不分先后的，顺序本身就直接反映着学科地位。在"诸子略"的类序中，班固说："诸子十家，其可观者九家而已。"明确将"小说"排斥在外。考虑到《汉书·艺文志》是继承刘歆《七略》而来的，这种态度的形成时间应该早至西汉后期。不过，一个颇可玩味的事实是：小说虽被视作不入流的文本，其篇数却是诸子十家中最多的。胡应麟在《九流绪论》中分析该现象："夫好者弥多，传者弥众，传者日众则作者日繁"②，可谓一语中的。尽管精英知识分子借夫子之口给"小说"定了性，大众的文化消费需求却保证了这类文本的大量生产与传播。

当然，大众的文化选择不影响传统文士的价值判断，直到清代《四库全书总目提要》，小说仍是"不入流"的文本。虽然四库馆臣肯定其中部分作品具有"寓劝诫，广见闻，资考证"的积极功能，但在其价值系统里，更多作品仍是一副"诬谩失真，妖妄荧听"的鄙陋形象，小说的文化地位也没有多少提升。可以说，在漫长的前现代中国社会，小说都被困在"小道"这张粗麻裹布里，难以翻身。更不用说许多在今天看来具有极高文学品位的小说（尤其白话

---

① 陈国庆：《汉书艺文志注释汇编》，北京：中华书局，1983年，第163页。
② （明）胡应麟：《少室山房笔丛》，上海：上海书店出版社，2009年，第282页。

小说）作品，连在这一价值系统里"溜边儿"的资格都没有。

那么，按照这样的观念和逻辑，小说史又何以成立呢？难道就是描述这些拉杂文本的"困顿史"吗？答案当然是否定的。我们固然要尊重传统社会官方学术的学科分类意识，但也要结合小说文本生产、消费、接受、批评的历史实际，尤其要历史地、辩证地考察"小说"之内涵与外延的融合、嬗变、迁移，这样才是真正基于唯物史观的小说史梳理。更进一步说，我们应该充分认识到"小说"概念的复杂性、运动性，不能将其限定在特定的、单一的逻辑线索中，静止地、机械地去看待。对此，古人已有所认识，如清代学者刘廷玑言："小说之名虽同，而古今之别则相去天渊。"[1] 基于当时小说文本生产与消费的实际，刘氏已经注意到官方学术分类观念中的"小说"，其实不能涵盖传播实际中的所有文本。今人在这方面的讨论则更为清晰，也更具现代学理性。

谭帆先生曾总结，作为术语的"小说"，其概念应包含五个方面的内容：其一，它是无关政教的"小道"；其二，它是区别于正史的野史、杂传；其三，它是一种表演伎艺；其四，它是一种虚构的叙事散文；其五，它是通俗叙事文体的统称。[2] 具体说来，"小道"这一概念是最早确立下来的，我们上文的讨论，基本是围绕此概念展开的。它既是一种官方学术分类观念，也是小说在前现代中国的一个基本的历史形象。作为野史、杂传的小说概念，是在南北朝形成的，这主要得益于魏晋以来史部著述的长足发展，其标志是《殷芸小说》的问世。这部书是殷芸受梁武帝敕命而编撰的，姚振宗《隋书经籍志考证》称："案此殆是梁武作通史时事，凡不经之说为通史所不取者，皆令殷芸别集为小说，是此小说因通史而作，犹通史之外乘也。"[3] 可知书中内容都是官修史书不收的"边角馀料"，就文本性质而言仍属史部，却名之以"小说"，由此可见六朝人对"小说"的理解已然发生变化，"小说"之内涵得以拓展；作为表演伎

---

[1]（清）刘廷玑：《在园杂志》，北京：中华书局，2005 年，第 82—83 页。
[2] 谭帆：《中国小说史研究之检讨》，上海：上海古籍出版社，2020 年，第 101—123 页。
[3]（清）姚振宗：《隋书经籍志考证》，北京：中华书局，1955 年，第 5537 页。

艺的小说，三国时期就已出现了，唐代发展为独立的职业化表演，宋元时期进一步商业化，并明确为"说话四家"之一，由场上文艺向案头文艺演进；明清时期，伴随着通俗叙事文学走向繁荣，将"小说"理解为"虚构的叙事散文"，逐渐成为一种共识，以"四大奇书"和《红楼梦》《儒林外史》《聊斋志异》等为代表的通俗叙事文本，之所以被我们纳入古典"小说"阵营，正是基于这一概念的形成与传播；最后，所谓"通俗叙事文体的统称"，指在晚清以来的言说习惯中，"小说"经常被用来泛指包括戏曲、说唱在内的各类俗文学文本。此一时期，虽不乏强调明辨文体者，如别士在《小说原理》中说："曲本、弹词之类，亦摄于小说之中，其实与小说之渊源甚异。"[1]但更多人习惯笼统称之，别士之言也正可用以反证这种观点在当时之流行，如阿英《小说闲谈》一书，就涵盖小说、戏曲、说唱等多种文体。

可以看到，在传统文化语境内，"小说"概念是复杂的、动态的，而从梳理古代"小说简史"的立场出发，我们取以上所论"小说"概念的前四个方面。这四个方面所圈定的文本，就是本书要描述、讨论的对象。

# 第二节　小说之体式

既然古代小说的概念是复杂的、动态的，其中涵盖的文本自然也是体异性殊的，在历史演进的"赛道"中分头并进又彼此影响的。

以语言媒介为标准，我们可以首先将其分为两大系统：一是文言小说，一是白话小说。每个系统中又包含许多具体的体式。概而言之，文言小说中包括志怪小说、志人小说、杂传小说、传奇小说等，白话小说中包含话本小说、拟话本小说、章回小说等。其下还可以再细分，如以题材内容为标准，章回小说可以分为历史演义、英雄传奇、神魔小说、世情小说等。

---

[1] 陈平原、夏晓虹编：《清末民初小说理论资料》，北京：北京大学出版社，2021年，第85页。

当然，这种看起来脉系分明的划分，只是对古代小说纷繁复杂之历史实际的一种简单化处理，进而形成的一种文学史"刻板印象"。古代小说的发生、发展不是按照这张事先画好的"图纸"执行的，而是在连续的、统一的历史时空中缓慢演进的，后人试图从这些庞大而复杂的对象中梳理出一条线索，描画出其演进轨迹，甚至建立起对象之间的"源流"关系（这又经常被处理成一种"时间—因果"关系），构造出一个系统的"历史进程图"，以便指导人们认知古代小说，必然导致简单化处理。好比我们要画一幅"景点导览图"，为了突出"景点"，我们会改变整幅画面的比例关系，放大"景点"形象（"景点"之间的比例，又会因绘图者对其重要性的判断而进一步调整）；在"景点"形象内部，我们又会选择性地呈现"主题场景"，一些场景（如旋转木马、过山车、海豚表演场等）得以清晰呈现，一些场景（如喷泉、连廊、花坛等）则被淡化或简化处理，甚至干脆被省略掉；"景点"本身是一种空间布局，但为了建立起一个指导性的"游览线索"，我们习惯以"箭头"标出路线，而"箭头"在构造空间关系的同时，也会自动生成一种时间关系。可以说，所有的文学史都是这样一幅"导览图"，其对历史实际的简单化处理是必然的，只是程度不同而已。这与撰写者的学术修养和治学态度没有根本关系，而是由"导览图"的表现成规所决定的。只不过，我们需要意识到"导览图"的弊端，不以其为"寻云陟累榭"之文艺探索活动的唯一指导，也不能将其勾勒出的"景观"直接等同于历史真实。

这里，我们可以举一个例子来说明。有关唐代传奇小说之形成，鲁迅先生有一经典结论："传奇者流，源盖出于志怪。"[1] 该结论在六朝志怪与唐传奇这两大小说体式之间标识出一个"箭头"，建立起一种直接的、单向的历史关系，因其符合文学进化论的逻辑（由简单到繁复；由低级向高级；由不成熟至成熟），并能够有效解释一些具体的文学现象（如王度的《古镜记》，虽然篇幅漫长，却更像是由一系列志怪小说串联而成的整体），从而成为小说史的一个刻板印象。

①鲁迅：《中国小说史略》，北京：商务印书馆，2017年，第65页。

首先应当承认，该结论有其充分的合理性，但同时也要看到其中粗疏、草率的成分。所谓"源盖出于志怪"，讨论的不是故事传播的问题，而是文体渊源的问题。六朝时期的传说故事流行至唐代，成为唐人知识结构的一部分，在"征异话奇"的剧谈活动中充当话语"作料"，这是历史实际，却与文体嬗变无直接关系。而既言"出于志怪"，则唐传奇应在文体成规、叙述经验、审美传统等方面对六朝志怪有直接的继承，但事实上，"只要仔细对阅六朝志怪和唐传奇小说作品，便可以强烈感觉到两者在篇幅、结构、语言、表达方式等文体要素方面的显著差异"[①]。这些差异的来源是多元的、复杂的，其中与传奇渊源关系最近的应该是同为单篇叙述散文的六朝杂传。毕竟，唐人心目中其实是没有"传奇"这一文体观念的（这些作品当时也不被称作"传奇"，而是"某记"或"某传"），唐人的"小说"观念是在与正史体裁的比照中逐渐形成的，与小说一同站在正史"对面"的兄弟正是杂传——那些因传主身份、题材性质、叙述态度等原因而无法跻身正史行列的"史官之末事"。正如程毅中先生所言："从小说史上看，小说与杂传合流，或者说把杂传归并入小说，就更多地发扬了传记文学的传统。唐人用传记体写小说，或者说用小说手法写传记，就把小说的艺术性提高了一步。"[②] 所以，要讨论唐传奇的文体特征，主要是辨析其与杂传的"同中之异，异中之同"。

当然，要把传奇与杂传这对儿难兄难弟完全区别开来，也不是一件容易的事情。我们固然可以这样说：传奇中"文学想象"的成分要多一些，杂传中"历史构造"的成分要多一些。但"多少"的量化标准在哪里？"文学想象"与"历史构造"的"质"的区别又以何为尺度？恐怕都是"剪不断，理还乱"的问题，而小说史中类似的问题，其实不胜枚举。

所以说，小说的各种体式之间并不总是泾渭分明的，其因缘嬗变关系是复杂的，可能是"同源异脉"的，也可能是"多源汇流"的。而在演进的过程中，不同体式的小说也会相互影响，彼此干涉，甚至被"带节奏"。如上文所

---

① 孙逊：《孙逊学术文集》第 3 卷，上海：上海古籍出版社，2021 年，第 139 页。
② 程毅中：《唐代小说史》，北京：人民文学出版社，2003 年，第 5 页。

列章回体小说中的历史演义、英雄传奇、神魔小说、世情小说诸体式，从元末明初以至明晚期，它们相继确立，成为大众文化消费市场的主流，但入清之后，前三种体式都存在"世情化"倾向，出现了《隋炀帝艳史》《儿女英雄传》《绿野仙踪》等作品。以《绿野仙踪》为例，按小说史归类，我们一般将其视作神魔小说。既言神魔小说，则应以神魔斗法较量为主体情节，但该书以冷于冰、温如玉两个人物为线索，分别串联起"神魔"情节与"世情"情节，体式形象开始变得模糊。不仅如此，"其中的世情描写精彩绝伦，而神魔部分倒显得平板乏味"①，看上去更像一部羼入神魔成分的世情小说。无怪乎后世评论者经常将之与《金瓶梅》《儒林外史》等书相提并论，可以说本书就是被"带节奏"的典型。

同时，需要注意："文言"与"白话"也不是两条完全隔绝的"赛道"。白话小说不仅经常在本事、原型、主题等方面倚赖文言小说，在结构、情节、场景等方面也存在与文言小说叙事经验的交流，比如将冯梦龙的文言小说集《情史》与其拟话本"三言"进行对看的话，即可发现叙事经验方面的借鉴。而白话羼入文言，本身就是古代叙述语言演进的一个历史实际。尤其在小说中，叙述者为了在场景中体现人物"声口"，往往自觉或不自觉地使用白话。如《世说新语》习惯以对话场景结构文本，人物对话中保存了大量当时的日常口语，如"阿堵""暗当""伧父"等。而白话与文言还可以进一步结合、交融，构成一种风格化的整体语言风貌。如《三国演义》的语言是"文不甚深，言不甚俗"的，其主体叙述语言是一种浅近文言，人物对话则经常使用口语性较强的白话。这种语言风貌与本书"通俗演义"的编创主旨相适应，有利于营构历史氛围，在行文中直接引入史料文献也不会显得突兀，能够使读者"易观易入"，做到雅俗共赏，就是一种很成功的尝试。

以上，讨论古代小说诸体式之间的因缘嬗变关系，意在说明古代小说的文体研究是一项复杂而浩繁的工程，既需要整体性观照，也需要细致的个案分析。本书既以"简史"为名，则必然更依赖"导览图"的书写逻辑，尤其强调

① 胡胜：《明清神魔小说研究》，北京：中国社会科学出版社，2004年，第111页。

"主题场景"（某体式的代表性文本，特别是开山或扛鼎之作），在勾勒古代小说史形象的过程中难免略过不少"可观的风景"。在此，先告个罪，请诸君谅解。

## 第三节　小说之功能

所谓"好者弥多"，小说之所以为大众所好，因其在古人的文化生活中承担了重要功能。其中，有三个功能最为突出，一是审美功能，二是史料功能，三是知识功能。

先来看审美功能，这是小说的核心功能。从接受者的角度说，人们之所以热衷于阅读小说，主要在于两个方面：一是通过消费故事而获得的生命体验，二是通过文学接受而获得的审美愉悦。

正如罗伯特·麦基所说："人类对故事的胃口是不可餍足的。"[①] 之所以"不可餍足"，因其不是生活的调剂，而是生活的必需。我们需要通过"故事"来认识世界，认识自己，并赋予周遭及自身以意义。而在消费"故事"的过程中，我们不仅以"时间—因果"逻辑，有效实现了对于经验世界和想象世界中纷繁复杂之现象的加工、处理，也通过心灵维度获得了一种特殊的生命体验。所谓"吾生也有涯，而知也无涯"，这里的"知"当然可以首先被解释成"知识"（不是狭隘的学科知识），但也可以延展为"心思""愿望"；这里的"涯"，不仅是时间上的界限，也是空间上的界限。我们（尤其具体到每一个体）的生命长度和广度总是有限的，但突破时空拘囿，体验更富于延展度的"物之世界"与"情之世界"的心思、愿望是无限的，即"不可餍足的"。山腰处的人渴望体验山巅的世界，山这边的人渴望体验山那边的世界，山地居民渴望体验

---

① ［美］罗伯特·麦基：《故事：材质、结构、风格和银幕剧作的原理》，周铁东译，天津：天津人民出版社，2014年，第4页。

平原居民的世界，内地居民渴望体验沿海居民的世界，海内之人渴望体验海外世界……这还只是超越空间的渴望，更不用说超越时空的渴望，所谓"跳出三界外，不在五行中"，又所谓"黄尘清水三山下，变更千年如走马"，我们总是在心灵维度上向物理世界的"时空连续统"发起挑战，而"故事"就是我们的武器。

当然，虽云武器，品质却各有高低，有的只是削竹成剑、斫木为刀，有的虽装潢成精钢之器，说到底不过是"银样镴枪头"，有的则是方天戟、偃月刀、乾坤弓、震天箭，甚至于足重一万三千五百斤而修短随心的"如意金箍棒"。那些具有极高文学天才和艺术力量的讲述者，将其对社会人生的感受与理解，融入一个又一个故事，带领我们驰骋疆场，呼啸山林，或是在光怪陆离的神魔世界中闪转腾挪，或是在"耳目之内日用起居"的生活点滴中经历曲折离奇，体验人情百态、物理万种。在此过程中，我们所获得的就不仅仅是特殊的生命经验，更有极高的审美愉悦。这种审美愉悦当然可以通过其他文本媒介实现，如戏曲、说唱和图像等，但小说是其中最主要的文本形式。

值得注意的是：审美功能是实现文学之教化功能的前提。正所谓"无关风化体，纵好也徒然"，这话固然带着腐儒气，也有些绝对化，但不可否认文学之审美功能与教化功能的和谐统一。只不过，后者须以前者为基础。如绿天馆主人所说："试今说话人当场描写，可喜可愕，可悲可涕，可歌可舞；再欲捉刀，再欲下拜，再欲决脰，再欲捐金；怯者勇，淫者贞，薄者敦，顽钝者汗下。虽小诵《孝经》《论语》，其感人未必如是之捷且深也。"[1] 的确，对大众而言，融汇于生动故事中的价值观念、道德思想、伦理范畴等，往往比官方教材中生硬、干瘪的教条更易接受。晚清近代时期，梁启超等人发起"小说界革命"，愈来愈多有识之士参与到小说的创作、批评中来，看重的也正是小说的教化功能，将其作为"改良群治"的工具，所谓"欲新一国之民，不可不先新一国之小说"[2]。但道理总是这样的，先要有一个能够提供审美愉悦的故事，我

---

① （明）冯梦龙：《喻世明言》，北京：人民文学出版社，1958年，第1页。

② 陈平原、夏晓虹编：《清末民初小说理论资料》，北京：北京大学出版社，2021年，第59页。

们才会在消化故事的同时，不自觉地被感化、说服，进而接受故事背后的说教。所谓"小说者，常导人游于他境界"[①]，我们认为：这一"境界"应当首先是审美境界，其次才是道德境界。

再来看史料功能，这是小说的主要功能。基于古人的小说观，即便消费故事时获得了生命体验，甚至审美愉悦，多数人也未将这类承载着故事的文本视作文学作品，而主要将之视作史料，即前文所说的"区别于正史的野史、杂传"。魏晋南北朝时期，随着经学衰微，以及上古史官制度废弛，民间著史蔚然成风，史部著述体量激增。修史者比照正史体例进行写作，并按照官修史书的价值尺度来搜集、拣择、裁剪文献资料，而能够跻身正史序列（或达到相当之史学品位）的文本毕竟有限，于是产生大量野史、杂传，使得小说一门也迅速扩容。

在当时人看来，这些"小说家言"并不是向壁虚构的产物，反倒是对补充正史之缺漏有很大帮助。如裴松之为《三国志》作注，就引入了大量野史、杂传的内容。在《上三国志注表》中，裴氏言道："寿书铨叙可观，事多审正。诚游览之苑囿，近世之嘉史。然失在于略，时有所脱漏。臣奉旨寻详，务在周悉。上搜旧闻，傍摭遗逸。"[②] 陈寿的《三国志》为"前四史"之一，被后世推为正史之典范，但仍有"失在于略"的缺憾。这固然与近代史撰写的"文献困境"有关，却也是受制于正史体裁的结果。自司马迁创"纪传之体"以来，正史列传习惯采撷传主生平若干片段，串联成"时间—因果"关系的事件序列。哪些事件能够进入此序列，哪些则被弃置，不仅仅以"真、伪、虚、实"为标准，也经常性地服务于撰写者的"叙事谋略"。正如刘知幾所说："夫人之生也，有贤不肖焉。若乃其恶可以诫世，其善可以示后，而死之日名无德而闻焉，是谁之过欤？盖史官之责也。"[③] 史官"秉笔直书"的行为背后往往有彰明善恶、垂训后世的叙事谋略，这必然影响其对事件的选择，那些不足以（或

---

① 陈平原、夏晓虹编：《清末民初小说理论资料》，北京：北京大学出版社，2021年，第59页。
② （晋）陈寿撰，（南朝宋）裴松之注：《三国志》，北京：中华书局，1982年，第1471页。
③ （唐）刘知幾撰，（清）浦起龙释：《史通通释》，上海：上海古籍出版社，1978年，第237页。

不堪）为叙事谋略服务的枝蔓事件被大量汰减，留下的主干虽然"审正"，却"失在于略"，甚至"有所脱漏"，为了能够帮助人们尽可能"周悉"地还原历史，前代"旧闻"、当代"傍逸"就被重新纳入考察视野，而在这些重新收拢起来的枝蔓中，就有不少被视作"小说"的文本。当这些枝蔓借了补史者的"杨枝甘露"，得以重生于枝干之上时，历史也被还原得更加生动，事件显得愈加周密细腻，人物也显得越发丰满立体了。

这种借小说以"补史"的观念，在前现代中国社会是颇为流行的。唐代李肇撰《国史补》，其序言称："昔刘𫗧集小说，涉南北朝至开元，著为《传记》。予自开元至长庆撰《国史补》，虑史氏或阙则补之意。"① 无论刘氏《传记》（通行名为《隋唐嘉话》）还是李氏《国史补》，在今天看来都属于笔记小说范畴，当时人虽也称其为"小说"，却将之视作史料。李氏序言进一步指出，对这些史料的搜集整理，有助于"纪事实，探物理，辨疑惑，示劝戒，采风俗，助谈笑"，这也基本涵盖了小说"补史"功能的各个方面。

值得注意的是，一些通俗小说的作者也注意强调小说与史传之间密切的因缘关系，希望借此打破"小道"形象的束缚，抬高小说的文化地位。历史演义的批评者就经常以"羽翼信史而不违"来标榜该小说体式②，其他体式的批评者也不遑多让，如"史统散而小说兴"③，再如"六经国史而外，凡著述皆小说也"④，又如"小说者，正史之馀也"⑤，凡此种种，在明清拟话本小说序跋中俯拾即是。可以说，"补史"功能成为通俗小说向主流文化靠拢的主要"伪装"之一。

对今人而言，小说的史料功能也是极具价值的，它是我们借以了解、考察古人生活的一个重要门径。不仅野史、杂传，即便那些在今天看来属于文学

---

① （唐）李肇撰，聂清风校注：《唐国史补校注》，北京：中华书局，2021 年，第 1 页。
② （明）修髯子：《三国志通俗演义引》，丁锡根编著：《中国历代小说序跋集》，北京：人民文学出版社，1996 年，第 888 页。
③ （明）冯梦龙：《喻世明言》，北京：人民文学出版社，1958 年，第 1 页。
④ （明）冯梦龙：《醒世恒言》，北京：人民文学出版社，1956 年，第 1 页。
⑤ （明）笑花主人：《今古奇观序》，丁锡根编著：《中国历代小说序跋集》，北京：人民文学出版社，1996 年，第 792 页。

作品的通俗小说，也包含了丰富的史料。文学是现实的映射，小说以相当之篇幅摹写社会人生，故事是虚构的，其背后的人情物理却是真实的。尤其世情小说，在"极摹人情世态之歧，备写悲欢离合之致"的同时①，注重逼真生动地再现具体历史时空中的制度、风俗与物质文化，以增强文本"仿真感"，今天不少经济史、法律史、宗教史、技术史、器物史研究者习惯从明清世情小说中发掘资料，看重的正是这种"仿真感"。

更重要的是，小说是研究古代通俗社会思想史、心灵史的宝贵资料。葛兆光先生曾指出，我们今天要书写的思想史，不能仅仅是精英的思想史或经典的思想史，应是一个"一般知识、思想与信仰的历史"，而要考察一般知识、思想与信仰，首先要做的是"重新检讨传统的思想史所依据的文献或资料范围"，在经典系统之外，关注"大众阅读"等信息传播途径，这些传播途径的范围远远超过经典系统，又可以成为"精英与经典思想发生的真正的直接的土壤与背景"。②小说就是"大众阅读"的主要文本之一。尤其通俗小说，其文本的"生产—消费"各环节渗透着大众的观念、思想与情感。更进一步说，大众的焦虑与渴望、欣悦与怨怼、释然与惆怅，种种隐现于日常生活点滴中的集体或个人的心理状态，是很难进入精英视野，得到描摹、书写、诠释，进入经典文本系统的，而这些却经常是时代潮涌的基础。我们每每为海面上一个又一个耸峙的浪头而赞叹不已，却忽视海面之下推升浪头的涌动。一个简单的道理，如果我们想要了解明代市民的精神生活，正史、国史等文本提供的材料是微乎其微的，文人笔记和诗文作品或可提供更多有价值的信息，但这些信息是经"精英滤镜"加工、处理过的，倒是"三言""二拍"等"为市民写心"的小说，能够真实、生动、具体地呈现明代市民的精神世界。

最后，我们来看看小说的知识功能。刘勇强先生指出："由于中国古代小说的传统、类型及作者的知识修养与艺术追求等原因，知识更被有意识地利

---

① （明）笑花主人：《今古奇观序》，丁锡根编著：《中国历代小说序跋集》，北京：人民文学出版社，1996年，第793页。

② 葛兆光：《思想史的写法——中国思想史导论》，上海：复旦大学出版社，2004年，第15—18页。

用，成为小说艺术世界的构成要素。"[1] 这是从小说生产的角度而言的，从小说接受的角度说，"小说知识学"也是同样成立的。基于古人的小说观，小说经常被视作承载了各种"知识"的文本。这些"知识"以历史知识为主（毕竟，史料功能是小说的主要功能），却不限于此，而是涉及自然、社会、人文等学科的各个方面。这些"知识"不是体系性的，而是零散的、杂乱的；也不一定都是官方宣教、灌输的成果，而更多来自民众日常生活经验；它们未见得多么高明，甚至有不少"以讹传讹"的成分，对大众生活却有更为直接的指导意义，并在日常生活（诸如伦理的、司法的、民俗的、医疗的、贸易的）实践中得到"合理性"的验证。

小说，归根到底是大众媒介，而大众媒介是人们以间接经验获取知识的主要途径。即便在今天，文化资源的分配较前现代社会更为公平，学科教育也已相对普及，但多数人仍不是通过结构性、系统化的学习以获取专门知识，而是习惯在大众媒介上采集、消化、传播"碎片化"知识。从早期的报刊、广播、电视，到今天的短视频平台，我们在消费了良莠不齐的叙事文本的同时，也参与传播着五花八门的"知识"。试想，人们是从哪里得知指纹采集方法的，又是从哪里了解到无影灯在外科手术中之作用的，形形色色的间谍工具又是以何为媒介进入大众知识系统的？除了极个别的直接经验，更多的还是各种"类型片"所提供的刻板形象。而在前现代社会，小说扮演了同样的角色。

小说本有"博物"功能，而"博闻多识"是儒家人才培养的重要方向，儒家肯定小说"有可观者焉"，主要也在于其"广见闻""资考证"的作用。张华《博物志序》篇尾言："博物君子，览不鉴焉。"[2] 明确交代其"期待读者"。而类似的表述，在古代小说序跋中俯拾即是。可以说，借文本以传播知识，是推动古代小说生产与消费的一个主要动力。至于清中期，以乾嘉学术为背景，小说界更出现了一批"以小说见才学者"，以《野叟曝言》《镜花缘》等为代表。作者将自己关于天文、地理、文史、艺术、技术、医药、器用等各方面的知识灌

---

① 刘勇强：《小说知识学：古代小说研究的一个维度》，《文艺研究》2018年第6期。
② （晋）张华撰，范宁校证：《博物志校证》，北京：中华书局，2014年，第7页。

注于文本，"连篇累牍而不能自已"①，小说的知识功能被推向极端，以致妨害其审美功能。

随着传播范围扩大、阶层下移，小说中的知识也溢出"博物君子"集团，在更广泛的公共领域传播。尤其白话小说，由于叙述者是"出场但不介入式"的说话人形象②，经常可以在叙述干预中灵活传播知识，而其目标受众也不是"博物君子"形象。如《儒林外史》第2回，叙述者说到刚刚进学的梅玖称呼仍是童生身份的周进为"小友"，就跳出来解释道："原来明朝士大夫称儒学生员叫做'朋友'，称童生是'小友'。比如童生进了学，不怕十几岁，也称为'老友'；若是不进学，就到八十岁，也还称'小友'。就如女儿嫁人的：嫁时称为'新娘'，后来称呼'奶奶'、'太太'，就不叫'新娘'了；若是嫁与人家做妾，就到头发白了，还要唤作'新娘'。"③这段说明显然不是针对"衣冠人物"的，而是说与科举系统之外的民众听的，尤其照顾到后者的日常生活经验，借其完成知识的"转喻"。通俗小说中类似的叙述干预在在皆是，更不用说那些已然融入情节、汇入场景的知识。通过阅读，这些碎片化的知识也成为大众知识结构的组成部分。

当然，考虑到旧时小说刊刻、传播的成本，以及民众的识字率，直接通过阅读小说获得知识者相对有限，这里的"小说"概念可能要进行延展，即取上文所述第五种含义——通俗叙事文体的统称。小说中的知识经常借助戏曲、说唱等艺术形式的"二级传播"在更广泛的领域散播。④如《负曝闲谈》第二十九回，尹仁嘲笑众人吃活虾，说道："你们别粗鲁！仔细吃到肚子里去，它在里面翻觔斗，竖蜻蜓，象《西游记》上孙行者钻到大鹏金翅鸟肚子里去一样，那可不是玩的！"⑤我们知道，百回本《西游记》中没有这段情节，书中人物的这

---

① 鲁迅：《中国小说史略》，北京：商务印书馆，2017年，第232页。

② 赵毅衡：《苦恼的叙述者》，成都：四川文艺出版社，2013年，第24页。

③ （清）吴敬梓著，李汉秋辑校：《儒林外史汇校汇评》，上海：上海古籍出版社，2010年，第22页。

④ 潘建国：《明清时期通俗小说的读者与传播方式》，《复旦学报》（社会科学版）2001年第1期。

⑤ （清）蘧园：《负曝闲谈》，上海：上海古籍出版社，1985年，第144页。

点"知识"可能是从戏曲、说唱消费中"看"来或"听"来的。这种通俗叙事文体的交流互动，才是大众文化传播的真实生态。

以上，我们讨论了古代小说的概念、体式、功能。综合言之，古代小说是一个特殊的存在，它是一个文类，而非一种文体；我们对它的认知，不能仅从现代学科体系之下的文学立场出发，而应回归动态的、具体的历史文化语境，理解小说在语境迁移过程中形成的概念层次，以及各种体式之间的因缘嬗变关系；小说的诸种功能，不仅为其在前现代中国社会存身与发展提供了根据，也是我们今天对其进行保护传承、考察研究的重要原因。当然，作为"简史"，本书仅试图从纷繁复杂的历史现象中梳理出一条大致线索，为读者画出一幅"导览图"，尤其突出"主题场景"，为大家呈现最具节点意义与审美价值的"景观"，以求做到"简史"书写的本色当行。

# 第一章　先秦两汉：小说的孕育期

先秦两汉是小说的孕育期。此一时期，小说被包裹在"文史哲一体"的上古文化形态的"羊水"中，仿佛一粒胚胎，还看不出躯干四肢，遑论眼角眉梢的细节。当然，绪论部分已述，作为"小道"的小说概念此时已确立下来，但这些文本究竟是何样态，今天再难描述清楚。《汉书·艺文志》著录小说十五种，分别是《伊尹说》《鬻子说》《周考》《青史子》《师旷》《务成子》《宋子》《天乙》《黄帝说》《封禅方说》《待诏臣饶心术》《待诏臣安成未央术》《臣寿周纪》《虞初周说》《百家》。其中六种可确定为汉代人所作，另外九种虽名义上是先秦作品，基本上也都是后人伪托的。如《伊尹说》二十七篇，班固注云："其语浅薄，似依托也。"[①] 这十五种小说到梁代便只剩《青史子》一种，隋代之后，连这一种也亡佚了。文本虽不存，但文化渊源尚可追究，据其篇目及班固注释，鲁迅先生总结这十五家小说的内容，言："大抵或托古人，或记古事，托人者似子而浅薄，记事者近史而悠缪者也。"[②] 这启发我们，小说文本样态的形成，主要来自对其他类型文本之书写经验的承袭或模仿。而从叙事经验的角度看，先秦两汉时期为小说提供经验的主要有三类文本：神话传说、诸子散文、历史散文。

---

① 陈国庆：《汉书艺文志注释汇编》，北京：中华书局，1983 年，第 159 页。
② 鲁迅：《中国小说史略》，北京：商务印书馆，2017 年，第 7 页。

# 第一节　神话传说与小说

　　华夏先民的神话思维是十分发达的，中华大地上多元散发的远古文明中拥有众多神明形象，以及相应的传说故事，这从大量的出土文物中可以得到印证。然而，与希腊神话不同，中华神话极少以完整而系统的典籍形式保存下来，主要是零星片段的记载，散落在经、史、子、集等各类文献中。究其原因，一方面固然是时代渺远，另一方面则是华夏文明悠久的史传文学传统——许多神话被后人进行了历史化处理。如"夔"这一神话形象，据《山海经》记载："状如牛，苍身而无角，一足，出入水则必风雨，其光如日月，其声如雷。"① 可以看到，从外形来说，夔最为突出的特征就是"一足"。而"夔一足"之说，在历史化过程中得到了另外一种解释，如：

　　　　哀公问于孔子曰："吾闻夔一足，信乎？"曰："夔，人也，何故一足？彼其无他异，而独通于声。尧曰：'夔一而足矣。'使为乐正。故君子曰：'夔有一足。'非一足也。"②

　　据其所言，夔是唐尧时期的乐官。这在《尚书·尧典》中可以找到"证据"：

　　　　帝曰："夔！命汝典乐，教胄子，直而温，宽而栗，刚而无虐，简而无傲。诗言志，歌永言，声依永，律和声。八音克谐，无相夺伦，神人以和。"夔曰："於！予击石拊石，百兽率舞。"③

---

① 袁珂：《山海经校注》，北京：北京联合出版公司，2014 年，第 307—308 页。
② （清）王先慎：《韩非子集解》，北京：中华书局，1998 年，第 297 页。
③ 王世舜：《尚书译注》，成都：四川人民出版社，1982 年，第 18 页。

在这种互文叙事中，"一足"被解释为"有一个就足够"；神话形象顺理成章地蜕变成历史形象。而许多神话的浪漫光晕正是在这种历史化处理中被消解掉的。

另有一些神话形象，虽然还保有浪漫光晕，却出现在诗歌中（如《诗经》《楚辞》中保存了大量神话），作为意象，情节性不强。如屈原《天问》，其一连串发问涉及诸多神话意象，却都是只言片语，使人难以详探与之相关的传说故事。

尽管不成体系，但上古神话思维的确深刻地影响着华夏民族的叙事传统。

神话是"童稚时期"的人类基于原始思维而生成的想象和幻想，主要目的在于解释世界，正如马克思所说，神话是"通过人民的幻想用一种不自觉的艺术方式加工过的自然和社会形式本身"[①]。随着人类走出"童稚时期"，神话的时代宣告结束，神话思维却保留在人类的"大脑皮层"中。尤其想象与幻想，一直是人们认知和理解世界的重要方式，更为文学艺术提供了不竭的动力源泉。

一些上古神话蜕变为传说，以至融入民间故事，被不同时代、地域、体裁的文本反复讲述，也为小说提供了丰富的素材。如六朝杂传《穆天子传》《汉武帝内传》《汉武故事》等都借用了西王母神话；唐传奇《古岳渎经》借用了无支祁神话；清初拟话本《五色石》借女娲补天的神话为全书命名，曹雪芹则运用该神话为《红楼梦》构造出一个浪漫瑰奇的外部框架；李汝珍《镜花缘》最为精彩的部分是写唐敖等人的泛海经历，借其所见殊方异域之人情土俗映照社会现实，而李氏关于海外诸国的想象很多来自《山海经》的记载；更不用说佚名编撰的《列国前编十二朝》，基本是以"历史演义"的套路重构、再造上古神话。

更多的则是一种间接影响，从六朝志怪到唐传奇，以至《西游记》《封神演义》等神魔小说，各种光怪陆离的想象，可以看成对上古神话思维的继承与发挥。尤其《西游记》一书，能"以戏言寓诸幻笔"[②]，而作者的诸般"幻笔"

① 马克思：《〈政治经济学批判〉导言》，《马克思恩格斯文集》第8卷，北京：人民出版社，2009年，第35页。

② （清）任蛟：《西游记叙言》，丁锡根编著：《中国历代小说序跋集》，北京：人民文学出版社，1996年，第1382页。

无疑受了神话思维的深刻影响，如林庚先生所说："《西游记》的童话性还表现为儿童的活泼的想象与幻想。神话原也富于想象，《西游记》借助于神话的框架，自然也就带上了神话想象的色彩。"① 林氏所谓"童话性"当然主要在于小说体现出的浓郁的"童趣"，但神话既是"童稚时期"人类的天真想象，则后世文学种种活泼的、可爱的想象，未尝不可说是先民的"童趣"在后世文学家血液中流淌。

当然，神话传说对后世小说更大的影响，还是落实于文献的一种散文叙事经验。神话传说本来是以口耳相传的形式存在的，以诗体语言为主。直到今天，富于边缘活力的多民族地区的神话传说依旧是口述的长诗，但当其被上古知识者以文字整理、记录下来时，大都落实为一种散文文本，如刘勇强先生所说："上古神话是最早或较早的富于散文意味的故事系统，这是它能够对小说产生重要影响的基础。所谓散文意味的故事系统，是指上古神话作为语言传述行为被记录、整理成为文字形式，并具有时间、地点、角色等构成要素和有因果联系、循序发展的情节。"② 现存的具有叙事意义的神话记述，绝大多数都是散文文本，这就为孕育期的小说提供了一种范本。如《山海经·海内经》记载的鲧禹治水神话：

> 洪水滔天。鲧窃帝之息壤以堙洪水，不待帝命。帝令祝融杀鲧于羽郊。鲧复生禹。帝乃命禹卒布土以定九州。③

既言"鲧复生禹"，则这段文字依旧生动反映着父系氏族公社时代的原始思维，而作为一种散文叙事，它又具有典范意义：以刀斫斧凿的笔触刻画人物，用极其省练的文字串联起一系列事件，使之具有"时间—因果"关系，这已可见后世笔记小说（尤其六朝志怪）的叙事规模。

---

① 林庚：《〈西游记〉漫话》，北京：北京出版社，2016年，第167页。
② 刘勇强：《中国古代小说史叙论》，北京：北京大学出版社，2007年，第42页。
③ 袁珂：《山海经校注》，北京：北京联合出版公司，2014年，第395页。

更为重要的是，神话传说为后世小说提供了原初的事件结构逻辑。试看《山海经·大荒北经》所载黄帝战蚩尤的神话：

> 蚩尤作兵伐黄帝，黄帝乃令应龙攻之冀州之野。应龙畜水，蚩尤请风伯雨师，纵大风雨。黄帝乃下天女曰魃，雨止，遂杀蚩尤。魃不得复上，所居不雨。①

可以看到，故事是在以黄帝、蚩尤为代表的两大集团的角力中展开的，这为叙事提供了最基本的"冲突"。之所以举黄帝神话，因其可以作为"元叙事"（这里所谓"元叙事"，不是 metanarrative，而指"关于太阳运行的最初叙事"，它是"太阳神话"的基础，"为叙事提供了深层结构与基本冲突"②）的一个后世遗迹——黄帝形象中即可见"创造主太阳神的身份"。③ 当然，"元叙事"是开辟鸿蒙时的叙事，其具体形态是不可考的，而以散文记录下来的"神话影响"，为后世提供的还是一种叙事的构架。石昌渝先生称其为"意态结构"，即故事情节的构思间架。④ 后世小说也确实习惯利用这一间架结构，无论体式和题材，故事大都在两股力量（正与邪、忠与奸、情与理、出与处、神与魔、人与非人、江湖与庙堂、纵欲与禁欲等）的冲突中展开，这种冲突为人物行动提供了根本依据。所不同的是，神话传说的意态结构是服务于历史实际或群众集体愿望的，小说的意态结构则更多服务于叙述者个体意图。

同时，我们可以发现：在结构故事时，中国神话传说对"空间"要素比较敏感，这是与西方神话不同的。浦安迪曾指出中西神话原型之差异：前者是"非叙述性＋空间化"，后者是"叙述性＋时间化"。⑤ 有一定道理，却失于

---

① 袁珂：《山海经校注》，北京：北京联合出版公司，2014 年，第 362 页。

② 傅修延：《中国叙事学》，北京：北京大学出版社，2015 年，第 3 页。

③ 叶舒宪：《英雄与太阳——中国上古史诗的原型重构》，西安：陕西人民出版社，2020 年，第 234 页。

④ 石昌渝：《中国小说源流论》（修订版），北京：生活·读书·新知三联书店，2015 年，第 57 页。

⑤ ［美］浦安迪：《中国叙事学》（第 2 版），北京：北京大学出版社，2018 年，第 56 页。

机械。更重要的是，浦氏所谓"叙述"，是基于西方叙事学理论的狭义理解，而中国有属于自己的叙述传统。按《说文解字》所释："叙，次弟也。"①"次弟"当然是一种顺序，但既可以是时间顺序，也可以是空间顺序。这都属于传统"叙述"范畴。

首先需要承认，中国神话传说的结构逻辑也是以"时间"为主的。起码，当其以散文形式被记录下来时，就自然获得了事件之间的"时间—因果"关系，即便缺乏明显的时间标识，但事件是在时间轴上排列开来的。中国神话传说固然缺乏细节，这主要是受了跳跃性的诗性思维的影响，不注意填补"时间裂隙"。然而，无论"时间裂隙"多大，时间轴是客观存在的；即便跳跃，也是在时间轴上的"线性"跳跃。

同时应当看到，中国神话传说重视"空间"这一结构逻辑。如《淮南子·本经训》所载后羿神话：

> 逮至尧之时，十日並出，焦禾稼，杀草木，而民无所食。猰貐、凿齿、九婴、大风、封豨、脩蛇皆为民害。尧乃使羿诛凿齿于畴华之野，杀九婴于凶水之上，缴大风于青丘之泽，上射十日而下杀猰貐，断脩蛇于洞庭，禽封豨于桑林。万民皆喜，置尧以为天子。②

虽然没有任何时间标识，但不能否认整段文字是以"时间—因果"关系为基础结构起来的（出现危机；解决危机；解决危机的回报）。只不过，映入眼帘的是一个又一个空间标识，尤其自"诛凿齿于畴华之野"至"禽封豨于桑林"，主体篇幅其实是以空间来调度事件的。

至于长期著录于史部"地理"类的《山海经》，书中所载神话传说，对空间逻辑依赖性就更强。如《山海经·海内西经》描述"开明兽"：

---

① （汉）许慎撰，（宋）徐铉校定：《说文解字》，北京：中华书局，1963年，第69页。
② 刘文典：《淮南鸿烈集解》，北京：中华书局，2017年，第305—306页。

海内昆仑之虚，在西北，帝之下都。昆仑之虚，方八百里，高万
仞……面有九门，门有开明兽守之，百神之所在……昆仑南渊深三百
仞。开明兽身大类虎而九首，皆人面，东向立昆仑上。①

对开明兽所处位置及其朝向，叙述者都交代得很清楚。接下来，叙述者又
按照西、北、东、南的顺时针次序交代出凤凰、鸾鸟、十巫、窫窳等神话形
象。整段话语是以空间逻辑结构起来的。虽然没有任何情节，但这也属于"叙
事"——中国传统文化语境中的叙事。

按"叙事"（"序事"）作为一个短语，最早出现于《周礼·春官》："小宗
伯之职，掌建国之神位……掌四时祭祀之序事与其礼。"郑注曰："序事，卜
日、省牲、视涤、濯饎饎之事，次序之时。"②谭帆先生指出，见于《周礼》的
"叙事"具有明显的空间性与时间性，"强调以'时空'之秩序安排事物或安顿
事件"③。杨义先生的总结则更具普遍意义："在语义学上，叙与序、绪相通，
这就赋予叙事之叙以丰富的内涵，不仅字面上有讲述的意思，而且也暗示了
时间、空间的顺序以及故事线索的头绪。"④可以说，时间与空间兼具的结构逻
辑，是自上古神话至后世小说"一以贯之"的叙事传统。

如唐初传奇小说《古镜记》⑤，由一系列志怪故事串联而成。全文涉及 12
个事件，前 6 个事件由王度自述，后 6 个事件是王度转述王绩的叙述。王度自
述的部分，特别注意点出时间标识，诸如"大业七年五月""其年六月""大业
八年四月一日""其年冬"等，直至"大业十三年七月十五日"，我们可以据其
列出一个精确的"时间表"，而转述王绩叙述的部分，时间标识被空间标识取
代，诸如"先游嵩山少室""即入箕山""遂出于宋汴"等，直至"还河东"，
我们可以据其画出一个清晰的"路线图"。

---

① 袁珂：《山海经校注》，北京：北京联合出版公司，2014 年，第 258—261 页。
② （汉）郑玄注，（唐）贾公彦疏：《周礼注疏》，北京：北京大学出版社，1999 年，第 491 页。
③ 谭帆：《中国小说史研究之检讨》，上海：上海古籍出版社，2020 年，第 78 页。
④ 杨义：《中国叙事学》，北京：人民出版社，1997 年，第 11 页。
⑤ 李时人编校：《全唐五代小说》第 1 册，北京：中华书局，2014 年，第 1—9 页。

这种"路线图"式的结构逻辑，对后世小说产生了深远影响。如唐中期的传奇小说《任氏传》，在叙述郑六与任氏初遇时就利用了长安市坊的空间特质：

> 鉴与郑子偕行于长安陌中，将会饮于新昌里。至宣平之南，郑子辞有故，请间去，继至饮所。鉴乘白马而东。郑子乘驴而南，入升平之北门，偶值三妇人行于道中，中有白衣者，容色姝丽。①

如果我们的脑海中有长安市坊平面图，对应新昌、宣平、升平三坊的布局位置，郑子的"行动路线"就会自然而然地浮现出来。

在宋元白话小说中，人物的"行动路线"被呈现得更加具体，如《白娘子永镇雷峰塔》交代许宣烧香的路线：

> 许宣离了铺中，入寿安坊，花市街，过井亭桥，往清河街后钱塘门，行石函桥过放生碑，径到保叔塔寺。②

至于清代章回体小说，如《儒林外史》第十四回和《红楼梦》第十七、十八、四十、四十一回等，人物"行动路线"与诸叙事结构的结合就更加紧密了。

当然，这还只是局部的"空间调度"，以"导览图"逻辑结构全篇或主体篇幅的作品也不少，如《水浒传》《西游记》《镜花缘》等。以《西游记》为例，书中各单元故事像"穿糖葫芦"一样组合在一起。叙述者虽然也习惯在故事开头交代时间标记，却大多是"光阴迅速，又值早春时候""正是时序易迁，又早冬残春至"一类表述，意在说明经年历久，表现取经之艰辛。真正组织事件的是空间逻辑——由"地方"（诸国）向"终点"（灵山）线性趋近的次序。

再说回《儒林外史》。龙迪勇在《空间叙事研究》中将其归入"主题—并

---

① 李剑国辑校：《唐五代传奇集》第 1 册，北京：中华书局，2015 年，第 436 页。
② （明）冯梦龙：《警世通言》，北京：人民文学出版社，1956 年，第 401—402 页。

置"叙事类型。①《儒林外史》是否属于经典的"主题—并置"叙事，尚可进一步讨论，但该书的空间逻辑强于时间逻辑，则是毋庸置疑的。鲁迅先生称"全书无主干"，指叙事者不以某一个或几个主人公的行动线索贯穿始终，但叙事者以"导览图"逻辑结构全书的倾向是明显的，在人物"行列而来，事与其来俱起，亦与其去俱讫"②的过程中，一种由"地方"（外地）向"中心"（南京）螺旋趋近的空间次序是相对清晰的，而这正反映出吴敬梓的"金陵情结"。

又如《红楼梦》。诚然，我们可以为该书"编年"，家族与人物的悲剧命运也在时间结构中得到了清晰呈现，但全书的悲剧意蕴却主要是通过空间结构体现出来的，在富于浪漫色彩的外部神话框架与体现着强烈批判意识的内部现实框架之间，在以大观园为代表的"情之世界"与裹缚其外的"理之世界"之间，在以"实笔"叙写的贾宝玉之经验世界与以"虚笔"交代的甄宝玉之镜像世界之间，《好了歌》的主旨才得以落实，当大观园被现实吞没，镜像世界消逝，通灵宝玉由"花柳繁华地，温柔富贵乡"返回大荒山无稽崖青埂峰，"好一似食尽鸟投林，落了片白茫茫大地真干净"的丧钟才敲响其最具力量也至为悠远的一声。可以说，作为古典叙事的巅峰之作，《红楼梦》做到了对神话传说叙事精神的全面继承，不仅创造性地提炼、升华了神话素材，也发扬了神话传说的原初意态结构和空间叙事逻辑。

最后需要强调的是：上古神话传说鲜明地体现着华夏民族的精神特质。尤其以散文形式记录下来的神话，大都反映出先民的忧患意识、厚生爱民思想和抗争精神。与奥林匹亚山上耽于享乐的泰坦神们不同，中国神话中的形象往往能够正视人间的苦难，并帮助或带领民众克服困难。他们为了人类繁衍、生存，为了保护其生命，为了推动文明演进，付出巨大辛劳。他们受到先民崇拜，不只出于后者的敬畏心，更因给予其巨大的心灵慰藉。至于那些勇于挡在先民集体与自然力量之间，以一己之躯向不可抗力发起挑战的形象（如精卫、刑天等），更是为先民改造世界的活动提供了源源不断的精神力量。随着神话

---

① 龙迪勇：《空间叙事研究》，北京：生活·读书·新知三联书店，2014 年，第 43 页。
② 鲁迅：《中国小说史略》，北京：商务印书馆，2017 年，第 205 页。

传说时代结束，这些人类"童稚时期"的守护者渐行渐远，但从后世叙事作品的主人公身上，我们总能够看到他们的影子。例如，人们一提到大闹天宫的孙悟空，就会将其与刑天联系起来。的确，刑天即便被断首，也要"以乳为目，以脐为口，操干戚以舞"①。生命不息，抗争不止的"孙悟空精神"可谓与之一脉相承。然而，唐僧身上其实也有神话形象的遗存，这不在于其"金蝉子转世"的出身，也不只体现在"满月抛江"的传奇经历，而是为中华苍生造福，甘愿以区区肉身，踏上"渺渺茫茫，吉凶难定"之取经路的奉献精神。尽管在百回本作者游戏笔墨的过程中，唐僧被塑造成"脓包型"，这点精神却是不可磨灭的。而翻检中国古代小说，这类延续了上古神话精神血脉的人物，其实是不胜枚举的。

总而言之，上古神话传说对处于孕育期的小说产生了深刻影响，小说也进一步发扬了神话传说的文化精神与叙事经验。然而，目前所见以文字形式记录的神话传说，基本都是"概述"（summary）话语，缺乏"场景"（scene），小说的话语形态则是"概述＋场景"。尤其强调场景，因为人物的性格特征是通过场景暴露和呈现的，读者之所以能够在脑海中生成一个又一个卓荦丰满的人物形象，依靠的也正是一个又一个生动的戏剧化场景。小说的这种话语形态主要是受了历史散文叙事经验的影响。同时，以文字形式记录下来的神话传说，其本身也有明显的历史化倾向，属于历史叙述的一部分（或言一种形态）。所以说，历史散文对小说的影响是更大的，也更为直接的。


## 第二节　历史散文与小说


绪论部分已经交代过：在传统文化语境中，人们对于"小说"的理解是偏于史学立场的。尤其以"正史"体例为参照系，那些与其文体规范相离、相

---

① 袁珂：《山海经校注》，北京：北京联合出版公司，2014 年，第 196 页。


中国古代小说简史

悖的文本，或在正史编纂过程中淘汰下来的材料，都被打入"小说"队伍。自然，历史散文的叙事传统也就更直接地影响（甚至约束）小说的叙事形态。

华夏民族的历史叙事传统起步很早。《礼记·玉藻》言："动则左史书之，言则右史书之。"[1]《汉书·艺文志》则言："左史记言，右史记事。"[2] 称述内容上的龃龉可能是经本文在流传过程中产生的版本差异，这里不必去追究。可以肯定的是，专门的史官制度在上古之际已经确立下来。

当然，首先明确一点：从语义上看，"史"的本义并不特指今天叙事学意义上的"叙述"行为。《说文解字》释曰："记事者也。从又持中；中，正也。"[3] 对字形存在误判。这里的"中"，并非"中正"之"中"，而是指盛简册之器，落实为行为主体，可以解释为"掌管文书的官"。[4] 其所掌管的文书并不都是叙述形态的文本。如《周礼·春官》所记："大史掌建邦之六典""小史掌邦国之志""内史掌王之八枋之法""外史掌书外令，掌四方之志，掌三皇五帝之书，掌达书名于四方"等[5]，就包含诸多非叙述形态的文本。后世隶于"史部"的各家、各类文献中，也充斥着大量非叙述性文本。所以，我们不能将"史"直接等同于"故事"（story），也不能将史官直接等同于"讲故事的知识者"。

但话又说回来，从上古史官制度看，既然有"动"与"言"这两种对象，则打从一开始，史官所"记"的焦点就在于行动和言语，其核心则在"人"——更进一步说，是"人物"。而"人物"（人或拟人）是叙述的根本，"卷入人物"是叙述的必要条件。[6] 神话传说当然也是"卷入人物"的，比如衔木石以埋东海的精卫、抟土造人的女娲、执干戚以舞的刑天，以及逐日的夸父、射日的后羿、奔月的嫦娥等，无疑都是人物。但现存的以散文记录下来的上古神话，基本只记其"动"，而不记其"言"，这就很难呈现场景。

① 王文锦：《礼记译解》，北京：中华书局，2001 年，第 401 页。
② 陈国庆：《汉书艺文志注释汇编》，北京：中华书局，1983 年，第 73 页。
③ （汉）许慎撰，（宋）徐铉校定：《说文解字》，北京：中华书局，1963 年，第 65 页。
④ 邹晓丽：《基础汉字形义释源：〈说文〉部首今读本义》，北京：中华书局，2007 年，第 60 页。
⑤ （汉）郑玄注，（唐）贾公彦疏：《周礼注疏》，北京：北京大学出版社，1999 年，第 692—711 页。
⑥ 赵毅衡：《广义叙述学》，成都：四川大学出版社，2013 年，第 9 页。

这里说的"场景",不是"事件发生的时空环境"（setting），而是"场面"（scene），按西摩·查特曼所说："它有两个常见成分,一是对话,二是较短时长内的显见的身体动作。"[1] 当场景出现时,故事时间（story time）与话语时间（discourse time）大约等同;它与概述（summary）相结合,构成叙述的最基本形态。更重要的是,由于戏剧化地呈现人物的言语、举动,可以再现人物的情态,揭示其心理,反映其气质、性格,场景也就更利于刻画人物。特别是人物的"性格真相",其暴露就更加依赖场景。如罗伯特·麦基所说："人物性格真相在人处于压力之下做出选择时得到揭示——压力越大,揭示越深,其选择便越真实地体现了人物的本性。"[2] 只有在场景中,压力之下做出的选择才能够得到逼真而生动的再现,我们才能看到掩藏在"形象塑造"之下的人物性格真相:诸葛亮临终巡营、吴月娘扫雪烹茶、杜十娘投江、周进撞号板、黛玉焚诗稿……没有这些场景,我们就无法发现人物最真实的一面,而小说通过构造场景以塑造人物的叙事经验正来自历史散文。

无论编年体史书,还是纪传体史书,场景经常是叙述的重点。历史叙述当然首先要将事件编织进"时间流程",构建起以文字、语言、实物等媒介保存下来的历史残片之间的"时间—因果"关系,但历史叙述的目的往往不在"事",而是突出地表现"人",即再现已然进入时间范畴的种种"贤"与"不肖"。或将其供入神龛,以垂范后世;或将之"钉在历史的耻辱柱上",以警示后人。这是史家"秉笔直书"的一个重要的道德前提。而要落实这一道德前提,就必须让一个又一个历史形象"立"在纸面上,概述显然承担不了这一任务,场景则可以。只有通过场景,通过人物的言语,我们才能窥察其心理,如《左传·隐公元年》所记郑庄公将母亲武姜幽禁于城颍后,与颍考叔的一段对话场景:

---

① ［美］西摩·查特曼:《故事与话语:小说和电影的叙事结构》,北京:中国人民大学出版社,2013 年,第 57 页。
② ［美］罗伯特·麦基:《故事:材质、结构、风格和银幕剧作的原理》,周铁东译,天津:天津人民出版社,2014 年,第 111 页。

颍考叔为颍谷封人，闻之，有献于公。公赐之食。食舍肉。公问之。对曰："小人有母，皆尝小人之食矣；未尝君之羹，请以遗之。"公曰："尔有母遗，繄我独无！"颍考叔曰："敢问何谓也？"公语之故，且告之悔。对曰："君何患焉？若阙地及泉，隧而相见，其谁曰不然？"公从之。[①]

前文概述文字已然交代庄公"既而悔之"，场景中又叙述"且告之悔"，庄公心存悔意这一点，无疑是明确的。但如果没有这段"餐桌对话"，我们就难以窥察庄公"给自己找台阶下"的微妙心理，而颍考叔这样一位善于逢迎上意又讲究方式的小地方长官形象，也难以在史传中留下光辉一笔。

如果能够在对话场景中描摹动作细节，则人物就越发立体，如《战国策·秦策一》所记苏秦衣锦还乡时与嫂子的对话：

嫂蛇行匍伏，四拜自跪而谢。苏秦曰："嫂何前倨而后卑也？"嫂曰："以季子之位尊而多金。"苏秦曰："嗟乎！贫穷则父母不子，富贵则亲戚畏惧。人生世上，势位富贵，盖可忽乎哉！"[②]

这段场景堪称经典。其中，苏秦嫂子的形象尤为立体，历来被视作势利之徒的典型。叙述者以"蛇行匍伏"暴露其丑态，尤为难得的是以直接引语道出心事，所谓"以季子之位尊而多金"。这固然是服务于叙述意图的，即引出苏秦"势位富贵"的喟叹，但如今看来，作为一个"真小人"，毫不掩饰心底的市侩想法，倒也真实得可爱。

在纪传体历史散文中，场景所占的比重更大，品位也更高。纪传体以人为中心，撷取传主一生若干重大事件，建立"时间—因果"关系，以再现其生平。而在叙写重大事件时，情节焦点经常以场景呈现。如班固《汉书》叙写朱

---

① 杨伯峻：《春秋左传注》（修订本），北京：中华书局，2009 年，第 14—15 页。
② 何建章：《战国策注释》，北京：中华书局，1990 年，第 76 页。

买臣发迹变泰前与妻子的对话：

> ……妻羞之，求去。买臣笑曰："我年五十当富贵，今已四十馀矣。女苦日久，待我富贵报女功。"妻恚怒曰："如公等，终饿死沟中耳，何能富贵？"买臣不能留，即听去。①

单就篇幅和生动性而言，这段场景固然不及后文买臣"衣故衣"戏弄会稽吏的场景，但那是全文高潮部分，自然应以场景呈现。所谓"发迹变泰"，抓人眼球的正是情势扭转之后的事件。至于之前情势，则可以用概述交代，如《战国策》叙写苏秦发迹之前的境遇，就用"妻不下纴，嫂不为炊，父母不与言"来概述。而班固则以场景呈现，不仅尽量做到声口毕肖，也注意到"笑""恚"等情态，足见场景运用之普遍及其叙事品位之高。

值得玩味的是，这段场景其实是"内闱对话"，没有旁观者在场。当事人在私密空间内的谈话内容，记述者是如何知道的？其来源颇值得怀疑。当然，我们可以这样猜测：数据源来自传主本人自述，口耳相传，以至被记录下来，但历史散文中的一些场景是找不到数据源的。比如《左传·僖公二十四年》所载介之推与母亲隐遁前的对话：

> ……其母曰："盍亦求之？以死，谁怼？"对曰："尤而效之，罪又甚焉。且出怨言，不食其食。"其母曰："亦使知之，若何？"对曰："言，身之文也。身将隐，焉用文之？——是求显也。"其母曰："能如是乎？与女偕隐。"遂隐而死。②

这段场景写得很生动，注意到人物（尤其介之推母）语言的口语化，并通过言语体现人物情态，但这是"背人语"，数据源也随之销毁，记述者如何得

---

① （汉）班固著，（唐）颜师古注：《汉书》第 9 册，北京：中华书局，1962 年，第 2791 页。
② 杨伯峻：《春秋左传注》（修订本），北京：中华书局，2009 年，第 418—419 页。

知？显然出于一种虚构。

当然，在历史叙述中，我们不能径称其为"虚构"。毕竟，历史叙述的目的在于"纪实"，它站在"虚构"的对立面。那么，如何区别纪实与虚构呢？主要看叙述意图："纪实就是'有关事实'的，虚构就是'无关事实'的。与事实有关并不保证叙述的就是事实，而只是一种事实指向性。"[①] 尽管历史叙述与"事实"之间总存在着或远或近的距离，但其"事实指向性"的意图是绝对不会动摇的。所以，我们这里借用柯林武德的概念——历史构造。

历史构造不是虚构，但它为后来小说的虚构提供了重要经验。因为这两种叙述活动都依赖"想象"。只有加入必要的想象，才能保证叙述的连续性。正是在这个意义上，柯林武德才断言："历史的思维是一种想象的活动。"[②] 当然，这里的"想象"不是文学意义上的诗意想象，"它绝不是任意的或纯属幻想的"[③]，而是一种必然的、先验的心灵活动。对此，柯氏有一经典比喻：

> 我们的权威们告诉我们说，有一天恺撒在罗马，后来又有一天在高卢，而关于他从一个地方到另一个地方的旅行，他们却什么也没告诉我们；但是我们却以完美的良知而插入了这一点。[④]

这种"完美的良知"就是必然的、先验的想象，它充斥于古今中外各种历史文本中，这与文学想象其实是一脉相通的，无非是"讲故事"的目的不同——纪实，还是虚构？如果暂时抛开目的不谈，只看建构形态，我们其实很难将历史构造与文学想象完全区别开来，尤其场景性段落，即便出现在正史中，也大都是"生无旁证，死无对证"的记述，很容易羼入文学笔墨，如钱锺

---

① 谭光辉：《小说叙述理论研究》，北京：商务印书馆，2019 年，第 15 页。
② ［英］柯林武德：《历史的观念》（增补版），何兆武等译，北京：北京大学出版社，2010 年，第 244 页。
③ ［英］柯林武德：《历史的观念》（增补版），何兆武等译，北京：北京大学出版社，2010 年，第 238 页。
④ ［英］柯林武德：《历史的观念》（增补版），何兆武等译，北京：北京大学出版社，2010 年，第 237 页。

书先生所说："史家追叙真人实事，每须遥体人情，悬想事势，设身局中，潜心腔内，忖之度之，以揣以摩，庶几入情合理。盖与小说、院本之臆造人物、虚构境地，不尽同而可相通。"① 虽以"追叙真人实事"为目的，就书写情态而言，其实更像文学想象。而这种想象的结果，在历史文本中不乏其见。如《左传·宣公二年》所记"鉏麑触槐"的事迹：

> 宣子骤谏，公患之，使鉏麑贼之。晨往，寝门辟矣，盛服将朝。尚早，坐而假寐。麑退，叹而言曰："不忘恭敬，民之主也。贼民之主，不忠；弃君之命，不信。有一于此，不如死也。"触槐而死。②

这段叙述也是经典性的。鉏麑信义之士的形象，正是通过其面对"道德困境"时所做出的选择而塑造出来的。然而，整段情节的知情者只有鉏麑本人，记述者是如何知道的（特别是知道人物所言所思）？无疑是想象出来的。纪昀在《阅微草堂笔记》中就指出："鉏麑槐下之词，浑良夫梦中之噪，谁闻之欤？"③李伯元《文明小史》第二十五回也借人物之口说："这分明是个漏洞！"④史家记述，因想象而为后世小说家诟病，这倒是颇具讽刺意味的。

当小说逐渐卸掉"事实指向性"的包袱，叙述者们就可以放开手脚，尽意虚构了。尤其古代小说，以"零聚焦"为主要视点，可以知道并能够生动呈现每一个"隐秘的角落"，无论《西游记》第十八回孙悟空所变高小姐与猪八戒的对话，还是《儒林外史》第五回严监生与赵氏的对话，乃至《红楼梦》第十九回的"情切切良宵花解语　意绵绵静日玉生香"，这些绝不可能有旁观者存在的场景，却都被呈现出来，评家不会再诟病其"浑良夫梦中之噪"，只会评骘其文学虚构笔墨是否"够劲儿"。如宝、黛谑语一段，为历来评家所推

---

① 钱锺书：《管锥编》第 1 册，北京：生活·读书·新知三联书店，2007 年，第 272—273 页。

② 杨伯峻：《春秋左传注》（修订本），北京：中华书局，2009 年，第 658 页。

③（清）纪昀：《阅微草堂笔记》，上海：上海古籍出版社，1980 年，第 249 页。

④ 吴趼人：《文明小史》，南昌：江西人民出版社，1989 年，第 203 页。

崇，所谓"活色生香，謦咳如闻"①，而李评本《西游记》"总批"讨论假高小姐戏谑八戒一段时，犹嫌叙述者放不开手脚，所谓"行者妆女儿处尚少描画，若能设身做出夫妻模样，更当令人绝倒"②。这正是在"怂恿"叙述者尽意虚构，尤其在"遥体人情，悬想事势"方面，步子还可以迈得再大些。

当然，无论历史构造，还是文学虚构，都不只限于场景一隅，而是延及各个叙述结构的"核心精神"，也是"根本逻辑"。在人物形象、情节结构等方面，历史叙述者与小说叙述者都依赖想象。可以说，没有想象，历史叙述无法实现，文学叙述更难以成立。这里，限于篇幅，我们仅以表现最为突出的场景为例，讨论先秦两汉历史散文与后世"小说家言"在想象方面的血缘关系。

接下来，我们谈一谈上古历史散文在叙述框架方面对后世小说的影响。

我们知道，所有的叙述都必须在一个叙述框架内展开。而每一个叙述框架中必然存在两个核心功能：一是"声音"，二是"视点"。前者解决"谁在说"的问题，后者解决"谁在看"的问题。

先来看"谁在说"的问题。

无论纪实故事，还是虚构故事，总要有一个"人"把它讲出来。这个讲述故事的"人"，就是我们说的"叙述者"（narrator）。叙述者不是真实作者（即写定文本的那个历史上真实存在的人），而是由真实作者创造出来的一个功能，其任务是把故事讲述出来。叙述者也不是"人"（当然，有时它会"扮演"成故事里的一个人物，比如"我"，或者书中其他形象），而是我们对于叙述主体的一种拟人化表述（毕竟，"讲述"本身是一种"人"的行为）。每一个叙述中都存在至少一个叙述者。没有叙述者，故事就永远不可能落实于文本，也就无法被"受述者"（narratee）接受到，更不会被我们这些真实读者阅读到。

然而，在上古时期的历史散文中，我们几乎看不到叙述者的形象，故事总仿佛自然而然"流淌"出来的，比如：

---

① （清）曹雪芹著，（清）程伟元、高鹗整理，张俊、沈治钧评批：《新批校注红楼梦》第1册，北京：商务印书馆，2013年，第373页。

② （明）吴承恩：《西游记：李卓吾评本》，上海：上海古籍出版社，1994年，第239页。

齐侯使连称、管至父戍葵丘，瓜时而往，曰："及瓜而代。"期戍，公问不至。请代，弗许。故谋作乱。(《左传·庄公八年》)①

厉王虐，国人谤王。邵公告曰："民不堪命矣！"王怒，得卫巫，使监谤者，以告则杀之。国人莫敢言，道路以目。(《国语·周语上》)②

卫鞅亡魏入秦，孝公以为相，封之于商，号曰"商君"。商君治秦，法令至行，公平无私，罚不讳强大，赏不私亲近，法及太子，黥劓其傅。期年之后，道不拾遗，民不妄取，兵革大强，诸侯畏惧。(《战国策·秦策一》)③

在这些历史叙述中，我们接收到了清晰的故事，包括人物的言语和行为，以及被构建起的事件之间的"时间—因果"关系，却看不到叙述者的形象。仿佛故事是"自在"的，并没有一个人把它讲述出来。

当然，这是一种错觉。叙述者始终存在，不存在"无叙述者叙事"，叙述者只是隐藏起来了。正如热奈特所说，所谓"无叙述者叙事"，是叙述者十分夸张地表示自己"相对的沉默"，"他尽量闪在一旁，注意决不自称"。④这种将自己隐藏起来的叙述者，或者说"自然而然"的叙述者⑤，是中国历史散文稳定的"声音"传统。而该传统的成立与延续，是与史家"实录"精神相适应的。

中国古代历史叙述以"实录"为典范。班固评价司马迁《史记》，称其"善序事理，辨而不华，质而不俚，其文直，其事核，不虚美，不隐恶"⑥。而之所以能够达到如此高的历史叙述品位，正在于贯穿全书的"实录"精神。

古代史家大都比较自觉地将其撰述行为严格限定在"录"（即"记录"）的范畴内。历史叙述的核心任务在于记述事实。"实"既是其对象（即"事实"），

---

① 杨伯峻：《春秋左传注》（修订本），北京：中华书局，2009 年，第 174 页。

② 邬国义等：《国语译注》，上海：上海古籍出版社，1994 年，第 6 页。

③ 何建章：《战国策注释》，北京：中华书局，1990 年，第 71 页。

④ ［法］热拉尔·热奈特：《叙事话语·新叙事话语》，王文融译，北京：中国社会科学出版社，1990 年，第 249 页。

⑤ 胡亚敏：《叙事学》，武汉：华中师范大学出版社，2004 年，第 45 页。

⑥ （汉）班固著，（唐）颜师古注：《汉书》第 9 册，北京：中华书局，1962 年，第 2738 页。

也是其态度（即"真实地"）。而历史"事实"就是业已发生的事件，它本身是"自在"的，不涉及任何"声音"，后人要将其"真实地"再现出来，就必然尽量隐去"声音"的形象，制造人物、事件自行呈现的"幻觉"。当然，完全隐去也是不可能的，我们总能隐约见到叙述者的身影。如《史记·李斯列传》开篇：

> 李斯者，楚上蔡人也。年少时，为郡小吏，见吏舍厕中鼠食不洁，近人犬，数惊恐之。斯入仓，观仓中鼠，食积粟，居大庑之下，不见人犬之忧。于是李斯乃叹曰："人之贤不肖譬如鼠矣，在所自处耳！"①

故事是从传主"年少时"开始的，人物的言语、行为得到自然而然的呈现，但领起全文的一个判断句，还是令我们发现了叙述者的"信号"，进而捕捉其形象——一个传主生平的追述者。

基于小说与历史散文密切的因缘关系，这种自然而然的"声音"传统也深刻地影响着小说（尤其文言小说）的叙述者形象。如《搜神记》"羽衣人"条：

> 元帝永昌中，暨阳人任谷，因耕息于树下。忽有一人着羽衣，就淫之。既而不知所在，谷遂有妊。积月将产，羽衣人复来，以刀穿其阴下，出一蛇子，便去。谷遂成宦者，诣阙自陈，留于宫中。②

就其性质而言，这则故事无疑是荒诞不经的——十之八九，是任谷为了入宫做宦官而编的谎话。但叙述者没有采用"转述"方式，而是让故事自然流泻出来，他自己则隐于故事背后，从而为故事镀上一层"真实的锈色"。只不过，开篇的时间标记还是"暴露"了叙述者形象——逸闻轶事的记录者。而在连"信号"也阙省的情况下，叙述者的身影就很难被发现了，如：

---

① （汉）司马迁：《史记》，北京：中华书局，1959年，第2539页。
② （晋）干宝：《搜神记》，《汉魏六朝笔记小说大观》，上海：上海古籍出版社，1999年，第384页。

魏武将见匈奴使，自以形陋，不足雄远国，使崔季珪代当坐，乃自捉刀立床头。坐既毕，令人问曰："魏王何如？"使答曰："魏王信自雅望非常，然床头捉刀人，此乃英雄也。"魏王闻之，驰遣杀此使。[1]

在这段叙述中，除了"声音"本身提供的一种语态（追述），我们是完全看不到叙述者形象的，人物、事件仿佛自行呈现的。

可以说，这种尽量隐于故事背后的叙述者形象，伴随了古代文言小说发展之始终，虽然偶有作品改弦更张，却不影响其主流。不止于此，白话小说也受到该传统的影响。基于场上说话表演的艺术渊源，白话小说的叙述者基本都是一个现身而不介入故事的"说话人"形象（详见第五章），但在一些高度成熟的文人案头原创作品中，我们也可见到自然而然的叙述。如《儒林外史》，在第一回和第五十五回中，"说话人"形象是很清晰的。尤其收束全文的最后一问："看官！难道自今以后，就没一个贤人君子可以入得《儒林外史》的么？"[2]叙述者直接跳出来与受述者交流，以便于阐发题旨。但在文本主体部分，除了"话说"等有限的叙述者信号，叙述者几乎是隐藏在故事背后的。

当然，自然而然地叙述，不代表放弃申明态度、立场的权利。正相反，如前文所说，史家叙事的道德前提是辨明曲直、昭彰善恶，对人物、事件进行价值判断的意愿是十分强烈的。只不过，叙述者在讲述故事的过程中尽量保持冷静客观的立场，而将"叙述干预"割离出来，置于文本最后。

所谓"叙述干预"，指叙述者在叙述过程中表明态度。谭光辉指出，叙述干预的目的是"使叙述接受朝着叙述者希望的方向发展"，如此看来，叙述干预就是"无处不在的，并非有些部分是叙述另一些部分是叙述干预"，[3]因为叙

---

① （晋）裴启：《裴子语林》，《汉魏六朝笔记小说大观》，上海：上海古籍出版社，1999 年，第 570 页。

② （清）吴敬梓著，李汉秋辑校：《儒林外史汇校汇评》，上海：上海古籍出版社，2010 年，第 673 页。

③ 谭光辉：《小说叙述理论研究》，北京：商务印书馆，2019 年，第 133 页。

述本身就是一种"干预"行为。我们这里强调的则是比较"露骨"的叙述干预，即叙述者在讲述过程中现身，"对人物、事件甚至文本本身进行评论"①。这种叙述干预在古代白话小说中很常见，"说话人"经常中断叙述，对人物、事件进行解释或评论（详见第五章）。

这种情况在历史散文叙述中是极为少见的。叙述者在叙述过程中，基本不做评价，即便有所褒贬，也是采用"春秋笔法"（如"郑伯克段于鄢"）。直到讲完故事，叙述者才会以专门结构段落（如《左传》的"君子曰"、《史记》的"太史公曰"、《汉书》的"赞曰"等）进行评论。这种叙述与干预相对分离的叙述经验，也深刻地影响着文言小说。比如沈既济的传奇小说《任氏传》。在其叙述部分，我们几乎寻不见叙述者身影，自然也就看不出其对人物、事件的评价。直到篇末，叙述者现身，发出"异物之情也，有人道焉"②的感慨，我们得以知道其明确态度，进而去讨论真实作者的创作意图。至于《聊斋志异》诸多故事篇末的"异史氏曰"，更是对上古历史散文叙述干预形式的直接继承。

再来说"谁在看"的问题。

由于叙事文本中所有的信息最终都是由"声音"告知我们的，在很长一段时间里，人们并不注意区分"说"与"看"的主体。然而，"声音"与"视点"之间总是存在一定距离的。比如《红楼梦》第四回林黛玉进贾府，"声音"来自内叙述层的"石兄"，而"视点"则被尽量限制在人物体内，即通过黛玉的视角去观察和感知，"石兄"主要负责将观察与感知的结果转述出来。

进一步说，所谓"谁在看"的问题，不仅仅是"看"的问题，而是"谁在作为视觉、心理或精神感受的核心，叙述信息透过谁的眼光与心灵传达出来"③，即通常所谓"聚焦"（focalization）问题。

聚焦可以分成三类：零聚焦（非聚焦）、内聚焦、外聚焦。中国古代历史

---

① 谭君强：《叙事学导论：从经典叙事学到后经典叙事学》（第2版），北京：高等教育出版社，2014年，第73页。

② 李剑国辑校：《唐五代传奇集》第1册，北京：中华书局，2015年，第443页。

③ 谭君强：《叙事学导论：从经典叙事学到后经典叙事学》（第2版），北京：高等教育出版社，2014年，第84—85页。

散文基本都采取"零聚焦"方式。该聚焦方式也被称作"上帝视角"或"全知全能视角"。它灵活自如，不受限制，既可以宏观把握，又可以微观体察，甚至能够深入人物内心，捕捉游丝纤尘一般的情愫。这也是与史家叙事意图相适应的，史家强调"实录"，以再现"历史真实"为目的，如果采用内聚焦（即限制在具体人物体内）或外聚焦（即只见其行动，不知其心理根据），则"历史真实"没有办法得到全面而系统的"还原"。尤其历史叙述涉及政治角力、战争兴废、世代更替等重大事件，不采用"上帝视角"就无法把握事件的来龙去脉。比如，人们普遍肯定《左传》长于描写战争，而该书之所以能将大大小小几百次战争写得精彩生动，首先就在于采用"零聚焦"方式，聚焦者不仅熟悉交战过程，也了解战争结果，甚至其酝酿过程。更为重要的是，历史叙述都背负着"以史为鉴"的包袱，叙述者之所以要在纷繁复杂的历史事件中挦出"时间—因果"线索，目的是总结历史经验和事物发展的一般规律。如果不采用"零聚焦"，不清楚人物的来踪去迹，不了解事件的前因后果，只看到波光粼粼的湖面，而不知湖面之下的暗流涌动；仅在"白云回望合，青霭入看无"的历史迷雾中打转儿，缺乏"分野中峰变，阴晴众壑殊"的全息视角，这样的历史叙述是难以承担"史鉴"功能的。

受历史散文影响，古代小说也基本采取"零聚焦"方式，不只自然而然叙述的文言小说，也包括以"说话人"为叙述者的白话小说。虽然偶尔会看到其他聚焦方式（尤其"内聚焦"），但文本主体大都是零聚焦的。直到晚清近代时期，受西方小说叙事经验影响，更多以"内聚焦"或"外聚焦"为主的小说才出现。

在叙述框架之外，上古历史散文对小说的叙述结构也产生了深远影响。

中国古代历史散文以"编年"与"纪传"为两大根本体式。虽然都强调"时间—因果"逻辑，但前者以"事"为中心，将纷繁复杂的人物、事件编入系统性的历史进程，后者则以"人"为中心，以传主既定的生命轨迹为线索筛选、组织事件。这构成了古代历史叙述的两大结构。

后世小说也基本在这两种结构的分立和互动中展开叙述。如唐传奇或称"某传"，或称"某记"。今天一般认为，称"传"者以"人"为中心，意在为人物立传（如《任氏传》《李娃传》《毛颖传》等），称"记"者以"事"为中心，意在组织事件以敷演传奇故事（如《古镜记》《枕中记》《三梦记》等）。再如宋元话本小说，当时"说话四家"中以"讲史"与"小说"最具市场竞争力，前者基本遵循"编年"结构（如《大宋宣和遗事》《元刊全相平话五种》等），后者则多采取"纪传"结构（如罗烨《醉翁谈录》著录"石头孙立""青面兽""花和尚""武行者"等水浒故事名目，其实可以看作人物小传）。

到了明清章回小说，在宏大篇幅的体量保证下，两种结构出现密切互动和有机结合。比如，作为开山之作的《三国志演义》虽以"编年"为结构，但主人公（尤其诸葛亮）的事迹线索比较清楚，完全可以抽出一系列"小传"。更不用说明嘉靖至天启年间刊行的许多本子，大都名为"三国志传"，其与"三国志演义"系统的最大区别就是穿插着关羽次子关索（或花关索）一生事迹，这其实是将"纪传"嫁接入"编年"结构。再如《水浒传》，在传统小说书目中归为"讲史"，其结构却是"纪传"与"编年"相结合的：第七十一回之前，叙事是以"人"为中心的（如通常所说"武十回"就是武松小传），第七十一回以后，故事转而以"事"为中心，两胜童贯，三败高俅，征辽、征方腊，以及"简本"系统增入的平田虎、方庆事，明显是以"编年"为结构逻辑的。又如《西游记》，由"大闹天宫"和"西天取经"两大单元衔接而成，"西天取经"部分以"事"为中心，或可称《取经编年》（尽管时间进程比较模糊），"大闹天宫"则基本以"人"为中心，完全可以独立出来，命名为《齐天大圣传》。当然，这些都是"世代累积型"作品，基于故事素材和前文本的复杂来源，难免出现叙事结构的融合，但在纯粹文人案头原创的作品中，两种结构的融合也是存在的。如《儒林外史》将叙事线索置于元末明初至晚明的历史进程内（叙述者尤其注意交代"时间标记"，如第二回"那时成化末年，正是天下繁富的时候"、第五十五回"话说万历二十三年，那南京的名士都已渐渐销磨尽了"等），但"虽云长篇，颇同短制"的结构，使得全书更像是一个又一个"行列而来"的人物小传。及至晚清时期的《官场现形记》《二十年目睹之怪现状》等作品中，依旧沿用该结构方式。由此可见上古历史散文"编年"与"纪传"结构的深远影响。

说完叙述结构，我们再来看看上古历史散文对小说叙述内容的影响。

叙述内容的核心无疑是人物。前文交代过，"卷入人物"是叙事文本得以成立的根本。而在人物塑造方面，历史散文为小说提供了直接经验。

不少读者有这样的印象：与西方小说相比，中国古代小说的人物大都是"静止的"（约瑟夫·伊文）、"扁平的"（E. M. 福斯特）。所谓"静止的"，指人物性格不随情节发展而变化；所谓"扁平的"，指人物呈现某一突出性格。这当然只是种一般印象，中国古代小说也存在"发展的"人物、"圆形的"人物。比如《水浒传》中的林冲，其性格就是发展的，而《红楼梦》中的王熙凤无疑是一个"圆的"人物。不过话又说回来，"静止的"人物和"扁平的"人物充斥古代小说文本，也是不争的事实。那么，为什么会形成这样一种艺术传统呢？一个重要原因就是上古历史散文的影响。

历史散文所塑造的人物，全部是业已进入"时间范畴"的历史形象，是经官方和"解释社群"盖棺论定的结果。其一生事迹经常被归因于某种总结、提炼之后的品质或性格；史官围绕人物选择、组织、重构其生平事件，也大都以某种品质或性格为核心参照系。换句话说，在中国的史传叙事传统中，人物的行动（情节）其实是其性格和品质的实践。就叙述逻辑而言，"性格"大于"行动"。这与基于古希腊悲剧的西方叙事传统正相反。在西方叙事传统中，"行动"是大于"性格"的，如亚里士多德所说："人物不是为了表现性格才行动，而是为了行动才需要性格的配合。"[1] 中国历史叙述的逻辑则正好调过来，行动"配合"性格，所以往往在叙述起点就明确交代人物的主要品质或性格，为接下来的人物行动提供根本依据，即刘知幾在《史通·叙事》中所强调的"直纪其才行者"[2]。如《史记·滑稽列传》叙述优旃事迹，开篇即点明：

优旃者，秦倡侏儒也。善为笑言，然合于大道。[3]

---

[1] ［古希腊］亚里士多德：《诗学》，陈中梅译注，北京：商务印书馆，1996年，第64页。

[2] （唐）刘知幾撰，（清）浦起龙释：《史通通释》，上海：上海古籍出版社，1978年，第168页。

[3] （汉）司马迁：《史记》，北京：中华书局，1959年，第3202页。

接下来被选择、组织起来的三个事迹，都是为这一"才行"服务的。又如《吕不韦列传》开篇，叙述者交代道：

> 吕不韦者，阳翟大贾人也。往来贩贱卖贵，家累千金。[①]

虽未"露骨"地指出其品质性格，但基于古代重农轻商的意识，特地强调"大贾人"，本身就抛出了一个包含气质、性格的刻板形象。接下来，叙述者引出"奇货可居"的典故，这也成为指导吕氏行动的一个最重要的心理根据。

在后世小说中，这种"直纪其才行"的塑造方式，可谓在在皆是，且不限于某一种体式：

> 天宝中，有常州刺史荥阳公者，略其名氏，不书，时望甚崇，家徒甚殷。知命之年，有一子，始弱冠矣。隽朗有词藻，迥然不群，深为时辈推伏。（《李娃传》）[②]
>
> 且道那女娘子遇着甚人？那人是越州人氏，姓张双名舜美。年方弱冠，是一个轻俊标致的秀士，风流未遇的才人。（《张生彩鸾灯传》）[③]
>
> 话说国朝成化年间，苏州府长洲县阊门外，有一人，姓文，名实，字若虚，生来心思慧巧，做着便能，学着便会，琴棋书画，吹弹歌舞，件件粗通。（《转运汉遇巧洞庭红　波斯胡指破鼍龙壳》）[④]
>
> 看官听说：莫不这人无有家业的？原是清河县一个破落户财主……从小而也是个好浮浪子弟，使得些好拳棒，又会赌博，双陆象棋，拆白道字，无不通晓……近来发迹有钱，人都称他做西门大官

---

① （汉）司马迁：《史记》，北京：中华书局，1959年，第2505页。

② 李剑国辑校：《唐五代传奇集》第2册，北京：中华书局，2015年，第898页。

③ （明）熊龙峰等刊行，石昌渝等校点：《熊龙峰刊行小说四种》，南京：江苏古籍出版社，1990年，第4页。

④ （明）凌濛初：《拍案惊奇》，北京：人民文学出版社，1991年，第5页。

第一章　先秦两汉：小说的孕育期

041

人……专一嫖风戏月，调占良人妇女。(《金瓶梅词话》)①

粤西孙子楚，名士也。生有枝指。性迂讷，人诳之，辄信为真。
(《聊斋志异·阿宝》)②

可以说，古代小说中的大部分人物，当其甫一亮相时，形象（包括性格、气质、品行、才能等）便基本"定型"了，并不随情节推进而变化。当然，所谓"定型"，不是绝对静止，而是在接下来的情节中被不断皴染，更在关键场景中得到戏剧化呈现，从而变得越发清晰、立体，但几乎不会朝"圆的"方向发展。

最后，我们来看历史散文对小说叙述组织的影响。

叙述组织的核心是情节。情节的分类方式有很多，且大部分都是与人物分类紧密结合在一起的。这是容易理解的，毕竟情节说到底是人物的行动。但这会引导我们转回叙述内容的范畴去讨论问题。这里，我们推荐一种从情节本位出发又相对容易操作的分类方法：首先，找到情节的最小单位——意元（motif，旧译作"母题"，但容易令人产生误会，将其理解为"主题之母"），进而将其分为"动力性"与"静止性"两种。具体说来，"动力性的意元推进情节，静止性的意元不推进情节，只描述相关状态"③。

历史散文的情节基本都是"动力性"的，意元在叙述中前后接续，构成一个环环相扣的"时间—因果"链条，"后文"是对"前情"的回复或反应，失却某一个环节，情节就会发生断裂。

这也是与"史鉴"功能相适应的。既然史传叙事的目的是捋清历史事件的来龙去脉，为后世提供经验教训，则情节的组织必然连贯完整。刘知幾称《汉书》"言皆精练，事甚该密"④，即包含对其情节组织能力的肯定。如《李广苏建

---

① （明）兰陵笑笑生著，梅节校订：《金瓶梅词话》，台北：里仁书局，2009 年，第 31 页。

② （清）蒲松龄著，张友鹤辑校：《聊斋志异会校会注会评本》第 1 册，上海：上海古籍出版社，2011 年，第 233 页。

③ 赵毅衡：《苦恼的叙述者》，成都：四川文艺出版社，2013 年，第 151 页。

④ （唐）刘知幾撰，（清）浦起龙释：《史通通释》，上海：上海古籍出版社，1978年，第 168 页。

传》叙述苏武出使匈奴的历史背景：

> ……时汉连伐胡，数通使相窥观，匈奴留汉使郭吉、路充国等，前后十馀辈。匈奴使来，汉亦留之以相当。天汉元年，且鞮侯单于初立，恐汉袭之，乃曰："汉天子我丈人行也。"尽归汉使路充国等。武帝嘉其义，乃遣武以中郎将使持节送匈奴使留在汉者，因厚赂单于，答其善意。武与副中郎将张胜及假吏常惠等募士斥候百馀人俱。既至匈奴，置币遗单于。单于益骄，非汉所望也。[①]

可以看到，整段情节是环环相扣的，没有任何"赘笔"。事件之间的"时间—因果"联系被清晰地构建起来。失掉任何一环，整个链条都会出现明显空缺。

这种情节的组织形态对后世小说产生了深远影响。特别是文言短篇，大都遵循"言皆精练，事甚该密"的传统，如：

> 贞观中，西域献胡僧，咒术能死生人。太宗令于飞骑中拣壮勇者试之，如言而死，如言而苏。帝以告太常卿傅奕，奕曰："此邪法也。臣闻邪不犯正，若使咒臣，必不得行。"帝召僧咒奕，奕对之，初无所觉。须臾，胡僧忽然自倒，若为所击者，便不复苏。[②]

全篇可以概括为五句话，每句话就是一个事件，缺失其中任何一环，叙述都无法保证完整连贯。笔记小说如此，传奇小说亦如此，如《谢小娥传》叙写小娥擒杀申春、申兰的高潮部分，就是典型的动力性情节：

---

① （汉）班固著，（唐）颜师古注：《汉书》第 9 册，北京：中华书局，1962 年，第 2459—2460 页。

② （唐）刘��：《隋唐嘉话》，《唐五代笔记小说大观》，上海：上海古籍出版社，2000 年，第 101 页。

······兰与春同去经月，多获财帛而归。每留娥与兰妻蔺氏同守家实，酒肉衣服，给娥甚丰。或一日，春携文鲤兼酒诣兰。娥私叹曰："李君精悟玄鉴，皆符梦言。此乃天启其心，志将就矣。"是夕，兰与春会，群贼毕至，酣饮。暨诸凶既去，春沉醉，卧于内室，兰亦露寝于庭。小娥潜锁春于内，抽佩刀，先断兰首，呼号邻人并至。春擒于内，兰死于外，获赃收货，数至千万。①

与粗陈梗概的笔记小说相比，传奇叙事委曲生动，尤其在时长、频次等叙事时间的处理上，变得更加灵活自如。但从情节组织上看，仍旧是动力性的。

白话小说的情节也多是动力性的，如《西游记》第二十五回叙写镇元大仙"油炸"孙悟空的情节：

······只见那小仙报道："师父，油锅滚透了。"大仙教把孙行者抬下去。四个仙童抬不动，八个来也抬不动，又加四个也抬不动。众仙道："这猴子恋土难移，小自小，倒也结实。"却教二十个小仙扛将起来，往锅里一掼，烹的响了一声，湛得些滚油点子，把那小道士们脸上烫了几个燎浆大泡。只听得烧火的小童道："锅漏了！锅漏了！"说不了，油漏得罄尽，锅底打破。原来是一个石狮子放在里面。②

这是一段典型的"以戏言寓诸幻笔"的文字，叙述者的语言诙谐，场景生动且富于喜剧效果，但情节组织还是一环接一环的（作者不必游离于情节，即可制造笑点，正是其笔力高绝之处），而这类文字在《西游记》中，可谓俯拾即是。

直到《红楼梦》一书，才出现更多静止性情节（所以该书总给人一种"慢叙述"的感觉），但静止性情节在小说文本中全面铺开，要等到"五四"以

---

① 李剑国辑校：《唐五代传奇集》第 2 册，北京：中华书局，2015 年，第 715—716 页。
② （明）吴承恩：《西游记：李卓吾评本》，上海：上海古籍出版社，第 332—333 页。

后，那就已经是现代小说的历史区间了。可以说，在史传文学传统的深刻影响下，动力性情节是伴随古代小说发展之始终的。

总之，上古历史散文对小说的影响是全面的、深刻的、悠远的，涉及叙述框架、叙述结构、叙述内容、叙述组织等诸多方面，更以其历史构造逻辑，启发了小说的文学想象。与古老的神话传说相比，历史散文为小说提供了更直接的叙事经验，是孕育小说的真正母体。

## 第三节　诸子散文与小说

先秦是思想"井喷"的时代。尤其春秋战国时期，随着文化下移，"士"阶层兴起，并积极参与到国家的经济、政治、文化生活中。在周王室衰微的大背景下，诸侯国各据一方，相互制衡、较量、倾轧，形成争霸态势。这为"士"阶层提供了市场。他们游走于各诸侯国，兜售自家主张，针对经济、政治、军事、哲学、伦理、技术等问题发表见解，形成不同流派，构成"百家争鸣"的局面。

两汉时期，在"罢黜百家，独尊儒术"的官方学术引导下，诸子之学趋于消歇，新的学说产量很低，既有的学说也未得到全面而系统的保护和继承。但从文化地位看，诸子之学的地位仍是比较高的，仅次于作为官方学术的"经"部。班固《汉书·艺文志》中"诸子略"仅次于"六艺略"，其类序言："今异家者各推所长，穷知究虑，以明其指，虽有蔽短，合其要归，亦六经之支与流裔。"[1] 足见当时官方对诸子学说的肯定与重视。西晋荀勖编纂《中经新簿》，官修目录由"六分法"改为"四分法"，但诸子之学仍紧随"六艺"之后。直到东晋李充《晋元帝四部书目》，"子"部才让位给"史"部，退到第三的位置上。

---

① 陈国庆：《汉书艺文志注释汇编》，北京：中华书局，1983 年，第 164 页。

可以说，在上古时期，就文化影响力而言，诸子散文是大于历史散文的。更重要的是，从学术归类看，"小说家"本就是隶属于"子部"的，小说文本（这里取其"小道"的概念）与诸子散文文本有着更为直接的血缘关系（通过《青史子》佚文即可见其一斑）。而从叙事经验的角度看，诸子散文其实也扮演了至关重要的角色。

诸子散文的文本大多是叙述性的，或者说具有叙述倾向的。比如《论语》一书，今天一般将之定义为"语录体散文"。班固讨论其成书过程时说：

> 《论语》者，孔子应答弟子时人及弟子相与言而接闻于夫子之语也。当时弟子各有所记。夫子既卒，门人相与辑而论篹，故谓之《论语》。[①]

如此看来，《论语》相当于对孔子门生"课堂笔记"的拣择、汇编。既然是"课堂笔记"，记录的当然多是说明、议论等"非叙述话语"，但又言"应答"和"相与言而接闻于夫子"，则经常以"对话"形式组织言语，这就构成了"场景"，形成叙述性文本。比如《论语·颜渊》：

> 颜渊问仁。子曰："克己复礼为仁。一日克己复礼，天下归仁焉。为仁由己，而由人乎哉？"
> 颜渊曰："请问其目。"子曰："非礼勿视，非礼勿听，非礼勿言，非礼勿动。"
> 颜渊曰："回虽不敏，请事斯语矣。"[②]

就言语内容本身看，都是说明性、议论性的，却被组织成一个"场景"。更难得的是，为了递进式地呈现"仁"这一儒家核心范畴的内涵和外延，对话

---

① 陈国庆：《汉书艺文志注释汇编》，北京：中华书局，1983年，第79页。
② 杨伯峻：《论语译注》，北京：中华书局，2009年，第121页。

也出现了层次：两番问答，外加一个收煞。这种往复的言语交流，就很像散文叙述的对话场景了。再如《论语·先进》：

子路、曾皙、冉有、公西华侍坐。

子曰："以吾一日长乎尔，毋吾以也。居则曰：'不吾知也！'如或知尔，则何以哉？"

子路率尔而对曰："千乘之国，摄乎大国之间，加之以师旅，因之以饥馑；由也为之，比及三年，可使有勇，且知方也。"

夫子哂之。

"求！尔何知？"

对曰："方六七十，如五六十，求也为之，比及三年，可使足民。如其礼乐，以俟君子。"

"赤！尔何如？"

对曰："非曰能之，愿学焉。宗庙之事，如会同，端章甫，愿为小相焉。"

"点！尔何如？"

鼓瑟希，铿尔，舍瑟而作，对曰："异乎三子者之撰。"

子曰："何伤乎？亦各言其志也。"

曰："莫春者，春服既成，冠者五六人，童子六七人，浴乎沂，风乎舞雩，咏而归。"

夫子喟然叹曰："吾与点也！"

三子者出，曾皙后。曾皙曰："夫三子者之言何如？"

子曰："亦各言其志也已矣。"

曰："夫子何哂由也？"

曰："为国以礼，其言不让，是故哂之。"

"唯求则非邦也与？"

"安见方六七十如五六十而非邦也者？"

"唯赤则非邦也与？"

"宗庙会同，非诸侯而何？赤也为之小，孰能为之大？"①

这段对话不仅揭示出儒家的人生哲学，也生动地塑造了人物。文本不只通过差异化的言语内容体现人物个性，更注意到刻画情态，甚至动作细节。"铿尔"一句很像后世小说中的"闲笔"，主题指向功能不大，文学修辞功能却极强。可以看到，虽然是"语录体"，但《论语》并不限于"论纂"教条，其中一些篇什已具有叙述性，且达到相当之品位。

如果被记录下来的言语是以更复杂的叙事形态呈现的，或言语本身包含大量叙述性成分，那么诸子散文文本的叙事品位就更高了。比如孟轲、韩非、庄周等人，其"人设"与"画风"虽各不相同，却都是叙事能手。

如《孟子·公孙丑章句下》：

孟子去齐，宿于昼。有欲为王留行者，坐而言。不应，隐几而卧。

客不悦曰："弟子齐宿而后敢言，夫子卧而不听，请勿复敢见矣。"

曰："坐！我明语子。昔者鲁缪公无人乎子思之侧，则不能安子思；泄柳、申详无人乎缪公之侧，则不能安其身。子为长者虑，而不及子思；子绝长者乎？长者绝子乎？"②

这段话语本身就是相对复杂的叙事形态，即"概述 + 场景"。叙述者先以概述形式交代对话背景，构造出矛盾，继而呈现对话场景。

值得注意的是，孟轲答语中引述了鲁缪公延揽贤人的事迹，这就涉及"叙述分层"问题：孟轲与"客"之对话属于"外故事层"（extradiegetic），孟轲引述的鲁缪公事迹则属于"内故事层"（intradiegetic），③ 也就是通常所说的"故事里面有故事"。

① 杨伯峻：《论语译注》，北京：中华书局，2009 年，第 117—118 页。

② 杨伯峻：《孟子译注》，北京：中华书局，2020 年，第 96—97 页。

③ ［美］杰拉德·普林斯：《叙述学词典》（修订版），乔国强等译，上海：上海译文出版社，2011 年，第 47 页。

有的时候，孟轲在对话中引述的内容也是对话，如《孟子·梁惠王章句下》"齐宣王见孟子于雪宫"①。二人围绕"乐民之乐者，民亦乐其乐"的问题，展开一番对话。为了更具体、生动地阐发主旨，孟轲以直接引语的形式再现了齐景公与晏子的交谈，这就不只是"故事里面有故事"，而是"对话里面有对话"，对后世小说的场景呈现是具有示范意义的。

在论述过程中，孟轲也善于引用故事。如《孟子·离娄章句下》：

> 齐人有一妻一妾而处室者，其良人出，则必餍酒肉而后反。其妻问所与饮食者，则尽富贵也。其妻告其妾曰："良人出，则必餍酒肉而后反；问其与饮食者，尽富贵也，而未尝有显者来，吾将瞷良人之所之也。"
>
> 蚤起，施从良人之所之，遍国中无与立谈者。卒之东郭墦间，之祭者，乞其馀；不足，又顾而之他——此其为餍足之道也。
>
> 其妻归，告其妾，曰："良人者，所仰望而终身也，今若此——"与其妾讪其良人，而相泣于中庭，而良人未之知也，施施从外来，骄其妻妾。②

这已经是一篇颇具艺术灵性的"小说家言"了，戏剧性的故事，立体的人物（尤其注意刻画情态）。叙述者的讲述也很有章法，对人物言语的引述，既有间接引语，也有直接引语，并在叙述中适时插入"干预"（"此其为餍足之道也"），已初具后世小说的叙述范式。故事末尾以人物情态收敛，给人留下无限遐想，也是后世小说"惯用伎俩"。宋代开始，《孟子》被纳入科举的"考纲范围"，最终跻身经典，成为文人知识结构的"硬性组织"。说该书叙述经验对文人小说产生深远影响，应不是无稽之谈。而蒲松龄应童子试时，受到施闰章大力褒奖，即在于由"蚤起，施从良人之所之"一句引出新故事，足以见诸子散

---

① 杨伯峻：《孟子译注》，北京：中华书局，2020年，第30—31页。
② 杨伯峻：《孟子译注》，北京：中华书局，2020年，第187—188页。

文对小说家之影响。

　　当然，更喜欢"讲故事"的是韩非。《孟子》中，故事还只是间或出现，到了《韩非子》中，则变得连篇累牍。据统计，《韩非子》中的故事有340则①，为先秦诸子之最。书中不少章节，如《内储说》《外储说》《说林》《喻老》《十过》等，都可以被视作专门的故事集。韩非显然是有意搜集、整理、编创故事，为自己立说服务。作为论据，这些故事大都采撷、提炼自现实情境，又经过法家思想的"滤镜"处理，成为强化《韩非子》犀利文风的工具；而作为叙述话语，这些故事往往情节简单、形象单薄，却具有浓郁的"小说家言"味道。如：

　　　　郑人有欲买履者，先自度其足而置之其坐，至之市而忘操之。已得履，乃曰："吾忘持度。"反归取之。及反，市罢，遂不得履。人曰："何不试之以足？"曰："宁信度，无自信也。"②

　　这是今人非常熟悉的一则寓言故事。可能是当时民间广为流传的，被韩非采撷入文本，也可能出自韩非杜撰。如果是来自民间的，那么它就是一则民间文学体裁意义上的"寓言"，即"人民集体创作的口头故事"③。其所寓含的道理，最终解释权是归大众的；如果是韩非杜撰出来的，它当然也是"寓言"，但其中反映的道理就以文本的叙述者为解释中心，那就是真正意义上的"小说家言"了。这种情况，在附有叙述干预的篇章中体现得更明显，如：

　　　　宋襄公与楚人战于涿谷上。宋人既成列矣，楚人未及济。右司马购强趋而谏曰："楚人众而宋人寡，请使楚人半涉，未成列而击之，必败。"襄公曰："寡人闻君子曰：'不重伤，不擒二毛，不推人于险，

① 公木：《先秦寓言概论》，济南：齐鲁书社，1984年，第129页。
② （清）王先慎：《韩非子集解》，北京：中华书局，1998年，第279—280页。
③ 钟敬文：《民间文学概论》（第2版），北京：高等教育出版社，2010年，第165页。

不迫人于阸，不鼓不成列。'今楚未济而击之，害义。请使楚人毕涉成阵，而后鼓士进之。"右司马曰："君不爱宋民，腹心不完，特为义耳。"公曰："不反列，且行法。"右司马反列，楚人已成列撰阵矣，公乃鼓之。宋人大败，公伤股，三日而死。此乃慕自亲仁义之祸。夫必恃人主之自躬亲而后民听从，是则将令人主耕以为上，服战雁行也民乃肯耕战，则人主不泰危乎！而人臣不泰安乎！①

　　这里讲述的是发生于公元前 638 年的"泓水之战"，但《韩非子》的记述与史传存在不少出入，即顾广圻所谓"与三《传》不合"，而这恰恰是"小说家言"味道的突出体现。前文已述，史传以"纪实"为目的，小说家言则没有"事实指向性"的叙述包袱。我们可以将这段文字与《左传·僖公二十二年》的记载进行比较，《左传》与《韩非子》的叙述都是场景化的，但前者基于历史构造，主观意图是记述史实，后者则是一种虚构性叙述，目的在于借其阐明一个道理，而这个道理是以叙述者为解释中心的。所谓"此乃慕自亲仁义之祸"，显然是结合具体文本语境和主观意图的个性化认识。起码，多数历史叙述者从这场著名战役中总结出的历史教训，并不是从该切入点出发的。

　　更明确地运用"寓言"思维以立说的是庄周。"寓言"一词最早即出自《庄子》，所谓"寓言十九，藉外论之"②。这里的"寓言"就是一种"寄托寓意的言论"③。单纯从数量看，《庄子》之寓言不及《韩非子》之寓言，但从全书的覆盖程度看，《庄子》寓言"十有其九"，即《史记》所谓"大抵率寓言也"④。而从质上看，庄周寓言的形象更为丰满，文学色彩也更浓。如《庄子·外物》：

　　　　任公子为大钩巨缁，五十犗以为饵，蹲乎会稽，投竿东海，旦旦而钓，期年不得鱼。已而大鱼食之，牵巨钩，錎没而下，骛扬而奋

---

① （清）王先慎：《韩非子集解》，北京：中华书局，1998 年，第 283—284 页。

② （清）郭庆藩：《庄子集释》，北京：中华书局，1961 年，第 948 页。

③ 陈鼓应：《庄子今注今译》，北京：中华书局，1983 年，第 728 页。

④ （汉）司马迁：《史记》，北京：中华书局，1959 年，第 2143 页。

謦，白波若山，海水震荡，声侔鬼神，惮赫千里。任公子得若鱼，离而腊之，自制河以东，苍梧以北，莫不厌若鱼者。已而后世轻才讽说之徒，皆惊而相告也。夫揭竿累，趣灌渎，守鲵鲋，其于得大鱼难矣，饰小说以干县令，其于大达亦远矣，是以未尝闻任氏之风俗，其不可与经于世亦远矣。①

这则寓言带有神话传说的余韵，富于幻想，浪漫瑰奇，情节虽不曲折，形象却很丰满，尤其在叙述中插入诗化的场面描写，渲染出整体意境，唐人传奇中就屡见类似笔触。绪论部分已交代，"小说"一词最早即出现于此篇。虽然其所谓"小说"与后世作为文类的小说还有相当距离，但庄周也可算作中国"小说学"的发端，而其"以不羁之才，肆跌宕之说"的话语（尤其叙述话语）实践，也可被视作后世小说的前源。②

无论以论辩见长的孟轲、韩非，还是以哲思著称的庄周，抛开其言说中"寓言"的形式差异（体量、风格等）不谈，回归逻辑本质，"寓言"思维（即借故事以阐发道理）是相同的。而这种"寓言"思维，是上古诸子散文对后世小说最深刻的影响。如刘勇强先生所说："寓言对小说最重要的影响还是在观念与思维方法上，也就是说，寓言的寓意寄托正好与小说的'必有可观'说相呼应。"③早期小说还存在"为故事而故事"的情形，近古以来则发生了变化，"小说作品中作者主观精神大大加强，这一方面导致产生了许多道德说教的作品，但另一方面却把小说创作提升到成熟的水平。小说家的主观精神之重要表现是小说题旨确立以及它对情节的铸造。故事不再是故事本身，故事有所寓意"④。尤其对于作为"一种虚构的叙事散文"的小说而言，强调"故事有所寓意"显得格外重要。无论六朝志怪，还是唐人传奇，皆有史传文学为其"背

① （清）郭庆藩：《庄子集释》，北京：中华书局，1961年，第925页。
② 罗书华：《中国小说学主流》，上海：上海书店出版社，2007年，第34页。
③ 刘勇强：《中国古代小说史叙论》，北京：北京大学出版社，2007年，第64页。
④ 石昌渝：《中国小说源流论》（修订版），北京：生活·读书·新知三联书店，2015年，第93页。

书"，文体本身所提供的"话语权威"，使其得以更多地追求说故事的兴味意趣，宋元说话则与勾栏瓦舍中诸般游艺表演为伍，遵循商业规律，强调娱乐功能，也不必标榜"寓意"。直到"讲述"落实为近古时期文人案头编创活动，并推动形成"虚构的叙事散文"这一通行的小说概念，"寓意"才成为一种创作与阐释上的必需。如陈忱《水浒后传论略》言：

> 《水浒》，愤书也。宋鼎既迁，高贤遗老，实切于中，假宋江之纵
> 横而成此书，盖多寓言也。[1]

将创作主体与"发愤著书"的刻板形象相结合，是通俗小说批评的一种常见"话术"，但通俗小说在文体上毕竟不同于史传，缺乏来自后者的"权威"保证，若想见容于主流批评话语，强调故事"盖多寓言"，建立起与诸子散文"寓言"思维之间的"意连"关系，[2]便成为一个努力方向。毕竟，"小说家"虽不足观，起码还可以堂而皇之地坐在"子部"的冷板凳上。通俗小说这类不被官修目录接纳的文本，如果能在创作意图上向诸子散文靠拢，或可得"妃嫔媵嫱"之侥幸。

综合以上，可以看到，处于孕育期的古代小说从其文化母体中获得了充足的养分。尤其是在散文叙事方面，神话传说、历史散文、诸子散文为小说提供了巨大启迪与经典示范。正所谓"问渠那得清如许，为有源头活水来"，古代小说之所以能够在背负"小道"包袱的同时保持旺盛的活力，一个重要原因就在于来自神话传说、历史散文、诸子散文的"源头活水"。

---

① （清）陈忱：《水浒后传》（清绍裕堂刊本），上海：上海古籍出版社，2017年，第1页。
② 石昌渝：《中国小说源流论》（修订版），北京：生活·读书·新知三联书店，2015年，第92页。

# 第二章　魏晋南北朝：小说的雏形期

魏晋南北朝时期，小说在其文化母体中持续发育，并随着母体基质的变化而获得新的阶段形态，尽管尚未实现文体自觉，但从散文叙述的角度讲，已初具规模，形成了一些"准小说"样式，或者说后世小说之"雏形"。

从文学史发展的大背景看，魏晋南北朝时期是"文学自觉"的时代。先秦两汉时期，文学还未从"文史哲一体"的原始浑融形态中分离出来，成为一门独立的学科。当时没有纯粹的文学家，也不存在纯粹的文学作品。虽有"文学"的概念，指称的却不是今天所理解的"语言文字之艺术"，而是学问。如《论语·先进》提到孔子门人之所长，有"德行""言语""政事""文学"四门，"文学"的代表人物是子游、子夏。[1] 但这里的"文学"指的是"文献"。再如《史记·孝武本纪》言："而上向儒术，招贤良，赵绾、王臧等以文学为公卿，欲议古立明堂城南，以朝诸侯……后六年，窦太后崩。其明年，上征文学之士公孙弘等。"[2] 这里的"文学"指的是"儒学"。作为语言文字艺术的文学，此一时期被视作"雕虫小技"，以之见长者也得不到社会肯定，如《史记》和《汉书》都设有"儒林传"，而没有"文苑传"。只有学者群体（儒林）可以通过历史书写，堂而皇之地进入"时间范畴"，文学家群体（文苑）却无法进入官方认定的"名人堂"，难怪扬雄自悔"少而好赋"，称其为"雕虫篆刻""壮夫不为"了。到了魏晋时期，情形发生了根本改变。文学家的地位显著提升，如曹

---

[1] 杨伯峻：《论语译注》，北京：中华书局，2009 年，第 109 页。

[2] （汉）司马迁：《史记》，北京：中华书局，1959 年，第 451 页。

丕《典论·论文》言："盖文章，经国之大业，不朽之盛事。"①到了南北朝，文学成为一门独立学科，宋文帝立四学：儒学、玄学、史学、文学。文学虽居于最末，毕竟有了独立身份。范晔编撰《后汉书》，增设"文苑传"，以语言文字艺术见长者终于可以通过历史书写而获得"不朽"形象。在此背景下，愈来愈多文士参与文学实践，并自觉地追求文学的审美特质，在情采、词藻、声律等方面积极探索，各种文学体裁的表现成规与风格特征也越来越明晰，如陆机《文赋》所描述的："诗缘情而绮靡。赋体物而浏亮。碑披文以相质。诔缠绵而凄怆。铭博约而温润。箴顿挫而清壮。颂优游以彬蔚。论精微而朗畅。奏平徹以闲雅。说炜晔而谲诳。"②可以说，魏晋南北朝时期才出现了真正意义上百花竞放的"文学园地"。

当然，绪论部分已经交代过，我们理解古代小说的概念，不能单纯从文学立场出发。但从生产、传播、接受的实际看，"小说家"队伍的壮大，正在于其尝试摆脱"子"与"史"的束缚，向文学靠拢。作为"表演技艺"的小说、作为"虚构叙事散文"的小说、作为"通俗叙事文体统称"的小说，之所以被我们纳入考察范围并成为重点对象，正在于其文学性、审美性特质。可以说，文言小说的文体自觉发生在魏晋南北朝之后的唐代，不是历史的偶然；"小说之自觉"以"文学之自觉"为大前提，这是文学史、小说史的必然。只不过，此一时期的小说还只是"小说之自觉"的最后准备，主要表现在以下四种样态：杂传小说、博物小说、志人小说、志怪小说。

---

① （三国魏）曹丕：《典论·论文》，郭绍虞：《中国历代文论选》，上海：上海古籍出版社，1979 年，第 61 页。

② （晋）陆机：《文赋》，郭绍虞：《中国历代文论选》，上海：上海古籍出版社，1979 年，第 67—68 页。

# 第一节 《汉武内传》等杂传小说

文学自觉是小说进入雏形期的大背景、大前提，却不是其直接诱因。此一时期，大量"准小说"的出现，更直接地缘于史传文的长足发展。

中国最早的官修目录是刘向《别录》与刘歆《七略》。当时以"六分法"著录官藏书目（基于当时的生产力条件，也相当于国家藏书），两书久已亡佚，但班固《汉书·艺文志》是以之为基础删改而成的，我们可借以窥其大概。其所分六部为：六艺略、诸子略、诗赋略、兵书略、数术略、方技略。可以看到，这里没有"史部"的位置。历史著述都被归在"六艺略"的"春秋类"之下。这是合理的，当时的历史著述体量很小，而"春秋"虽为儒家经典，本质上是史书，以其统摄若干历史著述，暂时不会造成学术流别的紊乱。

魏晋以后，官修书目改用"四分法"。史部成为"四部"之一，且最终取代子部，居于第二位置。究其原因，主要在于著述体量的激增，而史著体量之所以迅速增长，在于民间修史之风的兴起。按《隋书·经籍志》史部小序所言："自史官废绝久矣，汉氏颇循其旧，班、马因之。魏、晋已来，其道逾替。南、董之位，以禄贵游，政、骏之司，罕因才授。故梁世谚曰：'上车不落则著作，体中何如则秘书。'于是尸素之俦，盱衡延阁之上，立言之士，挥翰蓬茨之下。"[1] 当时充任史官者多是王公贵族子弟，不学无术，尸位素餐，写不出像样的国史，反倒是民间"野生"的历史撰述者，生产出大量具有较高品位的史著。

究其原因，《隋志》将之归于史官制度废弛，当然是有道理的，但只是一方面。另一方面是今文经学的衰微，促使知识分子的学术热情从经部转向史部。两汉时期，立为官学的主要是今文经，因为与仕途经济息息相关，学者

---

[1] （唐）魏徵、令狐德棻：《隋书》，北京：中华书局，1973 年，第 992 页。

的主要精力也在于治今文经学。如《汉书·儒林传》所言："自武帝立五经博士……讫于元始，百有馀年，传业者浸盛，支叶蕃滋，一经说至百馀万言，大师众至千馀人，盖利禄之路然也。"[①]可谓一语中的。郑玄以后，今文经的垄断地位被打破，南北朝时期，学者大都致力于古文经学。今文经学"碎义逃难，便辞巧说"的研究路数逐渐被抛弃，而古文经对研究者的学术积累和训诂能力要求较高。"治经"之路既然不好走，可以转向"治史"，总归都是"立言"以不朽，说到底都是"治生"，即寻求"利禄之路"而已。同时，魏晋南北朝时期政权更迭频繁，修史以总结前代教训的需求更多，这也为"立言之士"提供了更多的机会。

所谓"治史"，针对的是国史，这才是真正意义的"立言"。但一方面，国史的书写对象是有"门槛"的，不是什么人都能跻身其中的。这主要取决于传主的官职、爵位、功业，尤其是在国家政治、经济、文化等事业中的影响力。另一方面，国史的书写也是有范式的，即《史记》《汉书》等立下的"正史"规矩，不是什么素材都可以采信的。而在"立言之士，挥翰蓬茨之下"的叙述实践中，史传对象与素材的范围被扩大了，许多在国家层面无甚影响，却在地方、家族、组织事业中声名显赫的人物，许多可信度不高（甚至怪力乱神）的素材，纷纷进入民间修史者笔下，这就催生出大量"杂传"。

何谓"杂传"？按李剑国先生考述：

> 杂传一词，就现有文献来看最早出现于《汉书·艺文志》，《六艺略》孝经类著录《杂传》四篇，原是书名。后来进入图书分类学，成为史部的一类。刘宋秘书丞王俭编纂私人书目《七志》，其《经典志》中有杂传一类（《隋书·经籍志序》），嗣后梁阮孝绪作《七录》，《传记录》十二部中也有杂传一部（《广弘明集》卷三《古今书最》）。《隋书·经籍志》《旧唐书·经籍志》皆因之。《新唐书·艺文志》改称杂传记，《崇文总目》称作传记，刘知幾《史通·杂述篇》则称作别传，

---

① （汉）班固著，（唐）颜师古注：《汉书》第9册，北京：中华书局，1962年，第3620页。

其实并无多大差别。但窃以为杂传一词最为精当，一个"杂"字道出此种文体和内容特征——庞杂不典，真虚杂糅，有别于正史的传记。[1]

可见，这是一种依傍正史而又自成体系的史传文。说"依傍正史"，因其以正史范式为参照，说"自成体系"，指的是它被正史系统排斥在外。

说到底，杂传不等同于小说，但在叙事方面与后者相通、相近。如《穆天子传》《燕丹子》《汉武故事》《汉武内传》《赵飞燕外传》等，其实已经算是"杂传小说"或"准杂传小说"，[2] 至于《列仙传》《神仙传》等，也早已经被归入志怪小说序列。尤其在唐传奇文体的形成过程中，杂传扮演了至关重要的角色。我们这里择其要者，进行一下介绍。

其实，早在魏晋南北朝之前，一些杂传就具有"小说家言"色彩了，如《穆天子传》《燕丹子》等。

《穆天子传》六卷，《隋志》著录于史部起居注类，新《唐志》著录于史部实录类，大抵是根据传主身份，按照"君举必书"传统，以及"编年纪月"体例进行的归类。实际上，本书更像一部杂传。直至《四库全书》，始将其移入子部小说家类，根据的就是书中"恍惚无征"的内容。[3] 本书作者无考，成书年代也存在争议，今天一般将其视作战国时代的作品。[4] 作者以人物为中心，以时间为线索，叙写周穆王事迹。前五卷写穆王驾八骏西征的故事，第六卷写穆王宠妃盛姬病逝，穆王为其治丧的情节。书中融入诸多神话传说，用语韵散结合，尤其在人物酬答中插入诗赋，已偏离官修史书的传统，倒可以看成小说之"滥觞"。[5] 而后来的《汉武故事》《汉武内传》等杂传小说，应该就是受其启发而来的。

---

① 李剑国：《汉魏六朝杂传与唐人小说》，《淮阴师范学院学报》（哲社版）2014年第3期。
② 李剑国：《汉魏六朝杂传集·序》，熊明辑校：《汉魏六朝杂传集》，北京：中华书局，2017年，第2页。
③（清）纪昀总纂：《四库全书总目提要》，石家庄：河北人民出版社，2000年，第3625页。
④ 石昌渝主编：《中国古代小说总目》（文言卷），太原：山西教育出版社，2004年，第307页。
⑤（明）胡应麟：《少室山房笔丛》，上海：上海书店出版社，2009年，第347页。

《燕丹子》三卷,《隋志》著录于子部小说家类,说明该书"小说家言"的形象很早即得到认定。《四库全书》仍将其归在小说家类,但仅列于存目,又可见当时官方对该书的贬抑态度。本书作者也无考,成书年代的争议则更大。程毅中先生根据搜集到的书中未载的燕丹子传说,指出燕丹子故事曾在秦汉时期的民间广为流传,《燕丹子》是对这些传说的总汇,成书应在汉代或更早。[①]学界多依从这一看法。而既是民间传说的总汇,书中难免"杂以虚诞怪妄之说"[②],这恰恰是杂传小说的叙事策略,无怪乎明人胡应麟在《少室山房笔丛》中尊其为"古今小说杂传之祖"[③] 了。

无论"小说滥觞",还是"古今小说杂传之祖",强调的都是依托史传文学传统而又偏向"小说家言"的文本形态,这正是杂传的"派头儿"。后世的杂传小说则是在其"滥觞"之后,将步子迈得更大了一些。

汉魏杂传小说中,形象最突出的是以汉武帝事迹为中心的作品系列,包括《汉武帝禁中起居注》《汉武故事》《汉武内传》等。汉武帝在历史上是一个颇具争议的人物,无论作为历史形象,还是文学形象,经常成为后世叙述的中心对象。正史叙述以"本纪"为基本体例,是其在位时期的大事编年,以"事"为中心。至于以"人"为中心的叙述,也选取相对真实可靠的事迹,寓褒贬于冷静客观的叙述中,以总结经验教训。民间叙述则多是"街谈巷语,道听途说",夹杂着对官方叙述的误读、歪曲,以及附丽其上的各种想象(甚至幻想),并与一些神话传说交融在一起,形成富于传奇色彩的"花边新闻"。这些"花边新闻"是为官方所排斥的,却流行于坊间,当知识者将其汇总起来,就形成了"小说家言"性质的杂传。

该系列中距离官方记述最近的应该是《汉武帝禁中起居注》。葛洪《西京杂记跋》言:"洪家复有《汉武帝禁中起居注》一卷,《汉武故事》二卷,世人希有之者。今并五卷为一帙,庶免沦没焉。"[④]《隋书·经籍志》史部起居注类著录一卷本，应该就是葛洪所传的本子。新、旧《唐志》都未收此书，可知它在唐代就已经亡佚了。原书究竟是怎样的面貌，虽然已难确知，但我们可以找参照物来看一看。按《抱朴子·论仙篇》与《太平御览》卷664都引述了《汉起居注》的李少君事，其叙述"颇类小说家言"①，本书可能就是这类故事的另一种版本，清代姚振宗《汉书艺文志拾补》将其移入诸子略小说家类，是有道理的：与《穆天子传》一样，虽然都是"编年纪月"的体例，但书中幻想的成分应该有很多。

与之并提的《汉武故事》（又名《汉武帝故事》《汉孝武故事》）则保存下来。这里的"故事"，意为"旧事"。《隋志》即将其著录于史部旧事类，新、旧《唐志》以及《通志·艺文略》《中兴馆阁书目》《宋史·艺文志》等均著录于故事类。可见，在早期官修书目中，该书的位置（或者说形象）是比较稳定的，但私修书目多将之归入杂传，如晁公武《郡斋读书志》、尤袤《遂初堂书目》等都是如此处理的。至于《四库全书总目》，则以其内容"多与《史记》《汉书》相出入，而杂以妖妄之语"②，将之移入子部小说家。今天则将其视作杂传小说，正如李剑国先生所言，"其特色主要是历史内容和幻想内容紧密结合，描述的是一种亦真亦幻的虚化历史，主要历史人物都是真实性和虚幻性的结合体"③。这已经是杂传小说的标准样子了。

葛洪跋语未提及此书作者，梁、陈间所作《三辅黄图》引述该书时，则称班固所著。《崇文总目》采信了这种说法。但很早就有人质疑，如《郡斋读书志》所引唐人张柬之《书洞冥记后》云："《汉武故事》，王俭造。"④后来《四库全书总目》也采信了该说法。但王俭生在葛洪之后，葛氏不可能收藏后人所作之书。今天，一般将该书视作汉代人作品，但原书散佚，在传抄、辑录过程中，难免羼入一些六朝人的手笔。⑤或者，如余嘉锡先生所说，此书旧有两个

---

① 石昌渝主编：《中国古代小说总目》（文言卷），太原：山西教育出版社，2004年，第128页。
② （清）纪昀总纂：《四库全书总目提要》，石家庄：河北人民出版社，2000年，第3627页。
③ 石昌渝主编：《中国古代小说总目》（文言卷），太原：山西教育出版社，2004年，第129页。
④ （宋）晁公武撰，孙猛校证：《郡斋读书志校证》，上海：上海古籍出版社，2011年，第362页。
⑤ 石昌渝主编：《中国古代小说总目》（文言卷），太原：山西教育出版社，2004年，第129页。

版本：一为葛洪所传者，不知作者为谁；一为王俭补撰的，即张柬之跋语所提到的。① 只不过，由于今所见版本都是后人辑录而成的，已难清楚辨别出自哪个版本。

正因为是后人辑录而成的，从其叙述组织看，《汉武故事》基本还停留在事件汇总的层面，如：

> ……
>
> 宫中皆画八字眉。
>
> 甘泉宫南有昆明，中有灵波殿，皆以桂为柱，风来自香。
>
> 未央庭中设角抵戏，享外国，三百里内皆观。角抵者，六国所造也；秦并天下，兼而增广之；汉兴虽罢，然犹不都绝。至上复采用之，并四夷之乐，杂以奇幻，有若鬼神。角抵者，使角力相抵触者也。其云雨雷电，无异于真，画地为川，聚石成山，倏忽变化，无所不为。
>
> 骊山汤初始皇砌石起宇，至汉武又加修饰焉。
>
> ……②

可以看到，不仅事件之间缺乏"时间—因果"联系，就连事件本身也没多少叙事色彩。这类文字，在书中占据了相当篇幅。当然，有一些段落还是达到了较高叙事品位的，如西王母降武帝之事。本书由栾大之死引出东方朔，继而交代其谪仙背景——因偷盗王母蟠桃被贬，再借东方朔之口道出"复五年，与帝会"，最后引出王母下降之事。整段叙述的逻辑是比较清晰的，也很连贯，叙述策略也比较灵活。尤其场景写得很生动，如武帝请不死药一段：

> ……下车，上迎拜，延母坐，请不死之药。母曰："太上之药，

---

① 余嘉锡：《四库提要辨证》，昆明：云南人民出版社，2004 年，第 956 页。

② 阙名：《汉武故事》，《汉魏六朝笔记小说大观》，上海：上海古籍出版社，1999 年，第 175 页。

有中华紫蜜云山朱蜜玉液金浆，其次药有五云之浆风实云子玄霜绛雪，上握兰园之金精，下摘圆丘之紫柰，帝滞情不遣，欲心尚多，不死之药，未可致也。"因出桃七枚，母自啖二枚，与帝五枚。帝留核着前。王母问曰："用此何为？"上曰："此桃美，欲种之。"母笑曰："此桃三千年一著子，非下土所植也。"留至五更，谈语世事，而不肯言鬼神，肃然便去。东方朔于朱鸟牖中窥母，母谓帝曰："此儿好作罪过，疏妄无赖，久被斥退，不得还天；然原心无恶，寻当得还。帝善遇之。"母既去，上惆怅良久。①

这便是典型的"妖妄之语"，写得却生动逼真，并不给人以造作违和之感。武帝耽于长生术是历史实际，西王母赐不死药的神话则历史悠久，东方朔的神异事迹在当时也很流行。多方叠加，通过一种浪漫又不失生活气息的笔调，以场景呈现出来，将真实与虚幻融为一体，成就了这样一篇颇具品位的"小说家言"。

到了《汉武内传》（又名《汉武帝内传》《汉孝武内传》《汉武帝传》）中，这段情节又得到踵事增华。《隋志》将此书著录于史部杂传类，可见其杂传小说的文体特征是比较明显的。该书旧题班固所作，显然是伪托。早期学者多认为此书出于魏晋南北朝人之手，如胡应麟称："详其文体，是六朝人作，盖齐、梁间好事者为之也。"②四库馆臣则认为"其殆魏、晋间文士所为"③。今天一般将其视为东汉末至曹魏间的作品。④而从内容看，充斥于书中的神仙服食之说，其实更靠近东晋时期的风气。

《内传》成书时代较前两部更晚，在"小说家言"的路子上走得也更远。"描写极为细腻，情节大为丰富，出场角色添加许多，对话也明显加多，加长，

---

① 阙名：《汉武故事》，《汉魏六朝笔记小说大观》，上海：上海古籍出版社，1999 年，第 173—174 页。

② （明）胡应麟：《少室山房笔丛》，上海：上海书店出版社，2009 年，第 318 页。

③ （清）纪昀总纂：《四库全书总目提要》，石家庄：河北人民出版社，2000 年，第 3628 页。

④ 石昌渝主编：《中国古代小说总目》（文言卷），太原：山西教育出版社，2004 年，第 130 页。

还有许多环境气氛的烘托。"① 这些都是与史传文相疏离的叙述实践。如七月七日王母降武帝之事,《故事》的篇幅不到四百字,《内传》则敷演得洋洋洒洒。

先来看王母下降时的场面。《故事》只说:"是夜漏七刻,空中无云,隐如雷声,竟天紫色。有顷,王母至:乘紫车,玉女夹驭,载七胜履玄琼凤文之舄,青气如云,有二青鸟如乌,夹侍母旁。"②《内传》则将气氛烘托到极致:

> 至二唱之后,忽天西南如白云起,郁然直来,径趋宫庭间。须史转近,闻云中有箫鼓之声,人马之响。复半食顷,王母至也。县投殿前,有似鸟集。或驾龙虎,或乘狮子,或御白虎,或骑白麐,或控白鹤,或乘轩车,或乘天马。群仙数万,光耀庭宇。既至,从官不复知所在。唯见王母乘紫云之辇,驾九色斑龙,别有五十天仙,侧近鸾舆,皆身长一丈,同执彩毛之节,佩金刚灵玺,戴天真之冠,咸住殿前。王母唯扶二侍女上殿,年可十六七,服青绫之袿。容眸流眄,神姿清发,真美人也。③

可以看到,尽管《故事》也注意到对气氛的烘托,但笔墨简淡,排场也相对"简陋",《内传》则极尽想象、夸张之能事,构造出一个盛大华丽的场面,对主题人物(王母)和背景人物(从官)的描画也很细致。同时,叙述者将王母出场过程写出多个层次,有意延宕节奏,给人一种"千呼万唤始出来"之感。

而对于这样一位主题人物,《故事》竟然未作任何容貌描写,《内传》则没有放过这一绝佳机会,为我们描画出汉魏时期道教女仙化的西王母形象:

> ……文采鲜明,光仪淑穆。带灵飞大绶,腰分头之剑。头上大华

① 王枝忠:《汉魏六朝小说史》,杭州:浙江古籍出版社,1997年,第41页。

② 阙名:《汉武故事》,《汉魏六朝笔记小说大观》,上海:上海古籍出版社,1999年,第173页。

③ 阙名:《汉武帝内传》,《汉魏六朝笔记小说大观》,上海:上海古籍出版社,1999年,第141—142页。

结，戴太真晨婴之冠，履元琼凤文之舄。视之可年卅许，修短得中，天资掩蔼，容颜绝世，真灵人也。[1]

按"西王母"最早见于《山海经》（殷墟卜辞中有"西母"一词，指称的是"月神"，[2] 其与后来"西王母"的关系，还有待进一步讨论）：

> 西南之海，流沙之滨，赤水之后，黑水之前，有大山，名曰昆仑之丘。有神——人面虎身，有文有尾，皆白——处之。其下有弱水之渊环之，其外有炎火之山，投物辄然。有人，戴胜，虎齿，有豹尾，穴处，名曰西王母。（《大荒西经》）
>
> ……又西三百五十里，曰玉山，是西王母所居也。西王母其状如人，豹尾虎齿而善啸，蓬发戴胜，是司天之厉及五残。（《西山经》）
>
> ……西王母梯几而戴胜杖，其南有三青鸟，为西王母取食，在昆仑虚北。（《海内北经》）[3]

这里的西王母是一个"半人半兽"的形象，比较狰狞恐怖。不过，抛开想象和幻想的成分，所谓"戴胜，虎齿，有豹尾，穴处"，更像是在描述戴玉石首饰、身穿兽皮的穴居原始人。换句话说，《山海经》中记载的可能是神化之后的西部原始部族。王家祐先生即主张："西王母即西貘族。"[4] 这是一个母系部族。"貘"可能是部族图腾，音转为"母"；所谓"王"，指部族首领。这种理解应该是比较接近历史真实的。

到了战国时期，该形象已实现女仙化，如《穆天子传》中与周穆王酬唱的

---

① 阙名：《汉武帝内传》，《汉魏六朝笔记小说大观》，上海：上海古籍出版社，1999年，第142页。

② 常耀华：《殷墟卜辞中的"东母""西母"与"东王公""西王母"神话传说之研究》，《中国国家博物馆馆刊》2013年第9期。

③ 袁珂：《山海经校注》，北京：北京联合出版公司，2014年，第344、45、267页。

④ 王家祐：《西王母昆仑山与西域古族的文化》，《中华文化论坛》1996年第2期。

西王母，《庄子·大宗师》也说西王母是得道之人①。这都脱离了"半人半兽"的原始形象。但直到汉代，西王母在人们心目中的形象基本还是"老妇人"，如司马相如《大人赋》言"吾乃今目睹西王母曜然白首"②，扬雄《甘泉赋》又言"想西王母欣然而上寿兮"③，描画的都是这一形象。正是在后来以汉武帝为中心的传说故事里，西王母才年轻化、美貌化，而《内传》是目前所见最早关于该形象的清晰描述。

王母赐蟠桃的场景写得也很生动：

> 因呼帝共坐，帝南面，向王母。母自设膳，膳精非常。丰珍之肴，芳华百果，紫芝萎蕤，纷若填樏。清香之酒，非地上所有，香气殊绝，帝不能名也。又命侍女索桃，须臾，以鎏盛桃七枚，大如鸭子，形圆，色青，以呈王母。母以四枚与帝，自食三桃。桃之甘美，口有盈味。帝食辄录核。母曰："何谓？"帝曰："欲种之耳。"母曰："此桃三千岁一生实耳，中夏地薄，种之不生如何！"帝乃止。④

除了个别细节（如分食蟠桃之数量），《故事》与《内传》的情节梗概仿佛，但后者在此基础上加入了更多想象，也注意叙述上的铺垫——由筵席排场引出各种神奇饮食，进而从容点出蟠桃。比《故事》更进一步，《内传》同时注意到对主题物的多重聚焦（视觉、味觉），也为武帝"录核"这一略显庸俗的举动，提供了更直接的心理根据。

总之，《汉武内传》已经是一篇比较典型的杂传小说，书中内容基本都是正史不采的神话传说、逸闻轶事，笔法也脱离了史传成规的牢笼，尽意幻想，烘染氛围，敷演场景，描画人物，笔触也比较细腻，这已然迈入文学虚构的境

---

① 陈鼓应：《庄子今注今译》，北京：中华书局，1983年，第181页。
② （汉）司马迁：《史记》，北京：中华书局，1959年，第3060页。
③ （南朝梁）萧统编，（唐）李善注：《文选》，上海：上海古籍出版社，1986年，第330页。
④ 阙名：《汉武帝内传》，《汉魏六朝笔记小说大观》，上海：上海古籍出版社，1999年，第142页。

地，也为后来的传奇小说提供了一种示范。

以汉武帝为中心的还有一部作品——《汉武帝别国洞冥记》（又称《汉武洞冥记》《别国洞冥记》《洞冥记》），《隋志》也著录在史部杂传类，后来《四库全书总目》将其移入子部小说家。这部书旧题汉人郭宪所撰，后来不少学者怀疑它是六朝人的作品。[①] 而从体例看，该书更像一些博物类小说，杂录各种武帝求仙轶事，以及"别国"（主要在西域一带）所献方物，以求增广见闻。所以，我们将之放在下一节去讨论。

## 第二节 《博物志》等博物小说

署名郭宪的《洞冥记序》言："今籍旧史之所不载者，聊以闻见，撰《洞冥记》四卷，成一家之书，庶明博君子该而异焉。"[②] 交代出本书的期待读者——明博君子。这看似给作品设置了一个受众的门槛——博闻多识的知识者，但也可以从另一个角度来理解：通过描述期待读者形象，提高作品的文化品位，摆脱"小道"形象的束缚。毕竟，"博闻多识"是儒家人才素质培养的要求，夫子虽然称小说为"小道"，给它判了"君子弗为"的无期徒刑，但如果能够在儒家人才素质方面有所助益，则小说或许可以给自己争取到一个"减刑"的机会，而被拉拢来为之辩护的文化形象，经常被称作"博物君子"。

"博物君子"不是一个文化群体，而是一种身份标签。最早被贴上该标签的是子产。据《左传》记载，昭公元年（前541），晋侯染病，占卜者声称是"实沈、台骀为祟"，众人疑惑不解。正巧子产前来聘问，叔向便将占卜者的话告诉他。子产指出"实沈"系参星之神，而"台骀"系汾水之神，他们与晋国

---

颇有渊源，却与晋侯之病无关；晋侯生病实因不遵"四时"，导致体气壅滞，更兼后宫有两名姬姓（与晋侯同姓）侍妾。晋侯听了子产的话，赞其为"博物君子"，并厚加赏赐。① 这里，"博物"与"君子"是临时凑合在一起的。

按子产与孔子同时，以懿行美德受时人推重，孔子也称许其"有君子之道四焉"②，本来就是当得起"君子"美誉的。况且，子产之言的重点，不在于引述神话传说，而是申明"节宣其气"与"内官不及同姓"的礼法教条，这也正是君子说教的声口。只不过，与其他"君子"相比，子产的知识面确实更广（同书"昭公七年"又记载子产辨识黄熊之事），所以加上了"博物"的前缀。

汉代以后，"博物君子"成为一种泛指：

> 亦欲智者以类求之博物君子。（《释名序》）③
> 呜呼，又何其闳览博物君子也。（《史记·吴太伯世家》）④
> 唯博物君子览而详之，以劝后学者云尔。（《淮南子序》）⑤
> 庶博物君子，时迴思焉。（《周髀算经序》）⑥
> 博物君子，详而览焉。（《九章算术注序》）⑦
> 博物之君子，其可不惑焉。（《上山海经表》）⑧

值得注意的是，与"博物君子"的隔空喊话，经常出现在序言里，而其涉及的文本包括经部、史部、子部的不同文献，这几乎成为中国古代知识生产与传播的一种常见"话术"，小说序跋拉拢"博物君子"，显然有借"话术套路"以自高身价的意图。

———————————
① 杨伯峻：《春秋左传注》，北京：中华书局，2009 年，1217—1221 页。
② 杨伯峻：《论语译注》，北京：中华书局，2009 年，第 46 页。
③（汉）刘熙：《释名》，北京：中华书局，2016 年，第 1 页。
④（汉）司马迁：《史记》，北京：中华书局，1959 年，第 1475 页。
⑤ 刘文典：《淮南鸿烈集解》，北京：中华书局，1989 年，第 3 页。
⑥ 程贞一、闻人军：《周髀算经译注》，上海：上海古籍出版社，2012 年，第 1 页。
⑦ 曹纯：《九章算术译注》，上海：上海三联书店，2018 年，第 6 页。
⑧ 袁珂：《山海经校注》，北京：北京联合出版公司，2013 年，第 399 页。

而"博物君子"不仅可以作为期待读者,许多小说的真实作者本身也是"博物君子",如《博物志》作者张华"博物洽闻,世无与比"①,《殷芸小说》作者殷芸"励精勤学,博洽群书"②,《冤魂志》《神录》作者刘之遴"博览群书,无不该洽"③,《续世说》《世说抄》《俗说》作者同时也是《世说新语》注释者刘峻"博极群书,文藻秀出"④,《冤魂志》《集灵记》作者颜之推"博览群书,无不该洽"⑤,等等。最典型的是《续洞冥记》作者顾野王,史称其"遍观经史,精记默识,天文地理,蓍龟占候,虫篆奇字,无所不通"⑥,这几乎可以看作对"博物君子"的一种标准化描述了。

之所以在文本世界与真实世界中存在如此多的"博物君子",首先在于儒家人才素质要求中,原有一种"博物"倾向,即强调"多闻""多识"。如《论语·为政》言:"多闻阙疑,慎言其馀,则寡尤;多见阙殆,慎行其馀,则寡悔。"⑦再如《论语·季氏》言:"益者三友……友直,友谅,友多闻。"⑧《周易》强调"君子以多识前言往行,以畜其德"⑨,《礼记》也说"故君子多闻,质而守之"⑩。

当然,这里"多闻""多识"的对象主要是前言往行、旧章故典,目的是"畜德",而非单纯的知识积累,更与兴趣(遑论小说家的猎奇好异)没有关系,但儒家并不排斥,甚至鼓励"博物"性质的学术积累。孔子本人即被后人推为"博物"之士,⑪而他认为"诗三百"的功能,在"兴观群怨"之外,就是

① (唐)房玄龄:《晋书》,北京:中华书局,1974年,第1074页。
② (唐)姚思廉:《梁书》,北京:中华书局,1973年,第596页。
③ (唐)李延寿:《南史》,北京:中华书局,1975年,第1489页。
④ (唐)李延寿:《南史》,北京:中华书局,1975年,第1489页。
⑤ (唐)李延寿:《南史》,北京:中华书局,1975年,第1250页。
⑥ (唐)李延寿:《北史》,北京:中华书局,1974年,第2794页。
⑦ 杨伯峻:《论语译注》,北京:中华书局,2009年,第19页。
⑧ 杨伯峻:《论语译注》,北京:中华书局,2009年,第173页。
⑨ 周振甫:《周易译注》,北京:中华书局,1991年,第92页。
⑩ 王文锦:《礼记译解》,北京:中华书局,2001年,第834页。
⑪ (汉)司马迁:《史记》,北京:中华书局,1959年,第1912页。

"多识于鸟兽草木之名"，[1]这其实承认了"博物"性质的学术积累的合法地位，也给"君子"视野向外延展提供了一个"安全出口"：在"博物"观的保护之下，君子们的视点可以"鸟兽草木"为原点，朝着物质世界的深广腹地辐射开去，直至其边缘。而随着"兴趣"逐渐揭去"学术"的外衣，最终露出"猎奇好异"的真实面目，"君子"们逾越知识结构的警戒线，开始对未知领域的文化冒险，从事"小说家言"的生产与传播，那就只是一个时间问题了。

而汉魏六朝时期兴起的"博物学"更为博物小说的产生提供了直接的文化动因。所谓"博物学"，指"关于现实生活中具体物质世界的综合实用知识"，其形成的基础是上古时期的名物学、地理学、农学、本草学、图学等传统学术，"这些传统学术多是经学时代流行于民间的实用技术和知识"[2]。魏晋南北朝时期，随着人口迁移、民族融合，以及荒远地区的持续开发等，博物之风兴起，又与人物品藻风气相融合，进一步推动"博物君子"的出现。此一时期，许多人物都被品第者贴上"博物"标签，如王粲"博物多识"[3]，孟光"博物识古"[4]，沈约"博物洽闻"[5]，孔奂"博物强识"[6]，等等。"博物"不仅是知识者的基本素养，也成为文化圈的一种时髦。正如葛兆光先生所说："'博学'这个词用在褒扬人的材质上，则意味着社会对知识兴趣的增长，没有渊博知识的人似乎很难令人钦服而成为精神方面的领袖，于是，这就形成了当时社会上'耻一物之不知'的知识主义风气。"[7]以此为背景，大量博物小说出现，也就是可以想见的了。

博物小说以《山海经》为滥觞。今天，我们一般将此书视作记录大量神

---

① 杨伯峻：《论语译注》，北京：中华书局，2009 年，第 183 页。

② 朱渊清：《魏晋博物学》，《华东师范大学学报》（哲学社会科学版）2000 年第 5 期。

③（晋）陈寿撰，（南朝宋）裴松之注：《三国志》第 3 册，北京：中华书局，1982 年，第 598 页。

④（晋）陈寿撰，（南朝宋）裴松之注：《三国志》第 4 册，北京：中华书局，1982 年，第 1023 页。

⑤（唐）姚思廉：《梁书》，北京：中华书局，1973 年，第 242 页。

⑥（唐）姚思廉：《陈书》，北京：中华书局，1972 年，第 284 页。

⑦ 葛兆光：《中国思想史》，上海：复旦大学出版社，2001 年，第 308 页。

话传说的"小说鼻祖",但古人多将其视作地理书,归在史部地理类。从书名看,本书的编纂意图也确实不在搜奇猎异。所谓"经",是"经历""经过"的意思。也就是说,书中所载是经历之闻见。虽然不少内容今天看来荒诞不经,但未必都是幻想的产物。有一部分来自神话传说(但这些神话传说当时也多是被当作历史实际来看的),另一部分则可能是在话语转译过程中出现的形象歪曲或变形。

我们知道,话语的表达功能受制于语言文字。与图像等具象化符号相比,语言文字在处理信息时,可能生成更为丰富的含义,却也可能造成大量数据的丢失或阙省,这就需要接受者通过基于文化经验的"符码"来填补数据裂隙。举一个简单的例子,一个见过大象的人,如何通过语言文字来描述这种生物呢?他的话语中可能会出现如下关键词:身形巨大、四肢粗壮、巨耳、长鼻、长牙……这些描述是比较清晰的,但前提是我们也见过大象。如果我们没见过大象,脑海中没有相应的图式结构来印证,这些描述就只是一串干巴巴的字符。我们不得不借助以往的文化经验(尤其脑海中已有的图式结构)来填补阙失,从而构建起一个全新的图像。这样一来,大象的形象与其真实之间就必然出现或近或远的距离,落实到具体的描述者,基于个体的文化经验(尤其脑海中特定的图式结构),想象出来的大象可能是千姿百态的,在见过大象的人看来,就可能是荒诞不经的、近乎神话传说的,《山海经》中的许多奇异动植就是这样来的。

如果还原了《山海经》的文本实质,那么它的编纂动机是带着"博物"倾向的,即记录地理、物产、名物知识和经验。而其按地理线索来记述非叙事性事件的文本形态,也直接催生了《神异经》《十洲记》《洞冥记》等小说作品,李剑国先生将其称作地理博物体小说,这类小说"专门记载山川动植、远国异民","多数情况下很少记述人物事件,缺乏时间和事件的叙事因素,它主要是状物,描述奇境异物的非常表征"。[①]

以《十洲记》为例。此书旧题东方朔撰,但《汉书·东方朔传》没有提到

---

① 李剑国、孟昭连:《中国小说通史》(先唐卷),北京:高等教育出版社,2007年,第56页。

这部书，估计是后人的伪托。《四库全书总目》认为出自六朝人之手。[①] 该书记述武帝向东方朔询问"海内十洲"（祖洲、瀛洲、炎洲、玄洲、长洲、元洲、流洲、生洲、凤麟洲、聚窟洲）情况，后者一一作答。这里其实存在叙述分层，但内叙述层的内容缺乏"时间—因果"关系，并不给人以"故事里面有故事"的印象：

……

元洲在北海中，地方三千里，去南岸十万里。上有五芝玄涧，涧水如蜜浆，饮之长生，与天地相毕。服此五芝，亦得长生不死，亦多仙家。

流洲在西海中，地方三千里，去东岸十九万里。上多山川积石，名为昆吾。冶其石成铁，作剑光明洞照，如水精状，割玉物如割泥。亦饶仙家。

生洲在东海丑寅之间，接蓬莱十七万里，地方二千五百里。去西岸二十三万里。上有仙家数万。天气安和，芝草常生。地无寒暑，安养万物。亦多山川仙草众芝。一洲之水，味如饴酪。至良洲者也。

……[②]

这当然也是一种叙事——中国叙事传统的叙事，但事件之间确实不存在"时间—因果"联系，叙述者的兴趣集中在异域方物，尤其描述其样态与功能，这是直接继承了《山海经》的叙述逻辑。而此一时期的地理博物小说，大抵都是这样一种形态，其间虽偶有涉及神话传说的人物与事件，也不占文本主体。

张华《博物志》则突破"地理"思维局限，成为一种综合性的博物小说。

---

① （清）纪昀总纂:《四库全书总目提要》，石家庄：河北人民出版社，2000年，第3626页。
② （汉）东方朔:《海内十洲记》，《汉魏六朝笔记小说大观》，上海：上海古籍出版社，1999年，第66页。

张华（232—300），字茂先。范阳方城（今河北固安县南）人。少时孤贫而学业优博，仕魏为著作郎、长史、中书郎，入晋后历任黄门侍郎、中书令、度支尚书、都督幽州诸军事、太常、右光禄大夫、侍中、中书监，官终司空，故世称张司空。司马伦篡位，遇害。① 张氏以博览多闻著称，据《晋书》本传载，"雅爱书籍，身死之日，家无余财，惟有文史溢于机箧……天下奇秘，世所希有者，悉在华所"。尤其精于数术方技，"图纬方伎之书莫不详览"。② 正因为张华这种广泛的阅读兴趣和丰厚的知识储备，才能成就《博物志》这样一部博物小说。

从古代官私目录对该书的著录，即可知《博物志》并非一部"地理书"。《隋书·经籍志》将其著录于杂家类，后来《通志·艺文略》《中兴馆阁书目》《直斋书录解题》《宋史·艺文志》等皆如此操作；新、旧《唐志》则将其著录于小说家类，后来《崇文总目》《郡斋读书志》等皆如此操作。《四库全书总目》将其著录于小说家"琐语"类。《四库全书总目》"琐语"类中著录了不少志怪小说（如《搜神记》《稽神录》《夷坚志》等），所以后来的小说史著作或小说书目习惯将《博物志》看成志怪小说。比如宁稼雨先生的《中国文言小说总目提要》分志怪、传奇、杂俎、谐谑四类，《博物志》就归在"唐前志怪类"的队伍里。

这固然是一种学术传统，但多少有点委屈《博物志》，因为这部书的内容是相当驳杂的，"有山川地理的知识，有历史人物的传说，有奇异的草木虫鱼以及飞禽走兽的描述，也有怪诞不经的神仙方技故事的记录，其中还保存了不少古代神话的材料"③。《隋志》将其归在杂家类，即因其内容之"杂"。今天，我们将这部书看成小说，当然没有问题。但直接归为志怪小说，就略显草率。起码，张华编撰此书的动机，不在于一种"志怪"的兴趣，而是"博物"的兴趣：

① 石昌渝主编：《中国古代小说总目》（文言卷），太原：山西教育出版社，2004年，第21页。
② （唐）房玄龄：《晋书》，北京：中华书局，1974年，第1068页。
③ （晋）张华著，范宁校证：《博物志校证》，北京：中华书局，2014年，前言第2页。

余视《山海经》及《禹贡》、《尔雅》、《说文》、地志，虽曰悉备，各有所不载者，作略说。出所不见，粗言远方，陈山川位象，吉凶有征。诸国境界，犬牙相入。春秋之后，并相侵伐。其土地不可具详，其山川地泽，略而言之，正国十二。博物之士，览而鉴焉。①

　　可以看到，《博物志》所依据的"原型"仍旧是《山海经》等"地理书"。对"山川动植、远国异民"的描述，以及相关知识的积累才是其兴趣所在，这与志怪小说的兴趣是不同的，后者并不强调"知识积累"。

　　既然以"知识积累"为编撰宗旨，则《博物志》的叙述逻辑就没必要再限定于地理书"原型"的空间线索之内，而是可以转向一种更加开放的知识体系。该书通行本分为十卷，前三卷记录山川动植、远国异民，第四卷至第六卷则是一些学问杂考，如第六卷分为"人名考""文籍考""地理考""典礼考""乐考""服饰考""器名考""物名考"等，第七至十卷主要记录神话传说和史地异闻。可以看到，这其实是一种学者的学术兴趣（而非当时志怪小说的史官兴趣），作者尝试系统性地呈现知识，以提供一部迎合"博物"风尚的小百科全书。

　　由于突破了"地理书"的叙述逻辑，书中一些内容的叙事性就显得更强，尤其第七、八卷，记载了不少故事，如：

　　燕太子丹质于秦，秦王遇之无礼，不得意，思欲归。请于秦王，王不听，谬言曰："令乌白头，马生角，乃可。"丹仰而叹，乌即头白；俯而嗟，马生角。秦王不得已而遣之，为机发之桥，欲陷丹。丹驱驰过之，而桥不发。遁到关，关门不开，丹为鸡鸣，于是众鸡悉鸣，遂归。②

　　这段文字在第八卷"史补"部分，作者是将其当作一则史料来看的。将

---

① （晋）张华著，范宁校证：《博物志校证》，北京：中华书局，2014年，前言第7页。
② （晋）张华著，范宁校证：《博物志校证》，北京：中华书局，2014年，第95页。

之与《燕丹子》上卷对应段落进行比较，文字约略相同，《博物志》这一段可能就是张华从《燕丹子》中"摘录"出来的。这并非个例，如同卷载王母降武帝事，文字也与《汉武故事》仿佛，而孔子遇二小儿事篇末言"亦出《列子》"①，更是将文字出处老老实实地交代出来。可见作者的兴趣不在于敷演故事，而是博览群书，搜集、抄录各类知识，以备览鉴。

从叙事文学发展的角度看，《博物志》自然是不足称道的。但绪论部分已经交代，"知识功能"也是古代小说的一个重要功能。对于一部分小说家来说，讲故事不是目的（起码不是主要目的），各类知识（哲学的、历史的、地理的、艺术的、技术的，等等）的汇总、编辑才是目的，这就导致大量非叙述性或弱叙述性小说的生产与传播。这些非叙述性或弱叙述性小说的存在，并没有从根本上妨害叙述性小说向文学领域突进，反而为其提供了一种知识生产与传播角度的文化防护，正如刘勇强先生所说：

> 尽管"博物"的说法与特殊的小说类型有关，但小说"必有可观"的观念与"博物"的写作意识，为古代小说确立了一个"广见闻""资考证"的知识角度，成为从一开始就处于边缘地位的小说写作与接受的社会公约数。②

可以说，从一开始被纳入子部，"小说家"就是被当作一种"知识"媒介来看待的，只不过魏晋南北朝时期的博物小说突出、放大了这一媒介形象。尤其《博物志》一书，其作者地位高，学问深，文化影响力大，书名又直接冠以"博物"二字，具有范式意义，后世续书、仿作自然也就很多。如唐林登《续博物志》、宋李石《续博物志》、明董斯张《广博物志》等，都是直接继承人；晋郭璞《玄中记》、崔豹《古今注》，南朝梁任昉《述异记》，唐郑常《洽闻记》、苏鹗《杜阳杂编》等，也是相同性质的作品。唐段成式《酉阳杂俎》则

---

① （晋）张华著，范宁校证：《博物志校证》，北京：中华书局，2014年，第95页。
② 刘勇强：《小说知识学：古代小说研究的一个维度》，《文艺研究》2018年第6期。

是其中的佼佼者。

另有一部重要的古代小说——《西京杂记》，也可暂置于本节来讨论。

此书作者旧有刘歆、吴均、葛洪三说。据余嘉锡先生考证，刘歆说源自今本葛洪跋语，所谓"歆欲撰《汉书》，编录汉事，未得缔构而亡，故书无宗本，止杂记而已"[1]。但刘歆编撰《汉书》事，缺乏明确可靠的史料佐证。至于吴均，他是南朝梁代人，与殷芸同时。《殷芸小说》中引述了四则《西京杂记》的材料，如果吴均为此书作者，殷芸不应将《西京杂记》视作古书。比较之下，葛洪说更为可靠。按葛氏"去汉不远，又喜钞短杂奇要之书"[2]，确实符合此书作者形象。只不过，葛洪在跋语里借刘歆名头放了一颗烟幕弹，给后人考证工作制造了障碍。

本书的目录形象也略显模糊。早期官私目录虽大都将其著录于史部，具体位置却不一。《隋志》著录于旧事类，旧《唐志》移入起居注类，新《唐志》则在故事类与地理类互见。《郡斋读书志》置于杂史类，《直斋书录解题》则著录于传记类。至《四库全书总目》始将其移入子部小说家"杂事"之属。著录位置如此不稳定，究其原因，主要是内容之"杂"。所谓"文史星历，词赋典章，歌舞杂技，轶闻异事，无不毕陈"[3]，这体现的也正是一种"博物"兴味。只不过，《博物志》等作品搜集了大量经验世界之外的知识，《西京杂记》博览杂收的范围则仍限定在经验世界之内，即鲁迅先生所谓"杂载人间琐事者"[4]。

从文学品位角度看，《西京杂记》与《博物志》等书又有一点突出不同，书中一些内容不仅是叙述性的，且达到了相当之品位，如"画工弃市"条：

> 元帝后宫既多，不得常见，乃使画工图形，案图召幸之。诸宫人皆赂画工，多者十万，少者亦不减五万。独王嫱不肯，遂不得见。匈奴入朝，求美人为阏氏，于是上案图，以昭君行。及去，召见，貌为

---

① （晋）葛洪著，周天游校注：《西京杂记校注》，北京：中华书局，2020 年，第 263 页。

② 余嘉锡：《四库提要辨证》，昆明：云南人民出版社，2004 年，第 860 页。

③ （晋）葛洪著，周天游校注：《西京杂记校注》，北京：中华书局，2020 年，前言第 6 页。

④ 鲁迅：《中国小说史略》，北京：商务印书馆，2017 年，第 34 页。

后宫第一，善应对，举止闲雅。帝悔之，而名籍已定。帝重信于外国，故不复更人。乃穷案其事，画工皆弃市，籍其家，资皆巨万。画工有杜陵毛延寿，为人形，丑好老少，必得其真。安陵陈敞、新丰刘白、龚宽，并工为牛马飞鸟众势，人形好丑，不逮延寿。下杜阳望，亦善画，尤善布色。樊育亦善布色。同日弃市。京师画工，于是差稀。①

以往，评论者更关注这段文字前半段的故事，但从叙述意图看，作者的兴味主要还在后半部分：追述京师画工名籍，及各自擅长，以显示见识广博。只不过，作为副产品的"背景故事"确实达到了较高文学品位，即鲁迅先生所说的"意绪秀异，文笔可观"。书中状貌写人大抵如此，着墨虽不多，但简单几笔，就能活画形象，且富于韵致，如"公孙弘与高贺"条：

公孙弘起家徒步，为丞相，故人高贺从之。弘食以脱粟饭，覆以布被。贺怨曰："何用故人富贵为？脱粟布被，我自有之。"弘大惭。贺告人曰："公孙弘内服貂蝉，外衣麻枲，内厨五鼎，外膳一肴，岂可以示天下？"于是朝廷疑其矫焉。弘叹曰："宁逢恶宾，不逢故人。"②

按《汉书·公孙弘传》所载："弘身食一肉，脱粟饭，故人宾客仰衣食，奉禄皆以给之，家无所馀。"③则公孙弘在物质供给上是薄于己而厚于人的，《杂记》所言似与史实不符。但公孙弘之矫饰造作，在当时也是有名的，所谓"诚饰诈欲以钓名"④。这里只是将"粟饭布被"的对象调换了一下，就有效构造出人物之间的张力关系，在戏剧性冲突中体现其性格，已经是典型的"志人"笔

① （晋）葛洪著，周天游校注：《西京杂记校注》，北京：中华书局，2020年，第65页。
② （晋）葛洪著，周天游校注：《西京杂记校注》，北京：中华书局，2020年，第71页。
③ （汉）班固著，（唐）颜师古注：《汉书》第9册，北京：中华书局，1962年，第2620页。
④ （汉）司马迁：《史记》，北京：中华书局，1959年，第2951页。

法了。无怪乎有学者将其归入"唐前志人类"小说的行列。①

当然，《西京杂记》是否属于志人小说，还可以再讨论。起码，从叙述意图看，本书兴味仍在"博物"，而非"志人"。换句话说，写人艺术上的成功是知识积累的"额外惊喜"。本色当行的志人小说，还是以《世说新语》等为代表的。

## 第三节　《世说新语》等志人小说

与杂传小说、博物小说不同，志人小说已经是为当今学界普遍接受的一个概念。此概念肇自鲁迅②，是与下一节介绍的志怪小说相对应的一种小说体式。这类小说以记录人物逸闻轶事为主，"侧重截取只言片语和神情举止，注重传神写意来表现人物个性特质"③。其大量出现也是源自特定时代背景的：

> 汉末士流，已重品目，声名成毁，决于片言，魏晋以来，乃弥以标格语言相尚，惟吐属则流于玄虚，举止则故为疏放，与汉之惟俊伟坚卓为重者，甚不侔矣……渡江以后，此风弥甚，有违言者，惟一二枭雄而已。世之所尚，因有撰集，或者掇拾旧闻，或者记述近事，虽不过丛残小语，而俱为人间言动，遂脱志怪之牢笼也。④

可以看到，汉魏六朝的人物品藻风尚，是此类小说出现的主要文化动因。所谓人物品藻，"就是对人物的德行、才能、风采等诸方面的评价和议论"⑤。这

---

① 宁稼雨：《中国文言小说总目提要》，济南：齐鲁书社，1996 年，第 39 页。
② 鲁迅：《中国小说的历史的变迁》，北京：商务印书馆，2017 年，第 287 页。
③ 赵旭：《中国古代小说史述》，北京：清华大学出版社，2020 年，第 83 页。
④ 鲁迅：《中国小说史略》，北京：商务印书馆，2017 年，第 55 页。
⑤ 宁稼雨：《汉代以来人物品藻风气的影响与盛行》，《古典文学知识》2020 年第 5 期。

种风气的形成，是与人才选拔制度密切相关的。

无论汉代的察举、征辟，还是魏晋南北朝的九品官人，归根到底都是通过对人物品行的评议，选拔并向朝廷输送人才。说到底，对人物品行的评价、议论，原本只是一种"个体识鉴"或"集体舆论"，是人类社会活动的必然产物，先秦时期已然存在（如孔子对其门人的评骘、史传对历史人物的褒贬等），但这些评议与仕途经济没有直接关系，更没有制度化，也就不会对知识阶层的思想与言行产生实际指导。汉魏六朝时期，人物品藻与仕途经济的关系愈来愈紧密，并且形成制度，这就必然深刻影响知识阶层，甚至对其言语、行为产生指导性干预。一方面，为了增加入仕机会，一些知识分子会有意迎合人物品藻的价值体系（如东汉看重德行，汉魏之际则偏重才学，南北朝时期又有词藻一条路可走），尤其特定范畴（如方正、雅量、博物等），更有可能催生一批刻意作秀者。另一方面，人伦渊鉴成为一种专门学问，不仅出现以此见长的方家（如许劭、李膺等），评议形态也由口头向案头转变，并实现理论化（如《连丛子》《人物志》等）。这都保证了社会上流传大量关于人物言语、行为的素材，从这些丰富的素材中拣择精妙者并记录下来，也就不是多么困难的事情。

在人物品藻的实际操作中，除了根据其门第家声，主要还是看人物的具体外在表现，即他们"说了什么"和"做了什么"，落实为素材就是人物的言语和举动。这两方面固然是不能完全割裂开的，但不同的作品还是有所侧重的。

裴启的《裴子语林》就是偏重记录人物言语的。书名即突出"语"这一关键词，而既称"语林"，也就是人物言语之丛聚。试看如下几条：

> 邓艾口吃，常云"艾艾"。宣王曰："为云'艾艾'，终是几艾？"答曰："譬如'凤兮凤兮'，故作一凤耳。"
>
> 钟士季常向人道："吾少年时一纸书，人云是阮步兵书，皆字字生义，既知是吾，不复道也。"
>
> 诸葛靓字仲思，在吴，于朝堂大会。孙皓问曰："卿字仲思，为欲何思之？"曰："在家思孝，事君思忠，朋友思信。如斯而已。"
>
> 蔡洪赴洛，洛中人问之，曰："人皆以洪笔为锄耒，以纸札为良

田，以玄默为稼穑，以礼义为丰年。"

裴令公目王安丰："眼烂烂如岩下电。"

贾充问孙皓曰："何以好剥人面皮？"皓曰："憎其颜之厚也。"①

无论自语，还是对话，叙述者感兴趣的是言语内容。正是这些富于兴味的言语内容（也包含其修辞）生动地体现出人物的思想、性格、趣味、见识。叙述者只是将这些言语"转述"出来。偶有必要的概述文字，也是为更好地理解言语内容服务的。而如果能够围绕言语进行一些情态描写，则人物形象就更加立体，如：

王大将军每酒后，辄咏："老骥伏枥，志在千里，烈士莫年，壮心不已。"便以如意击珊瑚唾壶，壶尽缺。②

王敦酒后好吟咏《龟虽寿》，这本身是足以显示其抱负与心境的。但若没有"以如意击珊瑚唾壶"的细节描写，人物形象就不会如现在这般生动。尤其以"壶尽缺"的聚焦收束，与"每酒后"相呼应，强调人物言行的日常性，引导受述者产生联想——击壶的频次与力度，进一步丰满人物，真可谓点睛之笔。又如：

嵇中散夜灯火下弹琴，忽有一人，面甚小，斯须转大，遂长丈馀。黑单衣，皂带。嵇视之既熟，吹火灭，曰："吾耻与魑魅争光。"③

① （晋）裴启：《裴子语林》,《汉魏六朝笔记小说大观》，上海：上海古籍出版社，1999 年，第 571—573 页。

② （晋）裴启：《裴子语林》,《汉魏六朝笔记小说大观》，上海：上海古籍出版社，1999 年，第 578 页。

③ （晋）裴启：《裴子语林》,《汉魏六朝笔记小说大观》，上海：上海古籍出版社，1999 年，第 571 页。

叙述的重点当然还是在言语，即"耻与魑魅争光"一句，这是暴露嵇康性格的关键。但叙述的焦点有所偏移，对鬼魅的描写占去了一半篇幅。这段描写是很值得关注的，倒不在于其制造悬念的功能——毕竟，悬念效果很有限，而是作者兴味的转移及其文学笔力。纯从记言述事的角度看，这段描写其实可以概述为："忽有一鬼来。"这丝毫不影响主人公形象塑造，但作者转移了视点，且寥寥几笔就活画了鬼魅形象，这是难能可贵的。只可惜，这类描写在《语林》中还不多。

《殷芸小说》则是偏于记录人物行止的。绪论部分已交代，此书是殷芸受梁武帝敕命而编撰的，材料来源是通史纂修过程中淘汰下来的逸闻杂记。所以，本书从一开始就受到官修史书的影响，叙述结构按照编年、纪传的体例，将材料组织进先世代后君臣的二级顺序中，以求在以"人"为中心的叙述中，清晰体现时代发展的脉络。也正因为受到官修史书的影响，本书习惯客观叙述人物行动。试看以下几条：

> 袁安为阴平长，有惠化。县先有雹渊，冬夏未尝消释，岁中辄出，飞布十数里，大为民害。安乃推诚洁斋，引愆贬己，至诚感神，雹遂为之沉沦，伏而不起，乃无苦雨凄风焉。

> 胡广本姓黄，以五月五日生，俗谓恶月，父母恶之，藏之葫芦，弃之河流岸侧。居人收养之。及长，有盛名，父母欲取之，广以为背其所生则害义，背其所养则忘恩，两无所归；以其托葫芦而生也，乃姓胡，名广。后登三司，有中庸之号。广后不治本亲服，世以为讥。

> 马融历二县两郡，政务无为，事从其约。在武都七年，在南郡四年，未尝按论刑杀一人。性好音乐，善鼓琴吹笛。笛声一发，感得蜻蚓出吟，有如相和。

> 郭林宗来游京师，当还乡里，送车千许乘，李膺亦在焉。众人皆诣大槐客舍而别，唯膺与林宗共载，乘薄笨车，上大槐坂，观者数千

人，引领望之，眇若松乔之在霄汉。①

可以看到，叙述的焦点在人物行止，叙述者重在表现当人物处于特定情境时，到底"做了什么"，而非"说了什么"。尤其胡广事迹，所谓"背其所生则害义，背其所养则忘恩"，其实可以用直接引语形式"转述"出来，但叙述者没有如此处理，足见其不以言语为中心。当然，书中一些内容也是表现言语的，但它们也不是中心，如：

> 汉文翁当起田，砍柴为陂，夜有百十野猪，鼻载土著柴中。比晓，塘成，稻常收。尝欲断一大树，欲断处去地一丈八尺。翁先咒曰："吾得二千石，斧当着此处。"因掷之，正砍所欲。后果为蜀郡守。②

文中"吾得二千石"云云，因其是祷祝词，所以要以直接引语形式"转述"。再如王弼遇鬼之事：

> 王辅嗣注《易》，笑郑玄云："老奴甚无意。"于时夜分，忽闻外阁有著屐声，须臾即入，自云是郑玄，责之曰："君年少，何以穿凿文句，而妄讥诮老子邪？"极有怒色，言竟便退。辅嗣心生畏恶，经少时，乃暴疾而卒。③

这段场景化叙述中，人物言语是比较生动的，且注意到口语化问题。但它并不是叙述的中心，中心依然是人物"做了什么"及其结果。

---

① （南朝梁）殷芸：《殷芸小说》，《汉魏六朝笔记小说大观》，上海：上海古籍出版社，1999 年，第 1028—1029 页。

② （南朝梁）殷芸：《殷芸小说》，《汉魏六朝笔记小说大观》，上海：上海古籍出版社，1999 年，第 1026 页。

③ （南朝梁）殷芸：《殷芸小说》，《汉魏六朝笔记小说大观》，上海：上海古籍出版社，1999 年，第 1035 至 1036 页。

总结起来，还是那句话，区分"记言"与"记行"，不是要将这两种素材割裂开，进而形成两种体式，而是强调"志人"方面的两种叙述侧重。两种叙述侧重都可以活画人物，而如果更灵活地调度两种素材，实现场景化叙述，无疑有助于更生动、立体地塑造人物。在这方面，刘义庆主持编纂的《世说新语》进行了更多叙述实践，也取得了更高成就。

刘义庆（403—444），彭城（今江苏徐州）人。刘宋宗室，袭封临川王，历任平西将军、荆州刺史、南兖州刺史、都督加开府仪同三司。卒追赠司空，谥康王。除本书外，又有《幽明录》《宣验记》等志怪小说。[①]鲁迅先生曾指出，"《宋书》言义庆才词不多，而招聚文学之士，远近必至，则诸书或成于众手"[②]。今人多从此说。

本书旧有《世说》《世说新书》等名。今天一般认为《世说》是其原名（刘向曾校理过一本《世说》，久佚），后来有人对当时流传的刘义庆书进行了整理，取名为《世说新书》。《世说新语》是后人改称，但唐代已然存在，宋代以后成为定名（虽仍有称《世说》者，仅是简称，并不指原名）。[③]

由于编撰工作是"集团军作战"，在资料搜集方面具有优势，与独力完成的小说相比，《世说新语》的素材来源就更广泛（包括《语林》《郭子》等已流行于世的志人小说、《汉书》《三国志》等正史、《晋阳秋》《续晋阳秋》等杂史，以及各种杂传），输出成果的体量也更大（今通行本有一千一百余则）。

对于这样一部体量庞大的志人小说而言，如何组织丰富驳杂的素材就成了首要课题。进一步说，如何体现素材的类别与顺序，从而更有效地突出"人"的特质与风采。"编年"的逻辑固然是可行的，但仅仅将大量碎片化素材组织进单一时间（即缺乏因果联系）线索，不但不利于捋清时代脉络，更会在机械的时间区块中消解"人"的特质。"纪传"讲究以类相从，无疑能突出"人"这一核心对象，但传记的以类相从基本是一种身份（尤其政治身份）的区别与

① 石昌渝主编：《中国古代小说总目》（文言卷），太原：山西教育出版社，2004年，第397页。
② 鲁迅：《中国小说史略》，北京：商务印书馆，2017年，第56页。
③ 陈尚君、张金耀主撰：《四库提要精读》，上海：复旦大学出版社，2008年，第279—280页。

排列，而非基于"人"的特质所构建的一套价值体系。

为了解决该问题，《世说新语》在总结前代文献经验的基础上，结合魏晋南北朝时期的人物品藻风尚，构造出一种"分门"的志人小说体例。今通行本共分三十六门（又有三十八门、三十九门两种版本，多出直谏、奸佞、邪谄三门，应是后人附会而成的）。为首四门即"孔门四科"：德行、言语、政事、文学。之后是"方正第五""雅量第六""识鉴第七"等，直至"仇隙第三十六"。这里既有类别，也有顺序，而顺序本身就是一种价值判断，正如骆玉明先生所说："排列在前的门类褒意较明显，排列靠后的门类常带有贬意。"[①]如此一来，丰富的素材就被有序地组织进一套价值体系中，在门类中体现"人"的特质，而同一人的不同言语、举动又散见于不同门类中，从而形成一个以门类为"经"、以人物为"纬"的网状结构："既可据门类加强对某一方面内容认识，亦可将人物在各门中故事合成其完整形象，颇能体现中国民族审美观念。"[②]

除了体例上的发明，《世说新语》在写人艺术上也具有极强的范式意义，兼取"言"与"行"两种素材，又经过艺术抟塑，达到很高的审美品位，所谓"记言则玄远冷俊，记行则高简瑰奇"[③]。而最重要的是，本书能够灵活调度两种素材以实现更为高级的场景化叙述，如：

> 孔融被收，中外惶怖。时融儿大者九岁，小者八岁。二儿故琢钉戏，了无遽容。融谓使者曰："冀罪止于身，二儿可得全不？"儿徐进曰："大人岂见覆巢之下，复有完卵乎？"寻亦收至。
>
> 过江诸人，每至美日，辄相邀新亭，藉卉饮宴。周侯中坐而叹曰："风景不殊，正自有山河之异！"皆相视流泪。唯王丞相愀然变色曰："当共戮力王室，克复神州，何至作楚囚相对？"

---

① 骆玉明：《世说新语精读》，上海：复旦大学出版社，2007年，导言第8页。
② 石昌渝主编：《中国古代小说总目》（文言卷），太原：山西教育出版社，2004年，第397—398页。
③ 鲁迅：《中国小说史略》，北京：商务印书馆，2017年，第56页。

周仆射雍容好仪形，诣王公，初下车，隐数人，王公含笑看之。既坐，傲然啸咏。王公曰："卿欲希嵇、阮邪？"答曰："何敢近舍明公，远希嵇、阮！"

桓公北征经金城，见前为琅邪时种柳，皆已十围，慨然曰："木犹如此，人何以堪！"攀枝执条，泫然流泪。①

以上几则均归在"言语"门，可知叙述中心在记"言"。叙述者也注意描画人物情态，以突出人物气质、性格、心境。如孔融之子，言语直接反映其超乎常人的见识，但从容气度还是通过"故琢钉戏，了无遽容"的情态描写体现出来的。再如桓温，言语已足以显露其心境，但只有聚焦到"英雄泪"的细节，人物才能从纸面上立起来。

值得注意的是，《世说新语》在"记言"时已注意人物语言的口语化。如：

何次道往丞相许，丞相以麈尾指坐，呼何共坐曰："来！来！此是君坐。"

桓温行经王敦墓边过，望之云："可儿！可儿！"

（道真）后为吏部郎，姬儿为小令史，道真超用之。不知所由，问母，母告之。于是赍牛酒诣道真，道真曰："去！去！无可复用相报。"②

叙事文学的人物塑造需要处理一个关键问题——声口，即人物语气、口吻。这在白话叙述中不会遇到根本性障碍（白话叙述需要攻关的问题是声口的个性化、差异化），但文言很早就脱离日常口语交际，成为一个独立的书面语系统，如何在文言叙述中尽可能还原人物口吻，而不会妨害整体语言风格，这

① （南朝宋）刘义庆著，（南朝梁）刘孝标注：《世说新语》，《汉魏六朝笔记小说大观》，上海：上海古籍出版社，1999年，第769、778、781、784页。
② （南朝宋）刘义庆著，（南朝梁）刘孝标注：《世说新语》，《汉魏六朝笔记小说大观》，上海：上海古籍出版社，1999年，第878、880、947页。

就很考验小说家的叙述能力。宋元时期，文言小说人物语言的口语化倾向愈来愈明显，人们多将之归因于白话小说的影响。这是合理的，但同时也应当看到，中古早期的文言叙述中已然存在口语化现象，这也为后来小说的艺术尝试做了一定准备。

即便单纯记"行"的文字也往往脱离呆板的概述形态，以场景方式呈现，如"忿狷"门中描写王述吃蛋的画面：

> 　　王蓝田性急。尝食鸡子，以箸刺之，不得，便大怒，举以掷地。鸡子于地圆转未止，仍下地以屐齿蹍之，又不得，瞋甚，复于地取内口中，啮破即吐之。王右军闻而大笑曰："使安期有此性，犹当无一毫可论，况蓝田邪？"①

开篇已完成人物塑造，交代其性格特质，篇末借王羲之评语明确贬抑态度。从人物品藻的角度看，已经完成叙述任务。但叙述者将人物的性格特质放在具体场景中呈现，通过一连串动作（尤其注意到镜头切换）来构造一组画面，使人物形象如在目前，其气质性格更是溢于纸面，读之令人绝倒。

从文学叙事的角度看，这里又有两方面值得注意：一是注意炼字。比如刺、掷、蹍、啮、吐等动作，显然是经过叙述者选炼的，中国古代叙事传统虽不善于描画人物心理，但锻炼字眼以精准描述动作，从外部刻画人物心理，这一点是很早就达到高度成熟的。二是注重细节。尤其留意到画面主题之外的细节，如"鸡子于地圆转未止"的细节，其实是画面主题（人的动作）之外的，但也正是这一处细节，使我们发现小说由历史叙述向文学叙述靠拢的"小动作"。

在"言"与"行"结合的叙述中，依然可见这类动人的细节，如"雅量"门叙述顾雍面对丧子噩耗的表现：

---

① （南朝宋）刘义庆著，（南朝梁）刘孝标注：《世说新语》，《汉魏六朝笔记小说大观》，上海：上海古籍出版社，1999 年，第 987 页。

豫章太守顾邵，是雍之子。邵在郡卒，雍盛集僚属，自围棋。外启信至，而无儿书，虽神气不变，而心了其故。以爪掐掌，血流沾褥。宾客既散，方叹曰："已无延陵之高，岂可有丧明之责？"于是豁情散哀，颜色自若。①

这是将人物置于"道德困境"（moral dilemma）中以暴露其真实性格。这里的困境是依循人性，或是依循教养。顾雍选择了后者，这固然是当时士大夫教养的要求，但如果没有"以爪掐掌"的细节，人物会显得单薄、生硬，给人以不近人情之感，只有通过流露人性的"近镜头"，我们才得以了解人物进行道德选择时的痛苦、挣扎，进而重新认识人物所言、所行。难能可贵的是，在"以爪掐掌"之后，镜头转向"血流沾褥"，这其实是对上一个镜头的"修辞"。这类修辞在历史叙述中似乎是多余的，在文学叙述中却是必要的，后者审美意蕴的实现恰恰仰赖于这些修辞的拣选与组织。

同时，基于海量素材，《世说新语》得以在"人与人的关系"中去塑造、突出形象，主要有两种方式：一是衬托，二是对照。

这里所谓"衬托"，指在一群人物中，用陪衬人物来突出主人公。如"雅量"门写谢安泛海：

谢太傅盘桓东山时，与孙兴公诸人泛海戏。风起浪涌，孙、王诸人色并遽，便唱使还。太傅神情方王，吟啸不言。舟人以公貌闲意说，犹去不止。既风转急，浪猛，诸人皆喧动不坐。公徐云："如此，将无归！"众人即承响而回。于是审其量，足以镇安朝野。②

① （南朝宋）刘义庆著，（南朝梁）刘孝标注：《世说新语》，《汉魏六朝笔记小说大观》，上海：上海古籍出版社，1999年，第847—848页。
② （南朝宋）刘义庆著，（南朝梁）刘孝标注：《世说新语》，《汉魏六朝笔记小说大观》，上海：上海古籍出版社，1999年，第853—854页。

如果摘去孙、王等人的内容，单看谢安的言行，其实依旧是成立的，但缺少了众人"色并遽""喧动不坐""承响而回"的陪衬（这里主要是反衬），谢安从容平和的气度也就得不到突出——"主角光环"是需要龙套角色来衬托的。

至于"对照"，则是选取两个同质性人物进行比照，发现个性差异，如：

> 王子猷、子敬曾俱坐一室，上忽发火。子猷遽走避，不惶取屐；
> 子敬神色恬然，徐唤左右，扶凭而出，不异平常。世以此定二王神
> 宇。①

按王徽之也是风流蕴藉之士，"任诞"门记其雪夜访戴事，被后世传为佳话。但就神宇气量看，较王献之还是差了一截儿。

无论衬托，还是对照，其实都是当时人物品藻的常规操作，落实于叙述层面又成为一种塑造人物的一般方法，并对后世小说产生深远影响。尤其清代文人化案头叙述（如《红楼梦》《儒林外史》《聊斋志异》《阅微草堂笔记》等）中，这类人物塑造俯拾即是。

通过以上所举诸例，我们可以看到，无论丰富的言行素材，还是灵活的写人手段，最终都融入一种文约义丰的叙述语言。如胡应麟所说："读其语言，晋人面目气韵恍忽生动，而简约玄澹，真致不穷。"② 这种叙述语言，一方面充分继承了史传叙事传统，另一方面也经过了进一步艺术提炼，文笔省练而不简淡，抓取关键言语、动作以勾勒人物，重在写意传神，以求含蓄隽永。这也提供了志人小说的一种语言范式。

正因为写人手法、叙述语言、审美意蕴等方面的典范意义，《世说新语》之后的续书、仿作极多，如唐刘肃《大唐世说新语》、王方庆《续世说新语》、宋王谠《唐语林》、孔平仲《续世说》、李垕《南北史续世说》，明李绍文《明

① （南朝宋）刘义庆著，（南朝梁）刘孝标注：《世说新语》，《汉魏六朝笔记小说大观》，
上海：上海古籍出版社，1999年，第855页。
② （明）胡应麟：《少室山房笔丛》，上海：上海书店出版社，2009年，第285页。

世说新语》、何良俊《何氏语林》,清王晫《今世说》、李清《女世说》、吴肃公《明语林》,民国初期易宗夔《新世说》等,从而形成一个"世说"家族,或将这类作品统称作"世说体"①,足见其影响之深远。

另外,此一时期又有一些专题性的志人小说,比如三国时魏人邯郸淳的《笑林》和刘宋虞通之的《妒记》。《笑林》可以看作一部幽默言行集锦,来源多是民间传说故事,《妒记》则是虞氏受刘彧敕命而作,专门搜集两晋间"妒妇"这一刻板形象的言语行止。在聚焦具体题材的基础上,这类小说也善于抓取言语和动作细节,以场景形式刻画人物,但基于一种滑稽、戏谑的叙述态度,叙述者往往对人物形象进行漫画式处理。这在后世的世情小说中颇为常见,限于篇幅,这里就不再过多介绍了。

# 第四节　《搜神记》等志怪小说

志怪小说之名也始于鲁迅先生:

　　中国本信巫,秦汉以来,神仙之说盛行,汉末又大畅巫风,而鬼道愈炽;会小乘佛教亦入中土,渐见流传。凡此,皆张皇鬼神,称道灵异,故自晋讫隋,特多鬼神志怪之书。②

这里不仅给出了概念,也交代了其产生的文化背景。正如孙逊师指出的:"汉魏六朝之多志怪,实由于这一时期神仙思想、道教思想、佛教思想以及巫鬼思想等同生共处于社会意识形态中,纷繁扰攘,各陈异说,使整个时代坠入

① 石昌渝主编:《中国古代小说总目》(文言卷),太原:山西教育出版社,2004年,第398页。
② 鲁迅:《中国小说史略》,北京:商务印书馆,2017年,第39页。

了反科学的迷雾之中。"[1] 志怪小说正是从这种成分复杂而氤氲厚重的文化背景中走出的。

巫术思想是广泛存在于世界各民族原始思维中的。直到今天，我们依然可以在各种生活细节中见其遗骸。在早期人类的文化活动中，巫术居于核心位置，它直接反映着先民对于世界（自然与社会）的理解，也直接干预（甚至指导）他们的生产、生活。《汉志》早已指出小说"源盖出于稗官"，据余嘉锡先生考证，这里的"稗官"是"天子之士"，进而指出："大史，下大夫二人，上士四人，而小史则中士八人，下士十有六人，此真古之稗官矣。"[2] 而上古之际，巫、史是不分家的。也就是说，不唯志怪类作品，而是"小说"这一文化形态本身，从其产生之初，就与巫术思想存在密切联系。

随着人类走出"童稚时期"，巫术思想的最主要载体——神话退出文化生活的舞台中心，传说时代拉开帷幕；巫觋不再是最抢眼的"故事家"，取而代之的是方术之士。方术之士所讲述的故事，虽然依旧保留着原始宗教的成分，但与秦汉时期流行的神仙思想（尤其求长生的思想）更紧密地联系在一起，以周穆王、汉武帝、淮南王刘安、东方朔等人物为中心的传说故事，就是在此一时期流行起来的，落实为案头作品，就是前面所介绍的一系列杂传小说。

佛教传入中国后，在社会各阶层广泛传播开来；果报、转世、轮回等观念逐渐成为民众知识结构的一部分。而之所以能够实现如此影响，一方面固然是缺乏来自本土组织性宗教的制衡、竞争，另一方面也在于佛教徒有意识地将佛教思想与本土文化有机结合，并以"叙述"形式宣教。宣教的目的是推进信仰的覆盖范围和渗透程度。要实现该目的，宣释教义固然是一种常规操作，但对于大众（尤其中下层民众）而言，比起干瘪、生硬的教条，"故事"无疑更"易观易入"。观念只有以"故事"形象出现，才能在公共领域迅速传播。于是，大量用以印证皈依释教之效验的"生动案例"被有意无意地生产出来，这些故事"大抵记经像之显效，明应验之实有，以震耸世俗，使生敬信之心"，搜

① 孙逊：《中国古代小说与宗教》，上海：复旦大学出版社，2000年，第12页。
② 余嘉锡：《余嘉锡论学杂著》，北京：中华书局，1963年，第273页。

集、整理成集，就是鲁迅先生所说的"释氏辅教之书"。[1] 如南朝宋刘义庆《宣验记》，南朝齐王琰《冥祥记》、颜之推《集灵记》，隋侯白《旌异记》等，都是这一性质的作品。

受佛教影响（如教义、教团、仪轨等方面的启发），本土的神仙方术也逐渐实现组织化，道教兴起并发展起来。道教徒鼓吹"长生久视"，为"怖无常而却走"者提供了另外一条"解脱之道"。[2] 各种神仙传说也得到更有力的推动，并集结成如晋王浮《神异记》、王嘉《拾遗记》等作品。究其本质，与"释氏辅教之书"一样，都属于"自神其教"性质的文本。

比较而言，《拾遗记》的艺术品位更高。王嘉原著为十九卷，今通行本为十卷，是南朝梁代萧绮辑录的本子。王嘉，字子年。陇西安阳（今甘肃渭源）人，一说洛阳人。萧绮爵里不详，可能是梁宗室。[3] 按萧氏《拾遗记序》所言：

> 王子年乃搜撰异同，而殊怪必举，纪事存朴，爱广尚奇，宪章稽古之文，绮综编杂之部，《山海经》所不载，夏鼎未之或存，乃集而记矣。辞趣过诞，意旨迂阔，推理陈迹，恨为繁冗；多涉祯祥之书，博采神仙之事，妙万物而为言，盖绝世而弘博矣！世德陵夷，文颇缺略。绮更删其繁紊，纪其实美，搜刊幽秘，捃采残落，言匪浮诡，事弗空诬，推详往迹，则影彻经史，考验真怪，则叶附图籍。若其道业远者，则辞省朴素；世德近者，则文存靡丽；编言贯物，使宛然成章。[4]

知其搜集、整理该书的动机主要是出于一种"博物"的兴趣，而在增删、改订原材料时，萧氏主要依据历史的（实）、文学的（美）价值尺度。从文本改造实际看，其所加"录语"也主要是站在儒家思想的立场之上的（如"溺此

① 鲁迅：《中国小说史略》，北京：商务印书馆，2017年，第49页。
② 鲁迅：《中国小说史略》，北京：商务印书馆，2017年，第51页。
③ 石昌渝主编：《中国古代小说总目》（文言卷），太原：山西教育出版社，2004年，第394页。
④ （晋）王嘉著，（南朝梁）萧绮录，齐治平校注：《拾遗记校注》，北京：中华书局，1981年，第1页。

仙道，弃彼儒教"等说教①）。而王嘉本人是道教徒，不食五谷，清虚服气，崖穴而居，②其原著内容"多涉祯祥之书，博采神仙之事"，即便是"博物"兴趣，也是针对神仙方术的"博物"，目的是鼓吹仙道。不过，王氏文笔较好（其中或有萧氏润色成分），书中不少内容写得浪漫瑰奇，如卷一记"贯月查"的传说：

> 尧登位三十年，有巨查浮于西海，查上有光，夜明昼灭。海人望其光，乍大乍小，若星月之出入矣。查常浮绕四海，十二年一周天，周而复始，名曰贯月查，亦谓挂星查。羽人栖息其上。群仙含露以漱，日月之光泽如暝矣。③

现代人读至此篇，也不得不惊叹于当时道教徒的想象力。这倒不在于"巨查浮于西海"的夸张（类似夸张笔墨，《庄子》里已在在皆是），而是设想出"巨查"周期性的运转，更能在星际间往来交通（故称"贯月""挂星"）。这哪里还是一艘船？简直是宇宙飞船。类似想象，书中还有很多。如同卷所载颛顼时代的"曳影之剑"，平时收贮于匣内，"若四方有兵，此剑则飞起指其方，则克伐"④，类似洲际导弹；卷三载周灵王时有"玉人"，"皆有机棙，自能转动，谓之'机妍'"⑤，仿佛机器人（"机妍"之名又比机器人更富有诗意）；卷四所载秦始皇时宛渠国人乘坐的"沦波舟"，能"沉行海底，而水不浸入"⑥，好像潜

① （晋）王嘉著，（南朝梁）萧绮录，齐治平校注：《拾遗记校注》，北京：中华书局，1981年，第76页。
② 石昌渝主编：《中国古代小说总目》（文言卷），太原：山西教育出版社，2004年，第394页。
③ （晋）王嘉著，（南朝梁）萧绮录，齐治平校注：《拾遗记校注》，北京：中华书局，1981年，第23页。
④ （晋）王嘉著，（南朝梁）萧绮录，齐治平校注：《拾遗记校注》，北京：中华书局，1981年，第16页。
⑤ （晋）王嘉著，（南朝梁）萧绮录，齐治平校注：《拾遗记校注》，北京：中华书局，1981年，第75页。
⑥ （晋）王嘉著，（南朝梁）萧绮录，齐治平校注：《拾遗记校注》，北京：中华书局，1981年，第101页。

水艇。这哪里还是一部志怪小说？简直就是古代"科幻小说"。

这些奇思妙想又经艺术化的语言表现出来，越发显得绮丽丰赡，诚如李剑国先生所言："本书是六朝志怪上选之作，作者虽为道士，意在弘扬神仙，但颇重藻思文心，文字缛丽，铺彩错金，艺术风格类似《洞冥记》《十洲记》等而辞藻更为丰美。"①就文学性而言，《拾遗记》确实可以睥睨同时期多数"辅教之书"。

当然，搜奇集异不是释、道二教信徒的专利，世俗文人也是志怪小说生产的一支主力。他们搜罗、编纂灵异故事，固然不是出于"自神其教"的动机，但也不像后来唐传奇作者那样有意虚构，而是将其视作现实的另一种可能，如实记录下来，所谓"盖当时以为幽明虽殊途，而人鬼乃皆实有，故其叙述异事，与记载人间常事，自视无诚妄之别矣"②。"志人"与"志怪"，之所以都强调"志"，在于其编纂动机相同，皆以"纪实"为目的，"志"就是记录。只不过，记录的对象不同："人"是"常事"，而"怪"是"非常事"。但无论"常"与"非常"，在当时看来都是真实之事，不是虚假之事，也不是有意虚构出来的事。

这类作品的代表是干宝的《搜神记》。

干宝，字令升，祖籍汝南郡新蔡（今属河南），后徙居海盐（今浙江海盐东北）。生年不详。西晋怀帝永嘉五年（311）为佐著作郎。愍帝建兴三年（315）因参与平定杜弢有功，赐爵关内侯。东晋元帝建武元年（317）以著作郎（或作尚书郎）领国史，迁始安太守。明帝太宁元年（323）为司徒右长史，迁散骑常侍、领著作郎。卒于成帝咸康二年（336）。著有《晋纪》二十卷，时称良史。又有《春秋左氏义外传》《干宝集》《百志诗》等。③

可以看到，干宝并没有佛、道信仰，而是一位世俗社会的史官、学者。其撰述活动，或基于史官职责，或出于学术兴趣，与"自神其教"没有关系。之

---

① 李剑国：《唐前志怪小说史》，天津：天津教育出版社，2005年，第349页。

② 鲁迅：《中国小说史略》，北京：商务印书馆，2017年，第39页。

③ 石昌渝主编：《中国古代小说总目》（文言卷），太原：山西教育出版社，2004年，第434页。

所以编撰《搜神记》这样一部志怪书，一方面源于博杂的知识结构，一方面又有生活经历作为直接诱因。按《晋书》本传所言：

> 性好阴阳术数，留思京房、夏侯胜等传。宝父先有所宠侍婢，母甚妒忌，父亡，母乃生推婢于墓中。宝兄弟年小，不之审也。后十余年母丧，开墓而婢伏棺如生，载还，经日乃苏。言其父常取饮食与之，恩情如生。在家中吉凶辄语之，考校悉验，地中亦不觉为恶。既而嫁之，生子。又宝兄尝病气绝，积日不冷，后遂悟，云见天地间鬼神事，如梦觉，不自知死。宝以此遂撰集古今神祇灵异人物变化，名为《搜神记》，凡三十卷。①

这则史料已经很有些"小说家言"味道了，却堂而皇之地出现在正史中，足见当时人对于神鬼灵异之事的态度。无论其真实性如何，起码说明《搜神记》的编撰是作者直接经验与间接经验复合作用的结果。而从编撰态度来看，干宝首先是从史官之职业立场出发的，如其《自序》言：

> 虽考先志于载籍，收遗逸于当时，盖非一耳一目之所亲闻睹也，又安敢谓无失实者哉！卫朔失国，二传互其所闻；吕望事周，子长存其两说。若此比类，往往有焉。从此观之，闻见之难一，由来尚矣。夫书赴告之定辞，据国史之方策，犹尚若此，况仰述千载之前，记殊俗之表，缀片言于残阙，访行事于故老，将使事不二迹，言无异途，然后为信者，固亦前史之所病。然而国家不废注记之官，学士不绝诵览之业，岂不以其所失者小、所存者大乎？今之所集，设有承于前载者，则非余之罪也。若使采访近世之事，苟有虚错，愿与先贤前儒分其讥谤。及其著述，亦足以发明神道之不诬也。群言百家，不可胜览；耳目所受，不可胜载。亦粗取足以演八略之旨，成其微说而已。

① （唐）房玄龄：《晋书》，北京：中华书局，1974年，第2150页。

幸将来好事之士录其根体，有以游心寓目而无尤焉。[1]

从小说批评史的角度说，这篇序言具有里程碑意义，我们可将其看作"小说和叙事理论史上第一次对虚构的直接肯定"[2]。不过，这里的虚构其实更接近虚假（甚至虚幻），即"失实"。它是与"真实"（而非"纪实"）相对应的。作为史官，干宝承认历史叙述中含有不少虚假的成分，但这些虚假内容不是由叙述者的虚构动机导致的，而是受制于"非一耳一目之所亲闻睹"的客观条件。既然"闻见之难一"是无法克服的，那么就不必诟病那些被判断为虚假的成分，神鬼灵异素材进入历史叙述范畴也就具备了合理性。然而，历史叙述必须以"纪实"为动机，"发明神道之不诬"这张牌就得打出来。有此一句表白，再多"失实"的成分，也是可以得到理解的。

同时，史官职掌所提供的便利条件，使干宝可以接触到大量的秘中之书。与之相应，《搜神记》的素材来源就更广泛，记述体量更大，内容也更杂。整体看来，全书内容分九大块：一是神仙术士事迹，主要集中于通行本的前三卷。二是神灵感应之事，主要集中于第四、五卷，涉及流传各地的民间祠神，其中还收录了一些人神恋爱故事，如董永故事、白水素女故事等。三是祯祥妖异之事，集中于第六至十卷。四是怪异灵奇之物，集中于第十三卷。这两部分内容大都缺乏情节，叙述性不强，更接近《博物志》等小说。五是鬼魂之事，集中于第十五、十六卷。其中，有两类故事最吸引人。一是人鬼恋爱故事，如谈生事迹、韩重事迹等。二是还魂故事，以不同人物、事件反复呈现"入冥""再生"母题。六是精怪故事，集中于第十七至十九卷。其中，以狐妖最多。尤其《阿紫》一篇，确立了雌狐惑人的一种情节类型，对后世影响很大。七是动物报恩故事，集中于第二十卷。八是神话传说，集中于第十四卷，如《女化蚕》一篇，反映的就是蚕马神话在当时向传说过渡的形态。九是历史传

①（晋）干宝：《搜神记》，《汉魏六朝笔记小说大观》，上海：上海古籍出版社，1999年，第277页。

② 罗书华：《中国小说学主流》，上海：上海书店出版社，2007年，第44页。

说，集中于第十一卷，《三王墓》《韩凭妻》《东海孝妇》等名篇都在其中。

与唐传奇相比，《搜神记》的叙述形态当然仍停留在"粗陈梗概"的低级层次，但置于同时代志怪小说中比较，本书的艺术品位是明显高出一筹的。有"鬼之董狐"之誉的干宝，以史笔加工神怪灵异素材，将史传文学的叙述传统融入虚假、虚幻的故事，形成一种"简净"而不"简淡"的艺术风貌。《搜神记》的笔墨简约干净，以交代人事为主，绝少闲笔。情节基本上都是单线的，"时间—因果"关系明确，没有枝蔓，如一道清晰的墨线。但在有限的篇幅内，作者灵活调度各种表现手段，使"丛残小语"也体现出很强的文学性。

史传文学重视场面描写，尤其一些"生无旁证、死无对证"的场面，以历史构造方式出现在文本中，本身就有一定的文学化倾向。干宝肯定"失真"素材在纪实文本中的合理性，在构造场面方面自然也不会有什么"思想包袱"。许多幻想成分以场面表现出来，也就显得格外生动。如《赵公明参佐》中的一段：

> ……（祐）见其从者数百人，皆长二尺许，乌衣军服，赤油为志。祐家击鼓祷祀，诸鬼闻鼓声，皆应节起舞，振袖，飒飒有声。[1]

笔墨虽不多，但写出了赵公明参佐的排场（尤其是通过人物聚焦完成的），以及众鬼舞蹈的情景，"飒飒有声"更是一种文学化表达。

在人物塑造方面，《搜神记》善于用简约笔墨勾勒形象，并在特定情境中呈现人物的气质性格，如《李寄》篇描写李寄斩杀蛇妖一段：

> 寄乃告请好剑及咋蛇犬。至八月朝，便诣庙中坐，怀剑将犬。先将数石米糍，用蜜麨灌之，以置穴口。蛇便出，头大如围，目如二尺镜。闻糍香气，先啖食之。寄便放犬，犬就啮咋，寄从后斫得数创。疮痛急，蛇因踊出，至庭而死。寄入视穴，得其九女髑髅，悉举出，

---

[1]（晋）干宝：《搜神记》，《汉魏六朝笔记小说大观》，上海：上海古籍出版社，1999年，第314页。

咤言曰："汝曹怯弱，为蛇所食，甚可哀愍。"于是寄女缓步而归。[①]

　　这样一段惊心动魄的斗杀情节，若置于唐传奇中，当是另外一番规模，本篇文字则比较简省，却不简单。事前、事中、事后的过程交代得十分清楚，叙述详略得当，突出斗杀这一情节焦点；虽然没有对人物情态、行为的细致刻画，但刀斫斧凿的文字反而凸显出主人公的英气；最后一句咤语，更生动反映出这位"家生婢子"迥于常人的胆识气魄。

　　而这种生动反映人物情绪、心态、神气的言语，在《搜神记》中是不乏其见的。本书虽受制于文言书写，但还是尽可能还原角色声口，以生动的直接引语来活画人物。如《女化蚕》中少女讥诮马皮："汝是畜生，而欲取人为妇耶？招此屠剥，如何自苦？"[②] 再如《秦巨伯》中两鬼詈语："老奴！汝某日捶我，我今当杀汝！"[③] 又如《怪老翁》中怪物呻吟声："唷，唷，宜死。"[④] 以及《倪彦思》中老狸几番赌气之语[⑤]，等等，都比较符合人物口吻，能够传达出人物在特定情境中的情态。《世说新语》"志"人言，固然是"玄远冷俊"的，但这些人言经常只是对事实的再现——历史人物的原话如此，无需叙述者的艺术提炼与加工；《搜神记》"志"神鬼怪物之言，则需要拟情摹态的文学想象。比较看来，后者其实是要略高出一筹的。

　　正因其所达到的艺术品位，《搜神记》成为六朝志怪的一个典型。其后的续书、仿作颇多，如陶渊明《搜神后记》、昙永《搜神论》、句道兴《搜神记》、焦璐《搜神录》、阙名《搜神总记》等。元明时期有多种道书《搜神

---

① （晋）干宝：《搜神记》，《汉魏六朝笔记小说大观》，上海：上海古籍出版社，1999 年，第 425 页。

② （晋）干宝：《搜神记》，《汉魏六朝笔记小说大观》，上海：上海古籍出版社，1999 年，第 384 页。

③ （晋）干宝：《搜神记》，《汉魏六朝笔记小说大观》，上海：上海古籍出版社，1999 年，第 401 页。

④ （晋）干宝：《搜神记》，《汉魏六朝笔记小说大观》，上海：上海古籍出版社，1999 年，第 387 页。

⑤ （晋）干宝：《搜神记》，《汉魏六朝笔记小说大观》，上海：上海古籍出版社，1999 年，第 410 页。

记》，如《新编连相搜神广记》《出像增补搜神记》等，虽然已经是另一种系统的文本，但仍然借了本书的"招牌"。"搜神系列"也与"博物志系列""世说系列"一样，成为古代文言短篇小说集的一个重要的文本系统。

刘义庆的《幽明录》也是此一时期比较典型而成功的志怪小说。本书与《世说新语》一样，虽然署名刘氏，应该也是成于众手的。全书广泛采集前代或同时著作，如《博物志》《列异传》《异闻记》《甄异传》《搜神后记》等，尤以晋代作品为主。如果说《世说新语》是从现实世界去反映当时社会，《幽明录》则是从现实世界的另一面去映照现实，形成了晋代至刘宋时期的完整"社会景观"。

难能可贵的是，书中不仅书写了大量神、仙、鬼、怪故事，也有一些动人的民间爱情故事，如《卖胡粉女》一篇：

> 有人家甚富。止有一男，宠恣过常。游市，见一女子美丽，卖胡粉，爱之，无由自达。乃托买粉，日往市，得粉便去，初无所言。积渐久，女深疑之。明日复来，问曰："君买此粉，将欲何施？"答曰："意相爱乐，不敢自达。然恒欲相见，故假此以观姿耳！"女怅然有感，遂相许以私，克以明夕。其夜，安寝堂屋，以俟女来。薄暮，果到，男不胜其悦，把臂曰："宿愿始伸于此！"欢踊遂死。女惶惧，不知所以。因遁去，明还粉店。至食时，父母怪男不起，往视，已死矣。当就殡敛。发箧笥中，见百馀裹胡粉，大小一积。其母曰："杀吾儿者，必此粉也。"入市遍买胡粉，次此女，比之，手迹如先，遂执问女曰："何杀我儿？"女闻呜咽，具以实陈。父母不信，遂以诉官。女曰："妾岂复吝死？乞一临尸尽哀！"县令许焉。径往，抚之恸哭，曰："不幸致此，若死魂而灵，复何恨哉？"男豁然更生，具说情状，遂为夫妇，子孙繁茂。[1]

---

① （南朝宋）刘义庆：《幽明录》，《汉魏六朝小说大观》，上海：上海古籍出版社，1999年，第729页。

从故事"母题"（motif）来看，本篇属于"再生"母题。但以往的"再生"母题多落实于借助神异力量的情节中，本篇则没有依靠任何神怪力量，神异色彩十分淡薄。相反，人物、情节都很贴近生活，令人有真实感。富家公子每日以买胡粉为名，接近所爱慕者，女子在情人猝死时惊慌失措，慌忙逃走，被发现后却毫无畏惧，情愿殉情。这些描写都符合现实生活中的人情物理，能够令人信服。作者对男女主人公的私通行为并不指责，反而加以赞美，肯定了人们追求幸福与快乐的权利。结合南朝民歌，可以看到当时的时代特点。此外，这篇故事虽然不是很长，却写得细致委曲，人物形象也立体生动，男主人公是典型的"痴生"，观其言语举动，只觉莞尔可爱。另有《庞阿》一篇，也是类似作品。这些篇目已经很接近后来的唐传奇，"甚至置于更晚的《聊斋志异》中也可以乱真"①，足见六朝时期志怪小说可以达到的艺术品位。

综合以上，可以看到，尽管杂传小说、博物小说、志人小说、志怪小说等小说体式还不是真正文学意义上的小说，但它们已经为后者的产生做了比较充分的准备；虽然这些"准小说"还没有脱离史部藩篱，却已经在不同程度向着文学想象迈进。尤其随着大量"虚诞怪妄"素材的羼入，以及作者对于这些素材的肯定，小说生产必将由内容层面的"虚假"向意图层面的"虚构"演进，以形成"有意为小说"的文学作品。同时，这些"准小说"也成为后世文学创作的素材库，从上古神话传说到近世历史传说，以至当代社会逸闻，杂传小说、博物小说、志人小说与志怪小说以案头书写的形式将其保存下来，使之得以更有效地进入隋唐时期文士的知识结构，成为其"征异话奇"活动的谈资、语料。可以说，唐人小说之所以能够成就古代文言短篇小说的一座高峰，离不开魏晋南北朝小说所提供的艺术准备和知识积累。

---

① 刘勇强：《中国古代小说史叙论》，北京：北京大学出版社，2007年，第112页。

# 第三章　隋唐：文言小说的成熟期

对大众而言，提到唐代的文学成就，人们首先会想到诗，次之是文，再次之可能是曲子词，却很少会想到小说。其实，唐代是中国古代小说史的一个至关重要的时期——"小说之自觉"是在该时段实现的。

所谓"小说之自觉"，指"小说"逐渐摆脱史传文学的束缚，在"区别于正史的野史、杂传"这一层含义之外，生出新含义，即"虚构的叙事散文"。胡应麟在讨论六朝小说与唐代小说之区别时说：

> 凡变异之谈，盛于六朝，然多是传录舛讹，未必尽幻设语。至唐
> 人乃作意好奇，假小说以寄笔端。[①]

所谓"传录舛讹"，指叙述内容的"虚假"，这是难以避免的（即干宝所言"闻见之难一，由来尚矣"）。从叙述动机看，六朝小说仍以"志"为出发点，即以"纪实"为目的，而非"虚构"，所以很少"幻设语"。唐人小说尚"奇"，这不仅指叙述内容的"奇"，也指叙述动机的"作意好奇"。面对"日用起居之内"或"耳目之外"的素材，唐人不再背负"纪实"的包袱，转而以虚构的态度在经验世界内外驰骋，以浪漫的、文学的想象来构造人物、事件，即鲁迅先生所谓"意识之创造"，由此也生成了"始有意为小说"这一小说史命题。[②]

---

① （明）胡应麟：《少室山房笔丛》，上海：上海书店出版社，2009 年，第 371 页。
② 鲁迅：《中国小说史略》，北京：商务印书馆，2017 年，第 65 页。

当然，"有意为小说"只是一种小说史的刻板印象，是从庞大而复杂的文学现象中抽离出来的一个"形象"。唐代小说本身经历了一个相对漫长的发展演化历程。在具体区间内，"有意为小说"的倾向和程度是不同的；将这些区间连缀起来看，也并不呈现一种"文学进化"的态势。换句话说，不是一个简单"做加法"的过程。更重要的是，"有意为小说"的叙述动机又经常与文体讨论结合在一起，落实为我们对于"唐传奇"文体分析的必然组成。但"文体"经常是后人阐释、建构出来的结果。当我们站在特定历史节点"回看"某类相对集中的文学创作时，当然可以进行"夫设文之体有常，变文之数无方"[1]的总结，但这与当时具体的文学实践之间总是存在距离的。所谓"设文之体有常"，可以被理解成一种具有"原型"意义的、相对稳定的文体形象，"变文之数无方"则是落实于风格化的创作实践中的"每一个"。唐人显然并没有形成一个具有"原型"意义的"唐传奇"的文体形象——更多的还是作为史传的一种参照，在每一位今天被界定为"传奇作家"的真实作者笔下（以及落实在文本中的叙述者口中），写人述事的形态是不同的，"有意为小说"的艺术品位也是差异化的。这需要我们对其进行历史的、具体的分析。

可以肯定的是，隋唐时期的文言小说较之前更成熟，除叙述动机开始由"纪实"转向"虚构"外，也表现在文学品位的整体提升：情节委曲波折，人物丰满立体，场景逼真生动，真实作者对现实的理解、对人生的体悟以及对生命的观照也更多地渗透于文本之中。这使得唐人小说呈现出一种异于史传的艺术风貌。

## 第一节　滥觞期的唐传奇

隋唐小说乘六朝杂传、志怪之余绪而来。这是一个连续的过程，我们其实

---

[1] （南朝梁）刘勰著，范文澜注：《文心雕龙注》，北京：人民文学出版社，1958年，第519页。

很难从中找到一个具有"界碑"意义的划时代作品，只能发现一些"倾向性"明显的作品，进而阐释、构建其小说史意义。在所谓的滥觞期里，《赵飞燕外传》《古镜记》《补江总白猿传》是备受学界关注的。

先来看《赵飞燕外传》。胡应麟《少室山房笔丛·九流绪论下》称："《飞燕》，传奇之首也。"[1] 这成为后世描述其小说史形象的最重要标签。程毅中先生称此传为"传奇的先声"，即可视作胡氏之说的一种当代表述。

本传成书年代与作者有很大争议。旧题汉伶玄撰，但宋人已提出质疑。鲁迅先生认为此传"恐是唐宋人所为"[2]，但没有给出具体理由。钱锺书先生认为其章法笔致酷似唐传奇。[3] 程毅中先生则据李商隐《可叹》诗所用"赤凤来"典故等材料，判断本传的成书时间"至晚也该在唐代"，上限则不超过隋。[4] 今日学界多从其说。

本篇叙写汉成帝宠幸飞燕、合德姊妹的宫闱秘事。江都王孙女姑苏主下嫁江都中尉赵曼，姑苏主私通冯万金，生下一双同胞姊妹，即飞燕（原名宜主）、合德。二人养在冯万金身边，冒姓赵氏。冯氏家败后，赵氏姊妹流落长安，穷困潦倒。飞燕后来因缘入宫，得成帝宠幸，号"赵皇后"。经宫人樊嬺进言，合德也入宫受宠，由"婕妤"晋为"昭仪"。成帝与赵氏姊妹朝欢暮乐，纵欲无度，终致身体亏空羸弱，以奇方"眘邺胶"勉强维持精力，一次服用一丸。一夜，合德酒醉，误进七丸，致使成帝暴卒。

整体看来，本篇还是不脱杂传规模的。依纪传体叙事逻辑，撷取传主一生若干片段，组织成首尾完整的、具有"时间—因果"关系的情节。只不过，采撷入文本的素材，多是为正史所不取者。然而，与一般的杂传相比，本篇笔触更加细腻，对人物的刻画更加生动，场景的戏剧性也更强。

在人物方面，《赵飞燕外传》将飞燕、合德两个主人公进行比照，在鲜明的性格对比——飞燕性刚，合德性柔——中刻画人物。比较起来，叙述者施于

---

① （明）胡应麟：《少室山房笔丛》，上海：上海书店出版社，2009年，第283页。
② 鲁迅：《中国小说史略》，北京：商务印书馆，2017年，第36页。
③ 钱锺书：《管锥编》第3册，北京：生活·读书·新知三联书店，2007年，第1530页。
④ 程毅中：《唐代小说史》，北京：人民文学出版社，2003年，第22页。

合德的笔墨更多，刻画得也更细致。面对跋扈的飞燕，合德始终选择隐忍退让，不惜以卑躬屈膝的姿态向前者示弱。当初被召入宫时，合德即表现得很谦卑，声明"非贵人姊召不敢行"①。深受荣宠（成帝呼之为"温柔乡"）后，合德依旧在飞燕面前曲意逢迎。飞燕"误唾"合德衣袖，合德不仅不着恼，反而奉承道："姊唾染人绀袖，正如石上华。假令尚方为之，未必能如此衣之华。"② 因《赤凤来》曲而被飞燕怒斥时，合德更是垂泪而拜，先追忆当年姊妹合被而眠的穷困情形，再阐明同胞不相争的道理，且泣且诉，入情入理，最终博得飞燕同情。

成帝听闻消息后，不敢直接询问飞燕（也可从侧面看出飞燕之"刚"），只得向合德打听。合德方才道出："后妒我耳，以汉为火德，故以帝为赤凤。"③ 一面道出实情（却未添油加醋地诋毁飞燕），一面又拍了皇帝马屁，可见其"温柔承旨"的做派不是专对于飞燕的，而是其立身处世之道。

成帝暴卒后，太后问罪合德。合德答言："吾持人主如婴儿，宠倾天下，安能敛手于掖庭，令争帏帐之事乎？"④ 说的倒也是实在话，最后拊膺大呼："帝何往乎！"呕血而死。传文也由此戛然终止。可以看到，本传虽以飞燕题名，对合德的塑造却是更加立体、饱满的。而这种在对比中塑造人物的手段，正是继承自六朝小说（尤其志人小说）写人传统的。

同时，立体、饱满的人物又是在戏剧化场景中呈现出来的。作者比较善于构造场面，进而调度人物言语、动作，以形成一个生动的场景，如"留仙裙"典故的场景⑤，其实就已经很接近后来的传奇小说了。

本传正文后附有一篇《伶玄自叙》。其著作权当然是可疑的，但写得委曲感人。《叙》称伶玄晚年闲居，得一妾，名樊通德。通德是樊嬺弟子不周之女，深知赵氏姊妹秘事，便向伶玄娓娓道出。伶玄听后，生出"荒田野草"的悲

① （明）陶宗仪等编：《说郛三种》，上海：上海古籍出版社，1988年，第560页。
② （明）陶宗仪等编：《说郛三种》，上海：上海古籍出版社，1988年，第560页。
③ （明）陶宗仪等编：《说郛三种》，上海：上海古籍出版社，1988年，第561页。
④ （明）陶宗仪等编：《说郛三种》，上海：上海古籍出版社，1988年，第561页。
⑤ （明）陶宗仪等编：《说郛三种》，上海：上海古籍出版社，1988年，第561页。

意，通德则以"盛之不可留，衰之不可推"的道理加以劝慰，并请伶玄属文，为赵氏姊妹昭传。这种具有"元叙事"（metanarrative）色彩的篇尾，正是后来唐传奇惯用伎俩。作者经常叙述自己获得素材的经过，以及具体的创作缘起，以显示故事真实可信。这本来也是史传文学的一个传统。如《史记》叙述荆轲事迹后，司马迁即交代道："始公孙季功、董生与夏无且游，具知其事，为余道之如是。"[1] 夏无且是"刺秦"事件的当事人之一，自然是可靠的消息来源。即便消息又经过中间人"转述"，才到达司马迁这里，但真实性仍是有保障的。到了小说中，这些对于"经过"或"缘起"的交代，往往存在很大杜撰成分。尤其本篇，既然伶玄的著作权已经十分可疑，这种"元叙事"当然也是出自真实作者虚构的。

更重要的是，作者借角色之口道出的对于历史人物及事迹的理解，不是一种官方或公共的理解，而是一种个体化感悟、个性化认知，尤其樊通德所谓"夫淫与色，非慧男子不至"云云，独辟蹊径，在公共的"祸水论"之外生出一种新颖别致的解释。而在"慧则通，通则流，流而不得其防，则百物变态为沟为壑"的说法中，已隐约可见后来《红楼梦》中"正邪两赋说"的影子。这其实已经不是一种历史判断，而是一种文学体悟，它标志着作品由杂传向传奇的过渡。

而《古镜记》则标志着志怪小说向传奇的过渡。同时，对历史的个体感悟在此篇中表现得更加明显，其与各叙事结构的结合也更加紧密。

顾况《戴氏广异记序》提到这篇小说，知其应为唐前期作品。作者为隋末唐初人王度，而"王度"也是文中主人公，则此篇是自叙性作品。今通行本为《太平广记》卷二三〇《王度》，叙述者为第三人称，但《太平御览》引述篇中程雄婢女鹦鹉一节，"余归长安"云云，共见五处"余"字，则此篇叙述者原为第一人称。今人论中国小说中以"我"为叙述者的"同叙述"形态，多认为是受了西方小说的影响。其实，所谓的"第一人称叙述"在古代小说中是自有其传统的。只不过，《太平广记》在统稿过程中，不仅习惯改易篇名，也习惯

---

[1]（汉）司马迁：《史记》，北京：中华书局，1959年，第2538页。

将第一人称改为第三人称，<sup>①</sup>抹去了这些早期艺术创见的痕迹。

王度生平，在《隋书》与两《唐书》中未见记载，仅略知其原为太原祁（今山西祁县东南）人，先世徙居绛州龙门（今山西河津）。他是隋末大儒王通、诗人王绩（或作"勛"，而"王勛"也是文中人物）之兄，好阴阳之说，隋炀帝大业七年（611）自御史罢归河东，八年在御史台，兼著作郎，撰修国史，九年出兼芮城令，约卒于唐初武德年间。<sup>②</sup>正是这种由隋入唐的经历，引发了作者的易代之思，并将其融入人事书写中。正如李剑国先生所言：

> 此作非徒肆怪说，实有深意焉。度本好阴阳，乃诧神镜出没言隋室气数，镜亡隋亡，一泄黍离之恨……不唯悯隋，亦复伤己也。<sup>③</sup>

的确，"好阴阳"的知识兴趣，使王度选择了古镜伏妖这一志怪题材，但参与修史的经历，以及隋室遗民的身份，使其在志怪题材中融入了一种整体性、风格化的体悟——对王朝与个人的伤悼——进而令全篇蒙上一层"哀愍"色调。

从叙述结构看，《古镜记》也是有整体构思的。

乍看全篇，似乎是将一系列以"古镜"为主题物的志怪小说凑合起来，所以汪辟疆先生称其"上承六朝志怪之馀风"<sup>④</sup>，但仔细看来，这些单元故事是按一定的"时间—空间"逻辑组织起来，并在首尾照应的题旨表述中呈现出来的。

小说开篇先介绍古镜来历——隋汾阴侯生所赠，继而刻画其形制，并转述赠予者所言，道破其为"黄帝铸十五镜"之第八镜。至此，叙述者的兴味似乎是偏于博物小说的。然而，笔锋一转，直接点明题旨：

<hr>

① 李剑国：《〈李娃传〉疑文考辨及其他——兼议〈太平广记〉的引文体例》，《文学遗产》2007 年第 3 期。

② 石昌渝主编：《中国古代小说总目》（文言卷），太原：山西教育出版社，2004 年，第 106 页。

③ 李剑国：《唐五代志怪传奇叙录》（增订本），北京：中华书局，2017 年，第 11 页。

④ 汪辟疆：《唐人小说》，上海：上海古籍出版社，1978 年，第 10 页。

昔杨氏纳环，累代延庆；张公丧剑，其身亦终。今余遭世扰攘，居常郁快，王室如毁，生涯何地！宝镜复去，哀哉！哀哉！①

　　这里，叙述者道出了主题物的隐喻意义——"古镜"之"存"与"失"，是王朝之"盛"与"亡"和个体之"休"与"戚"的一条显性的"物"的线索。正如有学者所指出的："物只有作为与人有关，尤其是与需求、欲望等有关的隐喻与象征，才会在叙事中获得特别的意义。"②

　　在博物小说中，"物"是无可非议的主题物。但这里的主题，应理解为"主题"（theme）。这里的"物"是描述、刻画的中心对象（也就是聚焦对象），与叙述者的知识结构和学术兴趣有关，却没有特别的叙事意义；只有当"物"与人的心理、情感、思维紧密联系起来，并具有隐喻（甚至象征）功能，它才具有"主题"（subject）的指向。本篇的"古镜"正是这样一个由前者向后者过渡的主题物。叙述者之所以不吝笔墨地刻画其形态，并不是出于博物兴趣，而是为了强调其"非凡镜之所同"。而这种"非凡"的特性、灵性、神性，又是其可以作为王朝与个体命运隐喻物的一个最重要的根据。

　　当然，"物"的主题指向，是可以在完成对故事主体部分的叙述后，于文末从容点出的。但这样做有一个前提：故事的主体部分应是一个圆融整体。进一步说，是一系列由"人"串联起的事件，而非由"物"串联起的事件。"人"的线索是主线（或明线），"物"的线索是副线（或暗线），比如拟话本《蒋兴哥重会珍珠衫》中的主人公之因缘际会与"珍珠衫"之流转。《古镜记》的故事主体部分当然也是一个整体，当然也有"人"的线索，但主线（或明线）是"古镜"的一系列"神迹"。可以明确感知到"状态变化"的是"物"，而不是"人"。故事中的王度、王绩更像是帮助主题物实现时空迁移的"功能"，而非

①　李剑国辑校：《唐五代传奇集》第 1 册，北京：中华书局，2015 年，第 2 页。
②　傅修延：《文学是"人学"也是"物学"——物叙事与意义世界的形成》，《天津社会科学》2021 年第 5 期。

人物。换句话说，他们其实只有"行为"，没有"行动"。这样一来，"人—物"关系就是倒置的，不是"物"为"人"服务，更像是"人"为"物"服务。但真实作者借物以悼世伤己的意图又是强烈的，在故事主体之前明确点出，就是一种比较合理的操作，如文中所言：

今具其异迹，列之于后，庶千载之下傥有得者，知其所由耳。①

所谓"具其异迹"，就是以"物"的线索为明线，而"知其所由"不仅指物的出身，更是王朝与个体的命运变迁。有了这样的题旨铺垫，故事的主体部分也得以在一张以"哀愍"为底色的画布上依次呈现出来，而文末也不必再长篇大套地进行叙述干预，可以予以"言有尽而意无穷"的收束：

大业十三年七月十五日，匣中悲鸣，其声纤远。俄而渐大，若龙咆虎吼，良久乃定。开匣视之，即失镜矣。②

正因"王室如毁"的丧钟已然敲响，"生涯何地"的序幕即将拉开，"物"的线索也可以戛然而止了。不必再点出其隐喻意义，"悲鸣"二字足以照应前文。这样不仅实现了主题表达的前后闭合，也生出无穷韵致。

而故事的主体部分也是有构思的。叙述分为内、外两层：外叙述层是王度自述持用古镜的种种"异迹"，内叙述层是王度转述王绩言其持用古镜的种种"异迹"，也就是"故事里的故事"。外叙述层更强调时间轨迹，叙述者明确交代每个事件的"时间标识"（如"大业七年五月""其年六月""大业八年四月一日""其年冬"等），可据之列出一个严整的时间表；内叙述层更强调空间轨迹，叙述者明确交代每个事件的"空间标识"（如"先游嵩山少室""即入箕山""遂出于宋汴""遂登天台"等），可以按其画出一幅清晰的地理图；外叙

---

① 李剑国辑校：《唐五代传奇集》第 1 册，北京：中华书局，2015 年，第 2 页。
② 李剑国辑校：《唐五代传奇集》第 1 册，北京：中华书局，2015 年，第 10 页。

述层与内叙述层分别呈现了6个事件，但前者更详备，后者则比较粗略（这也很符合转述的话语形态）。如此一来，整个主体部分的叙述显得更有层次、有调性、有张弛。

具体到每个单元故事，其丰盈度也是不同的，有的粗陈梗概似六朝志怪，有的则委曲细致如传奇。如程雄婢鹦鹉一段就比较注重人物刻画。鹦鹉本是华山府君庙前长松下的千年狸精，因变化惑人，被府君追捕。鹦鹉先逃到河渭之间，下邽陈思恭将之收为义女，又将其嫁与同乡人柴华。鹦鹉与柴华夫妻不睦，再度出逃，途中被李无傲所执。李无傲粗暴鲁莽，役使鹦鹉多年，最后将其抛弃在长乐坡程雄家中。鹦鹉本以为可以开始新的生活，不料王度携镜而至。所谓"天镜一照，不可逃形"，鹦鹉自知大限已至，便向王度道破身世，请其将宝镜暂时收于匣内，并求赐予美酒，最后痛饮一场，从容而死。

这里写的当然是一只狸精的命运，但看上去更像是一个尘世小人物的悲惨遭际。狸精作祟，"罪合至死"，遇古镜而终，本不值得同情。但文中未叙述其害人事迹，只以"大行变惑"四字带过。我们看到的是其在人世的困顿挫折，遇人不淑，颠沛流离。安逸是短暂的，欢愉是片刻的，奔波、哀苦才是生活的常态，受凌虐、被抛弃又构成了其生命的"主场景"。这简直可以看作乱世中底层民众生活的一个缩影。揭去"伏妖"母题的一层皮子，单就人物而言，鹦鹉这一形象是足以博取人们同情的。

同时，对人物在特定情境中的言语、情态，叙事者表现得也比较生动，如写鹦鹉尽醉而终一段：

> ……余又谓曰："欲舍汝，可乎？"鹦鹉曰："辱公厚赐，岂敢忘德。然天镜一照，不可逃形。但久为人形，羞复故体。愿缄于匣，许尽醉而终。"余又谓曰："缄镜于匣，汝不逃乎？"鹦鹉笑曰："公适有美言，尚许相舍。缄镜而走，岂不终恩？但天镜一临，窜迹无路，惟希数刻之命，以尽一生之欢耳。"余登时为匣镜，又为致酒，悉召雄家邻里，与宴谑。婢顷大醉，奋衣起舞而歌曰："宝镜宝镜，哀哉予命！自我离形，于今几姓？生虽可乐，死不必伤。何为眷恋，守此

一方？"歌讫再拜，化为老狸而死，一座惊叹。[①]

在中国古代文学传统中，作者对于妖精形象的塑造，经常强调其对"人道"的倾慕、习得与维护（有时甚至是近乎执拗的），"久为人形，羞复故体"的表白正是该文学传统的体现。对鹦鹉这样富有人性的妖精而言，比起死亡，对"人道"的放弃才是更不堪承受的。"尽醉而终"的请求，可看作其对"人道"的最后一点执着。历代文学家正是通过对这些"异类"形象的反复描写，来不断强调同一个道德前提——"人"之存在的合理与美好。这些形象（尤其六朝志怪所描画者）中有不少显得比较机械、刻板，本篇的鹦鹉形象则被处理得很立体、很生动，较六朝"异类"跃升了一大步。

当然，若论表现"异类"之人情、人性，以塑造立体丰满的艺术形象，《古镜记》与《补江总白猿传》相比，又是"小巫见大巫"了。更重要的是，后者的文体形态更加成熟，距离唐传奇的艺术风貌也更近。如果说《赵飞燕外传》还不脱杂传规模，《古镜记》尚保有志怪色彩，《补江总白猿传》则是一篇比较典型的唐传奇了。

此传最早收于《太平广记》卷四四四，题作《欧阳纥》。《崇文总目》著录于小说家类，题为《补江总白猿传》。后之《新唐书·艺文志》《遂初堂书目》《直斋书录解题》《宋史·艺文志》皆著录于小说家类。《郡斋读书志》《通志·艺文略》《文献通考·经籍考》则著录于史部传记类。

历代官私书目均不题此传作者，仅可推测其创作动机，如《郡斋读书志》言："不详何人撰。述梁大同末，欧阳纥妻为猿所窃，后生子询。《崇文目》以为唐人恶询者为之。"[②] 又如《直斋书录解题》言："欧阳纥者，询之父也。询貌类狝猿，盖尝与长孙无忌互相嘲谑矣。此传遂因其嘲，广之以实其事，讬言江总，必无名子所为也。"[③] 按欧阳询貌丑，似猿猴，应是历史实际。其与长孙无

① 李剑国辑校：《唐五代传奇集》第 1 册，北京：中华书局，2015 年，第 3 页。
② （宋）晁公武著，孙猛校证：《郡斋读书志校证》，上海：上海古籍出版社，2011 年，第 373 页。
③ （宋）陈振孙：《直斋书录解题》，上海：上海古籍出版社，2015 年，第 317 页。

忌嘲谑之事，流传甚广，唐人小说中多有记载，如《隋唐嘉话》卷中：

> 太宗宴近臣，戏以嘲谑。赵公无忌嘲欧阳率更曰："耸膊成山字，埋肩不出头。谁家麟阁上，画此一猕猴？"询应声云："缩头连背暖，俍裆畏肚寒。只由心涴涴，所以面团团。"帝改容曰："欧阳询岂不畏皇后闻？"赵公，后之兄也。①

在《大唐新语》《本事诗》《唐语林》等书中也有类似记载。这本是宴饮间的文人互嘲，虽有"人身攻击"的成分，倒也无伤大雅。但专门写成文章，"坐实"欧阳询为猿猴之子，就是恶意诋毁了。既然是诋毁之作，则应传播于当事人生前或死后不久（否则起不到诋毁的作用），李剑国先生据此推断传文应作于贞观年间②，是有道理的。

抛开作者的不良动机，单看其写人叙事之品位，同时期的传奇小说是无出其右的。传叙梁大同末（545），平南将军蔺钦南征，别将欧阳纥带兵至长乐，纥妻随军同行。相传此地有神物，善窃美女。纥派人严加防护，其妻仍被盗走。纥历尽艰险，寻至一山洞，见其妻与诸多被窃妇人。众人协力，治伏神物，原来神物为一头白猿。纥妻后生有一子，貌类猿猴，即欧阳询。

按猿猴盗妇的传说，汉代已有，如《焦氏易林》卷一有"南山大玃，盗我媚妾"③。六朝时期，此类故事流传更广，《博物志》与《搜神记》都记载了蜀中猳玃盗窃妇人并产子事。④然而，这类传说其实可以追溯至西南多民族地区的原始信仰。正如有学者所指出的："藏缅语民族的祖源记忆中普遍存在着以猴为始祖或以猴为图腾崇拜的记忆、神话传说与文化痕迹"，这"几乎覆盖了藏

---

① （唐）刘𫗧：《隋唐嘉话》，《唐五代笔记小说大观》，上海：上海古籍出版社，2000年，第102页。

② 李剑国辑校：《唐五代传奇集》第1册，北京：中华书局，2015年，第16页。

③ 尚秉和：《焦氏易林注》，北京：光明日报出版社，2005年，第16页。

④ 石昌渝主编：《中国古代小说总目》（文言卷），太原：山西教育出版社，2004年，第24页。

缅语所包括的各个语支的民族"。① 这些猴祖神话，按内容可分为猴祖造人、婚配育人、物种进化和灵猴四类。② 猿猴盗妇传说可以被视作猴祖婚配育人神话的后世变体。

本篇传记则将民间传说敷演成一篇传奇小说。不同于《赵飞燕外传》和《古镜记》，本传不再是一连串独立事件的连缀，而是一个完整、浑融的故事。叙述者以欧阳纥为中心，呈现其行动（失妻—寻妻—救妻）过程。可以说，与赵氏姊妹和王氏兄弟相比，欧阳纥是真正叙事意义上有"行动"的人物。而对人物行动的呈现，叙述者也一改平铺直叙的手法，将故事处理得委曲波折。在"失妻"段落，叙述者有意制造悬念，遮蔽白猿形象，只称其为"神物"，进而突出其盗妇手段之神异——众人环护，扃闭如故，纥妻竟已失其所在。在"寻妻"段落，叙事者转而呈现主人公所历艰险，并铺展出多个层次：从"大愤痛，誓不徒还"到发现纥妻所遗绣鞋，"尤凄悼，求之益坚"，以至在"绝境"发现真相。人物的性情、品质正是在该段落充分体现出来的。在"救妻"段落，叙事者构造了一连串精彩场景，呈现治伏白猿的曲折过程，并将故事推向戏剧高潮。可以看到，仅从叙事角度看，本传就已经摆脱杂传、志怪模式，进化为传奇之体了。

同时，作者文笔极佳，尤其写景文字，可谓明丽简致，如：

> ……南望一山，葱秀迥出。至其下，有深溪环之，乃编木以度。绝岩翠竹之间，时见红綵，闻笑语音，扪萝引絙，而陟其上，则嘉树列植，间以名花，其下绿芜，丰软如毯。清迥岑寂，杳然殊境。③

值得注意的是，作者将对景观的描写与对人物行迹的呈现有机结合起来，从而形成运动中的视点迁移。这种描写方式在成熟期的唐传奇中是比较普遍

---

① 石硕：《藏彝走廊：文明起源与民族源流》，成都：四川人民出版社，2009 年，第 48 页。
② 王小盾：《汉藏语猴祖神话的谱系》，《中国社会科学》1997 年第 6 期。
③ 李剑国辑校：《唐五代传奇集》第 1 册，北京：中华书局，2015 年，第 47—48 页。

的，在《聊斋志异》中更是得到了创造性继承，而本传已现其端倪。

在人物形象的描绘上，作者又多用写意笔法，如其写白猿归洞："有物如匹练自他山下，透至若飞，径入洞中。"再如写白猿噉食麻犬："见犬惊视，腾身执之，披裂吮咀，食之致饱。"又如写白猿被缚现形："顾人蹙缩，求脱不得，目光如电。"[1] 着墨不多，却栩栩如生，这应该是继承了六朝志人小说的艺术经验。

更重要的是，作者写出了"异物"的人情。如白猿临死前之喟叹："此天杀我，岂尔之能！然尔妇已孕，勿杀其子。将逢圣帝，必大其宗。"[2] 之后又补叙出白猿预见死亡时的言语、情态：

> 今岁木叶之初，忽怆然曰："吾为山神所诉，将得死罪。亦求护之于众灵，庶几可免。"前月哉生魄，石磴生火，焚其简书。怅然自失曰："吾已千岁而无子。今有子，死期至矣。"因顾诸女，汍澜者久。[3]

如果说《古镜记》中的鹦鹉表现出了"人性"，这里的白猿则进一步体现出"人情"。可以说，在"异物"形象塑造方面，具备"人性"只是脱离六朝志怪的第一步，体现"人情"才是迈向传奇的关键。唐传奇的艺术世界是"情"（并非狭义的"爱情"）的世界；其中的故事，固然是"异事"，但说到底是"情事"。六朝志怪中的"异类"形象，仅完成向"拟人"的过渡是远远不够的，还必须以人之"情"为行动指导。《补江总白猿传》无疑完成了这关键一步。

此传对后世影响深远，宋元话本有《陈巡检梅岭失妻记》(《古今小说》改题作《陈从善梅岭失浑家》)，南戏有《陈巡检妻遇白猿精》(《南词叙录》作

---

① 李剑国辑校：《唐五代传奇集》第 1 册，北京：中华书局，2015 年，第 48—49 页。
② 李剑国辑校：《唐五代传奇集》第 1 册，北京：中华书局，2015 年，第 49 页。
③ 李剑国辑校：《唐五代传奇集》第 1 册，北京：中华书局，2015 年，第 49 页。

《陈巡检梅岭失妻》），明瞿佑文言小说集《剪灯新话》中有《申阳洞记》，都是仿改之作。白猿精也成为《西游记》中孙悟空的一个重要的"本土原型"，元末明初杨景贤《西游记》杂剧中的孙行者贪淫好色，身上就有白猿精的影子。

当然，滥觞期有所成就的唐人小说不只以上三篇，像张说《梁四公记》、张鷟《游仙窟》、郭湜《高力士外传》等都颇具特色。《梁四公记》有博物小说的影子而结构更为完整，《游仙窟》明显受到辞赋影响，《高力士外传》则继承了《赵飞燕外传》的路子而运笔更加细腻。此外，牛肃编撰的文言小说集《纪闻》虽仍有"释氏辅教之书"的色彩，但书中不少故事已经变得委曲生动。总体看来，这些作品标志着唐人小说在吸收前代或同时雅、俗文学有益经验的基础上，正在合力推出一种具有更强时代色彩和更高艺术品位的小说体式——唐传奇。

## 第二节　繁荣期的唐传奇

大历以后，以单篇传奇为代表的唐人小说逐渐繁荣，至于贞元、元和年间进入"黄金时段"，直到大中以后才趋于消歇。此一时期，小说作者蜂出，且不乏名公巨擘，恰如鲁迅先生所说：

> 惟自大历以至大中，作者云蒸，郁术文苑，沈既济、许尧佐撷秀于前，蒋防、元稹振采于后，而李公佐、白行简、陈鸿、沈亚之辈，则其卓异也。[1]

而其艺术实践也日臻成熟，不唯取材更加广泛，在主题的深刻性、技巧的

---

[1] 鲁迅：《唐宋传奇集》，济南：齐鲁书社，1997年，序例第2页。

中国古代小说简史

精湛性、风格的多样化等方面也都远超以往。[①]"有意为小说"的色彩也更强，如牛僧孺《玄怪录》中有《元无有》一篇，写主人公元无有在荒园避雨，听闻西廊下有四人谈笑吟咏，翌日寻觅，却不见其人踪迹，只发现故杵、烛台、水桶、破铛四件旧物，方知是物老成精。这基本还是志怪形态，但作者借人物名字道破真相："本来什么也没有！"其虚构态度是很明确的。

正是基于这种虚构态度，唐人以更富有想象力、更加浪漫唯美的笔调来处理经验世界内外的人物与事件，不仅将故事叙写得委曲波折，也表现出人物丰富而细腻的情感，经过滥觞期之艺术实践的准备，最终挣脱史传文体成规的束缚，形成"传奇体"这种新的小说样式。可以说，唐人小说的繁荣，主要就体现在传奇体小说的出现与繁荣。

如果给进入"繁荣期"找一个文本标识的话，沈既济的《任氏传》应该是最佳选择。此传有确定的创作时间，艺术品位也相当高。

此传载于《太平广记》卷四五二，题作《任氏》，末题沈既济撰。陈翰《异闻集》曾收录此篇，题为《任氏传》，应是其原名（《太平广记》本应是因其被归在"狐"部，而非"传记"部，故循例删掉了"传"字）。

沈既济，湖州德清（今属浙江）人，一说苏州吴县（今江苏苏州）人，沈传师之父。博览群籍，史笔尤工，受吏部侍郎杨炎赏识。建中元年（780）召拜左拾遗、史官修撰。二年十月，杨炎被贬崖州司马，既济坐贬处州司户参军。后复召入朝，官吏部员外郎。卒赠太子少保。[②]

《任氏传》即作于建中二年既济贬官途中。传叙武人郑六于长安道上邂逅任氏，爱其美艳，留宿其宅，后发现任氏为狐妖，仍爱恋不舍，与之同居。郑六素日依附姻亲韦崟。崟见任氏而惊艳，强行非礼，任氏坚拒不从。崟敬其贞节，与之结为好友，时常给予物质帮助。后郑六选调武官，受职槐里府果毅尉，邀任氏同行。因有巫师预言，任氏起初不愿西行，郑六恳求不已，任氏只

①　李剑国：《唐稗思考录》，李剑国：《唐五代志怪传奇叙录》，北京：中华书局，2015年，第47页。
②　石昌渝主编：《中国古代小说总目》（文言卷），太原：山西教育出版社，2004年，第360页。

好答应。行至马嵬城，遭遇猎犬，任氏受惊现形，被猎犬咬死。

按妖狐幻化美女以惑人的故事，六朝时期已十分流行。前文提到的《搜神记·阿紫》就是其代表。正如《名山记》所言："狐者，先古之淫妇也。"[①] 在当时的传说里，这类形象大都是负面的。小说家们把这些传说当作"轶事"或"异事"记录下来，却不将其敷演成"情事"。到了喜爱渲染"小小事情"的唐人手里，类似传说开始朝"人妖恋爱"的模式发展，情节委曲波折了，人物也立体丰满了，妖物也有了更多人性成分，为任氏形象的出现做了必要铺垫。比如戴孚《广异记》有《李黁》一篇，李黁所爱郑氏美丽婉约，性情就很像任氏。另有《李参军》一篇，李参军之妻萧氏最后被狗咬死，与任氏结局相同。但这两个形象还只是由"妖"到"人"，"情"的意味不多。

任氏则是一个富于人性、人情的妖狐。她美艳却不淫荡，温柔而不屈节。起初与郑六缱绻，她只图一夜欢爱，后来发现郑六不因其为异类而厌弃，便倾心相爱，不离不弃，至死不渝。面对韦崟非礼，她竭力抵抗，斥责韦崟以势欺人，夺人所爱，使后者折服。而沈既济欣赏的正是该形象所体现的"情"与"义"。如其篇末所言：

> 嗟乎！异物之情也，有人道焉。遇暴不失节，狗人以至死，虽今妇人有不如者矣。[②]

单看此语，作者似乎只是从封建妇德角度出发，申明该形象的伦理意义。但接下来，作者交代了自己贬谪处州的经历，则此处"不失节"的喟叹，显然也反映出作者受政治漩涡波及时的特殊心境。

当然，如果仅仅肯定、赞赏任氏之贞节，就把该形象看单薄了，也把沈既济的文艺理念及实践简单化了。无论"遇暴不失节"，还是"狗人以至死"，

---

① （晋）干宝：《搜神记》，《汉魏六朝笔记小说大观》，上海：上海古籍出版社，1999年，第419页。

② 李剑国辑校：《唐五代传奇集》第1册，北京：中华书局，2015年，第443页。

说到底在于一个"情"字。作者没有把任氏塑造成"节妇"的刻板形象，而是以婉转多致的笔墨写出任氏的人性、人情，即其所谓"著文章之美，传要妙之情"。我们可以将这句话理解成沈既济对于唐传奇文体的理解，即虚构性散文叙事应当审美化、情感化，述事写人要传写神韵情致。

沈氏是如此理解的，也是这样做的。与前期尚有六朝余风的作品不同，《任氏传》"叙事绵密，笔触精微，颇能传情达意"①。其写人笔法尤其灵活，如表现任氏之美，先从正面层层铺垫，借郑六之视点来聚焦：从长安道上乍见的"容色姝丽"，到留宿其家，得以熟视的"妍姿美质，歌笑态度，举措皆艳，殆非人世所有"，以至西市重逢时歆享"回眸去扇"那最动人的一瞬。继而又通过韦崟与家童的对话来侧面表现任氏之美：因是风流场中常客，韦崟"多识美丽"，一连举出四五人来与任氏比较，家童都回答"非其伦"，最后举出"秾艳如神仙"的吴王第六女，家童仍回答"非其伦也"，这才激起韦崟的真正好奇——毕竟，家童的认识范围和品位是有限的——决定亲自验证，从而得出"殆过于所传"的结论，任氏之"绝色"也得到充分呈现。可以看到，作者写人是多侧面的，每个侧面又是多层次的、递进性的；其写人又与叙事紧密结合在一起：对人的特质表现可以成为推动情节的动力，反过来又在情节推进中进一步表现人。这正是"著文章之美，传要妙之情"的突出体现。

沈既济的另一篇传奇《枕中记》也是公认的佳作。此传载于《文苑英华》卷八三三，题作《枕中记》，又载于《太平广记》卷八二，题作《吕翁》，注出《异闻集》。两本异文较多（如故事发生时间即不一致：一为"开元十九年"，一为"开元七年"），但无论哪个版本，笔墨都不及《任氏传》那般密丽华艳，而是相对质朴（这也提醒我们：对传奇作家的风格化分析，总要结合具体作品）。传叙卢生于邯郸邸舍自叹穷困不得志，道士吕翁授之以青瓷枕。卢生欹枕而眠，梦中娶清河崔氏女，举进士，历高官，直至拜相，封燕国公。荣华又不止一身，其所生五子皆入仕，结亲于世族。享尽"崇盛赫亦，奢荡佚乐"的人间富贵之后，卢生耄耋而终，继而苏醒。入睡时，邸舍主人方蒸黄粱饭，及

---

① 李剑国：《唐五代志怪传奇叙录》，北京：中华书局，2015年，第275—276页。

其醒来，饭尚未熟。卢生由此悟彻人生荣辱穷通之道，再拜离去。

按《幽明录》"焦湖庙祝"条即讲述类似故事，可视作此传本事。两相比较即可发现六朝志怪与唐传奇之差异，不仅体现在"粗陈梗概"与"曼长委曲"这两种故事形态（及相应的文学修辞品位），也反映在作者采撷、加工奇异素材的态度——六朝志怪将"异事"视作真实，如实记录下来；唐传奇不以"异事"为真实，尽意虚构，并借其观照现实。《枕中记》中卢生的渴望，正是唐代文士普遍的渴望，举凡婚育、科第、仕宦、名爵、功业、子孙、寿算……几乎所有令当时知识阶层萦萦于心、耿耿于怀的人生旨趣，卢生之梦都照顾到了。它们是左右广大文士俯仰休戚的指南针，也是文学书写或叙事的主要对象。在更普遍的文学实践中，它们表现为"书生的白日梦"，是一种修辞化的"意淫"。而沈既济则从宗教哲学的角度出发，以文学深化了"人生如梦"的主题，道破其荒诞本质（"黄粱梦"也成为后世频繁使用的典故）。沈氏会对仕途功业有如此理解，同样离不开其贬谪经历，但这里的沈氏是作为"隐含作者"的沈氏，即其在创作情境中分离出的"另一个人格"，作品反映出的消极出世思想是"情与境会"的产物，是沉淀并束缚于具体作品中的作者心态和精神，我们不能以此概括作者观念意识的全部。毕竟，作为"真实作者"的沈既济最后选择重新入朝，既然可以选择"达则兼济天下"，又有几人甘于"穷则独善其身"呢？

与本传题旨相近而具有更高审美品位的是李公佐的《南柯太守传》。此传载于《太平广记》卷四七五，题作《淳于梦》，注出《异闻录》（即《异闻集》），《类说》卷二八《异闻集》节本题为《南柯太守传》，应是其原名。

李公佐，字颛蒙，陇西（今甘肃陇西东南）人。生卒年不详，据其作品中自述，知其曾举进士，大历中官庐州。贞元十一年（795）于襄阳白居易兄弟处听李娃故事，令白行简为之作传。十三年泛潇湘、苍梧，十八年自吴之洛，暂泊淮浦。元和六年（811）为江西观察使判官，五月曾奉使至京，回次汉南。八年春罢江西从事，淹泊建业，冬在常州。九年春访古东吴，泛洞庭，登包山。十三年夏归长安。<sup>①</sup>除《南柯太守传》外，所作传奇还有《谢小娥传》《庐江冯媪传》《古岳渎经》等（另有《燕女坟记》一篇，也可能出自李氏手笔），是现存单篇传奇最多的作家。

《南柯太守传》可能是李氏早年作品。传叙武人淳于棼梦入大槐安国，尚金枝公主，受职南柯郡太守，守郡二十年，尽享荣华。后来公主病殁，国王猜疑忌惮，将其送还家中。淳于棼苏醒后，发现大槐树下有一蚁穴，即大槐安国。槐树南枝又有一处蚁穴，即南柯郡。

与《枕中记》相似，本传也是以文学书写来深化"人生如梦"的主题，警诫世间追慕荣华者；两传也都有现实意义：如果说《枕中记》是书生的白日梦，本传则是武人的白日梦——唐代中期，公主婚配，依制多选戚里将门子弟，如淳于棼一般"将门馀子，素无艺术"而借"裙带关系"上位者颇多。<sup>②</sup>本传明确表达了对这一不良社会现象的讽刺，即篇末所谓"窃位著生，冀将为戒"<sup>③</sup>。与"黄粱梦"一样，"南柯梦"也成为后世常用的文学典故。但沈既济只利用"梦"结构故事，其中没有"怪"的成分。李公佐则不仅利用了"梦"的结构功能，还进一步提炼、加工、升华了"怪"的素材，由"蚁穴"建构出国家、郡县，以及其中各色人物，想象力更加丰富。

同时，由于篇幅比《枕中记》更长，本传的记叙更加委曲，描写也更加生动细腻。如婚礼上群女戏弄新郎的场景：

> ……有群女，或称华阳姑，或称青溪姑，或称上仙子，或称下仙子，若是者数辈，皆侍从数十，冠翠凤冠，衣金霞帔，彩碧金钿，目不可视。遨游戏乐，往来其门，争以淳于郎为戏弄。风态妖丽，言词巧艳，生莫能对。复有一女谓生曰："昨上巳日，吾从灵芝夫人过禅智寺，于天竺院观石延舞《婆罗门》。吾与诸女坐北牖石榻上。时君

---

① 石昌渝主编：《中国古代小说总目》（文言卷），太原：山西教育出版社，2004年，第311页。

② 李剑国：《唐五代志怪传奇叙录》，北京：中华书局，2015年，第332页。

③ 李剑国辑校：《唐五代传奇集》第2册，北京：中华书局，2015年，第694页。

少年，亦解骑来看，君独强来亲洽，言调笑谑。吾与琼英妹结绛巾，挂于竹枝上，君独不忆念之乎？又七月十六日，吾于孝感寺侍上真子，听契玄法师讲《观音经》。吾于讲下舍金凤钗两只，上真子舍水犀合子一枚，时君亦谒筵中，于师处请钗合视之，赏叹再三，嗟异良久，顾余辈曰：'人之与物，皆非世间所有。'或问吾氏，或访吾里，吾亦不答。情意恋恋，瞩盼不舍，君岂不思念之乎？"生乃应曰："中心藏之，何日忘之。"群女曰："不意今日与君为眷属。"①

人物之言语、情态如在目前。少女声口毕肖，淳于棼之痴态也刻画得很生动。抛开怪异素材和想象成分不谈，可视作反映当时婚俗的一则生动材料。

这种基于浪漫想象的委曲叙述和细致描摹，正是唐传奇脱离历史而迈入文学的突出表现。李肇《唐国史补》卷下称誉《枕中记》"真良史才"，对《南柯太守传》的评价则是"近代文妖"。② 这显然是以史传（尤其正史）为文体参照形成的看法，《枕中记》质朴的文笔确实更近史传，从文学角度出发来看的话，《南柯太守传》则更本色当行一些。"文妖"之说，倒可以看成一种褒奖了。

而将想象与现实结合得更加紧密，在写人叙事上也越发摇曳多姿的是李朝威的《洞庭灵姻传》。本传载于《太平广记》卷四一九，题作《柳毅》，陈翰《异闻集》（见《类说》卷二八）又收录此传，题作《洞庭灵姻传》，应为原题。李朝威，陇西人。生平不详，据传文推断，应是贞元、元和年间人。③

传叙仪凤间，文士柳毅应试落榜，将还湘滨，途经泾阳，遇一龙女牧羊。龙女自诉遭夫家泾川龙虐待，请柳毅替其传家书至洞庭。洞庭君之弟钱塘君性如烈火，杀死泾川龙，迎回侄女。钱塘君欲倚势将龙女嫁与柳毅，柳毅严词拒绝。柳毅返回人间后，连娶二妇，皆亡殁。后娶卢氏，实即洞庭龙女。

按神祇托凡人传书的故事，六朝时期已经十分流行，如《搜神记》卷四

---

① 李剑国辑校：《唐五代传奇集》第2册，北京：中华书局，2015年，第689页。
② （唐）李肇著，聂清风校注：《唐国史补校注》，北京：中华书局，2021年，第257、259页。
③ 石昌渝主编：《中国古代小说总目》（文言卷），太原：山西教育出版社，2004年，第65页。

"胡母班"条即讲述胡母班替泰山府君传书与河伯事①，《异苑》卷五"江神祠"条也有类似故事②。但还是粗陈梗概的。至于唐人手中，故事丰满起来，如《广异记》中《三卫》一篇③，已可看成《洞庭灵姻传》的原本。李朝威则在故事中融入了爱情的成分，使情节更为曲折。在早期故事中，情节链条比较简单：传信者意外接受任务—传信者完成任务—收信人邀传信者至异境（水府），给予其报偿。《洞庭灵姻传》则在柳毅于洞庭龙宫接受答谢时，平地生出又一番波折——酒宴之上，钱塘君借着酒兴，威逼柳毅接受龙女，并撂出"如不可，则皆夷粪壤"的狠话。柳毅一方面认为传书是仗义之举，不愿背上"杀其婿而纳其妻"的嫌疑，另一方面也不肯屈服于钱塘君威势，便严词拒绝。一桩美事，登时化为泡影。但临别之时，"满宫凄然"的情景，以及柳毅流露出的"叹恨之色"，又给故事生出新的可能。龙女以卢氏女身份嫁给柳毅后，一直未暴露身份，直到产育一子后，龙女才道出真相，柳毅也将当时心事说出。有情人终于能够卸去心防，永结欢好。如此一来，便成就了一篇人神爱恋的传奇故事。

在人物塑造上，《洞庭灵姻传》也更为成功。这不单单是形象越发立体、丰满的问题，而是李朝威在"异类"形象中融入了更多现实笔墨，其奇幻想象以现实生活为基础，正如程毅中先生所言："在神怪题材的唐代小说里，《柳毅传》最富于社会生活的内容，也最合乎近代的现实主义创作方法，如恩格斯所要求的那样，除了细节真实之外，还正确地表现出典型环境中的典型性格。"④龙女就是这方面的突出代表。

中国固有龙，却没有龙王、龙女等形象。在本土神话传说中，龙是灵兽（鳞虫之长），善于神通变化，连接水天境界，如《说文解字》所言："能幽能

---

① （晋）干宝：《搜神记》，《汉魏六朝笔记小说大观》，上海：上海古籍出版社，1999年，第304页。

② （南朝宋）刘敬叔：《异苑》，《汉魏六朝笔记小说大观》，上海：上海古籍出版社，1999年，第634页。

③ （宋）李昉等编：《太平广记》，北京：中华书局，1961年，第2383—2384页。

④ 程毅中：《唐代小说史》，北京：人民文学出版社，2003年，第125页。

明，能巨能细，能短能长，春分而登天，秋分而潜渊。"[1] 但龙不是人格神。佛教传说中有人格化的"那伽"（其原型应为鳄、蟒一类动物），为外道形象，住在龙宫里，有子孙眷属，有善有恶，虽然能神通变化，却低人一等，因为宿业未消，只能终身受苦。佛教流入中土后，这些形象也跟着传进来。六朝时期，人们在翻译佛经的时候，习惯将其翻译成"龙王""龙女"，本土传说中的"龙"形象也逐渐与之结合，最后形成一种中西结合的人格神。他（她）们多居住于下界水域，可以受上天或神异人士的差役，负责行雨之事。与之相关的故事（人事）又渐渐从佛教系统向道教系统迁移，在后来的民间故事里，龙王就经常被人们视作道教神祇中的"水元之长"。

然而，在《洞庭灵姻传》里的龙女身上，我们几乎看不到"水元之长"的神性，与其说她是一位神祇，倒不如说她是现实中的一介良家妇女，正经历着封建时代内闱妇女都极有可能遭遇的婚姻悲剧。她远嫁异乡，孤苦无依，饱受丈夫和公婆虐待，被迫在野外牧羊（实为雨工，除此之外几乎看不到她身上有任何神异色彩）。对此境遇，她竟无力改变，只能寄希望于娘家援助，但"长天茫茫，信耗莫通"，连书信也无法递送，只得请凡人帮忙，这与人们印象中善于神通变化的龙神，实在差得太远，我们看到的只是一位无助的妇女。

作者没有停留于静态刻画，而是在情节发展中动态呈现龙女性格。从其出场看，这似乎是一个逆来顺受的弱女子，但她其实是有主见的，当封建家长安排她再嫁濯锦小儿时，她断然拒绝，并以"闭户剪发"明志，因其内心已对柳毅产生深深爱恋。然而，作者也没有把她塑造成一个敢于挑战封建礼法的女子（如果这样，人物形象会前后相悖）。她假托卢氏女嫁给柳毅，又担心柳毅厌弃自己，每日"愁惧兼心"，直到生了儿子才敢将实情告知丈夫。可以看到，她的性格是复杂的，也是真实的。在被动境遇中，她能够最大限度发挥主动，抓住机会改变悲剧命运，但说到底是跳不脱封建"妇德"束缚的。尽管作者用极浪漫的手法塑造人物，但我们仍能从中看出现实的烙印，这正是一种典型环境

---

① （汉）许慎撰，（宋）徐铉校定：《说文解字》（附检字），北京：中华书局，1963 年，第 245 页。

中的典型人物。

男主人公柳毅的形象更为突出。唐传奇以塑造女性角色见长，男性形象经常是"陪衬"，不仅形象欠立体，行动上也大都是被动的。柳毅则是一个立体的男性形象，行动上的主动性也很强。他是一介落第书生（现实中，这一群体是唐传奇生产、消费、传播的主力军之一），却不是一副穷酸相，而是怀着一副古道热肠。他一听说龙女的遭遇，就立马表示："吾义夫也。闻子之说，气血俱动，恨无毛羽，不能奋飞。是何可否之谓乎！"[1]他威武不屈，面对钱塘君之威势，表现出书生意气；又儿女情长，面对龙女之贤淑温柔，难免留恋不舍。可以说，李朝威笔下的柳毅，既不是一介唯唯诺诺的寒儒，也不是莽率丈夫，而是一个正直勇敢的君子。这不是一个光环笼罩的理想化形象，而是有血有肉的正面人物。

同时，文中的配角形象也塑造得很成功，以钱塘君为例，言语举动生动而真实，性格也很饱满。他脾气火暴，言出必行，不遑思虑，又不是一味粗鲁，面对柳毅慷慨正直的言论，他能心悦诚服。李朝威也巧妙运用了江河湖泊的自然特征与人物形象之关系——钱塘江潮气势磅礴，正所谓"滔天浊浪排空来，翻江倒海山为摧"，钱塘君"迅疾磊落"的形象可以看成钱塘江潮的人格化。作者又善于渲染场景以强化人物形象，如钱塘君挣脱锁链，排空而去的场景：

> ……语未毕，而大声忽发，天拆地裂，宫殿摆簸，云烟沸涌。俄有赤龙长千余尺，电目血舌，朱鳞火鬣，项掣金锁，锁牵玉柱，千雷万霆，激绕其身，霰雪雨雹，一时皆下，乃擘青天而飞去。[2]

这其实可以看作对钱塘江潮的艺术化表现，而在处理人物语言时，作者手法尤其精到，如洞庭君与钱塘君的对话：

---

① 李剑国辑校：《唐五代传奇集》第 2 册，北京：中华书局，2015 年，第 650 页。
② 李剑国辑校：《唐五代传奇集》第 2 册，北京：中华书局，2015 年，第 652 页。

……君曰："所杀几何？"曰："六十万。""伤稼乎？"曰："八百里。"君曰："无情郎安在？"曰："食之矣。"①

　　写得干净利落，语调铿锵，如火似炭的钱塘君顿时跃然纸上。

　　此外，本文的叙述语言也达到极高艺术成就，在散文中合理安排韵语，铺排描写，如形容龙女之姝丽："蛾脸不舒，巾袖无光，凝听翔立，若有所伺"，形容龙宫装潢："柱以白璧，砌以青玉，床以珊瑚，帘以水精，雕琉璃于翠楣，饰琥珀于虹栋"。这些韵语极大地丰富了小说的叙述语言，进一步开拓了唐传奇的"诗笔"，也为后来传奇小说所继承。

　　总之，《洞庭灵姻传》在写人叙事方面的成就是全方位的，代表了唐传奇所能达到的最高艺术成就。李朝威虽是一位名不见经传的作家，但仅凭这一篇传奇小说，已足以独步有唐一代了。

　　当然，所谓"小小情事"，更多还是人间男女的悲欢离合，尤其是"才子＋佳人"的模式，这类传奇的名家名篇非常多，如许尧佐《柳氏传》、白行简《李娃传》、元稹《莺莺传》、蒋防《霍小玉传》等。

　　《柳氏传》载于《太平广记》卷四九六，题《柳氏传》，下注许尧佐撰。许尧佐，峡州（今湖北宜昌）人，许康佐之弟，生卒年不详。贞元间擢进士第。三年（787）邢君牙为凤翔陇州观察使，许氏或为其幕僚。十年举贤良方正能直言极谏科，授太子校书郎。十二年佐西川节度使韦皋，十三年以府檄计事入京，十六年佐泾源节度使刘昌。元和八年（813）为吉州司户参军，十一年以左赞善大夫副使南诏。官终谏议大夫。②

　　本传率先开创唐传奇叙写现实爱情的风气。传叙韩翊与侍妾柳氏悲欢离合的故事。天宝年间，韩翊尚未发迹之时，富豪李生将歌妓柳氏送与他。韩翊爱柳氏姿色，柳氏爱韩翊才华，两情相悦，萌生爱情。安史之乱中，柳氏剪发毁形，避难于法灵寺。韩翊此时任平卢缁青节度使侯希逸书记，随军在外，四处

① 李剑国辑校：《唐五代传奇集》第 2 册，北京：中华书局，2015 年，第 653 页。
② 石昌渝主编：《中国古代小说总目》（文言卷），太原：山西教育出版社，2004 年，第 264 页。

打听柳氏消息。藩将沙吒利闻柳氏美色，强行掳去，宠之专房。韩翃回京后偶遇柳氏，两下十分感伤。虞候许俊闻知此事，设计将柳氏夺回。侯希逸向皇帝报告韩、柳之事，皇帝下诏将柳氏归还韩翃。

本传不仅借韩、柳故事歌颂了真挚不渝的爱情，借人物命运生动地反映出当时的社会现实，也为后世同类、近类题材作品提供了诸多宝贵的艺术经验。

首先是现实与想象的合理配比。与可溯源至志怪本事的作品不同，现实男女爱情故事有更多历史真实的根据。本传男主人韩翃即历史实有人物，为"大历十才子"之一，事迹见《新唐书》《唐诗纪事》《唐才子传》等。传文中的基本情节应该都是有实据的，但在细枝末节上又加入许多想象。正如程毅中先生所说，这类作品大都"以真人真事为基础而又加以一定程度的艺术想象"①。因为是关于现实人物的"花边新闻"，这类故事在公共流通渠道有很强的传播力，而传播者的"添油加醋"又给故事增添更多想象，使其更加委曲生动。唐传奇的现实男女爱情大多是由此一路敷演而成的。

其次是"才子＋妓女"模式的形成。唐传奇中的"才子"多是尚未发迹的文士，以文学盛名受时人赏识，进而得"佳人"青睐。而唐传奇里的"佳人"又经常是"妓女"这类群体。这是合理的，当时四方文士会聚于长安等大都会，为科举仕途奔忙，虽有同好诗文酬酢，以切磋文艺，少了"红袖添香"的调剂，内心到底是寂寞无聊的。然而，对落拓文士来说，"高门闺阁女"是连边儿也沾不上的，能给予其安慰的只有风尘女子。想于穷困潦倒中，能有一独具慧眼的红颜知己，倾慕其才华，照顾其饮食，并给予其身心慰藉，真是莫大"艳福"。现实生活情境中的"白日梦"，落实于文学书写，便成就了无数"才子＋妓女"爱恋纠葛的故事。传中的韩翃无疑是才子，凭"春城无处不飞花"一诗闻名于世，参与敷演、传播该故事的文士书生们，未必有韩氏之才华，却不乏类似"艳想"。为何对他人之"艳遇"津津乐道呢？说到底是在讲述故事的过程中获得一种替代性或补偿性的满足。

再次是将主人公之爱恋事置于离乱背景中。要提炼、升华爱情主旨，就要

① 程毅中：《唐代小说史》，北京：人民文学出版社，2003 年，第 129 页。

将故事置于广阔的社会背景中，而既能反映广阔的社会现实，又能有效地制造戏剧冲突，离乱动荡的时空环境是最佳选择。战乱破坏了既有的社会秩序，也改变了个体的命运，男女主人公的"爱情小夜曲"也发生变奏，在或是高下闪赚，或是凄怆怨慕的调性中，爱侣们被拆散，在各自的旋律中经历挫折、苦痛，又彼此思念、担忧，或是苦苦寻觅，或是凄凄守候，以求复归"和鸣"，并在风流蕴藉的调性中生成新的"爱之曲"。而经历过战乱洗礼的爱情，才是经过检验的金石之志，是令人崇敬的至死不渝之情。所以，通俗文学里的爱情故事经常在离乱背景中展开，不唯文言小说，白话小说也是如此（比如韩玉娘故事）。《柳氏传》就为后世小说提供了一个可资借鉴的鲜活样本。

最后是豪侠人物与人间恋爱故事相结合。人神（妖、鬼）相恋的故事，情节转关可借助超现实力量；人间恋爱要突破关口，则只能借助现实力量。这股力量多是从主人公线索之外插入的，承担成全"苦命鸳鸯"的功能。这股力量需要具有"超人"色彩，即在智慧、胆识、武力等方面过于常人，能够在一定程度上逾越现实社会的道理格式，但必须脱去"怪力乱神"因素，"异"而不能"神"。这样看来，由豪侠人物充当该功能，就是一个绝佳选择。许俊固然不是古代小说中第一个豪侠人物，但将豪侠题材与爱情题材结合在一起，《柳氏传》是首创。许俊形象也为后来黄衫客、昆仑奴、古押衙等形象的出现，提供了艺术经验。

同时，在叙事方面，《柳氏传》也很符合唐传奇的文学史形象。历来评价唐传奇，有两个经典性结论，一是赵彦卫在《云麓漫钞》中所说："盖此等文备众体，可见史才、诗笔、议论。"[1] 二是洪迈在《唐人说荟·例言》中所说："小小情事，凄婉欲绝，洵有神遇而不自知者，与诗律可称一代之奇。"[2] 所谓"小小情事"，因为唐传奇的题材基本都不重大，尤其聚焦于爱情题材，可以特定历史事件为背景，却不直接关涉政治、经济、军事、宗教等重大命题。作家们

① 罗书华著，黄霖编：《中国历代小说批评史料汇编校释》，南昌：百花洲文艺出版社，2007年，第87页。

② 罗书华著，黄霖编：《中国历代小说批评史料汇编校释》，南昌：百花洲文艺出版社，2007年，第84页。

更喜欢在主人公的悲欢离合上做文章，将故事敷演得委曲波折，在跌宕起伏的命运中展现人物的情态、言语、行为，以塑造栩栩如生的艺术形象，营造出"凄婉欲绝"的审美境界。《柳氏传》在这方面就是一个典型。在叙事笔法上，唐传奇作者多在现实根据之上进行艺术点染，一方面强调素材是有据可循的，另一方面又大胆虚构，装点出各色"花边儿"，将故事敷演得真真假假。看上去，既有史传文的模样，显示出作者卓越的历史叙述能力，即"史才"，又有审美感染力。"议论"其实也可归入"史才"范畴，显示的是"叙述干预"能力，但如前文所说，与正史篇末的赞语不同，唐传奇的"议论"具有很强的风格化、主观性色彩。如《柳氏传》篇末所言："然即柳氏，志防闲而不克者；许俊，慕感激而不达者也。向使柳氏以色选，则当熊、辞辇之诚可继；许俊以才举，则曹柯、渑池之功可建。夫事由迹彰，功待事立。惜郁埋不偶，义勇徒激，皆不入于正。斯岂变之正乎？盖所遇然也。"[①] 这里，依然隐约可见"正邪两赋论"的影子，这种看法能否被解释社群所接受，还是另外一回事，但作者风格化、主观性的见解缀在故事之后，确实是唐传奇的一个比较普遍的文体特征。至于"诗笔"，在唐传奇中更是俯拾即是的。唐传奇的人物习惯用诗赋传情达意，如《柳氏传》中男女主人公借以吐露心声的诗作，后世传唱不衰，以至成为词调。同时，唐传奇的叙述语言也经常体现出诗化倾向，如《柳氏传》写韩、柳偶遇后惜别："乃回车，以手挥之，轻袖摇摇，香车辚辚，目断意迷，失于惊尘。"[②] 本身就是诗语。更不用说流溢于全篇的一种浪漫凄美的诗意笔调。

总之，《柳氏传》在叙写人间恋爱题材方面做出了诸多有益尝试，达到了相当的艺术成就，后来的《李娃传》《霍小玉传》《莺莺传》等作品则在此基础上进一步发展，将该题材推向更高的艺术境界。

《李娃传》载于《太平广记》卷四八四，题《李娃传》，注出《异闻集》。《类说》卷二八引《异闻集》本，题作《汧国夫人传》。晚唐李匡文《资暇集》

① 李剑国辑校：《唐五代传奇集》第 2 册，北京：中华书局，2015 年，第 678 页。
② 李剑国辑校：《唐五代传奇集》第 2 册，北京：中华书局，2015 年，第 677 页。

上卷引此传称《节行倡娃传》，疑为原题，而省去"李"字。① 白行简，字知退，小字阿怜。华州下邽（今陕西渭南东北）人。白居易之弟。新旧《唐书》有传，生平事迹可参看今人朱金城《白居易年谱》。②《霍小玉传》载于《太平广记》卷四八七。然而，霍非小玉之姓。按小玉既为霍王之女，应姓李，后迁出王府，易姓郑氏，则应称郑小玉。本传原题可能为《霍王女小玉传》，今题有脱字。③ 蒋防，字子微，常州义兴（今江苏宜兴）人。事迹见《全唐文》《旧唐书·敬宗纪》《李绅传》《庞严传》《于敖传》，以及《唐会要》《唐诗纪事》等。④

　　两篇传奇敷演的都是"才子 + 妓女"故事，叙述委曲，刻画生动，而结局不同，揭示现实的力度也不同。《李娃传》写荥阳生与李娃之悲欢离合，前半部分具有很强的现实意义，揭露了当时社会的等级制度、门第观念，以及冷酷的封建家长作风，并涉及广阔的都市生活，但最后赘上一个理想化尾巴——荥阳公的态度发生了一百八十度转变，接纳了李娃，更有皇帝封李娃为汧国夫人。这在当时社会是不可能发生的，极大冲淡了作品的现实主义色彩。《霍小玉传》虽然没有涉及更广阔的社会生活，篇尾还涉及一些幻想成分，却完整呈现了一个始乱终弃的爱情悲剧，真实反映了封建社会里妓女的不幸。李益未发迹时，与小玉山盟海誓，及至登科入仕，便果断下聘卢氏女子，弃小玉如敝履。小玉请求与李益相见，李益的回应麻木无情。有黄衫客闻知此事，将李益强行拉至小玉处，小玉痛斥李益后，气绝而亡。可以看到，这才是当时文化背景下，妓女一流逃脱不掉的悲惨"下场头"。小玉对婚姻本无奢求，其头脑是清醒的，所谓"堂有严亲，室无冢妇，君之此去，必就佳姻，盟约之言，徒虚语耳"⑤。小玉并未被李益"引谕山河，指诚日月"的漂亮话冲昏头脑，她只求与爱人凤昔相伴八年，之后宁愿披缁出家。然而，即便如此卑微的请求，亦不可得。这才是当时的社会现实。

---

① 李剑国：《唐五代志怪传奇叙录》，北京：中华书局，2015 年，第 500 页。
② 朱金城：《白居易年谱》，上海：上海古籍出版社，1982 年。
③ 李剑国：《唐五代志怪传奇叙录》，北京：中华书局，2015 年，第 552 页。
④ 石昌渝主编：《中国古代小说总目》（文言卷），太原：山西教育出版社，2004 年，第 156 页。
⑤ 李剑国辑校：《唐五代传奇集》第 2 册，北京：中华书局，2015 年，第 1009 页。

至于《霍小玉传》篇末"怪力乱神"的尾巴，应辩证地加以理解。小玉临终发愿："我死之后，必为厉鬼，使君妻妾，终日不安！"①之后，李益果然疑心卢氏失节，将其休出。对后来之妻妾，也都猜忌不止，"至于三娶，率皆如初"。这其实是有现实根据的。按李益之疑心病重，在当时是很出名的。两《唐书》本传皆有记载，时人甚至将"妒症"径称作"李益疾"。有关其防闲妻妾的"花边新闻"在当时坊间流传应不少，《霍小玉传》正是在这些传闻基础上形成的。换句话说，不是先有了小玉事迹，又为该事迹赘上一个"冤魂报复"的尾巴，而是先有各种"怪力乱神"的传言，然后才生出小玉这一虚构人物，演绎出前情，以落实事件原委。同时，"冤魂报复"的情节可能冲淡了故事的现实主义色彩，但没有削弱其批判力度，反而可能迎合传播者的伦理叙事诉求，通过对负心汉"下场头"的生动呈现，满足人们对形象进行道德批判的需要。

在艺术上，这两篇传奇都是篇幅漫长的作品，叙述更加委曲，能够刻画的细节也更多。人物塑造自不必说——李娃与霍小玉都堪称古典文学人物长廊中的艺术典型，其场景呈现也颇具品位。如《李娃传》叙写东、西凶肆竞技场面：

> ……乃置层榻于南隅，有长髯者，拥铎而进，翊卫数人。于是奋髯扬眉，扼腕顿颡而登，乃歌《白马》之词。恃其夙胜，顾眄左右，旁若无人。齐声赞扬之，自以为独步一时，不可得而屈也。有顷，东肆长于北隅上设连榻，有乌巾少年，左右五六人，秉翣而至，即生也。整衣服，俯仰甚徐，申喉发调，容若不胜。乃歌《薤露》之章，举声清越，响振林木。曲度未终，闻者歔欷掩泣。西肆长为众所诮，益惭耻，密置所输之直于前，乃潜遁焉。四座愕眙，莫之测也。②

① 李剑国辑校：《唐五代传奇集》第 2 册，北京：中华书局，2015 年，第 1012 页。
② 李剑国辑校：《唐五代传奇集》第 2 册，北京：中华书局，2015 年，第 902 页。

可以看到，作者很善于采撷、提炼、加工日常生活情境，在场面的铺垫、对比中呈现人物情态。其笔下的场景是高度艺术化的、传神的、写意的，又富于生活气息。《霍小玉传》在这方面又更为饱满、生动，如鲍十一娘说媒场景：

> 经数月，李方闲居舍之南亭。申未间，忽闻扣门甚急，云是鲍十一娘至。摄衣从之，迎问曰："鲍卿，今日何故惠然而来？"鲍笑曰："苏姑子作好梦也未？有一仙人，谪在下界，不邀财货，但慕风流。如此色目，共十郎相当矣。"生闻之惊跃，神飞体轻，引鲍手，且拜且谢曰："一生作奴，死亦不惮。"因问其名居，鲍具说曰："故霍王小女，字小玉，王甚爱之。母曰净持，净持即王之宠婢也。王之初薨，诸弟兄以其出自贱庶，不甚收录，因分与资财，遣居于外，易姓为郑氏，人亦不知其王女。资质秾艳，一生未见，高情逸态，事事过人，音乐诗书，无不通解。昨遣某求一好儿郎，格调相称者。某具说十郎，他亦知有李十郎名字，非常欢惬。住在胜业坊古寺曲，甫上车门宅是也。已与他作期约，明日午时，但至曲头觅桂子，即得矣。"鲍既去，生便备行计。①

作者既善于捕捉人物情态，又尽可能模拟其声口。李益之"鄙夫"气质，如在目前：甫一听说有美色可享，又不计较其穷困，便眉飞色舞，恨不能给媒婆当牛做马，轻浮庸俗，毫无风流蕴藉派头，全然一副慕色贪花的"轻骨头"。鲍十一娘则不愧"追风挟策，推为渠帅"的招牌，一通连珠炮似的说辞，天花乱坠，将李益蛊惑得意摇神夺，而其言语是贴近日常口语的。可以说，两篇传奇的现实主义色彩，在很大程度上是由这些日常生活气息浓郁的场景所渲染出来的。

《莺莺传》讲述的也是一个始乱终弃的爱情悲剧。

此传载于《太平广记》卷四八八，题《莺莺传》，注为元稹撰。《异闻集》

① 李剑国辑校：《唐五代传奇集》第 2 册，北京：中华书局，2015 年，第 1007 页。

收录此传，题《传奇》，见《类说》卷二八有《异闻集》节本。因传文中有张生所作《会真诗》三十韵，故世人又称此传为《会真记》。而陈寅恪先生曾指出，"会真"实有特殊指向，即"遇仙或游仙之谓"，唐人又习惯将"女仙"用作"妖艳妇人，或风流放诞之女道士之代称，亦竟有以之目倡伎者"，则莺莺之身份颇为可疑，或非"高门庄女"，恐怕也是"妖冶妇人"之流。[①] 可备一说。但从传文的人物塑造来看，莺莺还是一个名门少女形象。

元稹，字微之，河南洛阳（今属河南）人。两《唐书》有传，生平事迹可参看今人卞孝萱《元稹年谱》。[②] 宋代以来，不少学者认为传中张生即作者自况。[③] 元稹借此传为自己曾经的"风流债"文过饰非，托张生之口说出一篇"忍情"的大道理，做出一副自省的模样，以博取舆论同情甚至肯定。这种看法，不能说没有道理。毕竟，传中情事与元稹经历颇多相合，而文学书写往往带有真实作者自身的影子。但我们还是要回归《莺莺传》的文本性质——这是一篇唐传奇。唐传奇是虚构叙事散文，不能视为作者的"自传"。

总之，无论莺莺还是张生，都是艺术形象，即便有历史原型可寻，也不能将其视作"活报剧"里的人物。《莺莺传》说到底是一篇虚构的爱情悲剧。传叙贞元中张生于蒲州普救寺邂逅崔氏母女，时逢乱军劫掠，因张生与蒲将相善，崔氏母女得其庇护。崔氏为报恩，置酒酬谢张生。席间，张生见崔女莺莺美艳，不由心动，便托莺莺婢女红娘传情达意。几番周折后，二人终于私合。后来张生进京应考，莺莺致信，愿与之永结同好，但最终遭张生遗弃。后二人各自婚娶。张生曾路经莺莺居处，欲与之相见，为莺莺所拒。

与《霍小玉传》相比，本传的现实意义更强。崔莺莺不是娼妓（起码没有确凿证据），虽然家道中落，到底还是名门之后，却也不能摆脱被玩弄、被抛弃的命运。她冒着名节败坏的风险，与张生结成欢好，为追求自由恋爱而勇敢冲破封建礼教的束缚，换来的却是被背叛、抛弃和污名化（张生称其为"尤

---

① 陈寅恪：《元白诗笺证稿》，上海：上海古籍出版社，1978 年，第 107—111 页。

② 卞孝萱：《元稹年谱》，济南：齐鲁书社，1980 年。

③ 程毅中：《唐代小说史》，北京：人民文学出版社，2003 年，第 139 页。

物"）。而当时社会舆论竟一边倒地偏向负心汉，叹服张生"忍情"之说，更称许其为"善补过者"，对莺莺则没有丝毫同情。这才是封建时代妇女的真实境遇。

而从人物塑造看，莺莺的形象也比李娃、霍小玉更丰满。李、霍二人的形象固然也是立体的、卓荦的、生动的、复杂的，但在具体的情节区间里，两个形象主要还是"单面"的，仿佛纸牌的翻转，为特定情节而呈现特定心理、情态。莺莺形象则始终在情节推进中表现出人物内心的矛盾冲突——在"礼"与"情"之间抉择，被"爱"与"恨"来回撕扯，在"期望"与"失望"中纠结。

在"礼"与"情"的较量中，后者战胜了前者，但莺莺不是欢呼着奔向爱河的，而是逐渐放下矜持，一步步小心试探，最终涉险迈入爱情漩涡。被"爱"与"恨"撕扯时，她也不是一股脑地倒向某一极，而是"剪不断，理还乱"。在她给张生的回信中，我们可以看到思恋、悔恨、怅怨、渴望等复杂的心理情感。理智告诉她，从张生入京应试那一刻起，美好的时刻已经结束了，但她还对爱人抱有幻想，在积极与消极的情绪中自我折磨，直至消耗掉了所有热情（无论爱还是恨，其实都是一种热情），陷入绝望。当张生希图再次相见时，莺莺只用一首诗答复曾经的爱人："弃置今何道，当时且自亲。还将旧时意，怜取眼前人。"这首诗怨而不怒，符合中国传统的"诗教"主张，而从人物性格发展看，此时莺莺的心里已经结了茧子，这是接受人生教训而重拾自尊者的真实样子。

当然，此一时期优秀的传奇作品不只以上所举，像陈鸿《长恨歌传》、李景亮《李章武传》、沈亚之《秦梦记》等，也都很有代表性。限于篇幅，这里就不再赘述了。总之，自建中初至大和初，唐传奇进入全盛时代。可以说，唐代最具代表性、最具艺术成就的单篇传奇，都集中在这大约半个世纪的历史区间里。这些作品已经彻底摆脱六朝小说的文体束缚，作为虚构叙事散文进入文学"生产—消费"渠道，与诗歌一道装潢了唐人的文艺生活，体现一代文学之胜。刘勇强先生曾总结唐传奇的五点文体特质：一是虚构的艺术化与叙事角度的个性化，二是具有完整的构思与独立的现实主题，三是自觉地以人物形象为中心，四是曲折的情节与生动的细节描写，五是文备众体。① 应该说，这些特质主要就是从全盛期唐传奇的文艺实践中总结出来的。

## 第三节　赓续期的唐传奇

大和初以后，单篇传奇的创作落潮，其产量和质量都不可与全盛时期的作品比肩。取而代之，一批质量较高的传奇集问世。它们既是对前一段文艺经验的总结，也在一定程度上起到了文献汇集、保存的作用，保证了唐传奇的持续生产和赓续传播。需要说明的是，所谓"传奇集"，既包括专收传奇的集子，也包括兼收传奇与志怪的文言小说集。就艺术品位而言，后者收录的传奇不亚于前者。

牛僧孺的《玄怪录》和李复言的《续玄怪录》是兼收类集子的代表。

牛僧孺，字思黯。安定鹑觚（今甘肃灵台）人。贞元二十一年（805）进士及第，元和三年（808）登贤良方正科，授伊阙尉。迁监察御史，累进考工员外郎、集贤殿直学士。长庆间官至御史中丞、户部侍郎、同中书门下平章事。开成三年（838）拜尚书左仆射，四年出为山南东道节度使。武宗会昌元年（841）为太子少保，进太子少师，后贬为循州长史。宣宗即位，移衡州、汝州长史，还为太子少师，大中二年（848）卒。② 两《唐书》有传。李复言，生平不详。一说即字复言的李谅。李谅为贞元十六年（800）进士，与白居易、元稹有交往，官至岭南节度使。一说为开成五年（840）应举的进士。③

两书原本久已不存。大约在南宋时，已经出现两书篇什窜乱的情况，如《直斋书录解题》著录《玄怪录》言："《唐志》十卷，又言李复言《续录》五

---

① 刘勇强：《中国古代小说史叙论》，北京：北京大学出版社，2007年，第121—133页。
② 石昌渝主编：《中国古代小说总目》（文言卷），太原：山西教育出版社，2004年，第559页。
③ 程毅中：《唐代小说史》，北京：人民文学出版社，2003年，第184页。

卷,《馆阁书目》同,今但有十一卷,而无《续录》。"①可见当时此书已非原貌了。现存明代高承埏《稽古堂群书秘简》本《玄怪录》和陈应翔刻本《幽怪录》(按:《遂初堂书目》已称该书为《幽怪录》,避赵玄朗讳),分卷不同,都是四十四篇,另附有李复言《续录》两卷,是现存篇目最多的版本。但这四十四篇中也混入了李氏作品,如《尼妙寂》《王国良》等篇,明显出自李氏手笔。所以,我们多将两书放在一起讨论。

从书名看,两书还保有"志怪"趣味。书中一些篇什也确实尚未完全脱离志怪规模。但作者的虚构意识是明显的(如《元无有》),其笔法也有明显的传奇化倾向,不可仅以篇幅长短来判断。如《巴邛人》一篇,篇幅短小,叙写剖橘见四叟(疑为商山四皓)事②,"志怪"色彩明显,但笔触活泼灵动,刻画细腻,场景真实生动如在目前,远非"粗陈梗概"的六朝志怪可比。更不用说还有《郭代公》《杜子春》等典型的传奇作品。

《郭代公》叙郭元振旅途中投宿,遇一少女。少女哭诉自己被父母强嫁与妖怪乌将军。郭元振仗义出手,伺机砍掉乌将军一只手,原来是一猪蹄。郭元振说服乡民,一齐除掉猪妖。本传讴歌了见义勇为的豪侠精神,塑造出郭元振这一胆识与智慧并具的侠士形象。同时,作者对乌将军的刻画也很生动。该形象历来被视作《西游记》中猪八戒的原型之一,而在牛僧孺笔下,乌将军已然是一副颟顸滑稽相,如写其贪食鹿脯而遭断手:

> ……将军曰:"秀才安得到此?"曰:"闻将军今夕嘉礼,愿为小相耳。"将军者喜而延坐,与对食,言笑极欢。公囊中有利刀,思取刺之,乃问曰:"将军曾食鹿脯乎?"曰:"此地难遇。"公曰:"某有少许珍者,得自御厨,愿削以献。"将军者大悦。公乃起,取鹿脯并小刀,因削之,置一小器,令自取。将军喜,引手取之,不疑其他。公伺其无机,乃投其脯,捉其腕而断之。将军失声而走,导从之吏,

① (宋)陈振孙:《直斋书录解题》,上海:上海古籍出版社,2015年,第338页。
② 李时人编校:《全唐五代小说》第2册,北京:中华书局,2014年,第1112—1113页。

一时惊散。[1]

与百回本《西游记》中的猪八戒一样，乌将军也是一个见了吃食就头脑短路的货色，对陌生人也毫无戒心，虽是妖怪，却不令人生畏，倒透着些童稚的可爱。

再如《杜子春》一篇。《太平广记》本注出《续玄怪录》，但也可能出自牛僧孺的手笔。传叙破落户杜子春遇见一老者，老者先后周济他三百万、一千万、三千万钱。为报答其厚意，子春答应替老者看护药炉。老者告诫子春：只要不开口说话，就能炼成仙丹。子春经历了各种考验，面对神祇、恶鬼、夜叉、猛兽等恐吓，他始终闭口不言。随后有一大将军将其斩杀，子春在地狱受尽折磨，仍不开口说话。继而投胎为王氏女，长成后嫁与进士卢珪，生育一子，生活美满，但子春仍不说话。卢珪为逼其开口，将儿子摔死，子春"爱生于心，忽忘其约"，不觉失口喊出声。登时天火四起，将药炉焚毁。老者告诉子春，他已经克服喜怒哀惧恶欲，唯独不能忘却爱，不能成仙。

该故事的素材来自印度的烈士池传说，《大唐西域记》即有记载。应是随求法、取经僧人流入中国，并成为中原地区知识阶层"征异话奇"之剧谈活动的材料。本文则改变了故事的底色，将其置于中国本土道教文化背景中，又进一步想象，构造奇异情节（主人公所历幻境比原故事更多）。更重要的是，本文强调的是人间至情，子春"爱生于心"的表现，符合儒家亲子伦理的要求。作者委曲生动地呈现主人公"所未臻者，爱而已"的事迹，流露出一种人本主义倾向。这也正是唐传奇与六朝志怪的一个重要差异：讲述超现实的奇异故事，表达的却是贴近现实的人情与人性。

薛用弱的《集异记》也是一部保有"志怪"色彩的小说集。

薛用弱，字中胜，河东（今山西永济）人。长庆中自礼部郎中出为光州（即弋阳郡）刺史，为政严而不残。[2]《集异记》原书已佚，后世传本多为二卷

---

① 李剑国辑校：《唐五代传奇集》第 2 册，北京：中华书局，2015 年，第 1069—1070 页。
② 石昌渝主编：《中国古代小说总目》（文言卷），太原：山西教育出版社，2004 年，第 161 页。

十六条（如《郡斋读书志》所著录者）。《太平广记》引述该书颇多，但未必都是原著文字。因"集异记"之称寻常可见，不免出现同名异书情况，如刘宋郭季产《集异记》和唐陆勋《集异记》都产生过一定影响，《广记》所收《集异记》可能包含两书篇什。此外，引书也可能存在错误，如"徐佐卿"条，《岁时广记》就引作《广德神异录》。①

既以"集异"为名，似乎还带着搜神志怪的色彩（如陆勋《集异记》就是典型的"语怪之书"②），但现存薛氏《集异记》通行本中奢谈鬼怪之事颇少，更多的是人间逸闻轶事，说明受众欣赏而乐于传播的也正是这些篇什。

如《王维》一篇，讲述王维因缘公主门路而博得"解头"之事，其真实性存疑，却贴合当时科举士子干谒公卿的社会现实，也符合王维的文化形象，为人所乐道，以至成为掌故。作者则在此基础上，抓取细节，刻画情态，呈现出一个富于戏剧性的生活场景：

> 岐王入曰："承贵主出内，故携酒乐奉讌。"即令张筵，诸伶旅进。维妙年洁白，风姿都美，立于前行。公主顾之，谓岐王曰："斯何人哉？"答曰："知音者也。"即令独奏新曲，声调哀切，满座动容。公主自询曰："此曲何名？"维起曰："号《郁轮袍》。"公主大奇之。岐王曰："此生非止音律，至于词学，无出其右。"公主尤异之，则曰："子有所为文乎？"维即出献怀中诗卷。公主览读，惊骇曰："皆我素所诵习者，常谓古人佳作，乃子之为乎？"因令更衣，升之客右。维风流蕴藉，语言谐戏，大为诸贵之所钦瞩。岐王因曰："若使京兆今年得此生为解头，诚为国华矣。"公主乃曰："何不遣其应举？"岐王曰："此生不得首荐，义不就试，然已承贵主论托张九皋矣。"公主笑曰："何预儿事？本为他人所托。"顾谓维曰："子诚取解，当为

---

① 程毅中：《唐代小说史》，北京：人民文学出版社，2003 年，第 208 页。
② （宋）晁公武著，孙猛校证：《郡斋读书志校证》，上海：上海古籍出版社，2011 年，第549 页。

子力。"维起谦谢。①

可以看到，岐王善于谋划，步步为营，引公主入彀，两人对话起到了推进情节的实际功能（即"有效对话"），叙述者又在呈现对话的过程中适时插入对王维丰姿的描写，以补充、强化公主反应的合理性。整个场景生动而真实，堪称虚构叙述散文在场景呈现方面的典范。

裴铏《传奇》则是一部纯粹的唐传奇集，其中包含多篇名作。

裴铏，字里不详。大中中隐于洪州西山修道，道号谷神子。咸通五年（864）高骈为安南都护，七年于安南置静海军，高骈为节度使。其间，裴铏当为高骈从事。乾符二年（875）高骈拜西川节度使，裴铏当从行。五年高骈移镇荆南，裴铏得其推荐，任西川节度副使兼御史大夫。崔安潜代镇西川，诛杀高骈亲信，裴铏当亦受到排挤。②《传奇》原书已佚，《太平广记》《类说》《绀珠集》等书收有佚文，近有周楞伽先生辑注本，较为详备。

虽然该书以"传奇"为名，却不代表裴铏已形成"传奇"的文体认识。其所谓"传"，应理解为"传记"之"传"，即传记之意。但同时也要承认，此书对宋人形成"传奇"的文体认知有很大影响，如陈师道《后山诗话》所说"传奇"，指的就是裴铏此书；尹洙所谓"传奇体"，指"用对语说时景"，也符合《传奇》的文风。③书中作品大都篇幅漫长（多半在千字以上），记叙委曲，情节紧凑，诗意盎然，细节生动，人物刻画也很成功，如《郑德璘传》《裴航传》《昆仑奴传》《虬髯客传》等，置于繁荣期的单篇传奇中比较，也毫不逊色。

《郑德璘传》属于神仙灵应题材。郑德璘在江上邂逅邻舟韦氏女子，赠诗表达爱意。韦氏不擅此道，只得将邻舟女友所录他人之诗还赠给德璘。翌日，韦氏所乘之船沉于洞庭湖，德璘赋诗吊唁。洞庭湖神曾饮德璘之酒，又因其来日将任巴陵县令，便将韦氏送归人间，与德璘婚配。这类神仙灵应故事，六

---

① 李剑国辑校：《唐五代传奇集》第 2 册，北京：中华书局，2015 年，第 941 页。
② 石昌渝主编：《中国古代小说总目》（文言卷），太原：山西教育出版社，2004 年，第 42 页。
③ 程毅中：《唐代小说史》，北京：人民文学出版社，2003 年，第 257 页。

朝时已十分流行，至于唐人手中更是生出诸多浪漫想象。本传则进一步营构情节，运用"巧合""误会"生发离奇，对后世小说产生了积极示范。《裴航传》敷演人神恋爱故事。裴航于旅途中遇樊夫人，后者赠诗与裴航，暗示其将有仙缘奇遇。裴航后在蓝桥驿邂逅云英，心生爱慕，便向其祖母提亲。老夫人要求裴航用白玉杵捣药百日，才答应婚事。裴航以重金购得白玉杵，用其捣药百日，终得与云英成婚。云英之姐前来参加婚礼，原来就是樊夫人。裴航服用了老夫人制成的仙药，也得道成仙。这种"艳遇＋仙遇"的幻想，在唐人小说中是很常见的，反映的是唐代文人的庸俗愿望，而这种愿望又不止于中古时期，"蓝桥"也就成为后世文学作品中出镜率极高的典故。《昆仑奴传》则与《柳氏传》一样，在人间恋爱故事里融入了豪侠因素。红绡妓被豢养于侯门，以色艺事人，虽然锦衣玉食，却"如在桎梏"。她于酒宴上遇崔生，一见倾心，愿托付终身。昆仑奴磨勒替崔生谋划，将红绡妓从深宅偷出，助其成婚。与虞候许俊一样，磨勒也是一个胆识与智慧并具的人物，但比前者有了更多武侠色彩：一人身背崔生与红绡妓，能"飞出峻垣十馀重"，且不留下任何痕迹；面对重兵围堵，乱箭如雨，他又能毫发不伤地腾跃而去，"瞥若翅翎，疾同鹰隼"，"顷刻之间，不知所向"，武功绝高；甚至几十年之后，被人发现时，依旧保持当年容颜，[1]已颇具"仙侠"色彩。《虬髯客传》也是将爱情与豪侠相结合的作品，不唯虬髯客，连李靖、红拂妓这对爱侣身上也具有浓重的"侠"气，"风尘三侠"的形象在后世文学中也流传甚广。

整体看来，《传奇》中的作品多围绕爱情主题，在六朝志怪素材的基础上生发浪漫想象，将"小小情事"敷演得委曲波折，作者尤其善于借"诗笔"传情达意，诗歌成为主人公互诉衷肠的媒介，也为整个故事营构出一种情致婉转的审美境界。如《昆仑奴传》写崔生与红绡妓分别后，陷入苦思，吟诗遣怀：

……（生）返学院，神迷意夺，语减容沮，怳然凝思，日不暇食，但吟诗曰："误到蓬山顶上游，明珰玉女动星眸。朱扉半掩深宫

① 李剑国辑校：《唐五代传奇集》第5册，北京：中华书局，2015年，第2325—2326页。

月，应照璃芝雪艳愁。"左右莫能究其意。[1]

而磨勒背负崔生与红绡妓幽会时，也听到红绡妓在借诗消愁：

> ……绣户不扃，金釭微明，惟闻妓长叹而坐，若有所俟。翠环初坠，红脸才舒，玉恨无妍，珠愁转莹。但吟诗曰："深洞莺啼恨阮郎，偷来花下解珠珰。碧云飘断音书绝，空倚玉箫愁凤凰。"侍卫皆寝，邻近阒然。[2]

可以看到，作为人物言语的诗歌，是与环境描写、形貌描写相配合的，烘托出相思的氛围，刻画出相思的情态，进而形成一种"凄婉欲绝"的艺术美感。尤为值得注意的是：诗歌也推动了情节发展——正因为周围人不解崔生诗中之意，才引出机敏聪慧的磨勒，进而帮助崔生解开红绡女的暗语。所以说，《传奇》的"诗笔"不仅是作者借以"炫才"的工具，更是叙事的工具，是真正参与了叙事结构的"有意义的形式"。

袁郊《甘泽谣》也是一部文笔优美的传奇集。

袁郊，字之仪（一作之乾），蔡州朗山（今河南确山）人。宰相袁滋子。咸通中为祠部郎中、虢州刺史。[3] 书名"甘泽谣"，是有特定背景的。如《郡斋读书志》所言："载谲异事九章。咸通中，久雨卧疾所著，故曰《甘泽谣》。"[4]《直斋书录解题》也说："所记凡九条，咸通戊子自序，以其春雨泽应，故有甘泽成谣之语，遂以名其书。"[5] 当时袁郊任祠部郎中，祈雨（晴）正是其分内职掌。甘霖应时而降，民间流传歌谣，称颂太平，袁氏即将民情反映在书名中。

---

① 李剑国辑校：《唐五代传奇集》第 5 册，北京：中华书局，2015 年，第 2324 页。
② 李剑国辑校：《唐五代传奇集》第 5 册，北京：中华书局，2015 年，第 2325 页。
③ 石昌渝主编：《中国古代小说总目》（文言卷），太原：山西教育出版社，2004 年，第 95 页。
④ （宋）晁公武著，孙猛校证：《郡斋读书志校证》，上海：上海古籍出版社，2011 年，第 553 页。
⑤ （宋）陈振孙：《直斋书录解题》，上海：上海古籍出版社，2015 年，第 320 页。

从中也可看出作者动机，书中作品多少也有颂美之意。原书已佚。《太平广记》收录《魏先生》《素娥》《陶岘》《懒残》《韦驺》《圆观》《红线》《许云封》八篇，程毅中先生认为《聂隐娘》一篇（《广记》引作裴铏《传奇》内容）也应属于《甘泽谣》。[①]这九篇作品都是佳作，尤其《红线》《聂隐娘》《圆观》三篇，历来为人所称赏。

　　《红线》与《聂隐娘》都是写剑仙故事。红线为潞州节度使薛嵩侍女，善弹阮咸，又明经史。薛嵩受魏博节度使田承嗣威胁，红线乘夜飞去，盗来三百里外田氏床头之金合子，教薛嵩派人骑快马送回魏郡，并附上书信，以示警告。田氏果然害怕，派人送礼赔罪。不久，红线辞别薛嵩，回山林修炼。原来红线前世本为男子，误用药酒治死孕妇，被罚今世做女人。现在可以将功折罪，回归本来面目。薛嵩会集宾客，为红线饯行。红线佯醉离席，便不知踪迹。聂隐娘儿时被一尼僧携走，学成剑术，归家后与磨镜少年成婚。隐娘先投靠魏帅。魏帅派其刺杀陈许节度使刘昌裔。昌裔预先算知隐娘夫妇到来，派人迎候。隐娘佩服昌裔神机妙算，愿为其效力。魏帅又先后派精精儿、妙手空空儿来刺杀隐娘和昌裔，皆被隐娘化解。昌裔回京任职，隐娘不愿跟随，遂遨游江湖。后来昌裔病逝，隐娘至灵前恸哭。开成年间，昌裔之子刘纵赴任陵州刺史，于蜀道中偶遇隐娘。隐娘见刘纵有灾相，赠与一粒丹药，嘱其立即辞官归家。刘纵未照隐娘嘱咐，果然死在陵州任上。此后再无人见到隐娘。

　　这类剑仙故事之所以在当时流传，也是有特定时代背景的。中晚唐时期，藩镇割据。节度使拥兵自重，互相倾轧，又豢养大批刺客以行刺和自保。这些刺客的形象及事迹经民间"街谈巷语，道听途说"的过滤，又结合中古时期弥漫于社会的神仙思想，在原来豪侠故事的基础上，变得愈来愈奇、越来越神，形成一种剑仙传说。这类故事里，剑仙人物游离于宗法社会之外，行事总是"神龙见首不见尾"，武功也不是凡人所能及者，近乎仙术。袁郊便利用这些特点，以浪漫写意的笔调，塑造出艺术化形象，构造出艺术化场景，如写隐娘以艺、以计应付精精儿与妙手空空儿的情节：

---

[①] 程毅中：《唐代小说史》，北京：人民文学出版社，2003年，第269页。

……是夜明烛，半宵之后，果有二幡子，一红一白，飘飘然如相击于床四隅。良久，见一人望空而踣，身首异处。隐娘亦出曰："精精儿已毙。"拽出于堂之下，以药化为水，毛发不存矣。隐娘曰："后夜当使妙手空空儿继至。空空儿之神术，人莫能窥其用，鬼莫得蹑其踪。能从空虚入冥，善无形而灭影。隐娘之艺，故不能造其境，此即系仆射之福耳。但以于阗玉周其颈，拥以衾，隐娘当化为蠛蠓，潜入仆射肠中听伺，其馀无逃避处。"刘如言。至三更，瞑目未熟，果闻项上铿然，声甚厉。隐娘自刘口中跃出，贺曰："仆射无患矣。此人如俊鹘，一搏不中，即翩然远逝，耻其不中，才未逾一更，已千里矣。"后视其玉，果有匕首划处，痕逾数分。[1]

　　作者想象奇特，笔力又高，能在紧凑的节奏中写出张弛、层次、对比，不从正面表现隐娘剑术，反而凸显其神异。这种写人叙事的笔法，也多为后世武侠（尤其出世武侠）小说所继承，类似场景、名色、物象甚至直接出现在后世作品中，也可见本书对后世文学影响之深远。

　　《圆观》则更是一篇"奇"文，作者以"凄婉欲绝"的笔调写出僧人圆观与文士李源的三世情缘。洛阳惠林寺僧圆观与李源相交三十年，情谊甚笃。圆观死前告知李源，自己将转生为三峡中王氏妇之子，嘱李源去王家看望，并约定十二年后相会于杭州天竺寺。王氏产子三日，李源赶至看望婴儿，婴儿对其一笑，以示践约。十二年后，此儿长成牧童，于天竺寺前与李源见面，作歌而别。

　　本篇写人叙事也是写意化的，但饱含情意。圆观明知转生去处，却因不舍李源，迟迟不肯圆寂，以致王氏妇妊娠三年不能生产。及至二人偕游蜀中，圆观有意回避王氏妇，却仍与之相遇，自知不可逃脱循环定数，不觉潸然泪下。转世后于襁褓中相见，圆观一笑，李源一哭，点染出隔世情缘。等到天竺寺再

<hr>

① 李剑国辑校：《唐五代传奇集》第 5 册，北京：中华书局，2015 年，第 2333—2334 页。

见，牧童以歌词酬谢李源，留下"俗缘未尽""即遂相见"的话，李源拜为谏议大夫后一年便亡殁，又给人留下无限遐想。实写两世，虚写一世，说明真挚的情意不因轮回而抹灭，引人体悟人世间"不知所起，一往而深"的情感。这种不事渲染的笔墨，反而更觉动人。

与《传奇》一样，《甘泽谣》也善以"诗笔"写人叙事。其"诗笔"本身就是极具艺术品位的，如《圆观》中牧童歌词之一："三生石上旧精魂，赏月吟风不要论。惭愧情人远相访，此身虽异性常存。"① 置于同时期文人竹枝词中，也可谓上乘之作。同时，"诗笔"也渗透进叙述语言，构成了"以对语写时景"的文本风貌，如《许云封》中云封说明韦公之篷非李暮旧物的一番话：

> ……过期不伐，则其音实；未期而伐，则其音浮……至如《落梅》流韵，感金谷之游人，《折柳》传情，悲玉关之戍客，诚有清响，且异至音，无以降神而祈福也。②

这本身应该是代言体文字，尽量模拟人物声口。作者却用四六骈语，不免使得整个场景失真。如果说云封之语是在讲器乐之理，接近书面文字，还说得通，《红线》中红线自述盗合情形（分层叙述）的话语也用骈语，就显得古怪了：

> ……然则扬威玉帐，但期心豁于生前；同梦兰堂，不觉命悬于手下。宁劳禽纵，只益伤嗟。时则蜡炬光凝，炉香烬煨，侍人四布，兵器森罗。或头触屏风，鼾而鼾者，或手持巾拂，寝而伸者，某攀其簪珥，縻其襦裳，如病如昏，皆不能寤，遂持金合以归。既出魏城西门，将行二百里，见铜台高揭，而漳水东注，晨飙动野，斜月在林。

---

① 李剑国辑校：《唐五代传奇集》第 4 册，北京：中华书局，2015 年，第 2140 页。
② 李剑国辑校：《唐五代传奇集》第 4 册，北京：中华书局，2015 年，第 2164 页。

忧往喜还，顿忘于行役；感知酬德，仰副于心期。[①]

看起来，红线不只通晓经史，在辞赋方面也颇有造诣，以致日常说话都是四六体的。这其实就造成场景呈现脱离日常，人物情态也不够真实。然而，这种叙述语言的骈俪化，正是晚唐文言小说的一个特点，在《传奇》等小说集中也可以看到这类情况。我们不能一厢情愿地（尤其以机械的"文学进化论"思维）去想象小说史，认为繁荣期单篇传奇在叙述语言方面的艺术特质会自然而然地被晚唐时期的作品所继承和发展。唐传奇归根到底是叙事散文，其文本风貌要结合特定时期的文风——晚唐传奇文骈俪化的叙述语言无疑需要结合当时骈文的艺术实践与成就来考量。同时，传奇文又不可避免地受到其他叙事文体的干预影响。比如宋代传奇文人物语言的口语化，就与当时白话小说的成熟与影响脱不开关系。同样的道理，晚唐传奇文人物语言的骈俪化，与当时变文、俗讲的艺术风貌也是有相似之处的。

综合以上可以看到，文言小说在唐代实现了文体自觉，发育至成熟形态，其标志就是唐传奇的出现和繁荣。这是一种虚构叙事散文，它充分继承了杂传、志怪、志人等准小说的艺术积累，又结合了辞赋、歌诗等时代文艺的经验，摆脱历史叙述思维的束缚，进入文学叙事领域。唐传奇讲述的人事虽然强调"奇"的一面（许多素材就来自六朝志怪），但更贴近现实，反映或折射的是现实生活，表达的是现实中人的心理和情感。唐传奇倾向以漫长篇幅叙述离合故事，构造委曲波折的情节，描写场面，呈现场景（尤其言语和动作细节），通过生动的情态来刻画人物。唐传奇中的人物（特别是女性主人公）大都是立体的，具有鲜明的个性特征、卓荦的精神气质。作者在这些人物（及其事迹）上寄托了个人对于社会人生的理解，这种理解往往是个体化、主观性的，不一定以官方评价或"解释社群"的理解为准绳。同时，唐传奇是"文备众体"的，尤其习惯插入诗歌。这些诗歌不是简单的"插花点缀"，它们参与了造境、写人、叙事等层面，是唐传奇文本的有机结构。总之，唐传奇打开了

---

① 李剑国辑校：《唐五代传奇集》第 4 册，北京：中华书局，2015 年，第 2146 页。

中国文言小说的新境界，代表了以文言进行文学叙事所能达到的最高艺术成就。

唐传奇不仅深刻影响着后世的小说（不只文言小说，也包括白话小说），也滋养了其他艺术形式，经其敷演过的故事，不仅作为典故，被诗文频繁使用，也经常成为戏曲、说唱改编的本事。几乎所有唐传奇名篇都可以在后世找到直接或间接的戏曲改作。其中更不乏经典，如《莺莺传》至金代催生了董解元《西厢记诸宫调》，至元代则成就了王实甫《西厢记》杂剧，而明代汤显祖的"玉茗堂四梦"都是改编自唐传奇的。可以说，唐传奇是后世叙事文学的一座"富矿"。

当然，需要注意的是：唐代文言小说不只唐传奇。杂传、博物、志怪、志人等小说体式在唐代依然存在。不是说唐传奇大行其道后，准小说形态就销声匿迹了。正相反，唐代杂传、博物、志怪、志人等小说仍保持了相当产量。甚至在一些作家看来，以粗陈梗概的文本风貌"纪实"叙事才是小说之正宗。这种分体并进的发展态势才是中国文言小说的历史真实。

# 第四章　宋元：白话小说的成熟期

上一章说过，唐传奇可与律诗并称一代文学之胜。在律诗发展史上，唐宋诗之比较是一个重要问题。在唐诗的艺术高峰后，宋人如何结合其文化教养、知识结构、思维方式和审美趣味，推出另一座挺拔秀丽的峰头，与唐诗并峙于中国古代诗歌史上，一直是学界的热点话题。其实，唐传奇与宋（元）传奇也是可以作一比较的，只不过后者虽具时代个性，却未能形成新的艺术高峰。后世学者在建构宋（元）传奇的小说史形象时，经常将其置于唐传奇的历史光晕中审视。如胡应麟的经典论断："小说，唐人以前纪述多虚而藻绘可观，宋人以后论次多实而彩艳殊乏。"① 桃源居士在《宋人小说序》中也认为宋人小说与唐人小说相比，"奇丽不足，而朴雅有馀"②。鲁迅先生则认为"唐人小说少教训；而宋则多教训……以为小说非含教训，便不足道"③。这都带有明显的"以唐律宋"的色彩，即用唐传奇的标准要求宋（元）传奇。

对此，我们应当辩证看待：一方面，需要将宋（元）传奇放在特定的历史文化背景中来审视，承认其艺术特质和小说史地位，不能将其简单视作唐传奇的后裔。唐传奇的艺术成就固然是绝高的、难以超越的，但后世作品并不是"他的世界的组成部分"。另一方面，我们又需要明白一点："以唐律宋"并不是站在唐人的立场上来"蛮横"地要求宋人，而是站在文学的审美性这一永恒立场上来看待历代传奇作品。客观上说，宋（元）传奇的审美品位确实有所下

---

① （明）胡应麟：《少室山房笔丛》，上海：上海书店出版社，2009 年，第 283 页。
② （清）桃源居士：《宋人小说序》，丁锡根编：《中国历代小说序跋集》，北京：人民文学出版社，1996 年，第 1790 页。
③ 鲁迅：《中国小说的历史的变迁》，北京：商务印书馆，2017 年，第 297 页。

降，许多作品取材于历史事迹（如以隋炀帝为中心的《海山记》《迷楼记》《开河记》等和以唐玄宗为中心的《杨太真外传》《骊山记》《温泉记》《梅妃传》等），寓含劝诫，旨趣平庸，缺乏浪漫想象，又洗却秾艳修辞，看起来更像早期杂传小说。而在传奇的看家题材——人间情事方面的发挥也不足观。此一时期里成就最高、影响最大的是元代宋远的《娇红记》。此传叙书生申纯与其表妹娇娘的爱情悲剧。同样的题材，若置于唐代文人才士之手，必定是一篇"小小情事，凄婉欲绝"的奇丽文字，《娇红记》的艺术表现却很一般，"既缺乏丰富的想象力，又没有迸发的激情，不能说不是一篇平庸之作"①，只不过是放在普遍不出众的宋元作品中进行比较，才给人以"鹤立鸡群"之感。说传奇小说自唐以后便走入低谷，直到蒲松龄《聊斋志异》才又中兴，不是没有道理的。

其实，宋人对于传奇小说的贡献，主要不在创作实践方面，而是在文体认知和文献整理方面。前文说过，唐人没有"传奇"的明确文体认识，只有一种与正史相比较的模糊意识（就文体观看，唐人还是将传奇视作杂传、志怪之属的，只不过许多名公巨擘的艺术力度大、手段高，赋予杂传、志怪以突出的文学性，成就了一批"藻绘可观"的文章），到了宋人这里才总结出一些传奇小说的文体特质（如前文所引洪迈、赵彦卫等人的论述）。更重要的是，正是经过宋人的全面搜集和系统整理，许多传奇（尤其单篇流传者）才得以保存下来。如果没有《太平广记》《类说》《绀珠集》等类书的收录、节选，许多奇文、妙文，今人恐怕就看不到了，遑论评骘其艺术成就。尤其《太平广记》，我们今天一般称其为"小说类书"（不是严格意义上的类书），作为《太平御览》这部大型官修类书的"副产品"，《太平广记》专门收录汉代至宋初的文言小说四百七十余种，这些书半数以上都已经散佚了。可见，如果没有宋人在文献领域的辛苦工作，我们今天对于唐传奇的鉴赏、研究都将沦为空谈。

同时，宋元传奇也作为一个"切片"反映着文学的整体转向。胡应麟在

① 石昌渝：《中国小说源流论》（修订版），北京：生活·读书·新知三联书店，2015年，第195页。

比较唐、宋传奇的艺术高下后，尝试探讨了其成因："盖唐以前出文人才士之手，而宋以后率俚儒野老之谈故也。"这是从创作者文化下移的角度来说的。其实，宋元以后文学的生产、传播是整体下移的，即精英文学开始朝平民文学转向。

宋元以来，市民阶层兴起，逐渐成为文艺消费的一支主力军。市民的文化教养、知识结构、道德观念、审美趣味和消费习惯，影响着文学"生产—消费"的整体场域。隋唐时期已初具规模的白话讲唱艺术，在宋元时期新的城市文化空间里表现出更强的活力。这些讲唱艺术题材多元，形式灵活，旨趣通俗，借助白话的表现力，将叙事文学再现生活和刻画人物的能力推至新境地。

旧时讨论宋元说话艺术的分类，有"说话四家"之说。这一说法在当时颇为流行，如灌圃耐得翁《都城纪胜》"瓦舍众艺"条言："说话有四家。"① 吴自牧《梦粱录》也说："说话者谓之'舌辩'。虽有四家数，各有门庭。"② 但这"四家"究竟落实为哪种科目，由于原始文献语焉不详，后世学者虽多番辨析，至今也未能形成定论。可以明确的是，"讲史"与"小说"是"四家"中形象最突出、艺术成就最高、市场占有率最大的两门。第三家可能是"说经"，第四家为谁，则争讼不断。基于此，本章将以专节讨论前两家，其余各种题材科目，则放在一起进行讨论，并以"说经"为主。

# 第一节　讲史类话本

中国有悠久的讲史文学传统。这里的"讲史文学"，取广义理解，泛指历史题材的文学书写，它不仅包括以官私史著为代表的史传文学，也包含市民大众积极参与的对于历史人物、事件的文学表述与传播。只不过，官方及精英文

---

① （宋）灌圃耐得翁：《都城纪胜》，北京：中国商业出版社，1982年，第11页。
② （宋）吴自牧：《梦粱录》，北京：中国商业出版社，1982年，第181页。

人的历史书写更多出于一种"历史责任",即以文字存史,并为当代执政提供借鉴;市民大众参与的则是一种文艺消费活动,支持其消费欲望的是知识兴趣、伦理兴趣和审美兴趣。大众有学习历史知识的兴趣,对历史脉络的把握,以及对重要历史人物、事件的了解,是一种文化教养的体现。然而,大众习得历史知识的途径大都不是通过官私史著,而是通俗文学,尤其讲唱文学。这类文学产品更符合大众的消费习惯和文化期待。其中,历史脉络往往被处理得单薄而明晰,历史事件之间的"时间—因果"关系变得简单且突出,历史人物的形象也是脸谱化、刻板化的。这是一种被艺术化再造的历史,与历史真实之间存在很大距离,却成为大众知识结构相对稳定的组成部分。在知识积累之外,大众也有通过对历史人物、事件的判断以实现伦理批判的热情——讴歌正面道德典型,讽刺甚至鞭挞反面道德典型,尤其反复以忠、孝、节、义等伦理范畴为历史人物"贴标签",自觉或不自觉地通过文艺消费活动,参与到对儒家道德观的维护与传播过程中。当然,讲史文学说到底是一种通俗化的艺术形态,迎合市民大众的审美旨趣是关键。相较于历史真实,文学艺术中的历史被赋予了更多"传奇"色彩,事件被组织成委曲波折的情节,串联起一系列虚实结合的场景,人物的情态、言行也得到更生动的呈现,甚至细致刻画,这些在史传文学看来可能会妨害其真实性的叙述内容,恰恰构成了讲史文学的主体。

讲史话本是此一时期民间讲史文学的主要形态。

话本,就是说话的底本。这里的"话",应理解成"故事",说话就是讲故事的意思。这种用法,隋唐时期已经出现。如侯白《启颜录》中记载:

> 白在散官,隶属杨素。爱其能剧谈,每上番日,即令谈戏弄,或从旦至晚,始得归。才出省门,即逢素子玄感。乃云:"侯秀才,可以玄感说一个好话?"[①]

这里的"话"就是故事之义。又如元稹《酬翰林白学士代书一百韵》诗

① (隋)侯白著,董志翘笺注:《启颜录笺注》,北京:中华书局,2014年,第116页。

有"光阴听话移"一句，诗下自注曰："又尝于新昌宅，说一枝花话。"[①]这里的"话"也是故事之义。可以看到，讲故事是隋唐时期文士剧谈活动中的一个重要节目。而当时也出现了以此谋生的民间艺人，其表演被称作"市人小说"。如段成式《酉阳杂俎》续集卷四记载：

> 予太和末，因弟生日观杂戏。有市人小说，呼"扁鹊"作"褊鹊"，字上声。予令座客任道升正之。市人言："二十年前，尝于上都斋会设此，有一秀才甚赏某呼'扁'字与'褊'同声，云世人皆误。"予意其饰非，大笑之。[②]

可以看到，与文士剧谈活动的即兴性不同，民间艺人的说话表演已经有了"保留节目"，而且长演不衰。这些节目可能又反过来影响士人的说话，丰富其剧谈活动的丰富性、谐谑性。如《唐会要》卷四记载韦绶罢太子侍读之事：

> ……绶好谐戏，兼通人间小说。太子因侍上，或以绶所能言之。上谓宰臣曰："侍读者当以经术傅导太子，使知君臣父子之教。今或闻韦绶谈论，有异于是，岂所以傅导太子者？"因此罢其职。[③]

文中"人间小说"应作"民间小说"，因避太宗讳而改，其义与"市人小说"相通。韦绶当然不可能将民间说话当作正经内容来传授，应该是"课间休息"时的玩笑调剂，但在皇帝看来，这依旧很不严肃，毕竟场合不对。而一旦出现在娱乐场合，民间说话又是可以直接影响宫廷的。如郭湜《高力士外传》言：

> 太上皇移仗西内安置……每日上皇与高公亲看扫除庭院、艺莳草

① （清）彭定求等编：《全唐诗》第12册，北京：中华书局，1960年，第4520页。
② （唐）段成式：《酉阳杂俎》，北京：中华书局，2018年，第492页。
③ （宋）王溥：《唐会要》，北京：中华书局，1955年，第47页。

木。或讲经、论议、转变、说话，虽不近文律，终冀悦圣情。①

从文意看，应该是民间艺人被召入宫廷侍奉。由此也可以看出当时民间说话艺术的活力与影响力。

不过，同时也应当看到，隋唐时期的说话在"专门性"上还差一个层次：一方面，当时的说话还包含在"杂戏"表演中，不是严格意义上的专科艺术；另一方面，说话还没有专门的表演空间，多在宫廷、私宅中流动，缺乏为其提供相对固定的艺术场域的城市文化空间（寺庙是一个重要的城市文化空间，但主要是针对讲经、变文等艺术形式的）。这尤其不利于讲史类说话的发展。

讲史类说话的发展特别需要"专门性"。一方面，它要求说话人有一定的历史文化积淀，投入大量精力来记诵众多人物的事迹，以及事件之间的"时间—因果"关系，这离不开专门的学习与训练。另一方面，讲史类说话是长篇作品，不是短时间内可以讲完的。说话人会根据文本容量，将故事切成一段一段来讲，并注意在段落结尾处设下"钩子"，以吸引听众继续消费。这就更需要专门的表演空间，以保证艺术生产与消费的连贯性。

中唐以后，长安等大都会的市坊制就已开始松懈，出现"诸坊市街曲有侵街打墙、接檐造舍等"②现象，经历晚唐五代时期的战乱后，市坊已趋瓦解，即便宋初统治者有意在大都会推行市坊制，也很难彻底落实，"市井"这一新城市景观的出现，已然成为定局。纵横交错的街巷，以及鳞次栉比的临街门市，构成了宋元市民经济与文化生活的主要空间，而临街门市中大大小小的茶肆、酒楼，在提供餐饮服务的同时，也成为讲唱艺术借以搬演、传播的重要场所。各类讲唱艺人在此"作场"，说话人自然也在其中，更不乏讲说长篇故事的讲史艺人，如《夷坚志》支丁集卷四"班固入梦"条，记载吕德卿等人在嘉会门茶肆中见幅纸用绯贴尾，其上云："今晚讲说汉书。"③这则故事虽是志怪性质

① 李时人编校：《全唐五代小说》第 7 册，北京：中华书局，第 3674 页。
②（宋）王溥：《唐会要》，北京：中华书局，1955 年，第 1576 页。
③（宋）洪迈：《夷坚志》第 3 册，北京：中华书局，1981 年，第 991 页。

的，但其反映的市井生活情景却是真实的。

不止如此，在汴京、临安等大都会的城内外"折叠"空间中，又出现了一种专门的游艺场所——瓦子。瓦子又称瓦市、瓦舍、瓦肆。之所以称"瓦"，照《梦粱录》的说法，"谓其'来时瓦合，去时瓦解'之义，易聚易散也"[①]。可见这是一种开放性、自由式的城市空间，没有固定的土木建筑，其形成在于多种表演技艺及其他服务行业的商业聚集。

瓦子内用"勾栏"（栏杆）围出间隔区域，其中设"邀棚"（又称"游棚"），包括说话在内的各种技艺多于棚中表演，周围又有卖药、占卜、饮食店和杂货店等。汴京、临安等大都会内外的瓦子数量众多，规模不一。如《东京梦华录》记载汴京有新门瓦子、桑家瓦子、朱家桥瓦子、州西瓦子、保康门瓦子、州北瓦子等。其中，桑家瓦子的规模相当大，"其中大小勾栏五十余座"，包含莲花棚、牡丹棚、夜叉棚、象棚等著名邀棚，象棚已"可容数千人"。[②] 整个桑家瓦子的规模更可想而知。

这种专门性的游艺场所，无疑更有益于说话（尤其讲史）的发展。演艺业与服务业的商业聚集，保证了说话消费的门槛人口，勾栏围出的独立空间，既给说话艺术提供了专门的演艺平台，也为长篇分段叙述提供了"连续时空"。讲史艺人可以安心于勾栏中作场，将历代战争兴废之事从容道来。如《水浒传》第九十回有一段李逵在汴京桑家瓦子听《三国志平话》的情节：

……来到瓦子前，听的勾栏内锣响。李逵定要入去，燕青只得和他挨在人丛里，听得上面说评话，正说《三国志》。[③]

可见"说三分"在宋元时期已经颇受欢迎，成为瓦肆勾栏里的重要节目。有的勾栏甚至以"专说史书"而闻名，如《西湖老人繁胜录》所言：

① （宋）吴自牧：《梦粱录》，北京：中国商业出版社，1982年，第166页。
② （宋）孟元老：《东京梦华录》，北京：中国商业出版社，1982年，第15页。
③ （明）施耐庵、罗贯中：《水浒传：李卓吾评本》，上海：上海古籍出版社，1988年，第1318页。

……惟北瓦大，有勾栏一十三座。常是两座勾栏，专说史书，乔万卷、许贡士、张解元。①

　　这十三座勾栏不是专门用于说话的，当然还包含杂剧、傀儡戏、影戏、诸宫调等多种技艺，而其中竟有两座勾栏专用于讲史说话，足见其市场占有率之高。同时应当注意到，一些以讲史而著称的专门艺人被记录下来，《梦粱录》《西湖老人繁胜录》《武林旧事》等城市笔记也记录了许多讲史艺人，②可见其影响力之大。这些讲史艺人大都博古通今，技艺高超，不仅在民间受欢迎，甚至得以供奉御前，如《梦粱录》记载的王六大夫：

　　又有王六大夫，元系御前供话，为幕士请给讲，诸史俱通。③

　　又如明人李日华《紫桃轩又缀》卷一提到的南宋艺人王防御，也以讲史著称，供奉御前，时人称其"天下鸿儒有不如""贯穿千古五车书"。④这里当然不免夸张成分。无论如何，讲史艺人的知识是不能与真正的饱学之士比较的。虽然以"大夫""防御"等称之，多是抬高其身价的雅号，包括"周进士""张解元""许贡生"等，也不意味着他们身具功名，只是艺名。他们算不上知识分子，充其量是市井中的"知道分子"，有一定历史知识储备，记忆、消化的历史故事较多，又能以极高的叙述能力将之组织、表述出来而已，但在市民大众眼中，这些"知道分子"已经是博古通今者了。而他们实际上也确实承担起向中下层社会普及历史知识的文化责任，尽管许多历史知识是扭曲变形甚至错误的，但直至今日，充斥于公共传播领域的各种"知识"，其实依旧是这种水准和形态的。

---

① （宋）西湖老人：《西湖老人繁胜录》，北京：中国商业出版社，1982年，第11页。
② 胡士莹：《话本小说概论》，北京：中华书局，1980年，第63—65页。
③ （宋）吴自牧：《梦粱录》，北京：中国商业出版社，1982年，第181页。
④ （明）李日华：《紫桃轩又缀》，南京：凤凰出版社，2010年，第335页。

同时需要注意到，正如徐大军所指出的，在当时的各级各类公私机构里，存在"严肃高雅的学堂历史宣讲"活动，[①] 其宣讲者应是各级学官或身具功名而博通史书者，宣讲方式应是比较严格地据《资治通鉴》等史书敷演人物、事迹。这种严肃的宣讲活动，上至堂皇的宫廷经筵讲读，下及宗室诸王、文武百官，以至各级官学、家学。统治者的率先垂范和积极引领，以及精英阶层的热情参与，使得以科普为主要目的的讲史之风在社会各阶层、各领域蔓延开来，进而下沉至市民社会。瓦舍中的"讲史"技艺虽不可与经筵讲史等相比，却有相通之处：一方面，二者都以传播知识和道德宣教为目的。经筵讲史的目的是官方教化，如咸平五年（1002）正月，宋真宗在听邢昺讲说《左氏春秋》之后，即诏令辅臣："南北宅将军而下，各选纯儒，授以经义，庶其知三纲五常之道也。"[②] 教化意图表达得很明确。瓦舍讲史虽没有那么严肃高雅，但道德宣教仍是主要目的，所谓"曰忠曰孝，贯穿经史于稠人广（座）中，亦可以敦励薄俗"[③]。另一方面，经筵讲史也是注意通俗性的，如宋仁宗庆历年间，何涉随征元昊，"虽在军中，亦尝为诸将讲《左氏春秋》，狄青之徒皆横经以听"[④]。既是给武人讲《左传》，则不可太学究，而应注重故事性、通俗性。瓦舍讲史则在通俗性方面走得更远，结合市民的知识结构和审美趣味，将史书内容敷演得更简单明白，也更生动有趣。这种商业化、娱乐化的讲史活动，自然不可与经筵讲史相比，但在市民大众心目中，却可与之相比附、比拟，所以才将官职、功名加诸讲史艺人（"小说"等家数的艺人则无此待遇），由此可见"讲史"一门高度成熟的文化背景——官方与民间、精英与大众之间的思想会通与文化互动。

　　更值得注意的是，此一时期还出现了以讲史著称的女性说话人，如《武林旧事》所载张小娘子、宋小娘子、陈小娘子（前二者复见于《梦粱录》）。杨维桢《东维子文集》卷六《送朱女士桂英演史序》也提到以上三位，又特别介

① 徐大军：《宋元通俗叙事文体演成论稿》，上海：上海古籍出版社，2020 年，第 126 页。
② （宋）李焘：《续资治通鉴长编》，北京：中华书局，2004 年，第 1112 页。
③ （元）杨维桢：《东维子文集》卷六，四部丛刊本，第 12 页。
④ （元）脱脱等：《宋史》，北京：中华书局，1985 年，第 12843 页。

绍了朱桂英这位在元代颇具造诣的女艺人，称其"善记稗官小说，演史于三国、五季"，说明当时最受欢迎的"说三分""说五代史"等科目，朱氏都很擅长，而其历史文化修养较高，所谓"腹笥有文史"，艺术风格则无"烟花脂粉"气，故而受到文士阶层肯定。又王恽《鹧鸪引赠驭说高秀英词》中有"由汉魏，到隋唐，谁教若辈管兴亡"一句，说明高氏也是善于讲史者。这些女性艺人的参与，也从一个侧面说明讲史在当时的高度成熟。

那么，讲史说话究竟是怎样一种艺术呢？

从内容看，应是据史传文敷演，即讲说史书。这类说话在当时本就称"讲史书"，如《梦粱录》言："讲史书者，谓讲说《通鉴》、汉、唐历代书史文传、兴废争战之事。"① 当然，这里的"讲说《通鉴》"，未必是据《资治通鉴》等史著原典敷演，而可能经过"书会先生"的"转译"。"书会"是当时为说话、杂剧、影戏等技艺提供脚本的"打本者"行会组织。其成员一般称"书会先生"，又称"才人"。"书会先生"的人员构成比较复杂，以市井文人为主体，又包括一些低级官吏、医生、术士、商人，以及较有才学和讲唱经验的艺人。② 作为成员主体的市井文人，并不属于精英知识分子。宋代印刷技术进一步发展，成本降低，加之书坊业的蓬勃发展，书籍的传播率更高。同时，科举改革和文人官僚系统扩编，给文士阶层提供了更多晋身机会。由此，社会人口中的"读书人"大增。但科举毕竟是选拔性考试，虽然岗位与机会增多，总有被淘汰下来的一部分人。既不能进入仕途，混迹于市井总要有糊口的手段，结合自身的文史修养和艺术经验，为文学造诣较低的讲唱艺人"打本子"，便成为这类失意落拓者治生的途径。宋元时期通俗文艺之所以能够在艺术上大幅提高，与这类人物的积极参与密不可分。从讲史一门来说，书会先生多有史书阅读经验，比较熟悉《资治通鉴》等原典，能将其组织成简单明晰的故事流程，并提取要素，为说话人提供"蓝本"。

这些"蓝本"便是讲史说话人进行艺术发挥的主要依据，而"蓝本"中的

---

① （宋）吴自牧：《梦粱录》，北京：中国商业出版社，1982年，第181页。
② 胡士莹：《话本小说概论》，北京：中华书局，1980年，第65页。

要素便是王朝兴替与征战杀伐。从其涵盖的历史区间看，讲史说话涉及的时间范畴也很广，如《醉翁谈录》所说：

> 讲历代年载废兴，记岁月英雄文武……也说黄巢拨乱天下，也说赵正激恼京师。说征战有刘项争雄，论机谋有孙庞斗智。新话说张、韩、刘、岳，史书讲晋、宋、齐、梁。三国志诸葛亮雄才；收西夏说狄青大略。说国贼怀奸从佞，遣愚夫等辈生嗔；说忠臣负屈衔冤，铁心肠也须下泪。①

可见，从上古以至宋朝当代，都在讲史敷演的范围内。更进一步看，"蓝本"的核心要素是"人"，即敷演历史典型人物的事迹，尤其将之放在矛盾冲突中进行比较，讴歌忠正、勇武、智慧，鞭挞奸佞逸邪，无怪乎讲史在当时广受欢迎——这种"伦理叙事"本就很容易调动受众情绪。而对宋元不同时期的受众来说，"兴废争战之事"又可以满足其特定的消费欲求。北宋前期，承平日久，人物繁阜，社会安定，所谓"垂髫之童，但习歌舞，班白之老，不识干戈"②，离乱纷争已然远去，与北方少数民族政权的冲突得到缓和，市民大都未亲历过战争。"战争"只是一种历史形象，进入文艺"生产—消费"活动，成为一种文艺形象，为太平岁月中的市井民众提供一种"补偿性满足"或"替代性满足"，满足其对战争岁月的好奇（这与今人热衷于"古装剧"有相通之处），北宋后期烽烟再起，民族矛盾加剧，以至北方沦陷，汉民族政权偏安一隅，统治者却不思"克复神州"，面对北方少数民族政权持续的军事压力，表现得消极疲软，最终由少数民族政权一统华夏。对遭受黍离之苦的广大民众而言，"战争"不再是历史形象，而是真切的历史经验。民众渴望和平，呼唤英雄，希望出现忠正、勇武、智慧的人物，却得不到长期满足，只得从文艺消费中寻求慰藉，讲史类说话也就具有了更为深刻的现实意义。这也是"讲史"一

---

① （宋）罗烨：《醉翁谈录》，上海：古典文学出版社，1957年，第3—5页。
② （宋）孟元老：《东京梦华录》，北京：中国商业出版社，1982年，第1页。

门能够在说话各家中始终保持高市场占有率的一个更为直接的原因。

至于讲史说话的体式，其真正落实于场上的形态，已难确考（相关记载大抵经过文士目光的过滤，涉及内容也多是对艺术效果的描述，而非对表演流程的介绍和说明），只能从其底本——话本中窥察大概（毕竟，底本与场上形态还有相当距离，底本只是提供故事提纲或叙述提示，许多生动的叙述内容，需要说话人在场上表演时进行填充和延展）。而宋刊讲史的底本目前尚未发现，硕果仅存的是残缺不全的元代刊本，其代表是《五代史平话》和"全相平话五种"。

《五代史平话》叙后梁、后唐、后晋、后汉、后周历史。原为十卷，元刊本仅存八卷，即《新编五代梁史平话》上卷、《新编五代唐史平话》上下卷、《新编五代晋史平话》上下卷、《新编五代汉史平话》上卷、《新编五代周史平话》上下卷。存卷本文中残缺的部分也很多。

"全相平话五种"是现存元代建安虞氏于至治（1321—1323）年间刊刻的五种讲史话本的合称。包括《武王伐纣书》（又题《吕望兴周》）三卷、《乐毅图齐七国春秋》后集三卷、《秦并六国》（又题《秦始皇传》）三卷、《前汉书》续集（又题《吕后斩韩信》）三卷、《三国志》三卷。据题名看，《乐毅图齐七国春秋》应有"前集"，《前汉书》应有"正集"，目前尚未发现。这五种书叙述内容连贯，自春秋战国以迄秦汉三国，正是"讲说通鉴"逻辑，而其版式相同，应是一套书。这里的"全相"是一种"上图下文"的插图形式。每页配有插图（即所谓"全"），与情节焦点相对应（即所谓"像"或"相"）。

这些元刊本子皆称"平话"。"平话"一词不见于宋代文献资料，应是元代人对讲史话本的一种习惯性称呼。这不仅是一种称呼的改变，也意味着文本性质的改变。宋代的讲史说话应该主要还留存于口头、落实于场上，元代的讲史说话则可以落实到案头，"既是说话底本又是文学读物"[1]，作为一种进入流通渠道的文学商品，其文本中可能已经羼入为适应案头阅读而进行的调整和再加工，但作为硕果仅存的原始文献，我们也只能据其窥探宋元讲史说话的一般体

---

[1] 胡士莹：《话本小说概论》，北京：中华书局，1980年，第167页。

制。从文本结构看，主要包括题目、篇首、入话、正话、篇尾五部分。

首先是"题目"。作为说话人的底本，"题目"只起到区别底本的作用，而在场上表演中，"题目"则可以作为延揽听众的"招子"，以尽可能醒目的方式"广而告之"，聚集对该节目感兴趣的受众。落实为案头读物，"题目"一样具有广告功能（书坊还会为其加上更多商业化噱头，如"新刊""新编"等），同时为读者提供直接的内容提示。讲史话本的"题目"大都中规中矩，以所述历史区间为关键词，有时特别强调所据史传文，如《三国志平话》不略"志"字，即有标榜"谨按史书"的意思。也可以突出主要历史人物的事迹，以主谓结构为题，如"武王伐纣""吕望兴周""乐毅图齐"等，但总体上不如小说话本那般灵活多样。

其次是"篇首"，即所谓"定场诗"，它"通常都以一首诗（或词）或一诗一词为开头"，其作用是"点明主题，概括全篇大意；也可以是造成意境，烘托特定的情绪"。[①]也就是说，篇首是开场的标志。从其开始，舞台（及其所辐射的视听接受空间）由一般意义上的物理时空进入艺术时空，诗（词）内容不仅能够帮助听众了解节目主题和梗概，也可以将其带入特定的艺术氛围。如《新编五代梁史平话》开篇即"诗曰"：

龙争虎战几春秋，五代梁唐晋汉周。

兴废风灯明灭里，易君变国若传邮。[②]

简单四句诗，说话人尽可能引导听众进入五代更替的特定历史时空，感受当时政权割据、国祚不永的时代特征。而第二句也有一定"广告"作用，说明其节目的系列性，以吸引长期听众。

对讲史说话而言，定场诗还有自我标榜的作用，即强调其"讲史书"的"科普人"身份。如前所说，瓦肆讲史虽不及经筵讲史，在市井大众心目中却

①　胡士莹：《话本小说概论》，北京：中华书局，1980年，第135页。
②　阙名：《新编五代史平话》，上海：古典文学出版社，1957年，第3页。

有较高文化地位，说话人多有官职或功名的雅号。在带领听众进入讲史"堂皇"的艺术氛围的同时，借定场诗确立自己不同于"小说"等家艺人的"高级人设"，也很有必要。如《秦并六国》定场诗：

> 世代茫茫几聚尘，闲将《史记》细铺陈。
>
> 便教五伯多权变，怎似三王尚义仁。
>
> 六国纵横易冰炭，孤秦兴仆等云轮。
>
> 秦并六代不能鉴，且使来今复鉴秦。[①]

这里，说话人不仅试图将听众带入"世代茫茫"的上古历史氛围，也强调自己的历史修养，所谓"闲将《史记》细铺陈"，即据正史敷演故事（当然，其可信度是有限的），同时标榜其引导大众以史为鉴的宣教者形象，将自己与"小说"等家艺人区别开来——后者主要是宣传市井道德和娱乐大众。

接下来是"入话"。何谓"入话"？即"在篇首的诗（或词）或连用几首诗词之后，加以解释，然后引入正话"[②]。为什么要有"入话"呢？这与说话的场上表演传统有关。

勾栏瓦肆是开放性的演艺场所，听众的流通性较大，入场时间不能保证严格一致。即便"定场诗"宣布表演开始，场面其实"定"不下来，换句话说，表演还没有正式开始。说话人一面要"维持现场"，稳住业已入场的听众，使其做好听书准备（即便做不到"疏瀹五脏，澡雪精神"，起码也要肃静下来），一面又要尽可能地拖延时间，以吸引、等待尚未进场的听众。东拉西扯是不合适的，总要与节目主题相关，借着"定场诗"的话头，再敷演出一篇议论、说明，是一种方便而有效的操作。

不过，"入话"部分在现存元刊讲史平话中体现得并不明显。无论《新编五代史平话》，还是"全相平话五种"，现存十部平话，在"篇首"之后，均直

---

① 钟兆华：《元刊全相平话五种校注》，成都：巴蜀书社，1990年，第176页。

② 胡士莹：《话本小说概论》，北京：中华书局，1980年，第136页。

接进入"正话"。如《武王伐纣书》即在"篇首"后直接开讲：

> 话说殷汤王姓子，名履，字天乙，谥法除虐去残曰汤。是契十四
> 世孙主癸之子，以伊尹相汤伐桀，三让而践天子之位……①

中间没有任何过渡。但一些明刊讲史题材本子，又是有"入话"的。如《大唐秦王词话》在"篇首"后接入一段：

> 这几句单表今古帝王相传之统。周秦休说，汉晋不题。按史实
> 录，表一部唐秦王建国的故事。词话中褒善贬恶，贤否阐扬自词人。
> 崇正逐邪，是非流传于今日。②

这就是标准的"入话"了。而明金陵王氏洛川校正重刊本《大宋宣和遗事》在"篇首"之后，接入一段90余字的"入话"，讨论"治乱两途，不出阴阳一理"③的叙述主旨，然后才进入"正话"。

这些明刊讲史类说唱本子所依据的故事，应该在宋元时期已经形成，但其反映的艺术体制，是否宋元讲史话本所有，值得怀疑（其中可能有明代"书林"出于总结、完善前代艺术体制意图而进行的二次加工）。起码，从元刊讲史话本的文献实际来看，标明"平话"的作品是不强调"入话"的，这与小说话本形成明显区别——后者比较依赖"入话"部分（详见下节）。

再就是"正话"，它是叙述的主体。

从文字风貌看，现存元刊讲史话本的"正话"部分以散语为绝对主体，即所谓"平话"（"平"的一种理解，就是只说不唱④）。散语中又适当穿插韵语，

---

① 钟兆华：《元刊全相平话五种校注》，成都：巴蜀书社，1990年，第1页。
② （明）澹圃主人：《大唐秦王词话》，碧蕖馆藏明刊本，上海：上海古籍出版社，1994年，第3页。
③ （宋）阙名：《新刊大宋宣和遗事》，上海：古典文学出版社，1954年，第1页。
④ 浦江清：《浦江清文录》，北京：人民文学出版社，1989年，第207页。

包括诗、词、骈文、对句等。穿插韵语时，多有"诗曰""正是""有诗为证"等文本标识。对于读者而言，这些文本标识似乎是多余的，充其量有协调语言节奏的功能，对说话人而言则十分重要——提示此处应当插入韵语。而其插入的韵语，有较强的描写、评论功能。可以用来描写环境、形象，也可以对人物、事件进行评论。在讲史话本中，韵语的评论功能更为明显，主要人物、事件后往往以韵语进行总结性评价。如《秦并六国》在叙述吕不韦服毒自尽后，插入韵语："文信侯臣吕不韦，始皇国后恣奸淫。朝廷不赐诛淫法，故使渠人饮鸩亡。"[①]算是对该叙事段落的收束，同时明确地表达了叙述者的态度。

有时韵语也可参与叙事。如《秦并六国》叙王翦攻韩一段：

……始皇依奏，赐王翦为招讨，攻韩邦。次早，演武殿交兵二十万人马。

诗曰：

忙点三军亲起发，当时赏赐与诸军。

取出衣甲器械，分俵散与诸军，会使枪底枪在手，能射弓者弓便射。兵将一齐离了京兆府，奔往韩邦。[②]

这里，韵语就是与散语相叠合的叙述语言，虽然从案头阅读看略显多余，但在舒缓语气、协调节奏方面，还是有积极作用的。

另外，韵语也可以成为人物话语。如《武王伐纣书》叙磻溪垂钓一段：

却说姜尚在磻溪岸上，手持钓钩，自叹曰："吾今老矣，年已八十，未佐明君。非钓鱼，只钓贤君。"自叹咏一首。

诗曰：

吾今未遇被妻休，渭水河边执钓钩。

---

① 钟兆华：《元刊全相平话五种校注》，成都：巴蜀社，1990年，第189页。
② 钟兆华：《元刊全相平话五种校注》，成都：巴蜀书社，1990年，第189页。

只钓明君兴社稷，终须时至作王侯。

姜尚叹息罢，忽见正北一道气色甚好……①

这种代言体韵语，对刻画人物情态是有一定帮助的。

当然，就艺术品位而言，这些韵语多如今之"打油诗"，与文人诗词比较起来，谈不上什么水准，但它们丰富了叙述的形式，增强了文本的表现力，成为中国古代白话叙事的一种传统，后来的文人作者在继承该传统的同时，又进一步提高韵语自身的文学品位，及其与叙述结构的紧密程度（如《红楼梦》中宝、黛初见的《西江月》词、黛玉之《葬花词》、宝钗之《咏蟹》诗等），使其成为中国古代白话小说颇具民族艺术特色的一种文体特质。

同时，这些韵语也能体现出说话人的记诵能力和文化艺术涵养，所谓"论才词有欧、苏、黄、陈佳句，说古诗是李、杜、韩、柳篇章"②。话本中插入的韵语有很多是现成古诗词，需要说话人勤于记诵。即便有一些出自书会才人之手，算不上名篇佳句，放在勾栏瓦舍的文化场域中看，也已经是比较有"含金量"的了。

从叙述形态看，讲史话本是分段的，这为后来章回小说的分段叙述提供了直接的艺术经验。讲史话本的小段落往往有一些类似小标题的短语，如《乐毅图齐七国春秋》中就有"孟子至齐""孙子回朝""邹坚立齐潜王""孙子诈死""四国困齐""四国回兵""乐毅下山""燕国筑黄金台招贤""燕王拜乐毅为帅伐齐"等。严格说来，这些短语还不是真正的标题，而更像提示语，即"划重点"，用以提醒说话人相关段落的核心内容——短语多是主谓结构，能够直观、清楚地反映出主要人物与核心事件。但在其由场上向案头转化，即由说话人所用底本向市民所用读本转变的过程中，提示语被保留下来，具有了标题意义。在底本中，这些提示语可能是被说话人特意圈勾出来的，以更加醒目。书坊出版时对其进行保留，刻工又采用"阴文"形式，使其更加突出（叙述文

---

① 钟兆华：《元刊全相平话五种校注》，成都：巴蜀书社，1990 年，第 58 页。
② （宋）罗烨：《醉翁谈录》，上海：古典文学出版社，1957 年，第 3 页。

字皆用"阳文")。这可能是一种不明就里的行为，即不理解（或误解）圈勾标识的原始用意，但在读者看来，就很像小标题，也直接影响了后来章回小说的回目。

最后是"篇尾"。"篇尾"不是故事的结尾，结尾是叙述的结局，是"正话"的组成部分，与开头相呼应，使整段叙述成为一个闭环结构。"篇尾"则是叙述之外的一个文体构件，是整个说话的煞尾，与"篇首"形成呼应，使整段说话成为一个闭环结构。它经常是一首诗（词），对"正话"的叙述加以概括，也含有评价，如《乐毅图齐七国春秋》最后以七言诗收煞："齐国功成定太平，诸邦将士各还京。纵横斗智乐、孙辈，青史昭垂万世名。"① 这正与"篇首"七言诗"战国诸侯号七雄，干戈终日互相攻。燕邦乐毅齐孙膑，谋略纵横七国中"② 形成对应，并进一步升华了主题。

从艺术品位看，宋元讲史话本的叙述是完全迎合市民大众的审美趣味与消费期待的，首先将错综复杂的历史事件"简化"（或曰"线条化"），组织、归束成一条简单明晰的线索，突出关键事件之间的"时间—因果"关系，同时突出关键人物（主要还是市民所熟悉的人物）的行动，使其成为"历史的中心"。这其实就是一种典型的文学化"历史叙述"。

尽管情节线索比较单薄，但讲史话本集中笔墨呈现生动的场景，又使得整个叙述显得比较丰盈。这些场景有大量虚构成分。有的在正史中仅有只言片语的记录，经说话人想象发挥后，不仅拉长了篇幅，还显得张弛有度，也能从中体现人物性格。比如《三国志平话》中"三谒诸葛"一段。原本在《三国志·蜀书·诸葛亮传》中只有简短记录："由是先主遂诣亮，凡三往，乃见。"③ 到了平话中则成为"先主一年四季三往茅庐谒卧龙，不得相见"，首先拉长了故事时间（即"底本时间"），又生动呈现了最后诸葛亮出面与刘备相见的场景，从而拉长了话语时间（即"述本时间"）：

---

① 钟兆华：《元刊全相平话五种校注》，成都：巴蜀书社，1990年，第170页。

② 钟兆华：《元刊全相平话五种校注》，成都：巴蜀书社，1990年，第98页。

③（晋）陈寿著，（南朝宋）裴松之注：《三国志》第4册，北京：中华书局，1982年，第913页。

……先主志心不二，复至茅庐。先主并关、张二弟，引众军于庵前下马，亦不敢唤问。须史，一道童至，先主问曰："师父有无？"道童曰："师父正看文书。"先主并关、张直入道院，至茅庐前施礼。诸葛贪顾其书。张飞怒曰："我兄是汉朝十七代中山靖王刘胜之后，今折腰茅庵之前，故慢我兄。"云长振威而喝之。诸葛举目视之，出庵相见。[①]

这显然是一个大众想象中的"礼贤下士"场景，是其所期待或乐于接受的"历史现场"，有必要的戏剧冲突，最后是君臣遇合的完满结果。而刘、关、张弟兄三人的性格差异，也得到比较生动的呈现。后来《三国志演义》在此基础上进一步敷演，形成艺术虚构的典范，而平话的草创之功是不可埋没的。

有的情节则是于史无征的，大众却乐见其有。如诸葛亮借东风，就是民间杜撰，这违背历史实迹，市民却喜欢看到一个充满神异色彩的诸葛亮，即话本所描述的"呼风唤雨，撒豆成兵，挥剑成河"的神仙诸葛亮。"借东风"段落里，诸葛亮自我标榜：

有天地，三人而会祭风：第一个轩辕皇帝，拜风后为师，使风降了蚩尤。又闻舜帝拜皋陶为师，使风困三苗。亮引收图文，至日助东南风一阵。[②]

俨然江湖术士声口。鲁迅先生评价《三国志演义》"状诸葛之多智而近妖"[③]，其实罗贯中已然是"收着写"了，若论"近妖"，宋元平话才是本色当行。而这种刻板化、庸俗化的人物形象，恰恰是大众所理解和乐于接受的历史

---

① 钟兆华：《元刊全相平话五种校注》，成都：巴蜀书社，1990年，第426页。
② 钟兆华：《元刊全相平话五种校注》，成都：巴蜀书社，1990年，第436页。
③ 鲁迅：《中国小说史略》，北京：商务印书馆，2017年，第121页。

形象。

在语言上，宋元讲史话本一方面注重保持其有别于"小说"等家数的审美品质和文化特质，一方面也尽可能迎合市井大众趣味，使语言明白晓畅。尽管不可与经筵讲史相提并论，但在市井大众层面，瓦舍讲史与各级社会组织的讲史活动存在文化联系，与"小说"等家数不同；讲史艺人多有官职与功名的雅号，自我文化身份认知也与纯粹的"小说人"有差异。同时，讲史需要在场上营造一种经过岁月洗练的历史氛围。这都要求讲史的语言不可一味俚俗。但市井大众的知识结构毕竟有限，文化格调的平均值也不高（况且，从商业传播的角度看，还有就低不就高的趋势），讲史的语言不能太过文雅，要尽可能通俗，使听众（需要注意：诉诸听觉的传播方式，也会对语言的通俗性提出一定要求）得以顺利接受故事、还原场景、理解人物。如此一来，讲史话本的语言，无论叙述语言，还是人物语言，都显得"半文不白"，即在"雅"与"俗"之间寻求平衡，并尽量倾向于后者。如《乐毅图齐七国春秋》中的一段：

> 次日，邹坚宣传，先皇晏驾，立太子田才为帝，号湣王，行大赦。孙子奏曰："既先君丧，合诏六国赠孝。"湣王自思，恐众君王问罪，按诏而不行。又纳国姑为妃，国姨为后。酒色荒泆，不治国事已久。有日，苏代上谏曰："臣闻君王之道，昭如日月，普照万民。大王不可纳国姑为妃、国姨为后。况内疏骨肉，外失邦国；荒淫过度，事变祸成。愿大王改过从正，反道去惑，则臣之万幸。"王不听。孙子又谏曰："昔商纣王惑于妲己，而致邦国之灭；幽王淫于褒姒，而取一身之亡。望大王改邪归正，就有道而去无道，则邦国之幸。"帝不从谏，大怒骂曰："有您，江山如此；无您，亦如故。"喝令武士推转孙子。①

这就是典型的讲史说话"声口"——既不同于史传记述，又有别于日常言

---

① 钟兆华：《元刊全相平话五种校注》，成都：巴蜀书社，1990 年，第 104 页。

语。无论叙述语言，还是人物语言，都保留了大量案头文言的语汇，却组织进一个以白话语法为主体结构的会话框架内。尤其人物语言，既不可能出现在史传文里，又迥异于日常口语，看上去有点"不伦不类"。但这种"不伦不类"的会话，恰恰符合讲史话本的艺术气质，构造出一种迎合受众审美期待的艺术真实。

同时，半文不白的语言也便于说话人在叙述过程中插入历史文献。比如同卷下文，叙述者收束"燕国筑黄金台招贤"段落时，插入徐景山《黄金台赋》。客观上讲，这篇赋的艺术品位有限，但毕竟属于文人作品。如果讲史话本的叙述语言是一味俚俗的，插入这些文献时就会显得格格不入，破坏整体艺术风貌。而讲史话本的"文备众体"，主要在于穿插大量历史文献，以帮助实现评论、说明等叙述干预，同时显示说话人的博闻强记，这成为此家数稳定的艺术传统。后世的历史演义小说，无论出自罗贯中等大手笔者，还是如熊大木等一流商业炮制者，都注重历史文献的引用，当然也需要继承这种半文不白的语言风格。罗贯中更基于其文化格调与艺术力度，在"雅"与"俗"之间找到完美平衡点，生成一种"文不甚深，言不甚俗"的历史演义典范语言风貌，而其发端则在于宋元讲史。

# 第二节　小说类话本

在当时的艺术市场上，能够对讲史形成巨大冲击的是"小说"一家。《都城纪胜》在介绍说话家数时，言："最畏小说人，盖小说者能以一朝一代故事，顷刻间提破。"[1]《梦粱录》也有类似表述，"提破"作"捏合"[2]。这里指出了小说一门最突出的优势特征——篇幅短小。与长篇大套的讲史书不同，小说仅敷

---

① （宋）灌圃耐得翁：《都城纪胜》，北京：中国商业出版社，1982年，第11页。
② （宋）吴自牧：《梦粱录》，北京：中国商业出版社，1982年，第181页。

演独立的小故事，在较短时长内即可完成，更符合市井大众"快餐式"文艺消费的需要。当然，这不是唯一原因。"小说"之所以广受欢迎，起码还有三个突出的原因：一是形式丰富，二是题材多样，三是贴近市民。

小说，又名"银字儿"。所谓"银字儿"，指一种管乐器，用以伴奏。这说明小说人的表演是"说"与"唱"相结合的，如孙楷第先生所说："既以银字儿命名，必与音乐有关。大概说唱时以银字管和之。银字以外也许还有其他乐器，可惜现在不能详考。"[1]这在现存的小说家文本中是可以找到证据的。如《刎颈鸳鸯会》就是由"说"与"唱"的交叠叙述构成的，且"说"与"唱"的衔接处，多有"奉劳歌伴"云云的提示语：

> ……且说朱秉中因见其夫不在，乘机去这妇人家贺节。留饮了三五杯，意欲做些暗昧之事，奈何往来之人，应接不暇，取便约在灯宵相会。秉中领教而去。撚指间，又届十三试灯之夕。于是：
>
> 户户鸣锣击鼓，家家品竹弹丝。游人队队踏歌声，仕女翩翩垂舞袖。鳌山彩结，嵬峨百尺矗晴空；凤篆香浓，缥缈千层笼绮陌。闲庭内外，溶溶宝烛光辉；杰阁高低，烁烁华灯照耀。
>
> 奉劳歌伴，再和前声：
>
> 奏箫韶，一派鸣；绽池莲，万朵开。看六街三市闹攘攘，笑声高满城春似海。期人在灯前相待，几回家又恐燕莺猜。[2]

这里既有韵散结合的"说"，又有辅以伴奏（"歌伴"既可理解成乐器伴奏，也可能存在和声配唱）的"唱"，表现形式比较丰富。而讲史书以说为主（当时女性讲史书者的表演，或有唱的成分，但尚未发现直接证据[3]），尤其"平话"，是只说不唱的，仅在散文叙述中插入诗、词，主要又是用以评论、说

---

① 孙楷第：《宋朝说话人的家数问题》，《学文杂志》1930 年创刊号。

② 程毅中：《宋元小说家话本集》，济南：齐鲁书社，2000 年，第 470 页。

③ 刘勇强：《中国古代小说史叙论》，北京：北京大学出版社，2007 年，第 179 页。

明的，比较起来就显得单调一些。

同时，小说的题材也十分广泛，《宝文堂书目》著录颇多作品，据罗烨《醉翁谈录·舌耕叙引》，结合其他城市笔记的记载，可分为灵怪、烟粉、传奇、公案、朴刀杆棒、神仙妖术等类。

灵怪类，主要是志怪题材的作品，如《崔智韬》《水月仙》《大槐王》《人虎传》等作品。这些作品大都取材自前代传奇、志怪，也可能借鉴了同时期其他文艺形式中的同题材作品。比如《崔智韬》，应该讲述的是崔韬遇虎女的故事。本事见薛用弱《集异记》，《太平广记》卷四三三引，题为《崔韬》。宋官本杂剧有《崔智韬艾虎儿》，又有金人诸宫调《崔韬逢雌虎》，以及元人杂剧《人头峰崔生盗虎皮》等。可见该故事在当时之流行。灵怪类小说在当时也广受市民欢迎，如《梦粱录》卷十六"茶肆"条记载当时中瓦内有一"王妈妈家茶肆"，又名"一窟鬼茶坊"，[①]《鬼董》卷四亦载其事。而《西山一窟鬼》正是当时著名的灵怪类说话节目。又如保佑坊北朱骷髅茶坊，店名也有很强的"灵怪"色彩。这些茶坊可能是当时专演（或主打）灵怪类节目的"主题"店面。

烟粉类，主要讲述人鬼（妖）恋爱故事，如《灰骨匣》《呼猿洞》《燕子楼》《错还魂》《杨舜俞》《钱塘佳梦》等。上一章里我们已经说过，唐传奇即喜好敷演人与"异类"的恋爱故事。至于宋元时期，这类题材依旧流行。如《杨舜俞》应该讲述杨舜俞与女鬼越娘故事。刘斧《青琐高议》别集卷三有《越娘记》，宋官本杂剧有《越娘道人欢》，又有元代尚仲贤《凤凰坡越娘背灯》杂剧，可见该题材故事在当时场上传播中的影响力。

传奇类，主要讲述人间婚恋故事，如《莺莺传》《王魁负心》《章台柳》《卓文君》《李亚仙》《崔护觅水》等。这类故事一直是通俗文学市场的主力。需要注意的是，这类题材的作品并不都是浪漫的"爱情童话"，也有具有极强现实意义的"婚姻悲剧"。如《王魁负心》讲述的就是"痴心女子负心汉"的故事，当时颇为流行，其本事见张邦几《侍儿小名录拾遗》，曾慥《类说》卷三四引，注出《摭遗》。《醉翁谈录》辛集第二卷"负约"类有《王魁负约桂英

---

① （宋）吴自牧：《梦粱录》，北京：中国商业出版社，1982年，第130页。

死报》，宋官本杂剧有《王魁三乡题》，尚仲贤有《海神庙王魁负桂英》杂剧。可以说，传奇类说话不仅满足了市民对于唯美爱情的想象，也表达出其对于现实婚姻悲剧的感知、理解甚至思考。

公案类，主要讲述刑狱断案故事，如《石头孙立》《三现身》《大朝国寺》《圣手二郎》等。这是宋元时期流行起来的新题材。灵怪、烟粉、传奇题材在前代志怪、传奇小说中，皆可见对应的名篇佳作，真正意义的公案小说却很难看到，正如萧相恺先生所说："直到唐代，在较有名气的传奇之中，我们还看不到一篇真正的公案小说。"① 或以为，宋元时期公案题材的流行，与当时吏治腐败、司法不公的社会现实有密切关系。② 这固然是成立的。然而，在漫长的封建社会，吏治腐败、司法不公的情况并非个例，也不是阶段性的，历朝历代皆有。为何宋元时期会成为通俗文学的一个主要题材，应该与文本经验的积累，以及市民大众在公共生活中的参与度有关。五代以后，产生了《疑狱集》《折狱龟鉴》等作品，这类文本主要是为司法实践提供经验参照，虽然缺乏文学性，却提供了丰富的"故事"，为后来的文学想象和场上演绎提供了附丽的依据。而市民阶层兴起后，逐渐成为社会公共生活的主力，饮食起居、婚丧嫁娶、医疗卫生、交通旅宿、借贷贸易等各种活动中，往往伴随着频繁而复杂的司法关系，虽然大都是"鸡毛蒜皮"之事，没有多少传奇性可言，却保证了市民对于司法事项的关注度，一些具有轰动效应的现实案例，更能引起市民广泛关注，其发案情节、断案过程、处置结果等，都会成为聚焦点，再经"街谈巷语，道听途说"的演绎、生发，便会成为离奇曲折的通俗故事。

朴刀杆棒类，如《杨令公》《青面兽》《花和尚》《武行者》《飞龙记》《拦路虎》《五郎为僧》等。在《醉翁谈录》中，"朴刀"与"杆棒"是两类题材，但根据《都城纪胜》《梦粱录》等书的说法，它们其实属于一类，主要讲述豪侠英雄故事。这些英雄人物中，有一些是绿林儿女，如《青面兽》《花和尚》《武行者》等，都是关于后来梁山好汉的事迹；另一些是武官将领，如《杨令公》

① 萧相恺：《宋元小说史》，杭州：浙江古籍出版社，1997年，第142页。
② 萧相恺：《宋元小说史》，杭州：浙江古籍出版社，1997年，第142页。

《五郎为僧》就是杨家将故事。其中一些作品，讲述的是草莽英雄靠武功起家，最终"发迹变泰"的故事。在《都城纪胜》等书中，接在"朴刀杆棒"之后的便是"发迹变泰"。这类故事往往与武功起家（包括开国君主、将帅）事迹相关，如《飞龙记》就是赵匡胤"潜龙"时期事迹，《拦路虎》即《宝文堂书目》著录的《杨温拦路虎传》，讲述杨温发迹前事迹。这些作品，为元明时期英雄传奇类章回小说的出现，做了充分的准备。

神仙妖术类，主要讲述神仙降魔度人故事。如《种叟神记》《竹叶舟》《黄粱梦》《西山聂隐娘》《红线盗印》等。在《醉翁谈录》中，"神仙"与"妖术"也分成两类。具体来看，"神仙"类主要讲述神仙成道和度化凡人的事迹，如《种叟神记》可能就是《宝文堂书目》著录的《种瓜张老》，即后来《古今小说》卷三十三《张古老种瓜娶文女》，而《竹叶舟》与《黄粱梦》都是吕洞宾点化凡人入道的故事。"妖术"类则以仙术、剑术为主要内容，尤其继承了唐代流行起来的剑仙（如聂隐娘、红线女等）题材故事，这里姑且与"神仙"归在一起。

这些包罗万象的小说话本，比讲史话本具有更强的传奇性、趣味性，也更贴近市民的生活和心理情感。市民的构成主体是中下层官吏、军士、市井文人、中小商贾、店员、商贩、手工业者，以及倡优、僧道、游民等。与"名珰贵要，大贾豪民"不同，他们对于世界的理解多是基于日常生活经验的，遵行市井生活逻辑。他们之所以乐于消费说话艺术，不仅因为其热闹、有趣，更在于能够从中看到自己，看到自己理解世界的立场和方式，甚至能够从中发现自己的形象。

比如，发迹变泰题材的广泛流行，就是为了迎合市民心理。无论文人靠科考发迹变泰，还是武人凭战功发迹变泰，说到底都是由贫贱至富贵的过程，实现由下至上的社会阶层（甚至阶级）跨越。这正是市井大众的人生理想，至少是一种生活期待。他们需要在文艺消费中获得"肯定的答复"——阶层（阶级）跨越是可能的。起码，获得一种慰藉——眼前的龌龊、拮据、困窘、苟且，是可以接受的，缺少的只是机会，需要等待命运"拐点"的奇迹般降临。当然，这里充斥着对于功名、权位、财富的幻想，流露出庸俗（甚至市侩）气息，但从积极的一面看，"是鼓励人们在逆境中保持对生活的理想和奋斗的勇气"①。书会才人与说话艺人也属于这一群体，他们也怀着类似的理想与期待。即便在叙述过程中会不自觉地分离出一个"第二人格"，站在更高的精神崖岸上"俯瞰"故事，进行必要的说教，但这说教不是精英集团家长式的教训，而是生活经验的分享和市井道德的普及。他们甚至不会批判故事主人公发迹前的种种不堪（甚至恶劣）行径——乞讨、盗抢、诈骗、酗酒、滥赌、赖账，反而报以"堪叹豪杰困风尘"的理解与同情。这显然是不能为精英集团所接受的，却正是市井大众的态度。他们不是毫无理由地同情、理解恶行，只是同情、理解自己。

更重要的是，宋元小说话本中出现了大量以市民为主人公的作品。如私塾先生吴洪（《西山一窟鬼》），衙役计安（《金鳗计》），碾玉匠崔宁、绣娘璩秀秀（《碾玉观音》），店铺主管张胜（《志诚张主管》）等，这些在前代传奇、杂传、志怪小说中至多作为"背景"的人物，被推至前台，成为聚光灯下的主人公。他们的形象塑造更直接地反映着市民的道德、心理、情感，及其对于生活的态度。正因为与市井生活现实和市民心理情感的高度贴合，宋元小说话本也成为借以考察、描述当时大众"心灵史"的重要资料。

令人遗憾的是，真正意义上的宋元刊小说话本保存下来的极少。20 世纪70 年代发现的《新编红白蜘蛛小说》，可以确定为元刊本。②但只残存一页（全卷末页，即第十页），难窥原貌全体。

今天看到的主要是明以后刊本。如明嘉靖间洪楩编刊的《六十家小说》，就是搜罗宋、元、明三代小说话本而成。原分《雨窗集》《长灯集》《随航集》《欹枕集》《解闲集》《醒梦集》六集，每集应分上下卷，每卷收小说五种，共六十种，故名"六十家小说"。现存《雨窗集》上卷、《欹枕集》上下卷（藏日本内阁文库），后来阿英先生又发现《翡翠轩》与《梅杏争春》的残页。如此一来，该书现存篇目为二十九篇。洪楩斋名"清平山堂"，而所见刊本的版心

① 刘勇强：《中国古代小说史叙论》，北京：北京大学，2007 年，第 169 页。
② 黄永年：《记元刻〈新编红白蜘蛛小说〉残页》，《中华文史论丛》1982 年第 1 辑。

或书根处多有"清平山堂"字样，故今人习惯将这些小说汇刊的通行本子称作《清平山堂话本》。洪楩刊印小说时，较少改动，尽可能保留原貌。

另有《京本通俗小说》残卷，含《碾玉观音》《菩萨蛮》《西山一窟鬼》《志诚张主管》《拗相公》《错斩崔宁》《冯玉梅团圆》《定州三怪》等八种话本，不知编者，亦不确知其年代，由缪荃孙于 1915 年发现并刊印。据缪氏跋语，此书偶得于"亲串妆奁"中，应是"影元人写本"。① 但今人多以其为"伪书"，或即出自缪氏之手。② 然而，正如程毅中先生所说："书是假的，并不等于说书中的作品都是假的。"③ 无论故事形态，还是叙述形态，这八种小说应该在不同程度上体现了宋元小说话本的古貌。

另外，冯梦龙编刊"三言"，主要依据宋元话本（当时私家藏书或市面上应还保有一定量的宋元刊本）而成，凌濛初即称其将"宋元旧种"搜刮殆尽。④ 尽管"三言"已经属于"拟话本"，与"宋元旧种"存在本质区别，其中含有大量后天加工（尤其文人意识渗透）的成分，但毕竟还有一些"遗迹"，可以拿来作为讨论宋元小说话本体制的"参照系"。

通过以上文本，可以发现：宋元小说话本体制也包括题目、篇首、入话、正话、篇尾等部件，而更加灵活。同时，又有头回这一种特殊部件。

与讲史话本比较，小说话本的"题目"更为灵活。主人公（《拗相公》《杨温拦路虎》）、主题物（《合同文字记》《西湖三塔记》）、情节焦点（《错斩崔宁》《冯玉梅团圆》）以至故事主旨（《风月相思》《阴骘积善》），都可作为题目。其目的就在于抓取眼球，吸引听众。有时，还会在中心词的基础上"贴标签"，加以修饰和强调，如《志诚张主管》《快嘴李翠莲记》等，令人能够直观把握主人公的气质性格，又如《错斩崔宁》《金主亮荒淫》等，抢眼的关键词，无疑能够充分调动起市民的消费兴趣。

---

① 缪荃孙：《京本通俗小说跋》，《京本通俗小说》，南京：江苏古籍出版社，1991 年，第114 页。

② 石昌渝主编：《中国古代小说总目》（白话卷），太原：山西教育出版社，2004 年，第177 页。

③ 程毅中辑注：《宋元小说家话本集》，济南：齐鲁书社，2000 年，前言第 7 页。

④ （明）凌濛初：《拍案惊奇序》，《拍案惊奇》，北京：人民文学出版社，1991 年，第 1 页。

至于"篇首"部分，与讲史话本以一两首诗（词）开篇不同，小说话本的篇首可以将"战线"拉得很长，如《碾玉观音》开篇，一连引用11首诗（词），充分体现了说话人的文学修养。这里固然有"堆砌"的嫌疑，但如前文所说，这是场上表演的需要。况且，这些诗（词）是围绕着一个主题"春"组织起来的，目的在于引出正话里的故事，不能视作简单的"堆砌"。

同时，与讲史话本不同，小说话本将"入话"作为十分稳定的叙述部件，使得"篇首"与"正话"之间的衔接更为自然。当然，这不意味着小说的叙述就比讲史更为"高级"，只能说是家数有异。讲史话本的主题是相对单一而固定的——据史演义，以史为鉴。"篇首"即是"正话"的直接注脚，不需要解释、说明的文字，甚至不需要必要的"润滑"文字。小说的"篇首"当然也是"正话"的注脚，但一方面，小说的素材是多元的，对素材的理解、演绎，以及由此产生的叙述主旨也是多角度的，引入的诗（词）未必与素材和主旨翕然贴合，这就需要必要的叙述干预，对听众进行适当引导，以防其出现理解偏差；另一方面，小说还有"头回"这一结构，叙述的递进层次比讲史多，多个层次的衔接也需要适当的文字来充当"润滑液"或"弥封膏"，以免叙述结构显得疏离、松散。如《志诚张主管》开篇引诗：

　　谁言今古事难穷？大抵荣枯总是空。算得生前随分过，争如云外指溟鸿。暗添雪色眉根白，旋落花光脸上红。惆怅凄凉两回首，暮林萧索起悲风。①

单看这"篇首"，其实可以有不同角度的理解，"荣枯总是空"云云，容易令人误会故事意在讨论对待盛衰荣辱之态度，"云外指溟鸿""萧索起悲风"云云，又可能教人产生对于英雄迟暮故事的审美期待。实际上，说话人的意图很浅显，只落在"雪色眉根白"一句上，无非借此事说明人老发白的道理。于是，不得不加上一段"入话"文字：

① 程毅中辑注：《宋元小说家话本集》，济南：齐鲁书社，2000年，第725页。

这八句诗，乃西川成都府华阳县王处厚，年纪将及六旬，把镜照面，见须发有几根白的，有感而作。世上之物，少则有壮，壮则有老，古之常理，人人都免不得的。原来诸物都是先白后黑，惟有髭须却是先黑后白。①

继而又引戴花刘使君《醉亭楼》词一首，然后才过渡到"正话"：

如今说东京汴州开封府界，有个员外，年逾六旬，须发皤然。只因不伏老，兀自贪色，荡散了一个家计，几乎做了失乡之鬼。

原来，说话人费了如许周折，只为引出张员外老迈年高这一形象塑造，若无"入话"的干预，听众恐怕很难跟上其思路。

再如《西山一窟鬼》，开篇引沈文述《念奴娇》词，然后接"入话"，指出此词是"集句"而成，继而逐句解释起来，将其来源诗（词）一一背出（共计17首）。这显然是出自书会才人手笔，说话人也借以展示了自身的记诵能力和文艺修养，至于其与"正话"的联系，其实也很薄弱："话说沈文述是一个士人。自家今日也说一个士人"，仅此一点相同而已。这类"入话"可以看成"篇首"的延续，固然有皴染文本艺术气质的功能，但主要还是为了拉长"准备时间"。

更有一些作品的"入话"是与"篇首"融合在一起的。比如《碾玉观音》开篇，连引11首诗（词），中间加入适当衔接、过渡的说明，如孟春、仲春、季春词之后，接一句：

这三首词都不如王荆公看见花瓣儿片片风吹下地来，原来这春归

① 程毅中辑注：《宋元小说家话本集》，济南：齐鲁书社，2000年，第726页。

去，是东风断送的。有诗道……①

最后再与"正话"相连接：

> 说话的，因甚说这《春归词》？绍兴年间，行在有个关西延州延安府人，本身是三镇节度使咸安郡王。当时怕春归去，将带着许多钧眷游春。②

整个段落应被视作一个整体，"入话"与"篇首"有机地组织在一起。

从这些篇幅或长或短、与"正话"关系或近或疏的"篇首"和"入话"中，我们也可以看到当时小说的艺术实践还是很活跃的，虽然有一定成规，但具体的处理仍相当灵活。

在"正话"之前，有些宋元小说话本多出"头回"一个部件，即"冒头的一回"③。这是说话艺人的术语。有时称"笑耍头回"，强调还没进入正文，先供听众取乐而已。有时称"得胜头回"或"得胜利市头回"，按鲁迅先生所说，因"听话者多军民，故冠以吉语曰得胜"④。宋代实行"禁军"制度，城市聚集大量军士，暇日游艺，也是瓦舍勾栏的常客，是说话人的目标受众；而北宋末期以后战事频仍，尤其南宋时期，民间呼吁与北方政权持续对抗的声浪很高，说话人以"得胜"为噱头，也是迎合大众心理的一种技巧。

这些"头回"故事与"正话"故事之间存在着不同程度、方向的联系。如《错斩崔宁》"头回"讲魏鹏举因酒后一句戏言，断送了"锦片也似一段美前程"，"正回"故事则讲"只为酒后一时戏言，断送了堂堂六尺之躯，连累两三个人枉屈害了性命"⑤，这是程度上的递进关系。再如《刎颈鸳鸯会》"头回"叙

---

① 程毅中辑注：《宋元小说家话本集》，济南：齐鲁书社，2000年，第185页。
② 程毅中辑注：《宋元小说家话本集》，济南：齐鲁书社，2000年，第187页。
③ 胡士莹：《话本小说概论》，北京：中华书局，1980年，第139页。
④ 鲁迅：《中国小说史略》，北京：商务印书馆，2017年，第108页。
⑤ 程毅中辑注：《宋元小说家话本集》，济南：齐鲁书社，2000年，第250页。

赵象私通步非烟，得美满结局，"正回"叙朱秉中私通蒋淑珍，以致杀身殒命，这是事迹相仿而结局相反的联系。又如《简帖和尚》"头回"讲述"错封书"故事，"正回"讲述"错下书"故事，一字之差，却都以"书札"为主题物，又都强调一个"错"字，突出构造戏剧冲突的误会与巧合因素，构造联系的技巧性要更高一些。

当然，宋元小说话本中"头回"的使用率并不高，该部件只是小说话本体式结构的"充分不必要条件"，说话人在表演时可能根据现场实际情况（如上座率和演出时长等）进行取去增减的调整，未必落实在底本上，故而刊行为阅读文本时便未体现出来，直到明人总结宋元说话的艺术经验，进而完善、固化其体式结构，才将"头回"变成一个"充分必要条件"。

小说话本的"正话"虽然篇幅短小，却是可以分回的。如果说讲史话本分回还有区隔故事段落的需要，那么小说话本分回则主要为表演服务，本来"顷刻间提破"的故事，被切割成若干段落，给说话人的讲述留下"气口"；在情节衔接、转关等关键位置的"停顿"，也可以进一步调动听众的消费兴趣。如《碾玉观音》分上下两回，上回结尾处，说话人讲到崔宁与秀秀偕逃至潭州后，出现新的"激励事件"：遇着一个汉子，"从后大踏步尾着崔宁来"。话到此处，忽然收住，作一小结：

> 正是：
> 谁家稚子鸣榔板，惊起鸳鸯两处飞。[①]

这当然是套话，但不仅调整了表演的节奏，也起到了一定的"预叙"作用，听众通过表演间隔获得了休息，却不至于因此而降低消费热情，反而被吊足胃口。

同时，说话人的营收方式可能与这些"停顿"有关。目前，虽然缺乏直接的历史资料来证明，却可从小说的"情境再现"中找到旁证，如《醒世恒言》

---

① 程毅中辑注：《宋元小说家话本集》，济南：齐鲁书社，2000 年，第 191 页。

卷三八《李道人独步云门》中，再现了一个说唱营收的场景：

> ……只见那瞽者说一回，唱一回，正叹到骷髅皮生肉长，复命还阳，在地下直跳将起来。那些人也有笑的，也有嗟叹的，却好是个半本，瞽者就住了鼓简，待掠钱足了，方才又说。——此乃是说平话的常规。[①]

可见，瞽者所讲话本也是分上下回的，其营收方法正是在两回"停顿"处下场"掠钱"。这段场景固然是艺术化的，却是从日常生活中采撷入文本的，反映了当时说话人表演的历史实迹。

至于间隔的频次，则由说话人自己掌握。所以，有的故事虽然篇幅极小，却也可以分很多回（也不排除另一种可能：说话人在实际表演时会对故事进行大量的填补，包括人物刻画、环境渲染和情节拉伸等，底本的故事比较单薄，场上的故事却十分丰满，有分回的必要），如《西山一窟鬼》的篇幅与《碾玉观音》差不多，却"变做十数回蹊蹊作怪的小说"。当然，在现存刊本中，我们看不到明确的"十数回"分段痕迹，这可能是由说话人自己掌握，并以具体的表演方式来落实的，如《错认尸》虽未明言分回，却可以看到用"起诗"与"结诗"切割出来的十个段落。《陈巡检梅岭失妻记》每到出现"正是"二字，便可视作一个分回标识，每回开头总是四句诗，结尾是两句诗。可见，这种以诗歌切割段落的方式，是当时使用率较高的。

在后来的发展中，说话人也注意在分回的同时，明确留下"扣子"，设置悬念，以引导听众，《陈巡检梅岭失妻记》中就已经偶尔可见"未知后事如何"的句子。熊龙峰所刊《张生彩鸾灯传》是一部明刊话本，但学界一般认为其底本应是宋元旧作。[②]文中已有"未知久后成得夫妇也不？且听下回分解"[③]，这

---

① （明）冯梦龙：《醒世恒言》，北京：人民文学出版社，1956年，第798页。
② 石昌渝主编：《中国古代小说总目》（白话卷），太原：山西教育出版社，2004年，第455页。
③ 程毅中辑注：《宋元小说家话本集》，济南：齐鲁书社，2000年，第563页。

已经是明清章回小说"扣子"的成熟形态了。只不过，该体式未被拟话本彻底继承——毕竟，从案头文学"生产—消费"的角度看，这种短篇故事的分回，是完全没有必要的，甚至会妨害读者阅读。

小说话本的"篇尾"也以诗作结，有时也加上一些散场用的套话，如《陈巡检梅岭失妻记》最后就有"话本说彻，权作散场"的套话。另外，也可加一些总结教训的话，如《错认尸》结尾处，说话人就明确说道："这个便是贪淫好色下场头！"[1]但现存旧本中，这类文字并不多见。可能也是由说话人自己掌握、临场发挥的，本来就没有必要出现在底本中，所以未得刊行。等到明代拟话本中，"篇尾"的伦理叙事色彩更强，总结教训的话也就更常见了。

在艺术风貌上，小说话本也十分贴近市民，塑造大众习见、乐见的形象，运用通俗化的语言，构造奇巧的情节，呈现多趣的场景。

前文说过，在宋元小说话本中，市民开始成为故事的主人公，而围绕在其周围的也是日常生活中习见的市井细民，巫医百工、三姑六婆，以至菜佣酒保、贩夫走卒之徒，无一不具，由此也形成前代小说中难以见到的市民人物群。

在讲述市井人物的故事时，说话人更注意语言的通俗化。囿于"谨按史书"的文化包袱和艺术成规，讲史艺人的语言显得"半文不白"，小说艺人则尽可能保证语言的通俗化，其叙述语言即以明白晓畅为务，如《拗相公》这段概述：

> 因他性子执拗，主意一定，佛菩萨也劝他不转，人皆呼为"拗相公"。文彦博、韩琦许多名臣，先夸佳说好的，到此也自悔失言，一个个上表争论，不听，辞官而去。[2]

这里讲的也是"庙堂"之事，语言却不同于讲史书，使用的是市民熟悉的

---

① 程毅中辑注：《宋元小说家话本集》，济南：齐鲁书社，2000年，第525页。
② 阙名：《京本通俗小说》，南京：江苏古籍出版社，1991年，第52—53页。

语汇和修辞，是真正意义上的"白话"。

在人物语言方面，说话人则尽可能模拟市井声口，以生动还原人物的市井情态。如《西山一窟鬼》王媒婆说亲一段：

> ……吴教授相揖罢，道："多时不见，而今婆婆在那里住？"婆子道："只道吴教授忘了老媳妇，如今老媳妇在钱塘门里沿城住。"教授问："婆婆高寿？"婆子道："老媳妇犬马之年七十有五，教授青春多少？"教授道："小子二十有二。"婆子道："教授方才二十有二，却像三十以上人。想教授每日价费多少心神。据老媳妇愚见，也少不得一个小娘子相伴。"教授道："我这里也几次问人来，却没这般头脑。"婆子道："这个'不是冤家不聚会'。好教官人得知，却有一头好亲在这里。一千贯钱房卧，带一个从嫁，又好人材，却有一床乐器都会；又写得，算得，又是呷嘅大官府第出身，只要嫁个读书官人。教授却是要也不？"教授听得说罢，喜从天降，笑逐颜开，道："若还真个有这人时，可知好哩！只是这个小娘子如今在那里？"[1]

上一章述及《霍小玉传》中鲍十一娘说亲一段，由于是传奇文，受制于文言叙述的体制，作者虽然尽可能模拟声口，到底不是日常说话。这里则充分体现出当时白话小说模拟声口的新境界，纯然口语，辅以适当的俗语和语气词，又引入市井言语；说辞也是市井化的，充溢着市侩庸俗的气息。后来《金瓶梅》第七回"薛嫂儿说娶孟玉楼"，便是对这类市井声口的继承与发扬。

当然，光有这些市井人物是不够的，听众要消费的说到底还是离奇曲折的故事。场上叙事中，"故事"总是大于"人物"的，只有奇巧多趣的故事，才能满足市民的期待。

前代小说（尤其传奇、志怪类）讲述的多是经验世界之外的故事，素材本身就带有传奇性；宋元小说话本的故事开始向经验世界之内迁移，尤其贴近市民

---

[1] 程毅中辑注：《宋元小说家话本集》，济南：齐鲁书社，2000年，第212—213页。

的日常生活。如何在"耳目之内"构造传奇性，需要书会才人和说话人们进一步抓取、提炼、加工日常素材，艺术化地剪裁、连缀、组织事件，利用巧合、误会等手段，在事物的"偶然性"与"必然性"之间营构离奇曲折的情节。

小说话本的多数故事是充满巧合、误会的。这本是一种生活经验的反映——日常生活中就经常出现巧合、误会，但集中于一个故事中的一个或几个人物，就是高于生活的艺术加工。一连串的巧合、误会，在主人公平静的生活中激起一轮又一轮涟漪，不仅引发了震荡，也改变了人物的行动轨迹，推动其离合俯仰；人物的逃避、挣扎、反抗，不一定使其复归平静的原点，反而可能将自己推向更危险的境地。这与"俄狄浦斯的悲剧"固然不是一回事，但我们也可以将其称作"命运的玩笑"，如《金鳗计》《错斩崔宁》《简帖和尚》《三现身》《错认尸》等公案题材的作品，都不同程度存在这种"命运的玩笑"。

比如，《错斩崔宁》强调一个"错"字，即以误会、巧合为关键手段（《醒世恒言》卷三三改称《十五贯戏言成巧祸》，逻辑相同），构造出离奇故事：刘贵携妻子王氏至岳丈家贺寿，留下妾室陈二姐守家；岳丈给刘贵十五贯钱，助其开店做买卖，又留王氏在娘家盘桓几日；刘贵天晚返程，中途至朋友处饮酒，带醉归家；刘贵酒后戏言，称已将陈二姐典卖与人，十五贯钱便是身价钱，陈二姐信以为真，先到邻居朱三老儿家借宿一夜，再回娘家禀告父母；陈二姐忙乱中未带牢门闩，盗贼入室行窃，惊醒刘贵，撕扯之间，盗贼用斧劈死刘贵，夺走十五贯钱；邻舍报官，追拿陈二姐；陈二姐路遇崔宁，搭伴行路，被众人赶上，一同带回衙门；崔宁卖丝恰好也得十五贯钱，被认作与陈二姐有奸情，杀人夺财；府尹急于结案，严刑逼供，陈、崔二人屈打成招，被处以极刑；王氏守寡一年，归宁途中被静山大王掳去做压寨夫人；原来静山大王即杀刘贵的盗贼，他不知王氏底细，无意间告知真相；王氏报官，新任府尹处决了静山大王，为崔、陈昭雪。

可以看到，故事中没有任何神怪色彩，全在现实世界内辗转腾挪，却被构造得离奇曲折，其关键是一连串的误会、巧合——它们环环相扣，接榫处几乎是严丝合缝的。这是一种现实经验的凝结、提炼：单看每个事件，都是日常生活中可能发生的，但集中串联在一起，就需要极大的"偶然性"，这种"可能或可以发生而几乎没发生过"的事件，只有在文艺世界中才能实现。而这种"偶然性"中又有社会现实的"必然性"——冤案的成立与昭雪，看似巧合，实则取决于有司之明昧清浊。尤其前者，表面看是因缘巧合之"错"造成惨祸，实则因官司昏昧之"错"铸成冤案。正如说话人叙述干预："谁想问官糊涂，只图了事，不想捶楚之下，何求不得。冥冥之中，积了阴骘，远在儿孙近在身。他两个冤魂，也须放你不过。所以做官的，切不可率意断狱，任情用刑，也要求个公平明允。"①如果说因缘巧合之"错"还是艺术的提炼，那么官司昏昧之"错"则是当时普遍存在的社会现实。

同时，小说也比讲史体现出更多的趣味性、游戏性，话本中的一些内容与人物、情节、主题等叙述结构没有直接关系，只是现场戏谑的"佐料"，如《简帖和尚》中皇甫殿直拷问迎儿一段：

> ……那妮子吃不得打，口中道出一句来："三个月殿直出去，小娘子夜夜和个人睡。"皇甫殿直道："好也！"放下妮子来，解了绦，道："你且来，我问你，是和兀谁睡？"那妮子揩着眼泪道："告殿直，实不敢相瞒，自从殿直出去后，小娘子夜夜和个人睡，不是别人，却是和迎儿睡。"②

这类似戏曲舞台上的插科打诨（说话人可能就是受了姊妹艺术的影响），对人物塑造和情节推动没有多少帮助，却营造出一种诙谐幽默的氛围。

再如《阴骘积善》的一段环境描写：

> 十色俄分黑雾，九天云里星移。八方谪旅，归店解卸行装；北斗七星，隐隐遮归天外。六海钓叟，系船在红蓼滩头；五户山边，尽总牵牛羊入圈。四边明月，照耀三清。边廷两塞动寒更，万里长天如

---

① 程毅中辑注：《宋元小说家话本集》，济南：齐鲁书社，2000年，第262页。
② 程毅中辑注：《宋元小说家话本集》，济南：齐鲁书社，2000年，第320页。

一色。①

这种文字游戏，在宋元时期的戏曲、说唱等文艺形式中也是极常见的，插入文本，只为增强其趣味性。后来的白话小说也继承了这一传统，如《西游记》《金瓶梅》等书中，这类"游戏笔墨"是不乏其见的。

总之，"小说"是宋元说话中极具市场竞争力的一门家数，以其通俗性、灵活性、多样性、娱乐性而深受市民欢迎，以至于文化地位略高的讲史艺人也"望而生畏"。如果说后来章回小说的出现是直接受了"讲史"的影响，那么明清时期包括章回小说、拟话本等在内的白话小说，之所以得成云蒸霞蔚之势，尤其世情小说后来居上，洋洋大观，则主要在于对"小说"传统的继承与发扬。

## 第三节　其他类话本

由于灌圃耐得翁、吴自牧等人明确提到南宋说话有"四家"之分，却又表述含糊、龃龉，以致"四家究竟为谁"成为学界一桩公案，至今聚讼不断。

相对而言，"说经"一门的独立性是得到普遍承认的。其市场竞争力虽不及讲史、小说，但艺术传统悠久，对后来白话小说也具有深远影响。

按《都城纪胜》言："说经，谓演说佛书"②（《梦粱录》称"谈经"，但"演说佛书"的表述相同），则其艺术传统应直接来自唐五代的讲经与转变。

唐五代时期，寺院是民众消费说唱文艺的主要城市文化空间。基于其宗教背景，寺院中的说唱活动分为两种：一种是"僧讲"，一种是"俗讲"。"僧讲"是面向僧侣的讲唱活动，以解释、阐发经文为内容；"俗讲"是面向世俗大众的讲唱活动，虽然也带有严肃的宣教目的，但同时要兼顾到故事性和世俗性，

---

① 程毅中辑注：《宋元小说家话本集》，济南：齐鲁书社，2000 年，第 420 页。
② （宋）灌圃耐得翁：《都城纪胜》，北京：中国商业出版社，1982 年，第 11 页。

以争取更多听众，从而广邀布施，充实寺院经济。

俗讲在当时的影响力极大。每逢开讲日，便有万人空巷的效应，如姚合《赠常州院僧》诗言："仍闻开讲日，湖上少鱼船。"[①] 又《听僧云端讲经》诗言："远近持斋来谛听，酒坊鱼市尽无人。"[②] 韩愈《华山女》诗更生动描绘了当时佛教俗讲的"市场竞争力"：

> 街东街西讲佛经，撞钟吹螺闹宫庭。
>
> 广张罪福资诱胁，听众狎恰排浮萍。
>
> 黄衣道士亦讲说，座下寥落如明星。[③]

韩愈此诗意在通过艺术化塑造，替道教讲经张本，但恰恰反映出当时佛教俗讲活动喧嚣热闹，格外受大众欢迎的现实。一方面，佛教俗讲鼓吹因果报应、轮回转世，本就易于耸动世俗，尤其吸引中下层民众。另一方面，佛教徒注意唱说内容的故事性、适俗性，而非照本宣科。这样的讲唱活动，无怪乎民众"狎恰排浮萍"，热衷追捧了。据日本僧人圆仁记载，会昌元年（841），长安有七座寺院同时开俗讲，其场面之盛可以想见，道教俗讲自然是相形见绌了。

振作道教俗讲的华山女是韩愈构造出来的一个艺术形象，而当时佛教俗讲活动中，确实出现了不少适俗性极强的"明星"，文溆僧就是最著名的一位。据《因话录》载：

> 有文溆僧者，公为聚众谭说，假托经论所言，无非淫秽鄙亵之事。不逞之徒，转相鼓扇扶树。愚夫冶妇，乐闻其说，听者填咽。寺舍瞻礼崇奉，呼为和尚。[④]

① （清）彭定求等编：《全唐诗》第 15 册，北京：中华书局，1960 年，第 5650 页。

② （清）彭定求等编：《全唐诗》第 15 册，北京：中华书局，1960 年，第 5712 页。

③ （清）彭定求等编：《全唐诗》第 10 册，北京：中华书局，1960 年，第 3823 页。

④ （唐）赵璘：《因话录》，《唐五代笔记小说大观》，上海：上海古籍出版社，2000 年，第 856 页。

抛开"士大夫滤镜",这段文字正好反映出佛教俗讲迎合大众的特点,文溆之所以能够耸动世俗,固然有技艺层面的因素,如《乐府杂录·文溆子》所说:"其声宛畅,感动里人。"① 但也有内容层面的因素,即"假托经论",杂以"淫秽鄙亵之事",将大众乐闻乐道的内容羼入教义宣扬之中。

俗讲本子中有一类是讲经文,如保存在敦煌遗书中的《长兴四年中兴殿应圣节讲经文》《金刚般若波罗蜜经讲经文》《佛说阿弥陀经讲经文》《妙法莲华经讲经文》《维摩诘经讲经文》《佛说观弥勒菩萨上生兜率天经讲经文》《父母恩重经讲经文》《无常经讲经文》等。讲经文是面向僧俗说明、阐发佛经文献的,有一定的仪轨程式,如"押座文""解座文"等。所谓"押座",即"静摄座下听众"② 之意,这为后来宋元说话的"篇首""入话"提供了艺术经验。而"解座文"一般都是散场口气,如"念佛各自归家,明日却来相伴"③,说话的"篇尾"应该也受到了影响。

从内容看,讲经文虽然主要阐扬教义,但也结合一定的故事情节,如《妙法莲华经讲经文》讲述国王发愿取经,舍弃王位,入山修道,任凭仙人驱使。狮王劝其归返,国王却立志弥坚。这个故事是很打动人的,讲说者又调动了叙述、描写、议论等多种手段,进一步增加了故事的感染力。可知俗讲之受欢迎,不唯依靠"撞钟吹螺"的场面热闹,也在于叙述内容和形式上下的功夫。

俗讲中又有一类名为"缘起"或"因缘"的文本,如《频婆娑罗王后宫绵女功德意供养塔生天因缘变》《欢喜国王缘》《丑女缘起》等。这类文本不像讲经文一般讲究仪轨程式,又更注重故事性,通俗化的文学修辞性也较强,如《丑女缘起》中描写丑女相貌,说她"双脚跟头皴又僻,发如驴尾一枝枝","十指纤纤如露柱,一双眼子似木槌离","上唇半斤有馀,鼻孔竹筒浑小",等等。④ 这类漫画式的描写,对阐发经义没有什么帮助,却可以吸引大众,具有

---

① (唐)段安节:《乐府杂录》,《中国古典戏曲论著集成》第 1 集,北京:中国戏剧出版社,1959 年,第 60 页。

② 胡士莹:《话本小说概论》,北京:中华书局,1980 年,第 35 页。

③ 王重民等编:《敦煌变文集》,北京:人民文学出版社,1957 年,第 670 页。

④ 王重民等编:《敦煌变文集》,北京:人民文学出版社,1957 年,第 789 页。

了一定娱乐性。

俗讲中"世俗"色彩更浓的是变文。变文是转变的底本。"变"作何解，至今学界尚有争议，目前学界有两种主流见解：一是认为"变"为"变更"，即变经文正文为俗讲；二是认为"变"为"变相"，是一种佛寺壁画，多取材于佛经故事。而变文也正是配图讲唱的，在图文衔接处，多有提示语"某某处"。如《张淮深变文》："尚书捧读诏书，东望帝乡，不觉流涕处，若为陈说。"[①] 变文中的配图称作"铺"，如《汉将王陵变》言："从此一铺，便是变初"[②]，《王昭君变文》也说："上卷立铺毕，此入下卷"[③]。由此可以想见讲说者展开画卷，韵散结合地敷演故事的情景。

与讲经文、缘起不同，变文的题材很丰富，即可以讲说佛教故事，如《破魔变文》《降魔变文》等，也可讲说民间故事，如《伍子胥变文》《孟姜女变文》《董永变文》《王昭君变文》等，一些作品还有时事色彩，如《张义潮变文》《张淮深变文》等。同时，讲唱者也不一定是僧侣。如吉师老《看蜀女转昭君变》，明证讲唱变文者可以是世俗女艺人。

宋元时期，寺院俗讲、转变消歇，更能迎合世俗文艺需求、商业化更强的瓦舍讲经流行开来，也出现了一批专擅此科的职业说话人，如长啸和尚、彭道、陆妙慧、陆妙静、余信庵、达理（和尚）、啸庵、隐秀、混俗、许安然、有缘（和尚）、借庵、保庵、戴悦庵、戴忻庵，等等。[④] 他们虽然大都有法号，或被呼为"和尚"，但其中究竟有多少度牒僧人，是很值得怀疑的。大约与讲史艺人的"某进士""某解元""某宣教"一样，这里的法号也是一种尊称或艺名。

真正意义上的宋元说经话本目前尚未见到。以往，学界多以为《大唐三藏取经诗话》是现存唯一相对完整的宋元说经话本，但这部文本的性质值得怀疑。

该书发现于日本，有两个版本：一为"小字本"，书题为"大唐三藏取经

① 王重民等编：《敦煌变文集》，北京：人民文学出版社，1957 年，第 123 页。
② 王重民等编：《敦煌变文集》，北京：人民文学出版社，1957 年，第 36 页。
③ 王重民等编：《敦煌变文集》，北京：人民文学出版社，1957 年，第 100 页。
④ 胡士莹：《话本小说概论》，北京：中华书局，1980 年，第 64 页。

诗话"。卷末有"中瓦子张家印"的款题。据《梦粱录》记载，"中瓦子"为南宋临安府街名，前人多推断此本为南宋临安刻本（鲁迅先生怀疑此本为元刻，未有证据）。一为"大字本"，书题为"新雕大唐三藏法师取经记"，应是建阳刻本。两个本子相近，但书名不同，又有不少误刻的地方，似乎有一个共同的祖本，这个祖本的传播时间可能在北宋。①

由于是宋（元）刊本，题材又是唐僧取经故事，与"演说佛书"相近，所以过去学界主流意见多将其视作一部宋元说经话本。② 然而，正如李时人先生指出的："书刻于宋元，不等于说它就一定是宋代话本"，从该书的体制形式、思想内容、语言现象等方面看，它更像一部唐、五代寺院"俗讲"的底本。③

同时，从"小字本"的书名也可看出端倪。该本题作"诗话"，只因文本中有诗（韵语）有话（散语），故而称之，其实容易产生误会。说明刊刻者对这种艺术样式并不熟悉。该书若是南宋临安刻本，问题就更大了。"说话四家"正是南宋说话家数，"说经"当时正是流行，若《取经诗话》是说经话本，刊刻者不至于拟出"诗话"这样一个不伦不类的书名。但话又说回来，该书宋（元）时期依旧刊行，说明仍有一定的市场影响力，它代表着寺院俗讲、转变的余波，也可能给讲经艺人提供了一个原初的底本。

另有一些讲经话本可能混入了小说话本，如《醉翁谈录·舌耕叙引》中著录的《丑女报恩》，应该与敦煌遗书中的《丑女缘起》讲述同一故事。又如《花灯轿莲女成佛记》《五戒禅师私红莲》等话本，它们与"演说佛书"也有一定因缘关系，但羼入了更多"鄙亵"内容，逐渐归入小说队伍。

"说铁骑儿"也是当时一个重要的说话科目。按《都城纪胜》言："说铁骑儿谓士马金鼓之事。"④ 这句话紧随灌圃耐得翁对"小说"的描述之后，又位于

---

① 石昌渝主编：《中国古代小说总目》（白话卷），太原：山西教育出版社，2004年，第41页。
② 参见章培恒、骆玉明主编：《中国文学史》下卷，上海：复旦大学出版社，1996年，第134页；袁行霈主编：《中国文学史》第3卷，北京：高等教育出版社，1999年，第248页。
③ 李时人、蔡镜浩：《〈大唐三藏取经诗话〉成书时代考辨》，《徐州师范学院学报》1982年第3期。
④ （宋）灌圃耐得翁：《都城纪胜》，北京：中国商业出版社，1982年，第11页。

"说经"与"讲史书"之前，看来这是"小说"中分出的一个新名目。但《梦粱录》与《醉翁谈录》都未提该名目，似乎其流行时间不长，没能成为独立科目。①

之所以流行时间不长，可能与其讲述的内容有关。"说铁骑儿"有很强的时事性、现实性，按胡士莹先生所言，"说铁骑儿"专门讲说宋代的战争，具体内容可能是狄青、杨家将、中兴名将（张、韩、刘、岳），以及抗辽抗金的各种义兵，直至农民起义的队伍。②南宋时期，这类故事自然受到大众欢迎，因而大行其道（不唯说话艺术，当时的傀儡戏、诸宫调等艺术形式中，都有类似题材的作品），但这种敏感题材也有"双刃剑"的性质，"在屈辱求和的政治逆流经常涌起的南宋，'铁骑儿'不可能经常兴盛，有时候还可能受到压制"③。

此外，据《都城纪胜》《梦粱录》等书的记载，当时说话中还有"商谜""合声""说浑话"等名目。不少学者在讨论：其中谁为第四家科目。然而，这些名目多是玩笑谐谑的文字游戏，其中或有故事素材，但叙事性可能并不强，与"小说""讲史""说经"等不可同日而语。这里不赘述了。

综合以上，宋元话本代表了当时白话小说所达到的新成就。一方面，书会才人与说话人充分继承了前代传奇、志怪小说的故事素材和叙事经验，将其由文言叙述系统转为白话叙述系统；另一方面，又结合新的时代精神和文艺风尚，使故事更贴近市民群体，反映他们的生活、心理、道德、情感，迎合其消费习惯与审美期待。由此，也形成了真正意义上的"市民文学"的传统。明清白话小说"为市民写心"的艺术特质，正是由宋元话本而来的。而在叙事艺术上，宋元话本也已相当成熟，达到了较高品位，在人物塑造、情节设置、场景呈现等方面为后来白话文学提供了丰富的经验，以至作为最高艺术代表的"明清六大部"中，依然可见宋元话本直接或间接的影响。

---

① 胡士莹：《话本小说概论》，北京：中华书局，1980年，第112页。
② 胡士莹：《话本小说概论》，北京：中华书局，1980年，第113页。
③ 胡士莹：《话本小说概论》，北京：中华书局，1980年，第113页。

# 第五章　明：白话小说的繁荣期

　　经过宋元时期的艺术实践与文体准备，当历史的"游标卡尺"将其度量区间移至明清时期，白话小说也迎来了它的"黄金时代"。此一时期，作为说唱表演技艺的"小说"不再是小说史的考察焦点，以白话写定的"虚构的叙事散文"开始占据历史舞台的中心，成为真正可以代表"一代之文学"的艺术样式。从体裁上看，明清时期的白话小说主要分为章回体小说与拟话本小说两种。章回体小说是一种长篇叙事体裁，分章分回结构故事，其形制继承自宋元"讲史"，题材却十分广泛，尤其《金瓶梅》以后的世情类章回体小说，体量庞大，内容丰富，涵盖广泛，在反映社会生活的广度、深度和逼真性等方面，具有绝对优势。拟话本小说源自宋元话本。一个"拟"字，突出其作为案头文学的"模拟"形态——模拟场上文艺的说话人声口和叙述成规。但这里的"拟"不是简单的还原，而是总结与完善。话本的许多艺术"制式"，在宋元时期往往还只是一种艺术习惯，到了明清拟话本作者的艺术实践中，才成为一种比较固定的文体规矩，约束着风格化的叙述行为。从编创动机看，明清时期的白话小说家们将更多个体意识渗透进作品，讲故事不只为娱乐，更为了寓含一定的道理，而这些"道理"不只是一般生活经验的总结或公共意识的转述，即便它们确实是来自集体的（或者受集体裹挟的），也要经过个体思考的涤滤，最终输出为一种具有鲜明的主观性色彩的态度、观念、思想（所以，我们能够从明清时期的白话小说中总结出隐含的作者的一套价值体系，却很难从宋元话本中提取这些成分）。从发展进程看，明代白话小说的"过渡"特征比较明显，无论章回体小说，还是拟话本小说，都经历了由集体创作向个体创作、由口头文学向案头文学的"蝶变"过程，作者的个体意识虽然表现得已经十分明显，但还不是特别强烈，跟清代文人小说（尤其与《儒林外史》《红楼梦》等比较）还有一定距离。但毋庸置疑，白话小说"黄金时代"的总体格局，是在明代确立下来的。

基于明代小说的市场实际，本章分别介绍以"四大奇书"为代表的章回体小说和以"三言""二拍"为代表的拟话本小说。"四大奇书"分别开创了历史演义、英雄传奇、神魔小说、世情小说等题材类型。这四类小说相继成为市场主流，尤其最后出现的世情小说，不仅同化了其他类型，又衍化出更具体的题材倾向，成为近古时期白话小说之大宗。"三言""二拍"中的诸多短篇则几乎涵盖了当时所有题材领域和故事类型，艺术上也代表了当时单篇白话叙事的最高成就。

# 第一节　《三国志演义》与历史演义

拉开"黄金时代"之序幕的是罗贯中的《三国志演义》。该书是中国历史上第一部章回体小说，同时也是历史演义的开山之作。

所谓"历史演义"，其中心含义自然落在"演义"二字上。但"演义"本来与"小说"没有关系。据谭帆先生考证："演义"之本义，是"演说铺陈某种道理并加以引申"。用于书名，最早见于唐人苏鹗的《苏氏演义》。此书重于典章制度及名物的考订，这里的"演义"是考证释义的意思。宋代释经之风大盛，"演义"成为衍发阐释经典的一种体裁。元代以后，"演义"才由经学领域进入文学领域，用于对经典文学作品的通俗化阐释。[①] 这一"通俗化阐释"的含义，为"历史演义"的出现打开了口子。当然，另一个关键词——历史的分量也不容忽视。毕竟，在当时语境中，"小说"的文化地位极低，背负着"君子弗为"的判决书，又何以当得起"演义"二字呢？其实，这里存在一个认知

① 谭帆：《中国小说史研究之检讨》，上海：上海古籍出版社，2020年，第125—129页。

上的差异——我们今天将《三国志演义》视作小说，罗贯中应该不会承认其著述是小说家言。

按此书今人习称作《三国演义》，这其实是后来流行起来的省称。罗氏原著名为《三国志通俗演义》。这里，是一字不可省的，尤其"志"字不可缺略。罗贯中强调自己的著述是羽翼正史，即以《三国志》为根据，只不过以通俗的方式阐释衍发史书之义，这与源自"街谈巷语，道听途说"的小说著述之间有云泥之别。否则，罗氏就不会公然署名了。而其所谓"晋平阳侯陈寿史传，后学罗本贯中编次"，显然也是在标榜以正史为"原教义"。当然，罗氏的处理绝非以通俗化语言"转译"史书那么简单。正相反，其著述是文学化的、艺术化的，是以小说家的虚构笔墨重构、再造历史人物与事件。由此，罗氏也开创了一种新的小说体式，即按照历史发展的基本脉络，通过一定的审美想象与艺术虚构，运用浅近通俗的语言，来讲述战争兴废的大事件，从中揭示历史经验与教训。[1] 这就是我们今天所定义的历史演义。

罗贯中的生平事迹，目前所知甚少。我们仅能从"一鳞半爪"的记载中，得知其名本，字贯中，号湖海散人，祖籍山西太原（一说山东东平），晚年流寓杭州。他与《录鬼簿续编》作者贾仲明是同时代人，应生活于元末明初。据王圻《稗史汇编》所言，罗氏"有志图王"，曾参与元末农民大起义。清人顾苓《跋水浒图》等又说他做过张士诚幕僚。若这些说法可信，则罗氏编撰《三国志演义》就不是偶然事件了。罗氏还编撰过《赵太祖龙虎风云会》等三部杂剧，参与了《忠义水浒传》的编撰。此外，现存《隋唐两朝志传》《残唐五代史演义传》《三遂平妖传》等书也都归为罗氏作品，但不甚可靠，应是后人因其具有开创之功的"大手笔"，将同类型作品附会在其名下。

尽管我们需要承认罗氏的开创之功，但同时也应当看到，《三国志演义》是典型的"世代累积"型作品，即在小说成书以前，"三国故事"已然经历了一个漫长的演化、传播过程，并在不同时代、地域、媒介、风格的文本中得到丰富的叙述实践，这是成就罗氏"草创之功"的大前提。

---

① 谭帆主编：《明清小说分类选讲》，北京：高等教育出版社，2007年，第11页。

"三国"这段历史本身就是为后人所乐道的一段"重头戏"。前后虽不足百年，却称得上波诡云谲、英雄辈出，其中可总结的历史经验颇多，可讴歌或批判的典型形象更是不胜枚举。陈寿的《三国志》以及裴松之的注释已经包含了丰富而生动的人物、事件，为后来历代史书叙事提供了示范。民间的"三国故事"更是层出不穷。隋代已有取材自"三国"的文艺表演，据《大业拾遗记》记载，隋炀帝曾与群臣同观水上杂戏，其中就有曹操谯水击蛟、刘备檀溪越马等内容。李商隐《骄儿》诗言："或谑张飞胡，或笑邓艾吃。"[1]可见，三国人物的形象在晚唐时代已然深入人心。宋代说话艺术中，已设有"说三分"的专科。据苏轼《东坡志林》卷六所载："王彭尝云：涂巷中小儿薄劣，其家所厌苦，辄与钱，令聚坐听说古话。至说三国事，闻刘玄德败，颦眉蹙，有出涕者；闻曹操败，即喜唱快。"[2]可见当时"说三分"的科目在艺术上已相当成熟，感染力极强，受众在接受故事时也已明显带有"尊刘抑曹"的思想倾向。当时的话本没有保存下来，而元代的《三国志平话》和《三分事略》等讲史话本，已经初具后来罗本小说的轮廓，突出蜀汉一条主线，在史传基础上加入大量民间传说，只不过叙述还比较简率。而宋元时期的戏曲舞台上，"三国故事"也是精彩纷呈。陶宗仪《南村辍耕录》中著录了不少"三国"题材的金院本名目，现知元代（包括元明之际）的"三国"杂剧则有 60 种之多（现存尚有 21种），其中多数作品也是以蜀汉人物为中心的，在情节结构、人物塑造等方面具有极强的民间色彩。

　　正是在这些前期积累的基础上，罗贯中得以"据正史，采小说，证文辞，通好尚"[3]，成就了《三国志演义》这样一部旷世巨著。

　　所谓"据正史"，不仅仅指以《三国志》为根据，也包括对历代史书叙事经验的借鉴，如该书以章回形式结构故事，就不能说是绝对的原创。如朱熹的《资治通鉴纲目》就是分段叙事，应该为罗氏创作提供了启迪。

---

① （清）彭定求等编：《全唐诗》第 16 册，北京：中华书局，1960 年，第 6244 页。

② （宋）苏轼：《东坡志林》，《笔记小说大观》第 7 册，扬州：江苏广陵古籍刻印社，1984 年，第 16 页。

③ （明）高儒：《百川书志》，上海：上海古籍出版社，2005 年，第 82 页。

"采小说"则指广泛借鉴前代野史、杂传、话本、戏文，不仅吸收其艺术经验，也遵循其思想倾向，即以蜀汉政权为中心，将刘备、诸葛亮、关羽等人物视作明主、贤臣、良将的典型，进行崇高化塑造，将曹魏政权视作其对立面，加以矮化、丑化，予以暴露、批判，即上文所说的"尊刘抑曹"的倾向。

在正史序列中，关于"三国"历史的叙述，始终是以曹魏政权为正统的，官方及精英文人的叙述倾向多以正史为根据。但在特定时期，当汉族知识分子的心理发生微妙变化时，叙述倾向可能转移，如习凿齿的《汉晋春秋》、朱熹《资治通鉴纲目》皆以蜀汉政权为中心。这两部史书，一成于东晋，一成于南宋，皆是汉族政权偏安一隅，承受来自北方政权军事压力的时期，以蜀汉为中心，显然有借以比附自家政权的心理，而曹魏则成为北方政权的象征。

至于民间，"尊刘抑曹"则是稳定的叙事传统。一者刘备是汉室宗亲，与正统存在血缘联系，二者刘备在历史上即以"弘毅宽厚，知人待士"[①]著称，作为文艺形象进入公共传播后，更被塑造成"仁君"的典型。无论哪个封建时代的民众，总希望生活在仁君治下，仁君的朝堂上再有贤臣辅国、良将安邦，便可成就理想中的太平盛世。而所谓"宁为太平犬，不做乱世人"，民间"尊刘抑曹"的思想倾向，其实直观地反映出封建时代广大民众最朴素的愿望。罗贯中虽然强调据史演义，但这个"义"归根到底是儒家的政治道德观念，它与民众心目中的理想社会景象是相通的。尤其考虑到此书的成书时代和作者的政治抱负，成就太平正是其题中之义。所以，即便《三国志》以曹魏为正统，《三国志演义》却仍以蜀汉为正统。

在此基础上，罗贯中以极高的艺术力度重构、再造历史，以其非凡的叙事才能结构情节、描写场面、塑造人物，将中国古代白话叙述推向一个全新境界。

《三国志演义》中的历史是经过重构、再造的，其中许多人物、事件与史实不符，而这正是罗氏艺术创造的直观体现。尽管强调历史演义应"羽翼信史

---

① （晋）陈寿撰，（南朝宋）裴松之注：《三国志》第 4 册，北京：中华书局，1982 年，第 892 页。

而不违"①，但历史演义毕竟是小说，不可当作"信史"来看。人们阅读历史演义，归根到底是怀着一种审美期待，而非照着史书挑错的"恶趣味"。所以，历史演义的叙述中必然存在"虚"与"实"的结合。关键是如何分配两者比重，以及实现其无缝连接。清人章学诚认为《三国志演义》是"七分事实，三分虚构"②。此说法被后世普遍接受。当然，该配比不能在精细度上较真儿，也不意味着它普遍适用于全书的各个叙述结构。所谓"七分事实"，主要指全书的叙述流程基本遵循历史的发展脉络，故事走向没有违背史实，重要节点或转关处也以历史真实为根据。换句话说，全书叙述没有出现严重的"脱轨事故"。同时"三分虚构"，不能因其所占比重小而予以轻视。正相反，书中引人入胜之处，大都在"三分"虚构功夫上，这也正是此书被后人视作文学经典的关键所在。

具体而言，罗氏的虚构功夫主要体现在两大方面：一是重构历史，二是再造历史。重构历史有"张冠李戴""捕风捉影""添枝加叶"等手段，再造历史则主要是"无中生有"。

先来看"张冠李戴"。书中不少的人事是根据艺术需要而加以迁移的，即将历史上某甲之事在小说中被安排于某乙之身。如按《三国志·蜀书·先主传》及裴松之注的记载，鞭打督邮者本是刘备，但该行为明显妨害小说中刘备"宽仁长厚"的形象塑造，将其移植到张飞身上，不仅保证了刘备的"人设"，又突出表现了张飞的爆炭脾气，可谓"一石二鸟"。再如"草船借箭"一事，依照史实，应是孙权所为，小说则将之移到诸葛亮身上，以服务于其神机妙算的形象塑造。

再来看"捕风捉影"。书中一些人事，在历史记载中只有隐约影响，在罗贯中笔下则被坐实并放大。比如貂蝉就不是一个确定的历史人物。《三国志·吕布传》只记载吕布曾私通董卓侍女，却未明言该侍女为貂蝉。《汉书通志》倒

---

① （明）修髯子：《三国志通俗演义引》，丁锡根编著：《中国历代小说序跋集》，北京：人民文学出版社，1996年，第888页。

② （清）章学诚：《丙辰杂记》，《聚珍轩丛书》第3集，扬州：江苏广陵古籍刻印社，1982年，第63页。

是提到将貂蝉献与董卓之事，但献女者非王允，而是曹操。更重要的是，"貂蝉"可能并非人名，而是一种代称。按古有"貂蝉冠"，又称"笼巾"，形方正，如平巾帻，前有银花，上缀玳瑁蝉，左右各三小蝉，后插玉笔，左插貂尾。历史传闻中可能只是出现了一个负责董卓衣冠的近身侍女，无名姓可考，便以"貂蝉"代称之。流入民间后，以讹传讹，貂蝉便成为一个确定的人物。如元杂剧《锦云堂暗定连环计》和《三国志平话》中都敷演了王允献貂蝉的故事。在此基础上，罗贯中又进一步加工，构造了一出委曲波折的"连环计"，生动刻画了貂蝉深明大义且机智过人的形象，同时也暴露董卓、吕布等贪淫昏聩的本质。

接着看"添枝加叶"。书中一些事件在历史上虽实有其事，却仅存梗概，罗贯中则尽意想象，踵饰增华，将单薄的事件敷演成血肉饱满的情节。如"三顾茅庐"一段，在《三国志·蜀书·诸葛亮传》中只有一段干巴巴的文字："由是先主遂诣亮，凡三往，乃见。"[①] 对历史叙述者而言，结果显然比过程重要。但对小说家来说，过程才是更具魅力与意义的；人物的形象是通过情节体现出来的，而不能只在结果中暴露。罗贯中不仅将"三往"的过程皴染出层次，更在之前逐层铺垫，又多方烘染，不仅使得刘备礼贤下士与诸葛亮雅量高致的形象显得真实而立体，也兼顾到关羽、张飞等人的气质性格，具有极高的艺术品位。

最后来看"无中生有"。书中一些事件，在历史上其实是连一点影响也寻不到的，罗贯中便发挥更大的想象力，构造出富于戏剧性的场面，进一步突出人物形象。比如"舌战群儒""骂死王朗"等情节，就是于史无征的，但人们一提到诸葛亮义正词严的雄辩风姿，往往首先想到这两个场景，足以见罗氏艺术想象的水平之高、笔力之深。

当然，以上四种手段，只是一种简单的划分，在实际操作中，经常是综合运用的。比如"温酒斩华雄"一段，不能说于史无征，但华雄是被孙坚斩

---

① （晋）陈寿撰，（南朝宋）裴松之注：《三国志》第 4 册，北京：中华书局，1982 年，第 912 页。

杀的。到了小说中，罗贯中首先"张冠李戴"，将斩杀华雄的事迹移至关羽身上，又"添枝加叶"，构造出关羽形象塑造的一个精彩篇章：

> ……言未毕，阶下一人大呼出曰："小将愿往斩华雄头，献于帐下！"众视之，见其人身长九尺，髯长二尺，丹凤眼，卧蚕眉，面如重枣，声如巨钟，立于帐前。绍问何人。公孙瓒曰："此刘玄德之弟关羽也。"绍问："见居何职？"瓒曰："跟随刘玄德充马弓手。"帐上袁术大喝曰："汝欺吾众诸侯无大将耶？量一弓手，安敢乱言！与我打出！"曹操急止之曰："公路息怒。此人既出大言，必有勇略。试教出马，如其不胜，责之未迟。"袁绍曰："使一弓手出战，必被华雄所笑。"操曰："此人仪表不俗，华雄安知他是弓手？"关公曰："如不胜，请斩某头。"操教酾热酒一杯，与关公饮了上马。关公曰："酒且斟下，某去便来。"出帐提刀，飞身上马。众诸侯听得关外鼓声大震，喊声大举，如天摧地塌、岳撼山崩，众皆失惊。正欲探听，鸾铃响，马到中军，云长提华雄之头，掷于地上。其酒尚温。①

这段文字其实可以看作关羽在书中第一次正式"亮相"。而甫一出场，就表现得神勇异常，由此也奠定了其"战神"的形象塑造。同时，这段文字也生动刻画了其他人物，曹操慧眼识珠，敬重英豪，袁氏兄弟虽也是一路诸侯，却只以出身论英雄，缺乏识人之明。这样一来，同为蜀汉人物的对立面，又可进一步体现出层次。从笔法看，这段文字是虚实相生的："实笔"集中在出战前的对话，至于斩杀华雄则只以"虚笔"交代，主要在于烘染气氛。再转为"实笔"后，唯有"鸾铃响，马到中军，云长提华雄之头，掷于地上"一句，干净利落，有四两拨千斤之妙，最后"其酒尚温"四字更是点睛之笔。这正是塑造神性人物的笔法——若处处以"实笔"写出，不免流于细碎、胶滞，神性光晕

---

① （明）罗贯中著，（清）毛宗岗评改：《三国演义》，上海：上海古籍出版社，1989年，第59—60页。

也会被打散。可见，罗贯中的艺术想象不只在于综合运用各种构造方式，也落实在具体的文笔中。

通过这些虚实相生的情节和场景，罗贯中也成功塑造出一个又一个虚实结合的艺术典型。《三国志演义》中的人物既保有史传文学的底色，又经过民间情感的过滤，最后由作者提炼、升华成一种具有独特审美气质的形象。

与后来的白话小说（尤其世情小说）相比，《三国志演义》中的人物基本上是"脸谱化"的（用福斯特的话说，就是"扁的人物"[①]），即某一种性格、气质格外突出，以致弱化、淡化甚至遮蔽了其他方面的"人格可能性"，如关羽之忠义、刘备之仁厚、司马懿之奸猾等。在习惯了以"丰盈度""多面性"为标准来评价人物形象的当代读者看来，这种形象无疑是简单的、刻板的。但实际上，这种形象塑造是与史传叙事和民间叙事的传统相适应的，也是《三国志演义》主题思想的需要。

前文已说过，史传文的人物塑造是为史家伦理叙事服务的，传主是经过"盖棺定论"的道德典型（正面或负面的），供后人崇拜、追慕或批判、反思。换句话说，人们通过史传文而了解的历史人物，说到底是一种伦理化的形象。这种形象本来就有"脸谱化"的倾向——许多能够全面展示"人格可能性"的材料已经被史家裁剪过，或直接规避、芟薙掉了。进入民间叙事渠道，历史形象进一步向文艺形象转变，又必然迎合大众的好恶。而大众的好恶往往是两极化的、根深蒂固的，对文艺形象的接受与传播也多是简单、机械的。正面形象会被进一步崇高化、神圣化，负面形象则会被进一步矮化、丑化，甚至妖魔化。罗贯中的"据正史，采小说"，是要在这两种艺术经验中寻求平衡，而非逆其道行之。

同时，《三国志演义》的主旨也要求其中的人物形象是高度典型化的。本书表达了民众对太平世道的向往，对理想政治——仁政的渴望，以及对理想化人格（仁爱、忠义、智勇等）的赞美。以刘备为中心的蜀汉人物，正是这些愿

① ［英］E. M. 福斯特：《小说面面观》，冯涛译，上海：上海译文出版社，2016年，第 61 页。

景与理想的具象化，如同供奉在神庙中的塑像。而神庙中的塑像，大都以"高贵的单纯，静穆的伟大"为美学标准，填充其他"人格可能性"，不仅显得多余，也会削弱其神性光晕。相应地，作为对立面，以曹魏政权为中心的人物也要被打上更多阴影，历史真实中的"人格可能性"（尤其是积极的一面）即便得到了一定程度的保留（如罗贯中对曹操的塑造，是充分吸收历史文献资料的，也呈现了其积极的一面），也会在后期传播中被汰减掉（如"毛批本"的再加工）。当然，也必须承认：丰盈的、多面的人物形象是叙事文学发展的必然趋势，叙事文学篇幅的拉长，及其所表现之"世界"的纵深延展，需要更多"人格可能性"为行动主体提供性格支撑——我们无法想象性格单一的、刻板（甚至脸谱化）的王熙凤如何能在"男人的世界"与"女儿的世界"中游走穿梭，在"理的世界"与"情的世界"中自如完成身份转换。同时也要看到，《三国志演义》的脸谱化形象之所以成功，主要在于罗贯中的艺术力度。后世一些历史演义中的人物形象，也是脸谱化的，塑造得却很呆板、机械，看上去如粗糙的木雕、土偶。

从语言上看，《三国志演义》继承了宋元讲史平话的传统，采用浅近文言作为叙述语言，即所谓"文不甚深，言不甚俗"[①]，这既能保证普通读者顺利接受故事，又不至于破坏作品的整体历史氛围，作者也可在叙述过程中自然而然地插入大量历史文献，这也为后来历史演义的编创提供了直接示范。

正是因为以上所述的艺术典范意义，《三国志演义》一经面世，便引起了巨大的社会反响，阅者"争相誊录，以便观览"。只不过，需要注意的是：尽管元末明初业已成书，但《三国志演义》真正在市面上传播开来，已经是明中期的事情了。现存最早刊本为嘉靖壬午年（1522）刊刻的《三国志通俗演义》。该本24卷，240则，每则前有七言一句的小目。卷首有弘治甲寅（1494）庸愚子（即蒋大器）的"序"、嘉靖壬午修髯子（即张尚德）的"引"。学界普遍认为该本最接近罗贯中原作，后来各版本皆由此而出。至《李卓吾先生批评

---

① （明）庸愚子：《三国志通俗演义序》，丁锡根编著：《中国历代小说序跋集》，北京：人民文学出版社，1996年，第886页。

三国志》本，将240则合为120回，回目也由单句变为双句。另外，嘉靖至天启年间，又有一个系统的本子，书名为"三国志传"，而非"三国志演义"。这些"志传"系统的本子与"演义"系统最大的区别是穿插了关羽次子关索（或花关索）生平事迹。这两个系统的本子，到底孰前孰后，谁更接近罗氏原作，目前学界还在讨论，未形成共识。清代康熙年间，毛纶、毛宗岗父子以"李评本"为基础，又参考了"志传本"，对回目、正文进行整体修改、润色，加以评点，使全书在思想上更趋于保守，但艺术上也得到极大提高，具有很强的文学鉴赏性。今天市面上通行的本子，就是这个"毛批本"。

《三国志演义》的刊行带来巨大的市场效益，这刺激了各家书坊，除了在回目、正文、插图、批点等"文本"与"副文本"上玩花样，炮制各种版本，书坊也积极推出以《三国志演义》为模板的新作。只不过，当时多数文人囿于传统意识，不屑于白话小说创作，面对巨大的市场需求，在商业利益的驱使下，一些谙于图书市场运作规律又有一定文化修养的书坊主只得亲自下场"操刀"，熊大木便是其代表。据《大宋演义中兴英烈传序》所言，嘉靖三十年（1551），建阳书坊清白堂的主人杨涌泉前来拜访他的姻亲——书坊忠正堂主人熊大木。杨氏随身带来一部《精忠录》，此书记述岳飞事迹，并收录了南宋以至明代表彰岳飞的大量谕诰、奏疏、诗文。杨氏意识到此书可敷演成一部畅销的历史演义，但自觉笔力不逮，便请熊氏操刀。此书一面世便大获成功，风行一时，不仅被其他书坊争相翻刻，还有精抄本流入宫廷。熊氏趁热打铁，又炮制了《全汉志传》《唐书志传通俗演义》《南北两宋志传》等书。继之，更多书坊主加入此行列。他们或自己动手，或雇用下层文人，"攒"出一批通俗小说。可以说，在万历中后期文人进入通俗小说创作领域之前的数十年里，该领域基本是由书坊主控制的。既以熊氏等人为始作俑者，学界便将这数十年的文学生产现象称作"熊大木模式"。[①]

无论思想还是艺术，这些炮制出来的作品与《三国志演义》是不可同日而语的，但"熊大木模式"在中国古代小说史上的意义不可忽视。正如陈大康先

---

① 陈大康：《明代小说史》，北京：人民文学出版社，2007年，第249页。

生指出的："这种现象的产生并不是偶然的，而且它还将持续几十年，其原因则在于通俗小说既是精神产品又是文化商品这双重品格的矛盾统一。一旦通俗小说以商品的身份进入流通渠道并获得成功，那么在供求法则的调节下，他的生产或迟或早会因受刺激而渐与流通的状况相适应，而书坊主的介入，则又加快了这一进程。总之，这是发展过程中的必经阶段，不能想象通俗小说的创作能够舍此而跃至繁荣。"① 书坊主的积极参与，适应了文学市场化的需要，在文人小说家下场之前的"空档期"，保证了历史演义的影响和市场占有率，对此类作品乃至整个通俗小说而言，都是具有重要意义的。

万历以后，具有较高文艺修养的文人开始参与历史演义的创作，使此类型小说在思想和艺术上得到显著提升。甄伟在《全汉志传》基础上改编的《西汉通俗演义》便是其代表。甄氏在该书序言中，批评熊氏炮制之作"多牵强附会，支离鄙俚，未足以发明楚、汉故事"，立意要"因略以致详，考史以广义"，编成一部足以"资读适意"的作品。② 这就是要复归罗氏"据正史，采小说，证文辞，通好尚"的文人编创传统。从实际效果来看，《西汉通俗演义》也确实比《全汉志传》高出一筹，以虚实相生的手法叙事写人，塑造相对立体、饱满的形象，构造戏剧性场景，语言通俗而不失文人气，也属于"易观易入"之作。

冯梦龙的《新列国志》则可被视作晚明历史演义的集大成之作。此前，已有余邵鱼的《列国志传》，此书也属于"熊大木模式"的作品（余氏也是建阳刻书世家，历史较熊氏更久）。冯梦龙讥余书"铺叙之疏漏，人物之颠倒，制度之失考，词句之恶劣，有不可胜言者"，尤其对一些历史事件的敷演，简直等同"呓语"，"未可为稍通文理者道也"。所以自己要编撰一部"本诸《左》《史》，旁及诸书，考核甚详，搜罗极富"的新作。③ 难能可贵的是，尽管冯氏标榜

---

① 陈大康：《明代小说史》，北京：人民文学出版社，2007年，第256页。
② （明）甄伟：《西汉通俗演义序》，丁锡根编著：《中国历代小说序跋集》，北京：人民文学出版社，1996年，第878页。
③ （明）可观道人：《新列国志叙》，丁锡根编著：《中国历代小说序跋集》，北京：人民文学出版社，1996年，第864页。

叙事写人仍羽翼信史，所谓"大要不敢尽违其实"，但也公开承认虚构，所谓"敷演不无增添，形容不无润色"。[①]虽然此书多少带点"教科书"味道，看上去更像一部面向市井大众的历史普及读物，但冯氏的艺术水准还是在线的。

同时，随着其他类型章回小说渐成气候，历史演义也与其合流，出现了不同程度的"异化"，如袁于令的《隋史遗文》就有"英雄传奇"化的倾向，与其说是讲述隋唐开国史，不如看成秦叔宝等人的发迹变泰传奇。而齐东野人的《隋炀帝艳史》则明显与"世情小说"合流。此书又名《风流天子传》，在历史事迹中融入大量"艳情"成分，将历史演义敷演成一篇亡国之君的"风流佳话"。

另外，明清易代之际，历史演义又生出一支新系统——时事小说。

当然，这也不是全新题材。如前所述，宋元说话中的"说铁骑儿"就有很强的时事色彩，再往前追溯，晚唐五代变文《张义潮变文》《张淮深变文》等，也是对近代事件的反映，但这些作品总不如时事小说应时应事。当时朝野动荡，党争激烈，政治昏暗，边疆战事吃紧，关内民不聊生，各地农民起义此起彼伏。公众担忧国事，希望通过更多渠道了解时事新闻；当时"大众媒介"尚不发达，抓取热点事件而又具有极强故事性、通俗性的时事小说便应运而生。如《征播奏捷传》《戚南塘剿平倭寇志传》《七曜平妖传》《辽海丹忠录》《平虏传》《警世阴阳梦》《皇明中兴圣烈传》《樵史演义》《铁冠图》等书，都属这类小说。其中，《梼杌闲评》的艺术成就较高。

《梼杌闲评》又名《明珠缘》，原本未题撰人，或以其作者为李清，[②]尚待确证。此书叙魏忠贤与天启皇帝乳母客氏狼狈为奸，祸乱朝政，将讽刺矛头直指明末宦官专权擅政这一恶疾。可贵的是，虽然作者对"阉党"愤恨至极，却没有用漫画式的笔墨丑化、妖魔化人物，而是写出了魏忠贤形象的复杂性、多面性，生动呈现了其嬗变过程，尤其屡见细腻的心理刻画，可见其从世情小说中

---

① （明）可观道人：《新列国志叙》，丁锡根编著：《中国历代小说序跋集》，北京：人民文学出版社，1996年，第865页。

② 石昌渝主编：《中国古代小说总目》（白话卷），太原：山西教育出版社，2004年，第376页。

汲取了诸多有益的艺术经验。

只不过，入清以后，历史演义自身的发展略显疲态，胶柱于"按鉴演义"的老路子，又不能在艺术上有更多发挥。褚人获《隋唐演义》可算是此时期历史演义的上乘之作，但该书系"集腋成裘"之作，以《隋史遗文》《隋炀帝艳史》等书为基础，此二书本已属于"异化"文本，《隋唐演义》自然也偏离了历史演义的轨道。同时，在糅合前书路数、风格时，褚氏又未能做到和谐圆融，以致"画风不稳"，如郑振铎先生所说："此书情调，也绝不能一贯。一面叙隋宫故事，仿佛有点像后来的'大观园'，一面却叙草莽英雄故事，很像《水浒》。你看这两种极端的情调，如何能融合于一书呢？"① 当然，这种"画风"的不稳定，是清代各类型小说交流、融合的时代文艺潮流所导致的，非历史演义所独有。今天看来也不必求全责备了。

总之，历史演义小说的发生、演化、嬗变，是中国古代小说发展的必然。罗贯中的《三国志演义》更是小说史的一个"绚烂节点"。它不仅是历史演义的开山之作，也创制了章回体小说；在"虚实相生"的叙事写人手法上，进行了具有典范意义的实践。只不过，不可将全部功劳归于此书，与之大约同时成书的《水浒传》也是这"绚烂节点"的一个重要组成。


# 第二节　《水浒传》与英雄传奇


在传统小说分类中，《水浒传》等书也是归在"讲史"的。如《中国小说史略》即在"元明传来之讲史（下）"一章讨论该书，《中国通俗小说书目》也将其归在"讲史类"。这主要在于其前身是宋元讲史话本——《大宋宣和遗事》。但仔细考究起来，《水浒传》等书与以《三国志演义》为代表的历史演义之间是同中见异的：一方面，两类作品都有历史本事可寻。但历史演义"羽翼

① 郑振铎：《中国文学史研究·中国小说提要》，北京：人民文学出版社，2000 年，第 323 页。

中国古代小说简史

信史"，既以官修史书为依据，又强调"大要不敢尽违其实"，虽然有所虚构，但纪实的比例还是要多一些的。而《水浒传》等书所依据的史料，大都是零星片段的，不成系统，以之为基础敷演出来的故事，虚构和想象的成分更多，传奇色彩更浓。另一方面，两类作品都有"史"的形态，即将人物、事件编织进以"时间—因果"关系为线索的叙事流程。但历史演义以"事"为主体，以"编年体"为主形态，《水浒传》等书以"人"为主体，以"纪传体"为主形态，看上去更像是一个又一个英雄人物事迹的连缀（或是一条又一条线索的交织）。可以说，二者之间的差异还是比较明显的。

所以，按照传统小说分类法，将《水浒传》等书归于"讲史"，这是没有问题的，但若在现代以来形成的"中国小说史"框架下，径将其归入历史演义，则是不合适的，由此逐渐形成了"英雄传奇"这一概念。最早提出此概念的是胡适先生[①]，后来郑振铎先生发展了此概念，明确提出《水浒传》是"中国英雄传奇中最古的著作"[②]。在《插图本中国文学史》中，郑氏又特地列出"讲史与英雄传奇"一章，将后者独立出来，"英雄传奇"作为一种小说类型也正式确立下来。

作为英雄传奇的开山之作，《水浒传》的成书过程也是世代累积的。

此书所据本事是北宋末年"宋江三十六人"起义事迹。宋江乃淮南大盗，率领一小撮起义人马，剽掠淮北，如《东都事略·徽宗纪》言："淮南盗宋江陷淮阳军，又犯京东、河北，入楚海州。"又《侯蒙传》言："宋江以三十六人，横行河朔、京东，官军数万，无敢抗者。"[③]足见其战斗力之高。后被张叔夜击败，接受朝廷招安。《十朝纲要》《三朝北盟会编》《资治通鉴考异》《续资治通鉴长编纪事本末》等书中也有记载，但多是只言片语，给民间传说的敷演、增华留下了极大的腾挪空间。

南渡以后，宋江等人的事迹便在民间流行起来。龚圣与《宋江三十六人

① 胡适：《中国旧小说考证》，北京：商务印书馆，2014年，第28页。
② 郑振铎：《郑振铎全集》第4卷，石家庄：花山文艺出版社，1998年，第89页。
③ 朱一玄、刘毓忱：《〈水浒传〉资料汇编》，天津：南开大学出版社，2002年，第2—3页。

赞》最早完整记述了三十六人的姓名和绰号。据龚氏序言所说："宋江事见于街谈巷语，不足采著。虽有高如李嵩辈传写，士大夫亦不见黜，余年少时壮其人，欲存之画赞。"① 可见该故事之盛行，不仅有市井细民的口耳相传，还有一部分文人士大夫参与其中。这些故事，进入勾栏瓦舍，变成说话人的拿手节目，如《醉翁谈录》著录的《石头孙立》《青面兽》《花和尚》《武行者》等篇目，就是梁山好汉原型的独立事迹。后来，这些事迹逐渐连缀起来，形成长篇"讲史"，就是元代无名氏的《大宋宣和遗事》。书中已经可以看到晁盖劫生辰纲、杨志卖刀、宋江私放晁盖、刘唐下书、宋江杀惜、宋江受天书等情节，三十六人的名号也已接近明本小说。可以说，《水浒传》至此已初具规模了。

同时，元杂剧舞台上有不少"水浒戏"。现存 12 种，如《黑旋风双献功》《同乐院燕青博鱼》《梁山泊黑旋风负荆》《争报恩三虎下山》等，另有 22 种仅存剧目。这些故事里，宋江等人的活动开始以梁山泊为根据地，其规模也扩大为"三十六大伙，七十二小伙"，这就成为后来梁山好汉 108 将的原型。

及至元末明初，这些艺术经验通过文人作家的整合、提炼，形成《水浒传》一书。只不过，这位文人作家是谁？目前学界仍有争论。当代通行读本多署名施耐庵，但罗贯中应当也有一部分著作权，如郎瑛《七修类稿》所言："《三国》《宋江》二书，乃杭人罗本贯中所编。予意旧必有本，故曰编。《宋江》又曰钱塘施耐庵的本。"② 高儒《百川书志》则言："钱塘施耐庵的本，罗贯中编次。"③ 则此书最终编定者应是罗贯中。当然，这种说法也有可怀疑的地方，或是明人以罗氏名头大，多将早期"讲史"类作品归在其名下。

至于施耐庵其人，谜团更大。或以其为南宋人，或以其为元人，或以其为元末明初人。鲁迅先生甚至怀疑，这可能是某位将早期"简本"敷演成"繁本"之作者的笔名。④ 关于其籍贯，明人多认为他是杭州人，近代以来有不少学者认为他是江苏人。江苏地方曾发掘出一些关于施耐庵的文献资料，如墓

① 朱一玄、刘毓忱：《〈水浒传〉资料汇编》，天津：南开大学出版社，2002 年，第 19 页。
② 朱一玄、刘毓忱：《〈水浒传〉资料汇编》，天津：南开大学出版社，2002 年，第 117 页。
③（明）高儒：《百川书志》，上海：上海古籍出版社，2005 年，第 82 页。
④ 鲁迅：《中国小说史略》，北京：商务印书馆，2017 年，第 302 页。

碑、墓志、族谱等，但这些材料多被证明是不可靠的。

无论施耐庵是否确有其人，也不管罗贯中在成书过程中扮演了何角色，由其编写的《水浒传》确实取得了极高的思想和艺术成就。

先看《水浒传》的主题思想。

尽管都源自"讲史"，但《水浒传》的主题思想要比《三国志演义》复杂得多。总结起来，一度比较流行的主张有官逼民反说、农民起义说、市民说、英雄理想说等。[①]这些主张当然都有一定的合理性和参考价值，但多是特定时代或文化立场的产物，未能真正回归水浒英雄群像的文化象征意义，以及此书世代累积的历史文化背景。

诚然，《水浒传》所写的故事，可以看作封建时代此起彼伏的农民起义的生动反映，但较起真儿来，其主体形象——108将——没有一个是真正意义上的农民（这里指以种植业为生的劳动者），与其说是"农民"，不如说是"游民"。

这里的"游民"，不是日常所谓"无业游民"，也不是单纯从其居地、职业和劳动对象出发的，而是就其在社会结构中的位置来说的，如王学泰先生所说，游民"主要指一切脱离了当时社会秩序（主要是宗法秩序）的人们，其重要的特点就在于'游'。也就是说从长远的观点来看，他们缺少稳定的谋生手段，居处也不固定"，"他们中间的大多数人在城市乡镇间游动。迫于生计，他们以出卖劳动力（包括体力与脑力）为主，也有以不正当的手段谋取财物的。他们中间的绝大多数人有过冒险生涯或者非常艰辛的经历。这种类型的游民虽然在进入文明社会之后就存在，但是只有在宋代和宋代以后才大量出现，形成具有社会影响力的群体"。[②]这些从传统社会的结构版图中脱落下来的零星拼图，聚合在一起，形成了一个特定的群体（甚至一定程度的组织化），有自己的一套身在"江湖"的价值体系和行动准则；尤其因为脱离了宗法关系，"以武犯禁"的成本大大降低，也使其成为比较活跃的社会不稳定因素，对当局统

---

① 谭帆主编：《明清小说分类选讲》，北京：高等教育出版社，2007年，第57页。
② 王学泰：《游民文化与中国社会》，太原：山西人民出版社，2014年，第16页。

治和社会秩序构成威胁。《水浒传》讲述的故事，其实是以该群体的传奇化事迹为依据的。

需要追问的是：此书原名《忠义水浒传》，"忠义"二字显然是叙述主旨。既然讲述的是"以武犯禁"的游民群体的故事（甚至有学者称其为"强盗书"），又是怎么与"忠义"这一主题联系起来的呢？"义"字尚可理解，"忠"却与其形象不符（甚至相悖）。

有一个细节值得注意：在《大宋宣和遗事》中，宋江等三十六人以梁山泊为根据地展开战斗，但梁山泊在太行山。如晁盖劫取生辰纲后，书中交代："不免邀约杨志等十二人，共有十二个，结为兄弟，前往太行山梁山泊去落草为寇。"[1] 类似说法不止一处，应该不是口误、笔误。又不只此书，龚圣与《宋江三十六人赞》中也五次说到太行山，甚至将宋江等人径称作"太行好汉，三十有六"。[2] 这说明南宋人普遍认为宋江等人在太行山地区活动。而这里恰是当时在北方沦陷区坚持抗金的"忠义军"之根据地。

南宋朝廷偏安一隅，统治阶层的主流势力苟且偷安，对"克复神州"表现得十分消极。所谓"直把杭州作汴州"，便是其生动写照。有识之士壮志难酬，即便把"栏杆拍遍"，也只落得"揾英雄泪"；民间"北伐"的呼声同样很高，却得不到朝廷的积极回应，又没有更多宣泄渠道，只得通过口耳相传的英雄事迹，以寻求精神慰藉，北方地区"忠义军"事迹便成为重要的"精神食粮"。这些"忠义军"的成员构成，其实是很复杂的，有地方豪绅组织的自卫武装，也有溃散的官兵，甚至包括占山为王的土匪强盗，但他们都打着"抗金"的旗号。当时还有忠义民兵、忠义社、忠义等名目，总体指"金占区的民众武装组织及由金归宋的人"[3]。其中一部分人马甚至得到南宋朝廷的"官方认证"。而方便开展游击战的太行山地区，正是其主要根据地。北宋末年，淮南大盗宋江结伙起义，剽掠河朔地区，最后受朝廷招安的历史事迹，传到南宋人

---

① （宋）阙名：《新刊大宋宣和遗事》，上海：古典文学出版社，1954年，第39页。
② 朱一玄、刘毓忱：《〈水浒传〉资料汇编》，天津：南开大学出版社，2002年，第21页。
③ 程毅中：《忠义军与〈忠义水浒传〉》，《文学遗产》2020年第6期。

口中，就与当时活跃于北方沦陷区的"忠义军"相结合，强盗头被冠上了"呼保义"的名头，打家劫舍的行径也变作"助行忠义，卫护国家"的堂皇举动；强盗的事迹被"洗白"了，变成了英雄的故事，民众也从中获得了心理慰藉。

"替天行道"是《水浒传》的另一个关键标签，也可以说是梁山好汉的主要行动纲领。这是在故事演进过程中，继"忠义"之后，又一沉淀下来的主题。其沉淀时期应是元代，完成沉淀的主要文本形态是杂剧。王学泰先生即已指出：元代"水浒戏"摒弃了"忠义"概念，转而强调"替天行道"。[①] 如康进之《梁山泊李逵负荆》第一折，宋江上场诗言："杏黄旗上七个字，替天行道救生民。"[②] 类似的说法，在《双献功》《还牢末》《黄花峪》《三虎下山》等剧中也可看到。这些腾挪于舞台的梁山好汉，不再以对抗北方少数民族政权为任务，转而维护社会的公平与正义，为普通民众打抱不平。这是与时代背景相适应的，毕竟以政权对抗为主要形式的民族矛盾已经缓和，社会矛盾则日益尖锐。尤其底层民众，遭受了更多不公平、不公正待遇，又无力反抗、无处诉告，只得希冀拥有暴力资本的仗义之士出手，来惩治奸恶，救危扶困。现实中，这类仗义之士不常见，却以丰满、立体的艺术形象活跃于舞台，为民众提供心理慰藉——这与当时流行的"清官戏"（元杂剧中的"包公戏"也是一个突出的存在），就生成传播机制而言，是相同相近的。至于明本小说，便成就了鲁智深这样"禅杖打开生死路，戒刀杀尽不平人"的仗义英雄形象。

总之，《水浒传》的主题是在故事演化进程中逐渐糅合、沉淀的，特殊的故事素材，特定的时代背景，辗转变相，形成此书的精神内涵。换句话说，讨论《水浒传》的主题问题，不能仅仅从明刊本的人物、情节出发，而是要与该书的成书问题结合在一起考察、分析。

再来看《水浒传》的艺术特色。

由于摆脱了"按鉴演义"的包袱，编创者有了更多艺术发挥的自由，此书在结构故事以及写人叙事等方面，较《三国志演义》更灵活，向通俗白话文学

---

① 王学泰：《"水浒"识小录》，桂林：广西师范大学出版社，2012年，第320页。
② 王季思主编：《全元戏曲》第3卷，北京：人民文学出版社，1999年，第187页。

步子也迈得更大。

在故事结构上，《水浒传》采用"纪传"与"编年"相结合的方式。前半部分（第七十一回以前）以"人"为中心，往往集中几回的篇幅来写一个或一组英雄的事迹，将其上梁山之前的故事交代完（之后便很少集中描写），继而引出新的英雄，形成一环接一环的线性结构；后半部分（第七十一回以后）以"事"为中心，以时间为序书写大事件，如两赢童贯、三败高俅、接受招安、征辽国、平方腊（以及平田虎、方庆）等，形成一事递一事的线性结构。学界主流将其形容为"连环钩锁、百川入海"①，是很生动的比喻。同是线性结构，《水浒传》的线性结构看起来不如《三国志演义》那般有层次、有厚度，却更突出"人"，更符合"英雄传奇"的体式需要，也为后来的作品提供了一种操作性极强的结构范式。

既然突出"人"，作者在人物塑造上便下足了功夫，也取得了相当之成就。与三国人物不同，水浒人物在历史上只留下一个模糊的"影像"，相关事迹都是在街谈巷议、道听途说的过程中附会而来的，本就具有很大虚构性，作者可以进一步提炼、加工，塑造一个又一个具有艺术真实的典型形象。

金圣叹在《读第五才子书法》中说："独有《水浒传》，只是看不厌，无非为他把一百八个人性格，都写出来。"②这话说得不免夸张，但此书主要人物确实塑造得很有个性，尤其是一些气质、性格相近的人物，作者能够注意在"同而不同处有辨"，"各有派头，各有光景，各有家数，各有身分"，③写出了人物的差异化和复杂性。比如，李逵与鲁智深都是粗豪型英雄，但前者保有更多"童心"，言语举动是天真烂漫的，粗豪中是率真、稚拙，甚至带一些蛮横，后者虽也率性可爱，却有更多成熟的机智、江湖的历练，粗豪中可见精细。

为了实现这种"同而不同"的艺术效果，作者往往采用类似的故事情节，在同质化的戏剧冲突和矛盾关系中表现人物，"如武松打虎后，又写李逵杀虎，

---

① 袁行霈主编：《中国文学史》第 4 卷，北京：高等教育出版社，1999 年，第 52 页。

② （清）金圣叹：《读第五才子书法》，丁锡根编著：《中国历代小说序跋集》，北京：人民文学出版社，1996 年，第 1489 页。

③ 朱一玄、刘毓忱：《〈水浒传〉资料汇编》，天津：南开大学出版社，2002 年，第 173 页。

又写二解争虎；潘金莲偷汉后，又写潘巧云偷汉；江州城劫法场后，又写大名府劫法场；何涛捕盗后，又写黄安捕盗；林冲起解后，又写卢俊义起解；朱全、雷横放晁盖后，又写朱全、雷横放宋江等"，金圣叹称这是"正犯法"，即"故意把题目犯了，却有本事出落得无一点一画相借"。①

所谓"故意"，其实值得商榷。这些相同、相近的情节，主要来自其口承形态的同质化想象。水浒人物的事迹原本都是单独传播、独立演化的，而坊间传闻的故事类型其实是有限的，"杀虎""偷汉""起解""劫法场"等，说到底是固定的套子，无非换了人名、时地，民众依旧津津乐道。这是《水浒传》作者在整合前代故事素材时，必须面对的客观实际，而不是"主观故意"。但从艺术处理效果看，这些同质化的素材确实被敷演成各具风致的情节，有效地服务于人物个性的塑造，不得不承认作者是个"有本事"的。

在注意人物之间的区分时，作者也注意写出关键人物自身的复杂性。比如怎样评价宋江这一人物，评点者的意见就很不一致。"李评本"的评点者高度肯定该形象："则谓水浒之众，皆大力大贤有忠有义之人可也。然未有忠义如宋公明者也。"②金圣叹则极力贬抑该形象，称其"全劣无好"。③后世评论者，基于不同的时代背景、文化立场、言说意图，对宋江也是有褒有贬，甚至针锋相对。④究其原因，一方面固然是特定时期文学批评的庸俗社会学倾向，以及批评方法的简单化、刻板化，一方面也要考虑到宋江形象经历了"世代累积"过程，是多个原型叠合、累加而成的。⑤但根本还在于该形象本身的丰富性、复杂性，与《三国志演义》中的"脸谱化"人物不同，《水浒传》的作者写出了宋江思想性格的多面性、矛盾性。他身上既有江湖气，又有市井气；既有英雄气，又有腐儒气；既有领袖气质，也间或露出"奴才嘴脸"；既有进步的一

① （清）金圣叹：《读第五才子书法》，丁锡根编著：《中国历代小说序跋集》，北京：人民文学出版社，1996年，第1493页。
② （明）李贽：《忠义水浒叙》，丁锡根编著：《中国历代小说序跋集》，北京：人民文学出版社，1996年，第1466页。
③ 朱一玄、刘毓忱编：《〈水浒传〉资料汇编》，天津：南开大学出版社，2002年，第263页。
④ 纪德君：《百年风云：宋江形象论争的回顾与启示》，《明清小说研究》2005年第3期。
⑤ 孙述宇：《〈水浒传〉的诞生》，北京：中国友谊出版公司，2021年，第199页。

面，也有保守的一面……很难用一句话"概而言之"。这正是《水浒传》主人公塑造的成功之处。

更为可贵的是，《水浒传》还呈现出了一些人物的性格发展过程。在人们的一般印象中，古典小说的人物性格大多是"静态"的，并不随着情节而发展、变化。这一方面是由于史传文学传统的影响——"性格"大于"行动"（即情节），一方面也是由于早期短篇叙事无法给人物性格变化提供充分延展的空间。章回小说有足够的篇幅支持人物性格变化，如果能够调整"性格"与"行动"之间的关系，便可能塑造出"动态"的人物。《水浒传》中的林冲便是其典型。

人们习惯说"逼上梁山"，但较真起来，明本《水浒传》中的英雄里，真正被"逼"上梁山的并不多，林冲算是最具代表性的一个。他原是东京八十万禁军教头，虽然也受些封建官场的窝囊气，所谓"屈沉在小人之下"，但毕竟有稳定的职位、美满的家庭、优渥的生活，这也使其养成了委曲求全的性格和安于现状的心理。从妻子受辱，到遭人迫害，以至家破人亡，他再三隐忍，极力克制，希图保住眼前之苟且，勉强过几天"太平日子"。直到发现追杀自己的竟是好友陆谦，这位无耻的卖友求荣者，甚至要拾一块自己的骨头去邀功请赏，长期累积的委屈、愤懑，终于化成仇恨的火焰，喷薄而出。对昏暗的世道，林冲不再抱有幻想，转而走向反抗之路。这由隐忍、克制到集中爆发的过程，作者书写得比较生动而真实，尤其最后的爆发是通过"风雪山神庙"的场景序列呈现出来的，成为全书最为精彩的片段之一。

的确，立体、饱满的人物形象，总是与生动如画的场景联系在一起的，而场景总是基于一定的艺术底色。《三国志演义》的艺术底色是徐徐展开的"历史画卷"，它是"居庙堂之高"的——三国人物是在宫廷、幕府、营帷、战场等意象化空间内，在与戴着王帽、相貂、帅盔，穿着蟒服、大氅、大靠之角色的对唱中被塑造起来的。《水浒传》则是"处江湖之远"的，而这"江湖"不仅是聚啸山寨、风行绿林，也包括于市井游走、与细民周旋。尤其后者，《水浒传》的作者当然是善于塑造游民英雄之"超人"气质的，如鲁智深倒拔垂杨柳、武松徒手打虎，都带有很强的传奇性，但他又习惯将超人式的英雄置于日常生活情境，呈现他们与各色小人物的互动，体现其与市井生活的"格格不入"，这就将传奇与现实结合起来。如第十二回写杨志卖刀，泼皮牛二寻衅滋事，杨志不擅应付这类市井无赖，最终被逼得性起，杀死牛二，尤其场景序列的最后，将对话与动作细节更紧凑地结合起来，写得十分精彩：

　　……牛二又问："第三件是甚么？"杨志道："杀人刀上没血。"牛二道："怎地杀人刀上没血？"杨志道："把人一刀砍了，并无血痕，只是个快。"牛二道："我不信。你把刀来剁一个人我看。"杨志道："禁城之中，如何敢杀人？你不信时，取一只狗来杀与你看。"牛二道："你说杀人，不曾说杀狗。"杨志道："你不买便罢，只管缠人做甚么？"牛二道："你将来我看。"杨志道："你只顾没了当！洒家又不是你撩拨的。"牛二道："你敢杀我？"杨志道："和你往日无冤，昔日无仇，一物不成，两物见在。没来由杀你做甚么？"牛二紧揪住杨志，说道："我鳖鸟买你这口刀。"杨志道："你要买，将钱来。"牛二道："我没钱。"杨志道："你没钱，揪住洒家怎地？"牛二道："我要你这口刀。"杨志道："俺不与你。"牛二道："你好男子，剁我一刀！"杨志大怒，把牛二推了一跤。牛二爬将起来，钻入杨志怀里。杨志叫道："街坊邻舍都是证见。杨志无盘缠，自卖这口刀。这个泼皮强夺洒家的刀，又把俺打。"街坊人都怕这牛二，谁敢向前来劝？牛二喝道："你说我打你，便打杀直甚么？"口里说，一面挥起右手，一拳打来。杨志霍地躲过，拿着刀抢入来，一时兴起，望牛二颡根上搠个着，扑地倒了。[①]

所谓"虎落平阳被犬欺"，这些或是罗帽抱衣，或是箭衣大带的英雄人物，与以鸭尾巾、小毡帽、大袖、饭单、水裙等为标签的小角色相周旋，横眉

① （明）施耐庵、罗贯中：《水浒传：李卓吾评本》，上海：上海古籍出版社，1988年，第165—166页。

立目、大开大合，显得突兀、各色、别扭，而游民之于市井烟火的疏离、矛盾、冲突，由此也被生动地刻画出来。

在这些场景中，人物语言又是格外值得注意的。《三国志演义》的人物语言还是浅近文言，《水浒传》的人物语言则已是纯然的口语，标志着白话文学进入新阶段。这种白话口语，又不是固定的模式，作者充分注意到了人物语言的个性化。如鲁智深大闹野猪林一段：

> ……林冲连忙叫道："师兄不可下手！我有话说。"智深听得，收住禅杖。两个公人呆了半晌，动弹不得。林冲道："非干他两个事，尽是高太尉使陆虞侯分付他两个公人，要害我性命。他两个怎不依他？你若打杀他两个，也是冤屈。"鲁智深扯出戒刀，把索子都割断了，便扶起林冲，叫："兄弟，俺自从和你买刀那日相别之后，洒家忧得你苦！自从你受官司，俺又无处去救你。打听得你断配沧州，洒家在开封府前又寻不见。却听得人说，监在使臣房内，又见酒保来请两个公人说道：'店里一位官人寻说话。'以此洒家疑心，放你不下，恐这厮们路上害你，俺特地跟将来。见这两个撮鸟带你入店里去，洒家也住在那店里歇。夜间听得那厮两个做神做鬼，把滚汤赚了你脚，那时俺便要杀这两个撮鸟，却被客店里人多，恐妨救了。洒家见这厮们不怀好心，越放你不下。你五更里出门时，洒家先投奔这林子里来，等杀这两个撮鸟，他到来这里害你，正好杀这厮两个。"林冲劝道："既然师兄救了我，你休害他两个性命。"鲁智深喝道："你这两个撮鸟！洒家不看兄弟面时，把你这两个都剁做肉酱。且看兄弟面皮，饶你两个性命。"[①]

林冲毕竟官家出身，说话有身份，且一贯委曲求全，替董超、薛霸求情，

① （明）施耐庵、罗贯中：《水浒传：李卓吾评本》，上海：上海古籍出版社，1988年，第123—124页。

冒着腐气；鲁智深全是快意恩仇，满口詈语，却粗中有细，娓娓道来。再联系同为粗豪型英雄的李逵，虽然也常把"鸟"字挂在嘴边，却远不似鲁智深这般有逻辑、有盘算。金圣叹赞《水浒传》"一样人，便还他一样说话"[①]，虽不免夸大，但作者确实注意到还原关键人物的个性化"声口"。

基于以上艺术成就，考虑到《水浒传》同样成书于元末明初，我们可以这样说：从宋元"讲史"话本与"朴刀杆棒"类的"小说"话本到"英雄传奇"，这个素材整合与体式转换的过程还是很顺利的，中国古代白话小说虽然起步晚，但演进（特别是向"市民文学"发展）的速度还是很可观的。只不过同《三国志演义》一样，《水浒传》在市面上流行开来，也是明中期以后的事了。

据晁瑮《宝文堂书目》、沈德符《万历野获编》等书记载，嘉靖间武定侯郭勋家有一百回刻本，时称作"武定版"，高儒《百川书志》所著录的《忠义水浒传》一百卷"，应该就是这个本子。可惜今天已经看不到了。

现存最早的完整刊本是有万历己丑（1589）天都外臣（汪道昆）序的《忠义水浒传》。全书一百回，应是源出于"武定版"的。此本原刊本也亡佚了，今日所见是康熙五年（1666）石渠阁补修本。另有万历三十八年（1610）杭州容与堂刊《李卓吾先生批评忠义水浒传》，有"李卓吾"（今学界多以为是叶昼托名）序及批点，也是一百回，应该也是以"武定版"为祖本的。

又有一种一百二十回的本子，万历年间袁无涯刊刻。此书内容在征辽、征方腊之后加入平田虎、方庆事，故名《李卓吾先生批评水浒全传》，也有"李卓吾"的批语。该本在文字上与一百回本也略有不同。

当然，最著名的还是金圣叹"腰斩"本。金氏伪托"贯华堂所藏古本"，实则将一百二十回本第七十一回"梁山伯英雄排座次"以后的内容全部删去，又把第一回改成"楔子"，最后增写"卢俊义惊恶梦"一节作为收煞，形成一个首尾自足的七十回本，名为《第五才子书施耐庵水浒传》。该本保留了原书最精彩的部分，又对文字进行润饰，详加评点，并结合"序"与"读法"，对

---

① （清）金圣叹：《读第五才子书法》，丁锡根编著：《中国历代小说序跋集》，北京：人民文学出版社，1996年，第1489页。

全书思想、艺术，尤其叙事之法多有新解。这个"腰斩"本也成为后来最通行的本子。

以上是《水浒传》的"繁本"系统。所谓"繁本"，不是就回数说的，而是就内容充实度而言的，这些本子的情节丰满，刻画细腻，艺术品位较高。另有一些"简本"，回数各不相同（有一百零二回本、一百一十回本、一百一十五回本、一百二十回本、一百二十四回本、不分卷本等）。这些本子是"文简事繁"，都附加了平田虎、方庆事，但"文词蹇拙"，或"文字脱略"，鲁迅先生以其为"草创初就，未加润色者"①，但也有可能是该书行世后，书坊主为了牟利，删改文字，炮制版本所致。这些复杂的本子也使《水浒传》的版本系统显得格外复杂、糅莒、罗乱。

除了关系复杂的版本，《水浒传》的续书也很多。由于受历实束缚较小，《水浒传》的结尾比《三国志演义》有更强的开放性，"狗尾续貂"的踊跃者也就不少。现存有十余种续书，但这些作品的思想性、艺术性大多不高。比较而言，值得一提的是《水浒后传》《后水浒传》和《荡寇志》。

《水浒后传》四十回，题"古宋遗民著""雁宕山樵评"。古宋遗民、雁宕山樵即明遗民陈忱。书叙梁山英雄征讨方腊后回朝，死伤大半。宋江、卢俊义被鸩杀，众英雄风流云散。后阮小七等人在登云山起义，李俊等人在太湖起义，李应等人在饮马川起义。李俊等又出海战败暹罗国，占据金鳌岛。靖康之变后，众英雄共赴国难，协助李纲等名将抗金戍边，保护赵构南渡。最后，各路英雄投奔李俊，征服暹罗诸岛，建立起独立王国。《后水浒传》四十五回，题"青莲室主人辑"，其真实姓名尚不可考。成书时间应也在明末清初。书叙梁山英雄相继被害后，转世投生，宋江为杨幺、卢俊义为王魔、吴用为何能、公孙胜为贺云龙、李逵为马隆等；蔡京、童贯、高俅、杨戬等也转生为南宋的佞臣、奸商、恶霸。众英雄在洞庭湖聚义，锄强扶弱，惩恶除奸。朝廷派岳飞率兵征剿，杨幺等人不愿与爱国将领为敌，化作黑气，还原三十六天罡面目，复归龙虎山伏魔宝殿。《荡寇志》（又名《结水浒传》）七十回，附结子一回，

---

① 鲁迅：《中国小说史略》，北京：商务印书馆，2017年，第132页。

俞万春撰。俞氏少习攻掠守战之术，曾随父平定边民起义，后又参与抗击英夷的战斗，受朝廷嘉赏。此书始作于道光六年（1826），历22年而成，其间三易其稿，可谓苦心孤诣。与前两书不同，本书接梁山大聚义之后，叙朝廷派兵征剿，连番失利，后由张叔夜挂帅，得道术精深的陈希真、陈丽卿相助，将梁山英雄"尽数擒拿，诛尽杀光"，故曰"荡寇"。可以看到，这已不是严格意义上的"续书"，而是"改作"。俞氏的创作立场也与陈忱等人不同，不是站在同情、理解、支持游民英雄的立场上，而是站在其对立面，极力维护封建王朝的统治。究其原因，主要在于时代不同。前两书成书于明清易代之际，作者多借梁山人物事迹抒写亡国隐痛，《荡寇志》成书于清中叶，民族矛盾已趋缓和，但各地农民起义此起彼伏，加之作者个人经历，将梁山人物视作"以武犯禁"的代表，唯诛之而后快，也就不难理解了。需要注意的是，尽管《荡寇志》在创作立场上存在偏激，但俞氏的创作态度十分认真，笔力明显高于其他作者，此书的艺术成就也相对高一些，尤其生动呈现了梁山事业覆灭的过程，刻画人物也不乏精彩处。鲁迅先生评价此书"造事行文，有时几欲摩前传之垒，采录景象，亦颇有施罗所未试者，在纠缠旧作之同类小说中，盖差为佼佼者矣"[1]，的为确论。

除了"纠缠旧作"的续书、改作，在《水浒传》的示范效应下，英雄传奇的编创进入高潮期。自明中叶至清中叶，出现了一批英雄传奇，如《英烈传》《于少保萃忠全传》《杨家府演义》《岳武穆精忠传》《禅真逸史》《说岳全传》《飞龙全传》，等等。这些作品又与同时期的历史演义彼此影响，互相干涉，前文所述《大宋中兴通俗演义》《隋史遗文》《说唐演义全传》等，虽然习惯上被归入历史演义范畴，但明显又有英雄传奇的色彩。入清之后，英雄传奇又与世情类、侠义公案类作品合流，前者代表是《儿女英雄传》，后者代表为《三侠五义》，这已是为适应时代文艺风尚而生成的"另一副面孔"，这里就不赘述了。

---

① 鲁迅：《中国小说史略》，北京：商务印书馆，2017年，第138页。

# 第三节　《西游记》与神魔小说

神魔小说之名，肇自鲁迅先生。他在《中国小说史略》中说：

> 且历来三教之争，都无解决，互相容受，乃曰"同源"，所谓义
> 利邪正善恶是非真妄诸端，皆混而又析之，统于二元，虽无专名，谓
> 之神魔，盖可赅括矣。[①]

在《中国小说的历史的变迁》中，他更明确地说：

> 当时的思想，是极模糊的，在小说中所写的邪正，并非儒和佛，
> 或道和佛，或儒道释和白莲教，单不过是含胡的彼此之争，我就总括
> 起来给他们一个名目，叫做神魔小说。[②]

此后，这一概念被学界广泛接受。

神魔小说之发轫，似以《三遂平妖传》（四卷二十回）为最早。晁瑮《宝文堂书目》著录此书，未题撰人与回数。今存万历间钱塘王慎脩刊本，题"东原罗贯中编次"。罗贯中之于本书的著作权值得怀疑，可能是后人附会。书叙北宋王则、胡永儿起义，后被"三遂"（诸葛遂、马遂、李遂）所败。《醉翁谈录》著录的南宋说话名目中，"妖术"类有《贝州王则》，即是此故事。同类说话又有《千圣姑》，可能是书中圣姑姑的原型；"灵怪"类有《葫芦儿》，可能就是书中弹子和尚与杜七圣的故事；"公案"类有《八角井》，或许是书中卜吉

---

① 鲁迅：《中国小说史略》，北京：商务印书馆，2017年，第143页。
② 鲁迅：《中国小说史略》，北京：商务印书馆，2017年，第304页。

八角井奇遇的前身。① 总之，《三遂平妖传》的故事素材宋元时期已有，大约在元明之际，由某位具有一定艺术造诣的作家写定。此本叙述相对简稚，冯梦龙曾据之增补而成四十卷本，使得结构更完整，情节更合理，人物形象也更饱满，后来流行的也是这个经冯氏润色过的本子。

又有《钱塘湖隐济颠禅师语录》（不分卷），今存隆庆三年（1569）四香高斋刊本，题"仁和沈孟柈述"。本书由民间流传的济公传说连缀而成，属于"集腋成裘"式的作品。按《文渊阁书目》卷十七"佛书"类著录"《济颠语录》一部一册"，则此书形成时间可能在明初，甚至更早。②

至《封神演义》（二十卷一百回）一书问世，神魔小说的文体形态基本确立下来。其情节略谓：商纣王至女娲庙进香，题写淫诗，惹恼女娲。时值殷商气数将尽，女娲放出轩辕坟中三妖——九尾狐狸、九头雉鸡、玉石琵琶祸乱宫闱，动摇朝纲。九尾狐化身妲己，迷惑纣王，使其荒淫昏聩，残害忠良，荼毒百姓。姜子牙奉师命下山行道。文王拜姜子牙为相，富国强兵。文王死后，武王即位，兴兵伐纣。以元始天尊、老子等为首的阐教人物，与以通天教主为首的截教人物纷纷下山，加入两方阵营，展开斗法较量。最后邪不胜正，武王大军杀进朝歌，纣王自焚于摘星楼，妲己被诛。武王分封诸侯，姜子牙修筑封神台，将双方死于战事的将领全部封神。可以看到，故事依托历史本事，在神魔对立的意态结构中展开叙事，着重呈现双方用法术、法宝赌斗的情节，这便是神魔小说的标准模式。

此书作者目前尚有争议。一说为许仲琳。万历金阊舒氏刊本即题"钟山逸叟许仲琳编辑"，但此说目前只见这一条证据，许仲琳之生平也不可考。一说为陆西星（字长庚）。陆氏为明嘉靖、万历时人，早年科举不利，改做道士，是当时全真教的代表人物，晚年则皈依密宗。按《封神演义》体现的三教混融思想，与陆氏的生平经历和文化教养相适应，书中阐教与截教的对立冲突，也可视作明代道教正一派与全真派之间矛盾的曲折反映。由此看，将此书著作权

① 胡胜：《明清神魔小说研究》，北京：中国社会科学出版社，2004年，第44页。
② 胡胜：《明清神魔小说研究》，北京：中国社会科学出版社，2004年，第43页。

归于陆氏，似乎更合理一些。

当然，神魔小说的扛鼎之作，非《西游记》莫属。与《三国演义》《水浒传》一样，《西游记》也是世代累积型作品。

本书源自唐初玄奘赴五天竺求法的事迹。玄奘归国后，曾口述西域闻见，由其弟子辩机记录、整理而成《大唐西域记》。此书属于"地理书"范畴，以空间为序记述西域诸国的山川道路、城邑关防、政治经济、土物风俗等，也包括不少宗教传说和民间故事。又有道宣《续高僧传·玄奘传》、冥详《大唐故三藏玄奘法师行状》以及彦悰、慧立合撰的《大慈恩寺三藏法师传》等释徒传记。这些传记将取经事迹编织进一个以玄奘为主人公的"取经故事"里[1]，但这些传记主要是在教徒圈子内部流通的。《大唐西域记》倒是在世俗社会的文士圈子里产生了较大影响，为其"征异话奇"活动提供了丰富素材，但文士们的兴趣点在于转述、再造书中的异域"知识"，而非以之为事件群，串联起一个以玄奘为主人公的"取经故事"。从现存资料看，直到晚唐，中原世俗社会流传的选择故事基本停留于《独异志》中入维摩诘方丈室、摩顶松、观音授《心经》等条目的形态——其叙事形态是粗陈梗概的，彼此间也无关联。换句话说，此时中原地区仍未能产出一个以玄奘为主人公、以降妖伏魔为主体事件的通俗化"取经故事"。

上一章讲到的《大唐三藏取经诗话》最早完成了该任务。

在这部俗讲底本里，唐僧师徒一路西行，降妖除魔，取得真经。孙悟空的重要原型——猴行者也出现了。他化作"白衣秀才"，自愿加入取经队伍。沙和尚的原型——深沙神也已亮相。只不过，深沙神并未加入取经队伍，而是手托金桥，护送唐僧师徒过流沙。同时，书中许多章节段落也成为后来百回本小说情节的原型，如"白虎岭""火类坳""女人国""王母池"等。可以说，此时西游故事主干已初具形态。

宋元时期西游故事不断完善，日渐成熟。据《朴通事谚解》注释称引，当时市面上流行一种《西游记平话》，因其"热闹"，颇受市民欢迎。这部平话今

---

① 赵毓龙：《西游故事跨文本研究》，北京：中国社会科学出版社，2016年，第19页。

日已难见全貌,《永乐大典》第 13139 卷"送"字韵"梦"字条《魏徵梦斩泾河龙》可能是平话本之遗存。

戏曲舞台上的西游故事也很"热闹"。元代吴昌龄有《唐三藏西天取经》杂剧,演述完整的西游故事,惜仅残存《诸侯饯别》《回回迎僧》两折。[①] 元末明初杨景贤的《西游记杂剧》以五卷二十四出的容量演述故事[②],是目前所见戏曲舞台上最早的集大成之作。剧中,"五圣"的取经队伍业已形成;又结合了"江流儿故事",以交代唐僧出身;女儿国、火焰山等单元故事也已经相当丰满。元明时期,还有一些与故事直接或间接相关的作品,如南戏《陈光蕊江流和尚》、《鬼子母揭钵记》(有同名杂剧)、《二郎神锁齐天大圣》、《灌口二郎斩健蛟》、《二郎神射锁魔镜》、《猛烈那吒三变化》、《观音菩萨鱼篮记》等,也对后来的故事产生了不同程度的影响。20 世纪 80 年代,于山西潞城发现一种《迎神赛社礼节传簿四十曲宫调》的古抄本。其中也含有比较完备的西游故事。目前,学界对该抄本所反映故事形态的时代尚有争议,但至迟也应该是百回本之前的作品。

同时,元明时期的一些宝卷,如《销释真空宝卷》《销释科意正宗宝卷》《普明如来无为了义宝卷》《普静如来钥匙通天宝卷》,以及罗梦鸿"五部六册"等,都有称引西游故事的段落,可借以窥察故事在民间的传播与影响情况。

总的说来,进入明代以后,西游故事系统开始趋向定型。但也经历了两个主要阶段,正如胡适先生所说,故事可以嘉靖朝为界分为前后两段:嘉靖以前,"取经故事还在自由变化的状态";嘉靖以后,"取经故事有了统一的结构"。[③] 我们今天所见刊行于万历年间的世德堂本《西游记》反映的就是"有了统一的结构"以后的故事系统。当然,在嘉靖到万历之间,似乎还存在一个"前世德堂本",吴圣昔先生认为此本"决定了世本思想艺术高度成就的基本面貌","开拓了《西游记》演变发展的方向,特别是对明清两代百回本《西游记》的版本

---

① 胡胜、赵毓龙:《西游戏曲集》,北京:人民文学出版社,2018 年,第 34—42 页。

② 胡胜、赵毓龙:《西游戏曲集》,北京:人民文学出版社,2018 年,第 43—117 页。

③ 胡适:《胡适古典文学论集》,上海:上海古籍出版社,1988 年,第 955 页。

发展来说，有着决定性的意义"。① 只不过，这部"前世德堂本"我们今天还未见到，只能根据世德堂本卷首陈元之序和一些大约同时的宝卷（如归圆《销释显性宝卷》②）来窥察其大概。

而世德堂本的面世，说明至迟到万历中期，百回本《西游记》已经写定，但其写定者是谁，仍要打上问号。今天，作为文学常识，我们一般将此书著作权归于吴承恩。但若"回看"清人的文学常识，此书为丘处机所作。

此说肇自清初的残梦道人汪象旭。在编刊《西游证道书》时，汪氏于卷首加上假托元人虞集的"原序"，言及："此国初邱长春所纂《西游记》也。"后来"证道"系统的本子都沿袭此说，几为定论，成为"常识"。如《聊斋志异·齐天大圣》中，叙事者即借人物之口言："孙悟空乃丘翁之寓言。"③ 可见世俗社会接受此说之早。再如晚清小说《新党升官发财记》第一回，叙事者言道："从前有个编《西游记》的邱真人。"④ 又可见此说流传之久。

按史上确有一部《西游记》与丘处机有关，即其弟子李志常所撰《长春真人西游记》。此书备载丘处机西行至大雪山觐见成吉思汗之事，涉及沿途的山川地理、风土人情。就其性质而言，类似《大唐西域记》，均是记录"西游"见闻之书，偏于历史类、地理类，绝非小说。此书收在《道藏》中，当时见过原书的人极少（近代王国维等学者为之作注，才引起一定重视），大众不加细察，以讹传讹，以致闹出一个文学史上的"乌龙事件"。

其实，清代已有学者提出质疑，钱大昕在为《长春真人西游记》作跋时，即指出此说法是"郢书燕说"，纪昀则根据小说中锦衣卫、司礼监、东城兵马司等职官"皆同明制"，断言此书出自明人之手。但均未形成足够影响，也未给出新的作者选项。乾隆年间，吴玉搢纂修《山阳志逸》，发现明天启间《淮

---

① 吴圣昔：《论〈西游记〉的"前世本"》，《临沂师专学报》1997年第5期。
② 赵毓龙：《〈销释显性宝卷〉：描述"前世本"〈西游记〉形象的关键参照系》，《中南大学学报》（社会科学版）2021年第3期。
③（清）蒲松龄著，张友鹤辑校：《聊斋志异会校会注会评本》第4册，上海：上海古籍出版社，2011年，第1459页。
④（清）阙名：《新党升官发财记》，南昌：百花洲文艺出版社，1991年，第1页。

安府志·文艺志》的一则记述：

　　吴承恩，《射阳集》四册□卷，《春秋列传序》，《西游记》。[①]

　　这位名不见经传的地方小文人，由此进入学界视野。之后阮葵生、焦循、丁晏、陆以湉等学者不断考证，支持吴氏的著作权，但在大众层面的影响不大。直到鲁迅、胡适等人详加考论，坐实此说，书商出版《西游记》时便习惯署名吴承恩，而随着此观点在近代以来教育机构中的普及，以及出版物的广泛传播，市民大众逐渐接受新的"文学常识"，丘翁之说反倒湮没无闻了。

　　其实，吴承恩之于百回本《西游记》的著作权，也是值得怀疑的。今日所见通行本《西游记》既未署真实姓名，吴承恩所作《西游记》又尚未得见，两书实难断定为同一书。清人黄虞稷《千顷堂书目》即将吴氏《西游记》著录在史部地理类，可见其并非小说，而更可能是一部游记。按以"西游"为题的游记作品，明代十分常见，李维桢、张瀚等人都有同类作品。

　　直到目前，学界关于吴氏著作权问题，仍未达成共识。"挺吴说"与"反吴说"争讼不止。客观说来，说吴氏《西游记》即今日所见百回本小说，确实存在逻辑漏洞（可以看到，"吴著说"与"丘著说"的逻辑是一致的），也缺乏最直接证据。但不得不承认，吴承恩的确是目前诸多"可选项"中最为合适的一个。

　　吴承恩，字汝忠，号射阳山人。对其生卒年，学界尚有争议。鲁迅先生判断其生卒年在 1510 年至 1580 年，但未说明根据。[②] 目前主流观点是：生年在 1500 年至 1510 年之间，卒年在 1580 年至 1582 年之间。[③] 则其至少活到71 岁。

　　据《淮安府志》载："吴承恩性敏而多慧，博极群书，为诗文下笔立成，

① 朱一玄、刘毓忱：《〈西游记〉资料汇编》，郑州：中州书画社，1983 年，第 165 页。
② 鲁迅：《中国小说史略》，北京：商务印书馆，2017 年，第 150 页。
③ 蔡铁鹰：《1506—1580：吴承恩的生卒年》，《明清小说研究》2005 年第 4 期。

清雅流丽，有秦少游之风。复善谐剧，所著杂记几种，名震一时。数奇，竟以明经授县贰，未久，耻折腰，遂拂袖而归，放浪诗酒，卒。"① 明人吴国荣《射阳先生存稿跋》称："顾屡困场屋，为母屈就长兴倅，又不谐于长官，是以有荆府纪善之补。归田来，益以诗文自娱。十余年，以寿终。"② 如此看，吴氏算得上当时落拓文人的典型。

具体说来，吴承恩出身于没落的书香门第，幼而颖悟，才华出众，却屡试不第。直到四十多岁才成为贡生，六十多岁才混得长兴县丞（编户二十里以上之县所设的佐贰官，正八品，负责政务、粮马、巡捕等事）的差事，一年后便卷入一桩贪腐案，被诬下狱。出狱之后，又曾补授"荆府纪善"（纪善为藩王属官，正八品）。最终不甘为五斗米折腰，解职归田。晚年蜗居淮安老家，靠卖文、经商度日。《西游记》应该即创作于这一时期。

吴承恩一生起码经历了正德、嘉靖、隆庆、万历四朝，而明中晚期以后，国事日非，统治者好乐怠政，或是崇佛佞道，或是耽于声色；文官集团内部党争激烈，又有宦官擅权，两下里勾结；北方铁骑则频繁骚扰，边疆连番告急，战事吃紧。当时的形势，诚如吕坤所言："国势如溃瓜，手一动而流液满地。"③ 吴承恩生活于如此时代，且长年混迹于中下层社会，对官吏贪腐、乡绅倾轧、土豪盘剥的现实，有更直接的体验和更深刻的理解。他又身具傲骨，复善谐剧，所谓"喜笑悲歌气傲然"，④ 对神怪题材又颇感兴趣，喜欢借"怪"发挥，如《禹鼎志序》言："吾书名为志怪，盖不专名鬼，时纪人间变异，微有鉴戒寓焉。"⑤ 如此，他以生花妙笔结构《西游记》的神魔世界，借以映射当时社会，也就不奇怪了。

在吴承恩笔下，不论神魔境界，还是人间国度，都隐约可见现实的影子。

① 朱一玄、刘毓忱：《〈西游记〉资料汇编》，郑州：中州书画社，1983年，第164页。
② 朱一玄、刘毓忱：《〈西游记〉资料汇编》，郑州：中州书画社，1983年，第162页。
③（明）吕坤撰，王国轩等整理：《去伪斋集》，《吕坤全集》，北京：中华书局，2008年，第7页。
④ 蔡铁鹰笺校：《吴承恩集》，北京：中国社会科学出版社，2014年，第35页。
⑤ 朱一玄、刘毓忱：《〈西游记〉资料汇编》，郑州：中州书画社，1983年，第158页。

神仙昏聩，魔怪颠顸；灵山福地也公然索贿，幽冥鬼府亦徇私枉法。神魔境界尚且如此，人间国度更是不堪。西天路上的各色国君，或是佞道，或是荒淫，或是孱弱，朝堂上也多是"木雕成的武将，泥塑就的文臣"。凡此种种，都是明代中晚期社会的文学映像，而无论对神魔人物的揶揄，还是对人间君臣的嘲讽，表达的都是作者对社会人生的无限感慨，可以说，"他的希望，他的失望，都在这一部稗官之中"①。

然而，明清时期的评点者在理解、诠释这部小说时，"强制阐释"的意味很重，评点者们总觉得作品"有深意存焉"，试图从各自的知识结构出发，围绕特定的言说意图，根据预设的结论，从文本中寻找"证据"。如鲁迅先生所言："或云劝学，或云谈禅，或云讲道。"②胡适先生则说得更生动："《西游记》被这三四百年来的无数道士、和尚、秀才弄坏了。道士说，这部书是一部金丹妙诀。和尚说，这部书是禅门心法。秀才说，这部书是一部正心诚意的理学书。这些解说都是《西游记》的大仇敌。"③所谓"大仇敌"，指其偏移文艺立场，将小说视作"阐教""证道"的工具。尤其道教徒，自《西游证道书》之后，"证道"系统的本子形成稳定的版本序列，其评点相互发明，又不断传递、放大，成为有清一代《西游记》批评中势头最强（也最稳定）的"声音"。客观说来，一方面，这是可以理解的。百回本《西游记》的"文本现实"确实给"证道"派评点者提供了太多的"蛛丝马迹"。丹道术语于书中俯拾即是，以致学界普遍怀疑《西游记》的成书过程中确实存在一个"全真化"的环节。④另一方面，在《西游记》尚未实现经典化的时期，道教徒反复以阐发经典的方式来解读该书，赋予小说传播"合法性"的同时，也提高了其文化地位，从而推动了该书的经典化进程。⑤

---

① 谭帆主编：《明清小说分类选讲》，北京：高等教育出版社，2007 年，第 99 页。

② 鲁迅：《中国小说史略》，北京：商务印书馆，2017 年，第 155 页。

③ 胡适：《中国旧小说考证》，北京：商务印书馆，2014 年，第 172 页。

④ 陈洪：《从孙悟空的名号看〈西游记〉成书的"全真化"环节》，《中国高校社会科学》2013 年第 7 期。

⑤ 陈宏：《〈西游记〉的传播与经典化的形成》，《文学与文化》2010 年第 3 期。

当然，《西游记》之所以深受市民大众喜爱，主要还是其"游戏之书"的形象，而非"道书"气质。[①]至于被文学史"发现者"纳入经典作品的序列，归根到底还是此书的艺术成就。虽然同是世代累积型作品，但《西游记》写定于明晚期，较之《三国志演义》和《水浒传》，多出了近一个半世纪的章回小说叙事经验准备期，艺术上也就显得更成熟。正如徐朔方先生指出的，此书文学语言比《三国演义》更通俗，比《水浒传》的病句少得多，前后文情节不连贯、矛盾、重复等情况也要少很多。[②]这都说明，作者的艺术构思在文本中的覆盖面更大，渗透力也更强。

从结构上看，《西游记》仍采用线性结构，但区别于《水浒传》的"百川入海"，而是用"魏徵斩龙—唐王游冥—刘全进瓜"这一情节序列，将"大闹天宫"与"西天取经"两大故事单元连接起来。"大闹天宫"可以视作以孙悟空为传主的"传记"（甚至可以说是"猴王世家"），"西天取经"则是以西行事迹为线索的"编年"。然而，在"编年"部分，故事并不是严格按照时间线索排列开来的（叙事过程中的时间标记很模糊），而是空间线索——不断趋近灵山。除了个别彼此存在"时间—因果"联系的单元故事（如"火云洞故事"与"火焰山故事"），大部分故事的顺序其实是可以调整的，不影响整体叙事。

这些单元故事多是对前代故事的吸纳、整合，又经过提炼、加工，体现出作者的艺术创造力。比如女儿国故事，《取经诗话》中已有"女人国"，到百回本小说中则分成"莫家庄"与"女儿国"两个单元。前者紧随"流沙河收沙悟净"之后；后者紧随在"通天河降金鱼精"之后。而"流沙河"与"通天河"在"西游地图"中又是具有地理标识意义的：前者标志着唐僧师徒的"西域大冒险"正式开始——流沙河的原型即"八百里沙河"（莫贺延碛），古时就被视作中原与西域的分界处，故曰"八百流沙界"；后者则标志着取经之路走过一

———————————

① 赵毓龙：《称引：〈西游记〉经典化的通俗文学路径》，《江西社会科学》2020年第1期。

② （明）吴承恩著，（明）李贽评：《西游记：李卓吾评本》，上海：上海古籍出版社，1994年，第3页。

半。在百回本作者笔下，唐僧师徒甫一进入西域地界，即接受了测试，行至中途，又接受了一次测试。两次测试的对象不同（前者针对八戒，后者针对唐僧），程度也有异，戏谑色彩和风情意味也浓淡不一。更值得注意的是，杨景贤《西游记杂剧》中也有女人国（第十七出"女王逼配"），剧中的国王活像一个被情欲冲昏头脑的"色情狂"。到了百回本小说中则恢复了人间女王的雍容与克制，"色情狂"的一面则转移到蝎子精身上——目前所见的前代文本中未发现"蝎子精"名目，这是百回本小说独创的。[1] 由此生出"脱得烟花网，又遇风月魔"的情节波澜。作者幻设想象的能力，从中也可见一斑。

而在这些奇幻情节中，作者塑造了一个又一个奇幻的神魔形象。从形象塑造看，这些神魔人物多是物性、人性、神（魔）性三位统一的产物。一方面，保留其动物原型的生理特征，妖魔形象大都是人形化、巨型化、丑怪化、狰狞化的动物，即便神佛人物也或多或少保留着原型痕迹（如毗蓝婆菩萨、昴日星官、乌巢禅师等），一方面又突出其搬山倒海、上天入地、变幻腾挪的超人能力。尤其各种法术、各色法宝，层出不穷，令人应接不暇，每每又与本主的"物性"存在直接或间接联系（如蝎子精的三股叉是其螯钳，倒马毒桩是其尾刺，鲤鱼怪的铜锤实为莲花池里的菡萏，等等）。尽意幻想，又颇有"理据"。正如袁于令对该书的评价："文不幻不文，幻不极不幻。"[2] "极幻"之中是"极真"，神魔形象、神魔境界和谐统一，幻想世界的构造依据现实（尤其日常经验）的逻辑，既营造出强烈的新奇感，又给人以真实感。

而这种"真实感"更直接地来自人性对物性、神（魔）性的统摄。无论神佛菩萨，还是妖魔精怪，在作者笔下，都是活生生的"人"。其性格、气质，以及表现出的言语、行为、情态，无一不是"人"的，尤其是人的"烟火气"。神佛人物也爱攀关系、讲排场、传闲话、管闲事；妖魔人物则热衷于拜盟结亲、娶妻生子、招揽打手、经营山场。正如鲁迅先生所说："神魔皆有人

---

① 胡胜：《女儿国的变迁——〈西游记〉成书一个"切面"的个案考察》，《明清小说研究》2008 年第 4 期。

② 朱一玄、刘毓忱：《〈西游记〉资料汇编》，郑州：中州书画社，1983 年，第 209 页。

情，精魅亦通世故。"①《西游记》中的人物是以人情味、世情味为统摄的。因其如此，书中的人物也令人觉得可亲、可爱。

在文学语言上，《西游记》较《三国志演义》和《水浒传》的白话水平更进一步。其叙述语言通俗晓畅，既摆脱了"文不甚深，言不甚俗"的过渡形态，又抹去了场上说话向案头叙述递变所留下的生硬痕迹；人物语言全用日常口语，杂以市语、俚语，既诙谐明快，又富于个性。如第五十三回，八戒误饮子母河水，眼看临盆，书中有其与悟净等人的一段对话：

> 八戒见说，战兢兢，忍不得疼痛道："罢了，罢了！死了，死了！"沙僧笑道："二哥莫扭，莫扭，只怕错了养儿肠，弄做个胎前病。"那呆子越发慌了，眼中嗞泪，扯着行者道："哥哥，你问这婆婆，看那里有手轻的稳婆，预先寻下几个。这半会一阵阵的动荡得紧，想是摧阵疼。快了，快了！"沙僧又笑道："二哥既知摧阵疼，不要扭动，只恐挤破浆包耳。"②

这段对话，人物情态、动作如在目前，言语全是市井声口，诙谐风趣，进一步强化了人物的喜剧色彩。清宫连台本戏《昇平宝筏》戊集第十八出敷演该情节，即将这段对话移植为人物说白，几乎只字未改。无独有偶，丙集第六出观音之"菩萨妖精，总是一念"的论说、第十一出乌巢禅师对前途诸魔障险境的预告，丁集第二十出八戒巡山时的言语等，也都是几乎原封不动地照搬小说。戏曲格外强调人物对话的通俗性、娱乐性，如李渔所言："插科打诨，填词之末技也，然欲雅俗同欢，智愚共赏，则当全在此处留神。"③又言"科诨之妙，在于近俗，而所忌者，又在于太俗。不俗则类腐儒之谈，太俗即非文人之

---

① 鲁迅：《中国小说史略》，北京：商务印书馆，2017年，第154页。
② （明）吴承恩著，（明）李贽评：《西游记：李卓吾评本》，上海：上海古籍出版社，1994年，第710页。
③ （清）李渔：《闲情偶寄》，北京：中华书局，2014年，第156页。

笔"①。可见，拿捏"俗"与"不俗"的尺度，是构造人物对话的关键所在。比较来说，《三国志演义》的人物对话即"不俗"，《水浒传》的人物语言又"太俗"，《西游记》则拿捏得恰到好处，张照等颇为讲究的剧作家，竟大大方方抄录原文，即是明证。

关于此书版本，嘉靖、万历间人周弘祖所撰《古今书刻》，曾提到此书"鲁府"和"登州府"刻本，惜未得见。前文已提及的"世德堂本"是目前所见最早刊本。此本刊于万历二十年（1592），全称为《新刻出像官板大字西游记》，共二十卷一百回。题"华阳洞天主人校"，卷首有陈元之序。后有《李卓吾先生批评西游记》，不分卷，一百回（学界习惯称其为"李评本"，但评点者应该也不是李贽）。卷首有幔亭过客（袁于令）题词。此本文字上与"世德堂本"接近，应是出自同一"祖本"。值得注意的是，"李评本"存世者有十一种之多，足见其市场影响力。明代还有两种"简本"，一是《唐三藏西游释厄传》（十卷），题"羊城冲怀朱鼎臣编辑，书林莲台刘永茂绣梓"（学界习惯称其为"朱本"）；一是《西游记传》（四卷），题"齐云阳致和编，天水赵毓真校，芝潭朱苍岭刊"（学界习惯称其为"杨本"）。两本孰前孰后，与"世德堂本"又是何关系，目前学界还有争议，一般认为二者是明代流行的"简本"。又有三种"删本"，如《鼎锲京本全像西游记》（题款中有"清白堂杨闽斋梓"，学界习惯称其为"杨闽斋本"）和《二刻官板唐三藏西游记》（各卷所题书名简称"唐僧西游记"，学界习惯称其为"唐僧本"），两本应是删省"世德堂本"而来，再如《新刻增补批评全像西游记》（书题"闽斋堂杨居谦校梓"，学界习惯称为"闽斋堂本"），此本其实是"杨闽斋本"和"李评本"的综合体。

清康熙年间汪象旭、黄周星"炮制"出一种"证道书本"。全名《新镌出像古本西游证道书》（一百回）。此本假托"大略堂古本"，补入唐僧出世（即"江流儿故事"）一段情节（明刊本中只有"朱本"有相关的粗略情节），又补入大量阐释金丹大道的评语。后来的《西游真诠》《西游原旨》《通易西游正旨》《西游记评注》等都属于该系统，而评语又相互发明，形成清代的主流版本

---

① （清）李渔：《闲情偶寄》，北京：中华书局，2014 年，第 159 页。

系统。

此外还有《新说西游记》和《西游记记》。前者是清代文字最全的繁本，后者是现存唯一的一部抄本，但可读性不强，学术价值也有限。

复杂的版本系统，直观反映出《西游记》的艺术魅力，而诸多续书、仿作则体现其巨大的市场效应。续书中值得一提的是《后西游记》《续西游记》和《西游补》，仿作中值得一提的是"四游记"系列和《三教开迷归正演义》。

《后西游记》四十回，"天花才子"撰，真实姓名不详。书叙唐僧虽取得真经，却未得真解。唐宪宗时，高僧唐半偈率小行者、朱一戒、沙弥再赴灵山，取得真解。《续西游记》一百回，作者不详。其情节紧接原著，叙唐僧等人取得真经后，如来恐悟空等人归途中伤生，收缴了其兵器。师徒归途中又遇妖魔，悟空虽能神通变化，却难以抵挡，幸有如来派比丘、灵虚二人暗中保护。师徒最终明心见性，除却不净根因，魔障随之消解。这显然是在图解禅宗所谓"妄生偏，偏生魔，魔生种类"的观念。艺术上则比较平庸，不仅远不及原著，甚至逊于《后西游记》，如刘廷玑《在园杂志》卷三所说："《后西游》虽不能媲美于前，然嬉笑怒骂皆成文章，若《续西游》则诚狗尾矣。"①

《西游补》十六回，董说撰。在原著"孙悟空三调芭蕉扇"之后，横生出一段情节：孙悟空被鲭鱼（即情欲）所迷，进入幻设的青青（即情情）世界，历经过去未来，或化为美女，或化作阎罗天子，最后为虚空主人唤醒，回到现实。其表面旨意在于阐发"悟通大道，必先空破情根"的道理。或以为，书中暗寓反清复明意识。诚然，董氏经历了明清鼎革，确实曾抱着反清复明的心思，只是后来见大势已去，于顺治十三年（1656）剃度出家。②但此书应当作于明亡之前，书中内容主要还是对于明末朝局世风的揶揄、讽刺，诚如鲁迅先生所说："全书实于讥弹明季世风之意多，于宗社之痛之迹少，因疑成书之日，尚在明亡以前，故但有边事之忧，亦未入释家之奥。"③说到底，还是一个"正

---

① （清）刘廷玑：《在园杂志》，北京：中华书局，2005 年，第 125 页。

② 石昌渝主编：《中国古代小说总目》（白话卷），太原：山西教育出版社，2004 年，第 411 页。

③ 鲁迅：《中国小说史略》，北京：商务印书馆，2017 年，第 163 页。

直疾恶青年"的嬉笑怒骂文章。①而从艺术上看,《西游补》想象奇特,文笔诙谐,刻画生动,"殊非同时作手所敢望"②。尤其跨越时空的纵横叙事,颇有意识流小说的味道。

"四游记"是由书商炮制的合刊本:"西游记"即"杨本"《西游记》;"北游记"全名《北方真武祖师玄天上帝出身传》(又名《北游记玄帝出身传》),四卷二十四回,叙北方真武大将军收伏龟、蛇等三十六员天将,永镇武当山之事;"东游记"全名《新刻八仙出处东游记》(又名《东游记上洞八仙传》),两卷五十六回,叙八仙成道事,以"八仙过海"为焦点;"南游记"全名《华光天王南游志传》(又名《五显灵官大帝华光天王传》),四卷十八回,叙华光天王闹天宫、地府之事。"南游""北游"出余象斗之手,"东游"则出吴元泰之手。这些仿作大都遵循"西游"模式,以当时民间广泛信仰的神祇为主人公,在"三教混融"的文化底色之上,杂合各类传说、故事,叙写斗法情节。其在当时颇有市场(由其诸多清代刻版即能看出),但由于出自书商之手,艺术品位是很有限的。

《三教开迷归正演义》的出现则标志着神魔小说的新方向。此书二十卷一百回,现存万历间白门万卷楼刊本,题"九华潘镜若编次"。书叙万历时莆田出了一位林兆恩,世称"三教先生"。林氏收徒三人:儒生宗孔、羽士袁灵明、释徒宝光,由此兴立三教盛会。时有狐精逃出地狱,放出众多迷魂,危害人间。宗孔等人便各处行道,降妖除魔,最终功德圆满。在写作手法上,本书有一点颇值得注意:潘镜若将自己写成书中人物,这在白话小说史上还是第一次;而在写作意图上,本书具有明显的劝世教化色彩,这对后来的神魔小说产生了深刻影响。如后来的《东渡记》《斩鬼传》都是此类作品。

同时,与历史演义、英雄传奇一样,神魔小说的后期也出现了与其他体式合流的情况。如《走马春秋》《锋剑春秋》《征西说唐三传》《平闽全传》等,往往被归入"讲史"范畴;《绿野仙踪》《跻云楼》《瑶华传》《婆罗岸全传》《雷

① 孙逊:《孙逊学术文集》第4卷,上海:上海古籍出版社,2021年,第302页。
② 鲁迅:《中国小说史略》,北京:商务印书馆,2017年,第163页。

峰塔传奇》等，都带有明显人情化、世情化的倾向。<sup>①</sup>比较之下，后者的艺术品位显得更高一些，这主要在于入清之后，世情小说后来居上，蔚为大观，为各类小说提供了丰富的艺术经验。这里就不再赘述了。

## 第四节　《金瓶梅》与世情小说

世情小说之名也出自鲁迅先生。其在《中国小说史略》中，使用的是"世情书"这一概念，此类小说"大率为离合悲欢及发迹变态之事，间杂因果报应，而不甚言灵怪，又描摹世态，见其炎凉"<sup>②</sup>。在《中国小说的历史的变迁》中，则明确使用"世情小说"的概念，指出其"于悲欢离合之中，写炎凉的世态"<sup>③</sup>。后来学界多袭用此概念，用来指称以普通人的日常生活为题材的作品。<sup>④</sup>

世情小说的开山之作，一般认为是《金瓶梅》。这部小说也多被视作中国小说史上第一部文人案头独创作品。当然，由于万历间刊行的"词话本"保有大量韵文，明显可见宋元说话遗存，书中抄袭话本的段落也不少，一些情节安排、人物塑造也有矛盾、错乱之处，其"独创"性很值得怀疑。但目前为止，确实还没有发现《金瓶梅》之前有同名（起码是同题材）平话，称其与《三国志演义》《水浒传》《西游记》一样是世代累积型作品，缺乏最直接的证据。

其实，对于这个问题可以辩证理解。正如陈大康先生指出的："独创"与"改编"不是绝对的，不可做非此即彼的认定。即便《红楼梦》一般高度成熟的文人独创小说，也显示出改编他人之作的痕迹，遑论《金瓶梅》这样尚处于过渡时期的作品。<sup>⑤</sup>公允地说，与典型的世代累积型作品相比，《金瓶梅》在缺

---

① 胡胜：《明清神魔小说研究》，北京：中国社会科学出版社，2004 年，第 113—115 页。

② 鲁迅：《中国小说史略》，北京：商务印书馆，2017 年，第 167 页。

③ 鲁迅：《中国小说史略》，北京：商务印书馆，2017 年，第 306 页。

④ 谭帆主编：《明清小说分类选讲》，北京：高等教育出版社，2007 年，第 123 页。

⑤ 陈大康：《明代小说史》，北京：人民文学出版社，2007 年，第 409—410 页。

乏一个已然初具规模的"前身"的基础上，能够广泛吸纳、整合前代或同期的艺术经验，摆脱"讲史"逻辑束缚，跳出线性叙事结构，以网络纵横的形态呈现复杂的生活情景与人物关系，又能保持整体上的浑融，这确实需要文人案头营构，绝不是书会才人或说话艺人按传统叙事套路就可以生产出来的。在小说文体演变史上，《金瓶梅》确实是一部里程碑式的作品。①

那么，写定这部里程碑式作品的大手笔是谁呢？这恰恰是小说史研究界的最大一桩公案。据"词话本"卷首署名"欣欣子"的序言，此书作者笔名"兰陵笑笑生"。但兰陵笑笑生又是谁？他为何要结撰一部素材颇为敏感的"奇书"？引发历代学者的兴趣。早在此书还在以抄本形式流传时，不少文士就参与了话题讨论。沈德符《万历野获编》称："闻此为嘉靖间大名士手笔，指斥时事。"②袁中道《游居柿录》则言："旧时京师，有一西门千户，延一绍兴老儒于家。老儒无事，逐日记其家淫荡风月之事，以门庆影其主人，以馀影其诸姬。"③谢肇淛《金瓶梅跋》的说法又与之小同大异："相传永陵中有金吾戚里，凭怙奢汰，淫纵无度，而其门客病之，采摭日逐行事，汇以成编，而托之西门庆也。"④

按沈德符等人距离《金瓶梅》成书时间是很近的，对其作者的追究，却也只能依靠"道听途说"。至于清人，传闻的"小说家言"意味就更重了，特别是流行一种"苦孝说"。即作者乃一孝子，为报家仇而作此书。这位孝子，大都被落实为王世贞（凤洲自然当得起"嘉靖间大名士"），仇人却有异，报仇细节也有差异。按顾公燮《消夏闲记》所说，仇人是严世蕃。严氏强索王世贞家藏《清明上河图》，王父不舍，以赝品替代，事泄被害。王世贞作《金瓶梅》，献与严氏。又买通修脚工，趁严氏嗜读小说时，微伤其脚，涂以腐药，使其溃

① 石昌渝：《中国小说源流论》（修订版），北京：生活·读书·新知三联书店，2015年，第 354 页。
② 黄霖：《金瓶梅资料汇编》，北京：中华书局，1987年，第 230 页。
③ 黄霖：《金瓶梅资料汇编》，北京：中华书局，1987年，第 229 页。
④ 黄霖：《金瓶梅资料汇编》，北京：中华书局，1987年，第 3 页。

烂。严氏不能上朝，失宠于皇帝，以致破败。① 《寒花盦随笔》则认为仇人系唐顺之，王世贞将毒药涂在书页上，唐氏"屡以指润口津揭书。书尽，毒发而死"②。这些说法本来就带有传奇色彩，本身就是"小说"，对于解决作者问题没有实际帮助。但这种言说逻辑却一直延续至当代，尤其围绕"嘉靖间大名士"之说，各有发明，各有推断，各自坐实。其中，最具影响力的是吴晓铃、徐朔方等先生主张并力证的李开先说。近来，学界更倾向将《金瓶梅》的写定时间推后至万历朝，写定者的人选也就出现了新序列——李贽、徐渭、赵南星、冯梦龙、沈德符、袁无涯等万历时期的"大名士"都被推选出来。其中，较有影响者是黄霖先生提出的屠隆说。此外，还有诸多原本寂寂无闻的小文人，也被拎出来充数，以致目前"候选人"多达数十种。这也算是小说研究界一道景观了。

抛开这些推论不谈，必须承认：《金瓶梅》的作者（或称写定者）确实是中国古代小说史上一个至为关键的人物，更是明代章回小说界的头号人物，他直接将白话文学（尤其长篇叙事）拉入"寄意于时俗"的时代，也影响了后来小说的发展走向。

所谓"寄意于时俗"，延续了古代小说的"寓言"传统，但作者的旨意不再以神话、历史、传说为"寄主"，而是寓于当代的世俗社会。欣欣子序以此语概括《金瓶梅》，说明当时评论者已经敏感地捕捉到此书最突出的小说史意义。

与《三国志演义》《水浒传》《西游记》相比，《金瓶梅》是真正意义上的现实主义作品，直接以现实生活（尤其日常生活）为题材，以日常情境中的人物为主人公。《三国》等书的题材其实是脱离现实（尤其日常）的，书中人物固然或多或少有真形实迹可寻，却带有很强的"超人"色彩。比较而言，《水浒》的题材与现实之间的距离近一些，也涉及更多市井生活的日常情境，但"市井"书写主要是"江湖"书写的反衬；将超人式的英雄拉入"日常"，主要

① 黄霖：《金瓶梅资料汇编》，北京：中华书局，1987年，第256页。
② 黄霖：《金瓶梅资料汇编》，北京：中华书局，1987年，第349—350页。

为了突出其"反日常"情态；现实性人物是配合着浪漫化人物旋转腾挪的"龙套"。而在《金瓶梅》中，"龙套"走向前台，成为"主角"，浪漫化人物则退至台边、幕后。

就故事而言，《金瓶梅》是从《水浒传》之"武十回"衍生出来的，开篇的情节文字大量袭用前作，看起来仿佛"续书"，但西门庆等人反客为主，成为故事的主人公。除了夸张的性需求和能力，西门庆身上没有任何"超人"色彩。他既不是顶着历史光环的王侯将相，也不是裹着奇异烟霞的神佛妖怪，连超凡的体质与武功也没有；他是现实世界里的一介血肉之躯，言谈举动全然根据现实社会的逻辑。他也绝算不上什么"大人物"，最初不过是在清河县开几爿生药铺，靠投机经营、勾通官府，赚了些"钱"，攀上了"权"，在地方横行起来，使"满县人都惧怕他"①。说到底也只是个地痞暴发户。后来连娶几房妾室，白赚得好些陪嫁，有了进一步发迹的资本，"钱"越滚越多，"权"也越攀越高，不仅挣下"泼天富贵"，还堂而皇之做了山东提刑所理刑副千户，但距离"名珰贵要""大贾豪民"还差得远，如潘金莲所说，"只是个破纱帽债壳子穷官罢了"②；尽管书中每每提到西门庆之豪富，但细察便会发现，大都出自市井细民的"仰望"视角（如第五十七回称西门庆"家私巨万，富比王侯"③，但这恰出自一位穷僧之口），若置于诗礼簪缨之族、钟鸣鼎食之家的"俯瞰"视角，也不过是"脸盆里的风暴"。而这差不多是当时地方小财主靠盘剥、钻营、巴结、投献——为实现社会"跃层"而使尽浑身解数——所能达到的极致了（资产或有厚薄，职掌或有高下，层级其实一致）。西门庆及其家族此后便走向灭亡，这既是叙事的需要，也是现实的写照——如果进一步"跃层"，就又堕入旧式"发迹变泰"的浪漫想象之中了。

所以说，西门庆的人物塑造（及其行动）是现实的，而以之为中心所展开的社会景观同样是现实的。《金瓶梅》的聚焦中心在于西门庆的家宅，其重心

---

① （明）兰陵笑笑生著，梅节校订：《金瓶梅词话》，台北：里仁书局，2009年，第31页。
② （明）兰陵笑笑生著，梅节校订：《金瓶梅词话》，台北：里仁书局，2009年，第636页。
③ （明）兰陵笑笑生著，梅节校订：《金瓶梅词话》，台北：里仁书局，2009年，第876页。

又是内闱场面，呈现的是饮食起居的琐事，进入"镜头"的是西门家的妻妾眷属、丫鬟仆妇、小厮家丁、帮闲篾片。由西门大宅辐射开去，则是丰富的市井生活，交通、贸易、宴飨、娱乐、婚嫁、丧葬、诉讼、医卜、祠祀……几乎涵盖日常生活的方方面面。进入"镜头"者也以市民为主体——中下层官吏、中小商贾、市井文人、小手工业者、雇佣工人，以至僧道、娼妓、乞丐等。由此进一步延展，也涉及上至王侯、下逮乡民的更为广阔的社会画面。《金瓶梅》当然可以被界定为"家庭小说"①，这是就其题材而言的，但它直接反映了明晚期的社会现实，是对"时俗"景观的集中呈现，可被视作晚明社会的"大百科全书"。

而摹写"时俗"之根本目的在于揭露、批判。这在中国古代小说史上也具有特殊意义。《三国》《水浒》《西游》当然也有其揭露、批判的对象，但主旨仍在于歌颂：歌颂英雄人物某种正面的、积极的品质或能力（仁爱、忠义、智慧、勇敢、乐观），进而表达一种理想、愿景。这当然也是写定者"寄意"所在，却明显带有适应集体心理的色彩。换句话说，这是经过历代大众传播、集体创作而沉淀、固化下来的主旨，并不纯粹是文人写定者的个体意图。而《金瓶梅》是案头原创气质更强的作品，文人写定者的个体色彩也更浓。文人书写的主体精神又是什么？是揭露，是讽刺，是批判。

《金瓶梅》的写定者并不是带着艳羡的目光去讲述西门庆之"发迹变泰"小史的，而是以客观、冷峻的笔调去呈现西门庆这样的"时代弄潮儿"，如何能够在官商勾结、物欲横流的社会里左右逢源，混得风生水起，又如何因无餍无度的欲望而最终走向毁灭。围绕西门庆的一生及其家族的兴衰，《金瓶梅》揭露出当时社会的本质——市侩封建主义。②而写定者对于这种"市侩"与"封建"之暧昧关系（及其造成的世情浇薄、道德沦丧、人性扭曲等现实恶果）的厌憎、痛恨、批判，也贯彻于全书，并渗透到每一个叙事结构的细节。

---

① 齐裕焜：《中国古代小说演变史》，北京：人民文学出版社，2015年，第335页。
② 石昌渝：《中国小说源流论》（修订版），北京：生活·读书·新知三联书店，2015年，第358页。

为了便于全景式地呈现生活日常，表现头绪繁多的人际关系，《金瓶梅》采用了更加灵活、更为复杂的网状结构。如前所述，《金瓶梅》之前的世代累积型作品，主要以线性结构组织事件。这种线性结构，石昌渝先生称之为"联缀式结构"①，陈大康先生则将其进一步分为"并联型"与"串联型"两种。前者侧重于表现"在空间中互相邻近的历史"，后者侧重于表现"在时间上前后相继的历史"。②两种结构不是孤立的，在每一部作品中，它们以不同方式、不同比重组织成具体的结构形态。只不过，世代累积型小说的组织形态比较简单，某种结构显得很突出。《水浒传》就是突出的"并联型"结构，《西游记》则是显而易见的"串联型"结构。

这本来是宋元说话的宝贵艺术经验。由于是场上文艺，以"我说—你听"为艺术"生产—消费"方式，说话人需要尽可能把故事"讲清楚"，从现实事件的复杂性中抽出简单的线索，"分段"和"分头"地进行讲述：如果是以某一个人物（或一组人物，但他们必须是同空间的组合）的历史为中心，就要"分段"讲述，即呈现完一个独立自足的行动周期（即情节单元）后，再呈现下一个，如《西游记》中一个接一个的降妖除魔故事；如果要"同时"呈现几个（组）人物的历史，就只能"花开两朵，各表一枝"了，讲完"这一头"，再讲"那一头"。叙述尽管也是在时间上展开的（毕竟，语流是时间性的），但不是在组织人物、事件之间的"时间"关系，而是其"空间"关系，《水浒传》的前半部分就是如此处理的。这种联缀结构很简单（甚至有些"粗暴"），对口头叙述而言，却十分有效——说话人便于记诵、传授，听众也容易理解故事和人物。

然而，一旦落实到案头，这种联缀结构的"短板"就会暴露出来——它无法呈现更为复杂的人物、事件关系。这也就很难逼真地"还原"现实。毕竟，现实生活不是"分段"或"分头"发生的，而是在"时空连续统"（爱因斯坦

---

① 石昌渝：《中国小说源流论》（修订版），北京：生活·读书·新知三联书店，2015年，第367页。
② 陈大康：《明代小说史》，北京：人民文学出版社，2007年，第419页。

语）中流淌、延展、充溢的。当然，生活本身是无法进入叙述文本的，它必须被组织进特定的结构，才能"被讲述"；若要在讲述中尽可能照顾到生活本身的样貌，网状结构才是上善之选。

所谓"网状结构"，指"小说情节由两对以上的矛盾的冲突过程所构成，矛盾一方的欲望和行动不仅受到矛盾另一方的阻碍，而且要受到同时交错存在的其他矛盾的制约，而冲突的结果是矛盾的任何一方都没有料到的局面"①。这才更切合生活的实际情况，是更高级的叙述结构。

《金瓶梅》的结构就是偏于"网状"的，其主线当然是西门庆（及其家族）的"发迹—灭亡"史，但涉及更复杂的矛盾、更多人物头绪。人物既不是在同一空间内"步调一致"地行动（如《西游记》的师徒"五圣"），也并非在不同的空间中"各说各话"或"自行其是"（如《水浒传》"大聚义"前的各路好汉），而是互相掎扯，彼此牵绊。这就导致故事在按时间向前推进时，往往横插入其他人物和时间，进而延展出新的空间。所谓"经正而后纬成"（刘勰语），西门庆（及其家族）的"发迹—灭亡"史是《金瓶梅》叙述之"经"，各路主次人物之间的多头绪、多维度互动是全书叙述之"纬"；叙述者的"梭子"往来游走，左冲右突，牵扯出日常生活情形的多种可能；在经"定"而纬"动"的关系中，一张"生活之网"就被逐渐编织出来。

当然，不能因为这里使用了比拟修辞，又借经典批评"背书"，就将《金瓶梅》的网状结构想象成完美和谐、浑然一体的形态。如前所说，明代小说的"过渡性"明显，案头叙事经验还在探索积累阶段，不是高度成熟的。《金瓶梅》的网状结构其实还不够周密，不少人物的言行、举止前后矛盾，事件发展也多有不合情理或疏漏之处，叙事之"梭"的游走也时常缺乏次序，甚至节奏紊乱，颇有些"不成章"的感觉。高度成熟的、精密的叙事"网络"要等《红楼梦》问世才实现，但《金瓶梅》的草创之功也是绝对不可以抹杀的。

在人物塑造上，《金瓶梅》中的人物也较《三国》等书更立体、丰满。

---

① 石昌渝：《中国小说源流论》（修订版），北京：生活·读书·新知三联书店，2015 年，第 370 页。

首先，当然是成功塑造了西门庆这样一位新兴商人的典型。[1]正如黄霖先生所指出的，西门庆是一个"半新不旧的商人"[2]，其发家不是靠封建生产关系的自然基础，而是明显带有资本主义的性质。他靠贸易起家，通过原产地采购，赚取高额差价，又通过勾结官府，实现行业垄断；进而开始组织工业生产链条——购得原材料后，并不急于出手，而是雇人完成上游产品加工，再于门市售卖。这其实已经是初级规模的"采购—生产—销售"工业链了。他也打破了封建的雇佣关系，与伙计拆账分红，以提高后者的劳动积极性。更重要的是，西门庆不再迷恋于"土地"，而是充分认识到"资本"的实质——流动与积累的辩证关系，他不再像传统商人一般置房买地，也不做窖藏金银的蠢事，在其观念里，金银"是好动不喜静的"，所以除了挥霍与贿赂外，西门庆所赚的金钱大都用以扩大再生产了，他也在"钱生钱"的资本滚动中获得快乐。为了支撑这一人物塑造，作者突出了西门庆的"经济型人格"，对于"经济事务的敏感和用心"，几乎成为其深入骨髓的本能。[3]进而刻画出资本对于人物的"异化"——西门庆简直变成赚钱的机器。除了纵欲，只有赚钱能够令其获得满足；而纵欲就是无度的消费，其实是赚钱的副产品。如其所标榜的："咱闻那佛祖西天，也止不过要黄金铺地；阴司十殿，也要些楮镪营求。咱只消尽这家私广为善事，就使强奸了嫦娥，和奸了织女，拐了许飞琼，盗了西王母的女儿，也不减我泼天富贵！"[4]为善、为恶，都以挥霍金钱为根本，这里没有道德，没有是非，只有金钱本身；金钱本身成为一种信念（甚至信仰）。而这在晚明社会现实中是具有普遍意义的。

当然，作者并未将西门庆简单塑造成一个资本的怪物，而是写出了其性格的复杂性。他贪婪、狂妄、浮浅、粗暴，但也精明、大方、义气、果敢。作者对这个人物的感情，其实略显复杂——既充分暴露其恶，又客观呈现其性格气质中积极的一面，尤其不乏人性、人情的描写。如西门庆对李瓶儿，起初不

① 陈大康：《明代小说史》，北京：人民文学出版社，2007年，第414页。
② 黄霖：《黄霖讲〈金瓶梅〉》，上海：东方出版中心，2017年，第21页。
③ 格非：《雪隐鹭鸶：〈金瓶梅〉的声色与虚无》，南京：译林出版社，2014年，第43页。
④ （明）兰陵笑笑生著，梅节校订：《金瓶梅词话》，台北：里仁书局，2009年，第882页。

过是贪婪的欲望——既对于人本身，也对于其丰厚嫁资；及将李瓶儿娶到手后，西门庆兽性的一面暴露出来，因记恨蒋竹山的小插曲，对李瓶儿下死手折磨——既有精神上的虐待，也有肉体上的摧残；但李瓶儿的"好性儿"磨软了这头豺狼，尤其有子嗣傍身，最终博得西门庆宠爱；直到李瓶儿生命终结，西门庆对其态度，主体上当然仍是财色之欲，但这已经不是简单的兽性，总要包含一点人性，"他们两人之间最后确实是有一点真诚的爱情的"①。这从李瓶儿气绝前后，西门庆的表现也看得出，尤其是瓶儿死后：

> 西门庆听见李瓶儿死了，和吴月娘两步做一步奔到前边，揭起被……也不顾的甚么身底下血渍，两只手抱着他，香腮亲着，口口声声只叫："我的没救星的姐姐，有仁义好性儿的姐姐！你怎的闪了我去了，宁可教我西门庆死了罢。我也不久活于世了，平白活着做甚么！"在房里离地跳的有三尺高，大放声号哭。②

这里没有任何表演的成分——西门庆在"内闱场景"中完全不擅表演。起码在这一刻，西门庆想到的不是瓶儿羊脂玉一般的身子，也不是其陪嫁箱子，而是她的好性子，是她对自己的信赖与依恋。西门庆当然是"恶"的典型，但毕竟不是"恶魔"的典型，说到底只是一个"恶人"，而中心词总在于"人"。

作为"宅斗"主角的西门家眷，也得到了生动刻画。其中，最突出也最成功的形象无疑是潘金莲。在《水浒传》中，潘金莲只是一个刻板的"淫妇"，尤其是褊狭的"男性凝视"之下的反面典型。在《金瓶梅》写定者笔下，潘金莲当然也是一个淫恶妇人（尤其此书以三位至淫妇人潘金莲、李瓶儿、庞春梅命名，则潘氏又可称"淫妇第一"了），但小说还原了这朵"恶之花"生长、绽放的土壤——封建末世的社会现实，铺垫了人物气质养成的"前情"，呈现

---

① 黄霖：《黄霖讲〈金瓶梅〉》，上海：东方出版中心，2017年，第237页。
② （明）兰陵笑笑生著，梅节校订：《金瓶梅词话》，台北：里仁书局，2009年，第996—997页。

出内闱空间勾心斗角的生态和错综复杂的关系，更细腻刻画了人物在特定情境中的真实情态，使我们得以抛开狭隘的"有色眼镜"，客观审视这位"由情欲膨胀而人性被扭曲了的典型"①。

潘金莲并非生而淫恶的。她原是裁缝的女儿，本也可享受市井细民的"岁月静好"，不想九岁那年被卖进王招宣府，日日受府中骄奢淫逸生活的浸染，学的又是"弹唱"这种以色艺事人的手段，被动地开始了淫恶气质的后天养成。及至成年，本可拥有正常的婚姻（哪怕是"配个小子"），却又被转卖给张大户，并为后者强占，不明不白破身。所谓"美玉无瑕，一朝损坏"，对于一位封建时代的少女而言，"宜其室家"的美好人生入场券已经被扯毁了。后来她又不见容于家主婆，被张大户"白送"给武大郎；名义上有了自己的门户，实际仍是家主寄放在外的玩物。直熬到张大户身故，潘金莲终于获得人身自由，可以过上真正的婚姻生活，但她的丈夫又是如此不堪——生理缺陷、性格缺陷、能力缺陷——与自己完全不匹配。漫长的人生、黯淡的生活、逼仄的空间、蠢浊的丈夫，这就是"青春未及三十"的潘金莲的现实。而这一切，都不是她主动选择的结果。她始终处于被动的地位——像商品一样被售卖；像礼品一样被转赠——从未被当作一个真正的"人"来看待，却被批评者要求保有"人"性。

潘金莲人生中第一次主动为"自己的人生"做出的规划与实践，就是毒死武大郎，改嫁西门庆。可以看到，这头一次主动选择，就是伴随着"毁灭"的。进入西门大宅后，她面临的是"另一个世界"——一个"看上去很美"，似乎可以"挣出一片天地"的世界。但她没有多少可以凭恃的资本，她不像吴月娘那样有礼法作背书，也不像孟玉楼、李瓶儿那样有陪嫁来傍身，可以利用的只有自己——生理意义上的自己。只有通过满足西门庆无餍无度的淫欲，博得其宠爱（这也是其唯一可以攫住的东西），才能维持自己在内闱空间里的地位。她之所以表现得那样悍泼，实在是因为她没有可以令其从容不迫的"抓手"。如此，"霸拦汉子"就成为她日常生活的主题：一方面，她尽力"武装"

---

① 黄霖：《黄霖讲〈金瓶梅〉》，上海：东方出版中心，2017年，第40页。

自己，卖弄风骚手段，变换花样来逢迎西门庆，甚至"暗暗将茉莉花蕊儿搅酥油定粉，把身上都搽遍了"①，以博取专宠。另一方面，她不断向"情敌"们发起攻击，日日夹枪带棒，尤其针对有财、有色更有儿子傍身的李瓶儿。起初，她假意笼络瓶儿，暗地里使坏；及至瓶儿坐胎，她妒火中烧，便时常冷嘲热讽，从精神上折磨瓶儿；眼见瓶儿即将产下西门庆的唯一"合法继承人"，她更是由指桑骂槐，转向公开咒骂，以发泄满腔怨愤；最后，她终于将毒手伸向新生儿，趁瓶儿疏忽之际，故意将官哥"举得高高的"，使他受惊，"半夜发寒、潮热起来，奶子喂他奶也不吃，只是哭"。②又每每借故吵闹，把狗打得"怪叫起来"，把丫鬟打得"杀猪也似叫"，搞得鸡飞狗跳，令孩子无法安睡。而最毒辣的"杀手锏"，就是那只蓄意训练出来的"雪狮子"猫——官哥正是被"雪狮子"抓扑后，受惊而死；她又乘胜追击，以刻毒言语刺激饱受失子之痛的瓶儿，不久，后者也因悲愤故去。在这场战役中，潘金莲可谓步步为营，大获全胜。可她最终赢得了什么？她只是宣泄了嫉恨，铲除了一个劲敌，却没有捞取更多"资本"，也没有改变自己"玩物"的角色，更没有摆脱自己被选择、被处置的地位。她一无所有地进入西门大宅，又被一无所有地赶出去。而之所以被驱逐，因为那唯一"抓手"，最后也因为她自己用力过猛，给生生撅折了。这朵浑身散发腐臭的"恶之花"，毁灭着她所触及的一切事物，最终也毁灭了她自己。但正如骆玉明先生所说："毁灭才是她的拯救。"③只有毁灭才能令其脱离那片罪恶的土壤——那个摧折人格、碾压人性、腐蚀人心的封建社会。《金瓶梅》将潘金莲的"恶"完整清晰地呈现出来，也将孕育"恶"的土壤翻出来晾晒，这在之前的小说中，是几乎看不到的。

不只对西门庆、潘金莲等人物的刻画，《金瓶梅》的整个叙述笔调基本是冷静而客观的。叙述者暴露人物，却不"跳出来"指刺人物，虽然其中不乏漫画式的笔墨（这种传统的讽刺手法，要到清代文人小说中才进一步收敛），但

---

① （明）兰陵笑笑生著，梅节校订：《金瓶梅词话》，台北：里仁书局，2009 年，第 419 页。
② （明）兰陵笑笑生著，梅节校订：《金瓶梅词话》，台北：里仁书局，2009 年，第 466 页。
③ 骆玉明：《游金梦——骆玉明读古典小说》，上海：复旦大学出版社，2013 年，第 85 页。

多数情况下，叙述者的态度是伏在纸背之下的，令人物自己表演，即鲁迅先生所说："凡所形容，或条畅，或曲折，或刻露而尽相，或幽伏而含讥，或一时并写两面，使之相形。"[1] 如刻画"乌龟"韩道国，叙述者并未使用漫画手法，而是令其暴露自家嘴脸，人物出场不久，便有一出精彩小戏：

> 那韩道国坐在凳上，把脸儿扬着，手中摇着扇儿，说道："学生不才，仗赖列位馀光，在我恩主西门大官人门下做夥计，三七分钱。掌巨万之财，督数处之铺，甚蒙敬重，比他人不同。"有白汝谎道："闻老兄在他门下，做只做线铺生意。"韩道国笑道："二兄不知，线铺生意，只是名目而已。今他府上大小买卖，出入资本，那些儿不是学生算帐？言听计从，祸福共知，通没我，一时儿也成不的。大官人每日衙门中来家摆饭，常请去陪侍，没我便吃不下饭去。俺两个在他小书房里，闲中吃果子说话儿，常坐半夜，他方进后边去。昨日他家大夫人生日，房下坐轿子行人情，他夫人留饮至二更方回。彼此通家，再无忌惮，不可对兄说。就是背地他房中话儿，也常和学生计较。学生先一个行止端庄，立心不苟，与财主兴利除害，拯溺救焚。凡百财上分明，取之有道，就是傅自新，也怕我几分。不是我自己夸奖，大官人正喜我这一件儿。"刚说在闹热处，忽见一人慌慌张张走向前，叫道："韩大哥，你还在这里说什么，教我铺子里寻你不着！"拉到僻静处告他说，你家中如此如此，这般这般，"大嫂和二哥被街坊众人撮弄，现拴到铺里，明早要解县见官去！你还不早寻人情，理会此事？"这韩道国听了，大惊失色，口中只咂嘴，下边顿足，就要翘趄走。被张好问叫道："韩老兄，你话还未尽，如何就去了？"这韩道国举手道："学生家有小事，不及奉陪。"慌忙而去。[2]

---

① 鲁迅：《中国小说史略》，北京：商务印书馆，2017年，第168页。
② （明）兰陵笑笑生著，梅节校订：《金瓶梅词话》，台北：里仁书局，2009年，第480—481页。

可以看到，除了"白汝谎""张好问"这类常见的借人名"道破"的叙述干预之外，叙述者对韩道国未作任何评价。人物之贪慕虚荣、寡廉鲜耻气质，全由其自己的言语、行为暴露出来；这种"无一贬词，而情伪毕露"的写法也为后来世情小说直接继承，如《儒林外史》第四回，严贡生吹嘘自己与汤知县情厚，又标榜"从不晓得占人寸丝半粟的便宜"，随即便被"打脸"，与《金瓶梅》这段刻画有异曲同工之妙。

其实，不唯讽刺艺术，《金瓶梅》许多有益的艺术经验都为后世小说所继承和发扬，特别值得一提的是"闲笔"与"内聚焦"。

所谓"闲笔"，指的是"在故事演进中突然插入一些看起来不甚相干或无关紧要的笔墨"①。《三国》等世代累积型作品，受说话叙事经验的影响，突出情节主干，尽量避免人物、事件的"枝蔓"，文本中极少看到"闲笔"。而《金瓶梅》摆脱了说话经验的束缚，习惯于"打闲处入情"，呈现琐碎日常，刻画人物细腻情态，文本中便随处可见"闲笔"。如第八回写潘金莲苦等西门庆不来，发起急来，拿小丫头迎儿出气：

> ……于是不由分说，把这小妮子跳剥去了身上衣服，拿马鞭子下手打了二三十下。打的妮子杀猪也似叫。……打了一回，穿上小衣，放起他来，分付在旁打扇。打了一回扇，口中说道："贼淫妇，你舒过脸来，等我掐你这皮脸两下子。"那迎儿真个舒着脸，被妇人尖指甲掐了两道血口子，才饶了他。②

按《水浒》中是没有这一场景的，也没有迎儿这一角色。就情节功能看，该场景是静力型、自由型的——刓去之后，丝毫不影响情节发展。但从人物塑造来看，这段场景生动展示了潘金莲当下焦渴难耐的情态，暴露了其暴戾、毒

---

① 黄霖：《黄霖讲〈金瓶梅〉》，上海：东方出版中心，2017 年，第 255 页。
② （明）兰陵笑笑生著，梅节校订：《金瓶梅词话》，台北：里仁书局，2009 年，第 102—103 页。

辣的性格，也令受述者很早就发现了该角色人性的扭曲。

而"内聚焦"，即人物限制视角，指"每件事都严格地按照一个或几个人物的感受和意识来呈现"①。受说话艺术影响，中国古代白话小说基本都采取"零聚焦"（即全知视角，或言"上帝视角"）方式。尤其早期作品，特别依赖"零聚焦"，以便于更自如地写人叙事，直到晚清近代，"零聚焦"依然是白话小说的主体形态。然而，在发展过程中，在艺术品位较高的文人小说里，个别段落会出现"内聚焦"形态，如《红楼梦》中黛玉进贾府一段。而在《金瓶梅》中已可看到由"零聚焦"向"内聚焦"过渡的形态，如第二回借潘金莲之眼看西门庆的浮浪派头：

> 头上戴着缨子帽儿，金玲珑簪儿，金井玉栏干圈儿，长腰身穿绿罗褶儿；脚下细结底陈桥鞋儿，清水布袜儿；腿上勒着两扇玄色挑丝护膝儿；手里摇着洒金川扇儿。②

按服饰描写原是宋元说话的看家本事，但说话中的人物服饰，基本都是全知视角呈现，这段文字（笔者按：也是《水浒传》中没有的）则基本上是限定在潘金莲视角内的，尤其视点的移动轨迹：由上至下，再由下至上。我们知道，聚焦物与聚焦者之间存在着对应关系。怎样"看"与"看"到了什么，能够揭示"看"之主体的知识结构、文化教养，以及当下的心理、情绪。所谓"从头看到脚，风流往下跑；从脚看到头，风流往上流"，潘金莲的视点游移轨迹，符合其"淫妇第一"的气质；而满眼的物质与生理表征，也符合潘金莲的教养与心理。只不过这里未做到严格"内聚焦"。毕竟从人物视角出发，"金井玉栏干圈儿"这种细小的网巾圈③，是不太可能被"看"到的。这不仅与《红楼梦》中刘姥姥"看"自鸣钟相去甚远，连与《儒林外史》中王冕"看"乡绅燕

---

① 胡亚敏：《叙事学》，武汉：华中师范大学出版社，2004 年，第 27 页。
② （明）兰陵笑笑生著，梅节校订：《金瓶梅词话》，台北：里仁书局，2009 年，第 29 页。
③ 扬之水：《物色：金瓶梅读"物"记》，北京：中华书局，2018 年，第 12 页。

谈，或《聊斋志异》中王生看婴宁簪花，也存在一定距离，但不得不承认《金瓶梅》的艺术启发意义。

最后，《金瓶梅》的语言也是历来为人称道的。前文已述，章回小说的白话叙事是到明晚期才纯熟起来的。尤其人物语言，《三国》带着一种浓郁的"舞台腔"，《水浒》虽有所发展，其实还做不到"一样人，便还他一样说话"（金圣叹语），至《西游》才实现高度口语化。然而，受题材限制，该书人物语言虽有烟火气，毕竟不是纯然的"市井声口"。直到《金瓶梅》一书，摹绘俗情，叙写俗事，刻画俗人，使用的语言也是日常化、市井化的。书中运用大量方言、行话、隐语、谚语，融会成"一篇市井的文字"①，以至"使三尺童子闻之"，也是"洞洞然易晓"的。②这些"家常口头语"不仅营造出真实而生动的市井氛围，也逼真"还原"了人物的心理、情绪、性格，为形象塑造服务。如官哥死后，潘金莲指桑骂槐的詈语：

> 贼淫妇，我只说你日头常晌午，却怎的今日也有错了的时节！你班鸠跌了弹，也嘴答谷了；春凳折了靠背儿，没的倚了；王婆子卖了磨，推不的了；老鸨子死了粉头，没指望了！却怎的也和我一般？③

活画出潘金莲洋洋得意的情态，也暴露其毒辣性格，以及扭曲的人性。而纯从语言来看，全是市井歇后语，攒成连珠炮，铿锵有力，字字"诛心"。可以说，在王熙凤以前，潘金莲是稳坐古代小说"语言大师"头把交椅的。

最后介绍一下《金瓶梅》的版本与影响。

比之"四大奇书"的前三部，《金瓶梅》的版本是相对简单的。起初仅以抄本形式在文士圈子流传（今皆不见），目前所见最早版本为万历间刻本，书名《金瓶梅词话》，一百回，卷首除署名"欣欣子"序，还有"东吴弄珠客"

① （明）兰陵笑笑生著，（清）张竹坡批评：《张竹坡批评金瓶梅》，济南：齐鲁书社，2014年，第39页。
② （明）兰陵笑笑生著，梅节校订：《金瓶梅词话》，台北：里仁书局，2009年，第2页。
③ （明）兰陵笑笑生著，梅节校订：《金瓶梅词话》，台北：里仁书局，2009年，第937页。

序和"廿公"跋。学界习惯称其为"万历本"或"词话本"。情节上，"词话本"接武松打虎事叙起，第八十四回有宋江义释月娘之事；文字上，"词话本"回目较为粗劣，不讲求对仗，正文杂有大量韵语，回末有"且听下回分解"的套语。之后又有崇祯间刻本，书名《新刻绣像金瓶梅》或《新刻绣像批评原本金瓶梅》，一百回，卷首有弄珠客序，无欣欣子序。学界习称为"崇祯本"或"散说本"。此本由"西门庆热结十兄弟"写起，整饬了回目，删去正文不少诗词，回末无"下回分解"的字样。整体看来，可读性较"词话本"更强。

康熙年间，张竹坡在"崇祯本"基础上，对正文个别文字进行修改，又详加批点（其中含有不少真知灼见，尤其《读法》108 条，既是《金瓶梅》研究的重要资料，也是古代小说批评的经典文献），以《张竹坡批评金瓶梅第一奇书》之名行世，学界习称其为"第一奇书本"或"张评本"。当代公共流通渠道内的《金瓶梅》则多以"洁本"面貌出现。其中，以人民文学出版社 1985 年排印的删节本最为流行，也最为易得。

至于《金瓶梅》的后世影响，则绝不止于续书、仿作（这类作品大多粗疏恶俗。其中，以丁耀亢《续金瓶梅》品位略高。此书以靖康之难为背景，写月娘与孝哥悲欢离合，以及金、瓶、梅等人转世投生事，虽然结构松散，秽笔间出，又鼓吹因果报应，但作者身为遗民，意在借其"刺新朝而洩《黍离》之恨"，[①] 并不都是庸俗的旨趣），更重要的是开启了文人小说的新纪元，并拉开世情小说蔚为大观的序幕。受其影响，摹写世态、刻画人情成为小说创作的主流，这又形成两条河道：一是人情类，一是世情类。前者又包括三种典型：以《玉娇梨》《平山冷燕》等为代表的才子佳人小说；以《醒世姻缘传》《歧路灯》等为代表的家庭生活类小说；以《绣榻野史》《肉蒲团》等为代表的情色小说。后者则全面继承发扬了《金瓶梅》的精神价值和艺术经验，由家庭及社会，写出世情百态，意在揭露、反思、讽刺、批判，其代表是《红楼梦》与《儒林外史》。可以说，没有《金瓶梅》的探索，就没有这两部古代叙事文学的巅峰之作。

---

① 黄霖：《金瓶梅资料汇编》，北京：中华书局，1987 年，第 287 页。

# 第五节 "三言""二拍"与拟话本

与"四大奇书"以题材内容分类不同,"拟话本"之名,是从其体式渊源来定义的。《中国小说史略》称之为"拟宋市人小说",当代学界则习惯称其为"拟话本"。当然,这个概念还不是很严谨,毕竟"话本"是包括平话在内的,照此说来,《三国》《水浒》《西游》也可称作"拟话本"了。所以,一般在使用这个概念时,要预设一个前提:这里的"话本",专指宋元说话的"小说"一门。拟话本是后人对"小说"叙事遗产的继承和发扬,是涵盖烟粉、灵怪、传奇、公案等各类题材的文人案头短篇小说。

渊源、题材和篇幅既已明确,关键要讨论的就是"拟"字。这种体式的小说要"拟"话本的哪些方面?更进一步说,场上叙事经验如何被"拟"成文人案头叙事的成规?刘勇强先生认为,主要在于三方面:一是适应表演的体制进一步固化为文体结构,二是表演现场的交流转化为虚拟的对话,三是思想与艺术趣味的世俗化。[①]概括起来,就是文体成规、叙述声音、审美旨趣三个方面。

从体式成规说,宋元"小说"的表演流程,落实到文人案头"拟"创中,成为一种稳定的文体格式。上一章已介绍过,宋元话本包括篇首、入话、头回、正话、篇尾等结构。一方面,这是基于说话人场上表演的实际需要而生成的(招揽观众、卖弄才艺、调整节奏、启毕表演等);另一方面,其形式灵活多样,有些部件也不是叙述的"充分必要条件"(不少话本是没有入话和头回的),说到底是要看说话人的临场把握与取舍。然而,文人小说家在"拟"话本时,反而很重视这些部件,甚至有将其固化下来的倾向,如陈大康先生基于对明代拟话本的统计数据,指出"含有入话或头回是拟话本模拟话本的主要表

---

① 刘勇强:《话本小说叙论:文本诠释与历史构建》,北京:北京大学出版社,2015年,第32—34页。

现之一"①。尽管不是每篇拟话本都有入话、头回，但与宋元话本比起来，俨然已经是叙述的"充分必要条件"了。

从叙述声音看，说话人的场上讲述，为文人小说家所"拟"，进入案头叙述后，形成一种稳定又独具民族艺术特质的叙述声音。叙述声音，或称叙述者，虽然是一个拟人化的主体，但"他"既不是真实作者，也不是隐含作者，而是将故事讲述出来的一个功能。基于西方叙事学理论，根据与叙述内容的关系，学界一般将其分为"同叙述"与"异叙述"两种，② 又根据其隐、显形态，分为"自然而然"的叙述和有"自我意识"的叙述两种。③ 但拟话本的叙述者继承了"说话人"这一形象，这位叙述者不是隐在故事背后的，而是"现身"于文本的，明确告知故事是由其"讲述"出来的，而非仿佛自然而然流淌出来的。但"他"又不是一个"同叙述"者，与故事没有任何关系。这就是赵毅衡所说的——"出场但不介入式"叙述者，"他能处于隐身叙述者与现身叙述者的地位之间，进行一种具有充分主体权威又超然的叙述"。④ 可以说，直到"五四"新文学以前，文人白话小说基本都是以其为相对稳定的叙述声音的（即便一些明显受到西方小说影响的"同叙述"，也会不自觉地回到"说话人"声音，如《二十年目睹之怪现状》等）。

从审美旨趣看，拟话本也是积极向市民的知识结构、文化教养和文艺经验靠拢的，以其能够接受的方式，讲述其喜闻乐见的故事，表达其对于世界、人生和生活的理解。素材方面，发迹变泰故事、风情故事、公案故事占据绝大比重，这本来就是市民日常谈助的主要节目；人物方面，大量历史人物被庸俗化、刻板化或漫画化，脱离历史真实，虚构人物更像是活在市民想象的"真空世界"里，按照市民所理解或期待的逻辑去思维、感知和行动；这直接影响到情节的生发、延宕、转关和结局。看似荒诞不经，若从市民的知识、道德和情感出发，又显得十分合理。如《喻世明言》卷十一《赵伯升茶肆遇仁宗》，就

---

① 陈大康：《明代小说史》，北京：人民文学出版社，2007年，第550页。
② 胡亚敏：《叙事学》，武汉：华中师范大学出版社，2004年，第41页。
③ 胡亚敏：《叙事学》，武汉：华中师范大学出版社，2004年，第45页。
④ 赵毅衡：《苦恼的叙述者》，成都：四川文艺出版社，2013年，第24页。

是一个典型的发迹变泰故事。赵旭参加殿试，竟因为将"唯"字的"口"旁写作"厶"（当时日常书写中两者可通用），便被宋仁宗黜落。而其后来"咸鱼翻身"，竟然也是因为仁宗的任性——梦到"九轮红日"便微服出巡，四下找寻名中有"旭"字的文士。整个故事里，人物的行动不能说缺乏根据，但确实莫名其妙，而这恰恰符合市民的知识和趣味。

当然，拟话本是纯粹文人化、案头化的作品，文人意识的贯彻才是"拟"的根本路径和目的。这也可以对应以上三个考察点来讨论。

从体式成规来看，拟话本不仅比宋元话本更规矩、更"格式化"，各部件之间的结合度也更高，部件内部的艺术品位也显著提升。如插入韵文，说话人只能记诵，而无法创作，肚里"存货"也有限，许多韵文与人物、事件、情境的匹配度不高，重复率倒不低，尤其服务于场上表演的节奏调节，其分布并不考虑"阅读"的需要。而拟话本中韵文的原创性提高，与人物、事件、情境也很贴合，分布合理，服务于案头"阅读"，这都是文人作家艺术提炼的结果。

从叙述声音看，拟话本的"叙述干预"意识更强，这是作为真实作者的文人小说家更自觉、更明确地"指导阅读"的表现。如《拍案惊奇》卷一《转运汉遇巧洞庭红》中，写文若虚在海外贸易中获巨利，为了解释、说明，作者就构造出一段"叙述者"与"受述者"的对话：

> 说话的，你说错了！那国里银子这样不值钱，如此做买卖，那久惯漂洋的带去多是绫罗段匹，何不多卖了些银钱回来？一发百倍了。看官有所不知，那国里见了绫罗等物，都是以货交兑。我这里人也只是要他货物，才有利钱。若是卖他银钱时，他都把龙凤人物的来交易，作了好价钱，分两也只得如此，反不便宜。如今是买吃口东西，他只认做把低钱交易，我却只管分两，所以得利了。说话的，你又说错了！依你说来，那航海的何不只买吃口东西，只换他低钱，岂不有利？反着重本钱置他货物怎地？看官，又不是这话。也是此人偶然有此横财，带去着了手。若是有心第二遭再带去，三五日不遇巧，等得希烂。那文若虚运未通时，卖扇子就是榜样。扇子还是放得起的，尚

且如此，何况果品？是这样执一论不得的。①

这里的"说话的"和"看官"就是白话小说中最常见的"叙述者"与"受述者"形象。在文本世界的信息"发出—接受"过程中，他们是永恒存在的，但不一定高度"曝光"。宋元话本中的受述者经常是隐身的，叙述者虽然现身，却少有如此长篇大套的叙述干预。拟话本则更习惯构造二者"对话"——尤其是受述者发难、叙述者答难的场景。这其实是真实作者在充分调动叙述结构，以便于更有效地引导读者去接受、理解故事。

那么，为何要强化"叙述干预"呢？这与文人作家的写作意图有关——与宋元说话人以娱乐为主的讲述意图不同，拟话本作者的伦理叙述意图明显，如冯梦龙编创"三言"，其"喻世""警世""醒世"的书名就明确了意图。而冯氏在序文中交代得更为明确：

> 天下之文心少而里耳多，则小说之资于选言者少，而资于通俗者多。试今说话人当场描写，可喜可愕，可悲可涕，可歌可舞；再欲捉刀，再欲下拜，再欲决脰，再欲捐金；怯者勇，淫者贞，薄者敦，顽钝者汗下。虽小诵《孝经》《论语》，其感人未必如是之捷且深也。噫，不通俗而能之乎？②

可以看到，之所以向大众的知识、趣味、好尚靠拢，实际是为了"春风化雨般"的道德教化，"通俗"是为了"化俗"，"拟"话本不是目的，而是路径。

更重要的是，在"拟"话本的过程中，文人小说家对"奇"的理解，发生了转移，由关注素材之"奇"转向营构叙事之"奇"。小说是一种"尚奇"的文学形式，无论六朝志怪的"搜奇志异"，还是唐传奇的"作意好奇"，以至宋元话本的"博古明今历传奇"，追求的都是一个"奇"字。但这里的"奇"，

---

① （明）凌濛初：《拍案惊奇》，北京：人民文学出版社，1991年，第11—12页。

② （明）冯梦龙：《喻世明言》，北京：人民文学出版社，1958年，第1页。

第五章 明：白话小说的繁荣期

主要是故事的奇异——经验世界（尤其日常经验）之外的素材，不待"被讲述"，其本身就是奇异的。拟话本则开始发掘经验世界（尤其日常经验）之内的素材，通过有谋划、有技巧地"讲述"，营构出一种奇异色彩，如凌濛初所言：

> 今小说之行世者，无虑百种。然而失真之病，起于好奇。知奇之为奇，而不知无奇之所以为奇。舍目前可纪之事，而驰骛于不论不议之乡，如画家之不图犬马而图鬼魅者，曰："吾以骇听而止耳。"夫刘越石清啸吹笳，尚能使群胡流涕，解围而去。今举物态人情，恣其点染，而不能使人欲歌欲泣于其间。此其奇与非奇，固不待智者而后知之也。①

所谓"无奇"，指素材本身并无奇异色彩，只不过是"耳目之内"的寻常闻见，是"日用起居"内的人物、事件，但如果能够将事件组织成一个"具有战略意义的序列"②，将人物塑造成兼具生活真实与艺术真实的"典型"，则可以实现一种更高级的"奇"——叙事之"奇"。

所以说，拟话本绝不仅仅是"拟"宋元话本之形态、气质，而是通过"拟"来实现文人作家的伦理叙事意图，落实其文艺观念。不可因其皆为白话短篇小说而一概视之。

拟话本中，最具文体代表性，也最具艺术品位的是冯梦龙的"三言"与凌濛初的"二拍"。以往有学者习惯将其并称作"三言二拍"，其实值得商榷。毕竟两者不是一个系列的作品，在成书背景、编创机制、作者观念、体式特征等方面还是存在诸多不同的。

冯梦龙（1574—1646），字犹龙，号龙子犹、绿天馆主人、可一居士、茂

---

① （明）凌濛初：《二刻拍案惊奇》，北京：人民文学出版社，1996年，第1页。
② ［美］罗伯特·麦基著，周铁东译：《故事：材质·结构·风格和银幕剧作的原理》，天津：天津人民出版社，2014年，第30页。

苑野史氏、墨憨斋主人等。长洲（今江苏苏州）人。出身于书香世家，与其兄冯梦桂、弟冯梦熊并称"吴下三冯"。冯氏早年潜心举业，却久蹶科场，一度放浪形骸，混迹于妓寨酒馆，后因情场失意，"遂绝青楼之好"，于崇祯三年（1630）拔贡，后任福建寿宁知县。游戏烟花的"人生插曲"使冯氏得以更直观而深入地体验下层市民社会，从而熟悉通俗文艺受众的思想、情感，也促使其积极投身通俗文艺的编创活动，如民歌集《挂枝儿》《山歌》、历史演义《新列国志》、神魔小说《新平妖传》、笔记小说《古今谭概》《智囊》《情史》等；戏曲方面则师事沈璟，精于音律，有自作传奇《双雄记》《万事足》，并取古今传奇，删改订正，编成《墨憨斋定本传奇》16种。

当然，从小说史看，冯氏最突出的成就还是"三言"，即《喻世明言》（又名《古今小说》）、《警世通言》、《醒世恒言》。每书四十卷，每卷一篇，共一百二十篇小说。三部书的编纂应该直接受到嘉靖年间洪楩编刊《六十家小说》的影响，意在将家藏通俗小说进行选拣，即"抽其可以嘉惠里耳者"，予以整理、润色，供书坊出版，以推向大众。三部书的编创大致经历了一个由"述旧"到"编新"的发展过程：前期主要是搜集宋元旧篇，增删润饰的成分不多，后期则融入更多原创成分。全部工作完成，应在《醒世恒言》刊行的天启七年（1627）。

凌濛初（1580—1644），字玄房，号初成，亦名凌波，别号即空观主人。浙江乌程（今浙江湖州）人。出身官宦世家，祖父凌约言官至南京刑部员外郎，父凌迪知曾任常州同知等职。同时，凌氏也是湖州一带知名的刻书世家。濛初十二岁入庠，十八岁补廪膳生，四次应举，皆中副榜，愤懑不已，一度决意功名。"二拍"等通俗文学作品，主要是在此一时期创作的。直到五十五岁，凌氏以优贡授上海县丞，管理海防。崇祯十五年（1642）除徐州通判，分署房村。两年后，李自成起义军之一部围困房村，凌氏拒绝投降，呕血而死。凌氏在戏曲方面也颇有建树，主张曲律、才情并重，有杂剧《虬髯翁》《北红拂记》《闹元宵》、传奇《衫襟记》等。

"二拍"的编刊，主要是出版商的策划。市场嗅觉敏锐的出版商见冯著"行世颇捷"，以为凌氏"当别有秘本"，请其"出而衡之"。当时，可见的宋元旧本几乎已经被冯著"搜刮殆尽"，或有"一二遗者"，"皆其沟中之断，芜略不足陈已"。基于此，凌氏便"取古今来杂碎事可新听睹、佐谈谐者，演而畅之，得若干卷"①。所以说，与《喻世明言》等书相比，《拍案惊奇》才是真正意义上文人独创的拟话本。凌著问世后，市场反响强烈，"贾人一试之而效，谋再试之"②，于是又有《二刻拍案惊奇》。最终写定于崇祯五年（1632）。两书各四十卷，每卷一篇，共八十篇小说（《二刻》原本已佚，今存尚友堂后修本，第四十卷为《闹元宵》杂剧）。

至明末清初，有抱瓮老人（原名不详，或以为乃明遗民吴江顾有孝③），以二书"卷帙浩繁，观览难周"④，从中辑出四十篇（《喻世明言》八篇，《警世通言》十篇，《醒世恒言》十一篇，《拍案惊奇》八篇，《二刻拍案惊奇》三篇），略加删改，成《今古奇观》一书。作为一部精选本，此书基本涵盖冯、凌二书的上乘之作，又极大减轻了市民的消费成本，因而热销，刊行再三，成为后世最流行的本子。不仅国内影响极大，也传播至海外。

由于处在从"述旧"向"编新"过渡的状态，一方面"宋元旧种"的既定形态良莠不齐，一方面各短篇也非一时一地所作，所以"三言"与"二拍"中的诸多篇什，在思想与艺术上也不能保持始终如一，但其主体"文本形象"是可以概括出来的。在思想观念上，一方面宣扬传统的儒家道德，标榜忠、孝、节、义等伦理范畴，一方面又不得不向市井道德妥协。如《喻世明言》卷一《蒋兴哥重会珍珠衫》，叙事者以通奸故事为素材，批判这一违背公序良俗的行为，但不是从纯粹的精英道德角度立论的，而是由"我不淫人妇，人不淫我妻"的市井道德出发，构造情节；在人物塑造上，又对失节妇女给予充分的理解、同情——王三巧的结局并不悲惨，虽然由妻变妾，受到惩罚，却仍是"一夫二妻，团圆到老"的美满结局。再如《警世通言》卷三十三《乔彦杰一妾破

---

① （明）凌濛初：《拍案惊奇》，北京：人民文学出版社，1991 年，第 1 页。

② （明）凌濛初：《二刻拍案惊奇》，北京：人民文学出版社，1996 年，第 3 页。

③ 冯保善：《〈今古奇观〉辑者抱瓮老人考》，《文学遗产》1988 年第 5 期。

④ （明）笑花主人：《今古奇观序》，丁锡根编著：《中国历代小说序跋集》，北京：人民文学出版社，1996 年，第 793 页。

家》，一连串悲剧由主人公乔俊"好色贪淫"而起，叙事者在结尾处却也表达了足够的同情："都道乔俊虽然好色贪淫，却不曾害人。"[①]"都道"二字应着眼，反映的正是市民的"集体判断"。又如《醒世恒言》卷三十四《一文钱小隙造奇冤》，写由一文钱引发的连丧十三条人命的惨剧，其中涉及一系列道德失范行为，叙事者最终却以"劝汝舍财兼忍气，一生无事得安然"[②]作结。可见，这已不是自上而下的精英道德，而是下沉至市民社会（尤其结合日常道德实践）的生活规范。

在艺术上，"三言"与"二拍"善于利用误会、巧合生发情节，构造出寻常闻见的传奇性，又长于以细腻笔墨刻画人物之心理、情态，塑造鲜明立体的艺术形象。两书的大部分故事不以"怪力乱神"内容为重点，而是聚焦市民生活，但平淡、冗繁、拖沓的日常真实，既不奇，也无趣，需要小说家将其组织、敷演成波澜起伏的艺术真实，"无巧不成书"就成为重要手段。在故事起、承、转、合的关键节点，我们总能看到一系列误会、巧合。如《拍案惊奇》卷二《姚滴珠避羞惹羞》，叙事成立的根本在于姚滴珠、郑月娥面容相似，以致生成一系列误会；再如《喻世明言》卷三十六《简帖僧巧骗皇甫妻》，叙事成立的根本在于皇甫松只因和尚"错下书"，误会妻子失节，以致生出夫妻离合的波折；又如《醒世恒言》卷三十三《十五贯戏言成巧祸》，更是连用巧合、误会，辗转串联，敷演成一篇"法制与道德"的奇妙文字。即便在不以之为叙事根本的篇什里，误会与巧合也经常是情节攒凑、转折的关键。如《蒋兴哥重会珍珠衫》中，王三巧之所以与陈商相识，在于陈商背影酷似兴哥，三巧误认丈夫，搴帘而视，以致后者误会三巧对其有情；再如卷二十七《金玉奴棒打薄情郎》中，复仇与团圆的结局之所以成立，关键在于淮西转运使许德厚正巧泊船于玉奴堕水处，将其救起，而许氏又正是莫稽的顶头上司。在串联这些情节时，许多"主题物"也得到有效利用，如"珍珠衫""金钗钿""百宝箱""鸳鸯绦""合色鞋""芙蓉屏""玉马坠"等，在情节串联中发挥了关键作用，使

---

① （明）冯梦龙：《警世通言》，北京：人民文学出版社，1956年，第491页。

② （明）冯梦龙：《醒世恒言》，北京：人民文学出版社，1956年，第718页。

得误会、巧合的"接榫"，显得愈加连贯而自然。可以说，"巧"与"错"是"三言""二拍"构造"无奇之所以为奇"的不二法门。

至于一些不以情节"奇巧"见胜的篇什，则着意刻画人物、心理情态，不仅塑造出鲜明的人物，也使故事显得十分饱满。如《警世通言》卷三十二《杜十娘怒沉百宝箱》，其故事性并不强，无非叙写一名妓女的期待与绝望，却以逐层剥笋的方式"还原"杜十娘的思想与性情：与其他妓女对"从良"的热盼与盲目不同，十娘表现得比较老成。明明可以直接为自己赎身，却要李甲到处借贷，以试验其心意与能力；在确定李甲有心无力之后，仍只拿出一半赎身银子，令李甲尽力凑够另一半，以作最后考验；至于"韫藏百宝"的贴身妆奁，则始终未告知后者。在考验爱侣的过程中，十娘逐渐失望，却仍盘算"终生之计"，并尽量考虑李甲的难处。这是十娘向爱人的妥协，也是其向社会、命运的妥协。她试图主导自己的命运，谋划未来的生活，却难以挣脱现实的网罗；尽管心意逐渐冷却，但仍抱有一丝希望。至李甲以一千两身价银将其转卖，十娘不仅最终意识到所托非人，也彻底为现实所击倒，绝望之下，纵身投江。作者写出了十娘的冷静、自尊、刚烈、果决，也深刻揭示出人心之冷酷、现实之残酷。再如《醒世恒言》卷三《卖油郎独占花魁》，故事性也很弱，无非叙写一个小市民的奢望与满足。但作者逼真地"再现"了秦重对王美娘的真挚情意，以及种种"帮衬"之举，也写出美娘的心理变化：从最初交接秦重时的"疑惑"与"不悦"，到经其悉心照顾一夜，生出的"四五分欢喜"，再到听其吐露真情后，觉得"愈加可怜""好不过意"，以至被吴八公子作践凌辱后，始觉秦重之人品远胜于"豪华之辈，酒色之徒"，果断说出"我要嫁你"的心腹话。轨迹清晰，合情合理，尤其贴合作者所营构的日常情境。

同时，作者也善于结合这些日常情境，生动逼真地刻画人物心理，如写秦重初见美娘，勾起乡情，又借着醉意，生出一连串痴想：

（秦重）吃了数杯，还了酒钱，挑了担子，一路走，一路的肚中打稿道："世间有这样美貌的女子，落于娼家，岂不可惜！"又自家暗笑道："若不落于娼家，我卖油的怎生得见！"又想一回，越发痴起来了，道："人生一世，草生一秋。若得这等美人搂抱了睡一夜，死也甘心。"又想一回道："呸！我终日挑这油担子，不过日进分文，怎么想这等非分之事！正是癞蛤蟆在阴沟里想着天鹅肉吃，如何到口！"又想一回道："他相交的，都是公子王孙。我卖油的，纵有了银子，料他也不肯接我。"又想一回道："我闻得做老鸨的，专要钱钞。就是个乞儿，有了银子，他也就肯接了，何况我做生意的，青青白白之人。若有了银子，怕他不接！只是那里来这几两银子？"一路上胡思乱想，自言自语。①

如此篇幅的心理描写，在早期白话小说中是极少见的。尤其宋元说话，按说场上文艺是便于书写人物心理的——说话人可以随时"进入"人物，代其表白心迹，但宋元说话人更倾向"从外部"摹绘人物情态，拟话本中这类心理描写，正是文人作家在"拟"话本叙述声音的基础上，以文心巧思进行的艺术发扬。这段心理描写也是极真实的，不仅符合人物的身份及其所处的情境，更逼真而生动地呈现出"市民的心"，秦重之"肚中打稿"，反映的正是市民的自我身份肯定和集体价值判断。

真实之外，拟话本对人物心理的刻画，也达到前所未有的深度，如写蒋兴哥获知王三巧与陈商奸情后，急于回家又近乡情怯的心理：

> （兴哥）急急的赶到家乡，望见了自家门首，不觉堕下泪来。想起："当初夫妻何等恩爱，只为我贪着蝇头微利，撇他少年守寡，弄出这场丑来，如今悔之何及！"在路上性急，巴不得赶回。及至到了，心中又苦又恨，行一步，懒一步。②

这段心理描写，论篇幅尚不及前一例，艺术品位却又高出一筹。从叙述形

---

① （明）冯梦龙：《醒世恒言》，北京：人民文学出版社，1956年，第47—48页。
② （明）冯梦龙：《喻世明言》，北京：人民文学出版社，1958年，第25页。

态看，叙事者摆脱了低级的"纯代言体"，将代言与描述相结合，更为灵动地呈现人物；同时，这段文字是真实的，反映出市民的情感与道德，这不是带有浓重庙堂色彩的伦理教条，而是为情感体验所羁绊的道德实践，更符合日常真实。尤其借助时间的延宕和空间的转移，为人物心态发展提供根据，又进一步强化了心理描写的生动性、真实性。如刘勇强先生所说，这是"中国古代小说中最具心理深度的空间描写"[1]。从这一点来看的话，若论鲁迅先生"为市井细民写心"，拟话本真可谓本色当行。

鲁迅先生这句话，可以延伸至三个层面来理解：一是"写"的行为本身。从聚焦于王侯公卿、骚人墨客、羽流释徒，到聚焦于市井细民，刻画其心理，这本来就具有重要的小说史意义；二是"写出"，即从呈现内容看，反映市民真实的情感价值、道德观念、生活体悟，应该说，从《水浒传》等书起，已经不同程度实现以上两个层面的"写心"；三是"写法"，即如何调动各种叙事结构，逼真生动地"还原"市民心理，这是到了明晚期小说才实现的，长篇有《金瓶梅》，短篇则有以"三言""二拍"为代表的拟话本。

在"三言""二拍"的影响（尤其《今古奇观》的巨大市场号召力）下，明清之际出现了一大批拟话本，如《西湖二集》《型世言》《醉醒石》《清夜钟》《贪欣误》《欢喜冤家》《鼓掌绝尘》《宜春香质》《弁而钗》《石点头》《鸳鸯针》《一片情》《十二笑》《人中画》《珍珠舶》《无声戏》《十二楼》《豆棚闲话》《照世杯》《五色石》《八洞天》《西湖佳话》等。直到雍正朝以后，拟话本的创作才消歇。这里，举几部具有代表性的作品。

《西湖二集》三十四卷，周清源撰。周清源，名楫，杭州人。生平不详，据湖海士《西湖二集序》，知其是一位"怀才不遇，蹭蹬厄穷"的潦倒文人。书名既称"二集"，则此前应有"一集"（本书卷十七也曾提到"一集"篇目），可惜至今未见。

同时，书名也突出了其专题性——以"西湖"为题材中心。

---

[1] 刘勇强：《话本小说叙论：文本诠释与历史构建》，北京：北京大学出版社，2015年，第300页。

书中三十四篇小说都与"西湖"相关，素材多来自田汝成《西湖游览志》《西湖游览志馀》，以及《情史》《剪灯新话》《辍耕录》诸书。当然，周氏不只对"西湖故事"感兴趣，而是"借他人之酒杯，浇自己之磊魂"①，抒发一腔愤懑。故书中作品多揭露晚明社会窳败的现实，或借人物之口，或直接进行叙述干预，以揶揄、嘲骂、讽刺或批判，致使文本充斥着一股抑郁不平之气。而对于这些问题的解决，作者找不出更好的方法。只是一方面意淫"洪武盛世"，另一方面则借因果报应以劝善惩恶，即鲁迅先生所说的"好颂帝德，垂教训，又多愤言"②。但总体看来，作者叙述流畅，文笔可观，又善用典故，可以从中看到前代通俗文学之艺术经验的直接或间接影响。

《型世言》（全称《峥霄馆评定通俗演义型世言》）十卷四十回，每回演一故事，陆人龙撰，陆云龙评。陆云龙，字雨侯，号蜕庵、翠娱阁主人、吴越草莽臣等。浙江钱塘人。主持经营峥霄馆，是当时比较活跃的一位选家、出版家，又撰写时事小说《魏忠贤小说斥奸书》。陆人龙，字君翼，云龙幼弟。前文所述时事小说《辽海丹忠录》即其作品。

既言"型世"，则陆氏兄弟的编创意图也是很明显的，即"树型今世"，为读者提供道德楷模，故书中主人公基本都是忠臣、孝子、义士、节妇，所涉情节也多是尽忠、尽孝、践约、守节等积极的、正向的伦理实践（多为真人实迹，有些就是当时的社会新闻，可被视作短篇的"时事小说"③）。这无疑是将通俗小说视作"载道"工具，原来"三言""二拍"的教化功能，至此而被发扬到极致。这其实也是拟话本文人化、案头化倾向的一个突出表现，只不过走向了极端。但也提供了一种范式，后来的《醉醒石》《清夜钟》《照世杯》等作品或多或少都是沿着这条路走下去的。要考察、分析明清之际白话短篇小说的伦理叙事，是绝绕不开这几部拟话本的。

《十二楼》十二卷三十八回，李渔撰。李渔（1611—1680），原名仙侣，

① （明）周清源：《西湖二集》，杭州：浙江人民出版社，1981 年，第 12 页。
② 鲁迅：《中国小说史略》，北京：商务印书馆，2017 年，第 187 页。
③ 程毅中：《明代小说丛稿》，北京：人民文学出版社，2006 年，第 270 页。

字谪凡，一字笠鸿，号笠翁、笠道人，别署新亭客樵、觉世稗官等。浙江兰溪（今浙江金华）人。出身于富裕的行医世家，明末屡应乡试不中，又经易代之变，家道中落，入清后便决意仕进。顺治八年（1651）移家杭州，靠卖文刻书糊口，编创了大量戏曲、小说。十年后又移家南京，经营芥子园书坊，结交名流显贵，经常携自家戏班周游各地，献艺于缙绅之家，是当时著名的"托钵山人"。李渔戏剧创作成就颇高，有传奇十种，合称《笠翁十种曲》。小说有《无声戏》《十二楼》等。《无声戏》的刊行是很有戏剧性的，其"一集"十二篇，"二集"六篇，"二集"的刊行得到时任浙江布政使的张缙彦之资助。"二集"内一篇即以甲戌之变为题材，替张氏投降李自成之举辩解。顺治十七年（1660），张氏被劾，罪状之一就是资助编刊这部小说集。李渔移家南京，应当就在这一年。之后，李渔将二书重新编排，抽换涉及张氏的一篇，更名为《连城璧》，分内外两集，共十八篇。既然称"无声戏"，则将小说视作无声之戏曲，反映出李渔所持的一种泛化的通俗文学观。总的看来，无论戏曲，还是小说，李氏都特别强调其商业性、娱乐性、适俗性、原创性、叙述性、技巧性，尤其用戏曲创作手法指导小说创作。这也集中体现在《十二楼》中。

　　《十二楼》每篇都写一楼，涉及的内容多是家庭、婚姻、子嗣、财产等市民关注的问题。但与"三言""二拍"等书"备写人情世态之歧"不同，《十二楼》与生活的真实之间，始终保持一定距离；即便是一种艺术真实，也是经作者之生活经验和人生体悟涤滤、抟塑后的主观真实，看上去更像一个又一个"舞台"上的故事。在叙事上，李渔特别强调关目，情节曲折而结构简单，以奇巧见胜，人物形象丰富，却有很强的"脚色"感，立体而不丰满。这些其实都是戏曲创作手法影响的产物。正如石昌渝先生所说："在结构和人物配置上，十二篇作品都讲究立主脑、减头绪，有生旦亦有净丑，故事复杂而情节决不枝蔓。"[1] 这正是一种当行本色的戏曲家手法，对于小说叙事，或可资借鉴，但完全移诸后者，就会妨害艺术构造。然而，这在当时未尝不是一种具有进步意义的艺术探索和创新。同时，书中叙述干预的"个性"也很强，如卷二《夺锦

① 石昌渝主编：《中国古代小说总目》（白话卷），太原：山西教育出版社，2004年，第334页。

楼》的入话部分：

> 这首词，单为乱许婚姻、不顾儿女终身者作。常有一个女儿，以前许了张三，到后来算计不通，又许了李四，以致争论不休，经官动府，把跨凤乘鸾的美事，反做了鼠牙雀角的讼端。那些官断私评，都说他后来改许的不是。据我看来，此等人的过失，倒在第一番轻许，不在第二番改诺，只因不能慎之于始，所以不得不变之于终……这番议论，无人敢道，须让我辈大胆者言之，虽系末世之言，即使闻于古人，亦不以为无功而有罪也。[1]

按叙述者在入话处"现身"，进行叙述干预，原是拟话本的程式，但立场与态度多是"解释社群"普遍认同的，《十二楼》的叙述者却喜欢作个体化的"非常之论"；尽量摆脱"稗官野史上面袭取将来的套话"[2]，在一般事件中寻找不一般的角度，带有很强的主观色彩。同时，拟话本继承宋元话本的传统，叙述者多以"说话的""小子"等自称，《十二楼》的叙述者却明确以"我"自称。

当然，这里的"我"依旧是一个承担叙述任务的功能，一个拟人化形象，而非真实作者李渔本人，但第一人称的叙述声音，便于读者更清晰地提取隐含作者的理念和价值体系，也更直观地看到真实作者的意图和策略，这也是拟话本愈来愈文人化、个人化的表现。

《豆棚闲话》十二则，题"圣水艾衲居士编""鸳湖紫髯狂客评"，据胡适先生推测："作者评者当是一人，可能是杭州嘉兴一带的人。"[3]但具体为谁，目前尚不可确知。或以其为杭州戏曲家范希哲，或以其为《济颠全传》的校订者王梦吉，[4]皆缺乏可靠证据。

此书在体制结构上很有特色，采用"分层叙述"：十二个故事，由在豆棚

---

① （清）李渔：《李渔全集》第9卷，杭州：浙江古籍出版社，2010年，第36—37页。

② （清）李渔：《李渔全集》第8卷，杭州：浙江古籍出版社，2010年，第282页。

③ 胡适：《胡适文集》第8卷，北京：北京大学出版社，1998年，第454页。

④ 石昌渝主编：《中国古代小说总目》（白话卷），太原：山西教育出版社，2004年，第55页。

下乘凉的人轮流讲述。这些故事的素材并不存在必然联系，但"豆棚"提供了一个统一的叙述场景，或者说"作者虚拟的一个饶有新意的公共舆论空间"①。不同年龄、性别、教养的形象聚集在豆棚下，分享故事，表达态度，交流经验，轮番作为叙述者和受述者；信息以"豆棚闲话"的形态传播，同时伴随着豆子的生长过程，以及人们对豆子本身的讨论，故事的衔接，以及叙述声音的递接，就显得很自然，如第六则开篇：

> 是日也，天朗气清，凉风洊至。只见棚上豆花开遍，中间却有几枝，结成蓓蓓蕾蕾相似许多豆荚。那些孩子看见嚷道："好了，上边结成豆了。"棚下就有人伸头缩颈将要采他。众人道："新生豆荚是难得的。"主人道："待我采他下来，先煮熟了。今日有人说得好故事的，就请他吃。"众人道："有理，有理。"
> 棚下摆着一张椅子，中间走出一个少年道……②

由此接入《大和尚假意超升》的故事，结尾处又拉回豆棚场景：

> ……豆棚主人道："仁兄此番说话，果然说得痛快。豆已煮熟，请兄一尝何如？"③

转至第七则开篇，又言：

> 昨日，自这后生朋友把那近日大和尚的陋相说得尽情透快，主人煮豆请他，约次日再来说些故事，另备点心奉请。那后生果然次日早

① 刘勇强：《话本小说叙论：文本诠释与历史构建》，北京：北京大学出版社，2015年，第246页。
② （清）艾衲居士：《豆棚闲话》，南京：凤凰出版社，2009年，第43页。
③ （清）艾衲居士：《豆棚闲话》，南京：凤凰出版社，2009年，第50页。

早坐在棚下。内中一人道……①

可以看到，豆棚是一个稳定的"叙述场"，提供了固定的叙述空间，也借其实现叙述时间的掌控。这构成了一个外部叙述形式框架，留下"完形填空"的空格处，无论什么素材、主旨的故事，都可以被灵活"选择"，填补进空格。

同时，"豆棚"也可以与故事主旨联系起来，以"豆"寓言。如第四则讲因果报应，开篇就引入"种瓜得瓜，种豆得豆"的古语；再如第八则讲修行事，也是由"羊眼豆"的生长特点引入话题；又如第十则批评当时苏州浮靡浇薄的世风，也是借"豆"发挥："天下人俱存厚道，所以长来的豆荚亦厚实有味。惟有苏州风气浇薄，人生的眉毛尚且说他空心，地上长的豆荚越发该空虚了。"② 这些有关豆子的经验知识，与叙述者对于人物、事件的评价，翕然贴合。

当然，这十二个故事不是随意拼凑起来的，在主旨上有一个统一的逻辑：借古讽今，表达作者对现实的不满和批判。但这里的"借古"，多是翻案文章，将历史形象"削去顶上三花，打散胸中五蕴"，重新抟塑，玩笑戏谑。如《首阳山叔齐变节》中，写叔齐耐不住饥饿，背着伯夷下山，投靠新朝。作者有层次地刻画出叔齐的心理——从自我辩护，到自我麻醉，再到笃定不疑——借此揭露、抨击明末一干变节降清官员。《介子推火封妒妇》《虎丘山贾清客联盟》等，也都是类似的翻案文章。在这些故事里，历史形象被解构，用以映射、讽刺现实。而这种带有强烈主观色彩的艺术构造，正是拟话本高度文人化的体现。

清雍正朝以后，拟话本创作消歇，体量迅速萎缩，以至退出市场。有学者将此归因于当局的文化高压政策，以及乾嘉朴学的兴起。这固然有一定合理性，但同为白话叙事文学，此一时期的章回小说则保持强劲的发展势头，并诞生了巅峰之作。显然，仅从外部环境来考虑，是难以解决问题的。归根到底，

---

① （清）艾衲居士：《豆棚闲话》，南京：凤凰出版社，2009 年，第 51 页。
② （清）艾衲居士：《豆棚闲话》，南京：凤凰出版社，2009 年，第 80 页。

还是拟话本自身的文体困境。所谓成亦"短篇"，败亦"短篇"。拟话本之兴起，在于文人作家继承并发扬了宋元话本"小说"一门的体制优势，即"能将一朝一代事，顷刻间提破"。在一定的文本容量内完成情节的起、承、转、合，以达到"极摹人情世态之歧，备写悲欢离合之致"的目的。然而，说话人"顷刻间提破"是现场叙述的需要，是受到了瓦舍技艺表演的限制（单位时间内完成节目）；进入文人案头创作，"叙述—受述"场域发生了根本变化，叙述者无须在单位时间内将故事"讲"完，受述者无须在单位时间内把故事"看"完，"顷刻间提破"没有了实际意义。当然，在单位文本内完成叙述，也很见匠心功夫，需要精心营构、巧妙安排、合理调度，但"极摹"与"备写"才是文人作家的根本目的，短篇终归无法保证足够的腾挪空间。所以，明清之际的拟话本大多朝着中篇故事发展，分回讲述，如《鼓掌绝尘》分风、花、雪、月四集，每集十回，讲述一个完整故事。又如《宜春香质》每卷五回，《弁而钗》每卷五回，《载花船》每卷四回，《鸳鸯针》每卷四回，等等。这其实是在解构拟话本的核心体制。一方面取消了"顷刻间提破"的体制，一方面又无法与动辄近百回的长篇小说相比（尤其"抻"出来的篇幅，也多是"线性叙事"的延伸，无法实现"网状叙事"），拟话本也就很快被文人作家们放弃了。

所以说，拟话本的消亡，是文人作家选择的结果；而之所以选择放弃，从小说史进程看，在于清代的文人小说进入了全新的发展阶段。尤其在借小说以"寓言"方面，无论认识，还是手段，以至品位，文人小说都走向新境界，拟话本已跟不上比赛进程，不得不退出赛道。仍在场上驰骋竞技的，在白话系统是章回小说，在文言系统是传奇小说。

# 第六章　清：文人小说的新境界

　　有清一代，是中国古典小说的"光辉总结时期"。而该文学史、小说史形象的成立，归根结底在于文人精神的强化。张俊先生曾总结清代小说的四点突出表现：一是小说观念较明人有长足进步；二是创作活跃，数量众多，流派纷呈；三是作品的现实感和作家的主体意识明显增强；四是多具有浓重的悲剧意识。[①] 可以看到，从文体论到创作论，再到艺术论，不管我们从哪个角度切入去考察清代小说，都会看到更强烈、更鲜明的"人"的能动性。这里的"人"，固然首先是写定一部又一部文本的真实作者，但更是普遍熔铸于文本的文人精神。当然，我们对于"精神"的理解，不能只从"大"处着眼，也要向"小"处聚焦；不必始终浮游于"形而上的世界"，也要下沉至"器"的表现，以至每一个具体、真实且活泼的心灵。这里有信仰、观念，也有知识、趣味，甚至生活的态度和治生的意识。

　　从文体观念看。一方面，清代小说家更倾向于将小说视作"载道"之具，这与小说文体地位的提升是相适应的。尽管直至封建社会终结，"小说"始终被解释社群视作"小道"，未能跻身大宗，但其文化地位是持续攀升的。对此，人们习惯首先从晚清"小说界革命"的历史实际出发，强调受西方小说观影响，进步人士开始有意拉升小说的地位，赋予其"改良群治"的功能，喊出"欲新一国之民，不可不先新一国之小说"的口号，进而将其视作"文学之最上乘"。[②] 这无疑抓住了解决问题的关键要诀。然而，这不能导致我们回避事

---

① 张俊：《清代小说史》，杭州：浙江古籍出版社，1997年，第1—5页。
② 陈平原、夏晓虹编：《清末民初小说理论资料》，北京：北京大学出版社，2021年，第59—60页。

实：在"革命"发生之前，古典小说的文化地位是在爬升的——虽然缓慢，却是在走上坡路。尽管传统文人只能在既有的知识结构和价值体系内腾挪，通过向经、史攀结、比附，强调小说"扶持纲常""劝善惩恶"的功能，未能"跳出三界外，不在五行中"，但这与后来"改良群治"之说，从逻辑上看，其实是一致的。只不过，落实于文本的知识、观念、道德不同。这才是有清一代小说文体发展的历史实际，一种连续性递变的实际。另一方面，梁启超等人虽然鼓吹小说为"文学之最上乘"，实际上消解了小说的文学属性，并非本体意义上的小说观。而此前的传统文人已经逐渐摸到小说文体的脉门，跳出功能论的羁束，回归小说之本质。如罗浮居士《蜃楼志序》所言：

> 小说者何，别乎大言言之也。一言乎小，则凡天经地义，治国化民，与夫汉儒之羽翼经传，宋儒之正心诚意，概勿讲焉。一言乎说，则凡迁、固之瑰玮博丽，子云、相如之异曲同工，与夫艳富、辨裁、清婉之殊科，宗经、原道、辨骚之异制，概勿道焉。其事为家人父子日用饮食往来酬酢之细故，是以谓之小；其辞为一方一隅男女琐碎之闲谈，是以谓之说。然则，最浅易，最明白者，乃小说正宗也。①

诚如罗书华先生所说，这段论说"充满了辩证与识力"②。而这又不仅仅是一种逻辑上、语法上的"话术"，是真正从小说之本体立场出发的主张。不再向经、史攀结，也不再与诗、词、曲、赋的修辞方式和艺术风貌比附。小说就是小说，它有自己的表现内容和语言系统，更有自己的文体标准。不必鼓吹"文学之最上乘"，而维护"小说正宗"；不必从其他文化形态或文体形式中寻找根据，而标榜自身特质。相比之下，所谓"概勿讲""概勿道"，才是小说批评史上真正振聋发聩的呼声。

---

① （清）罗浮居士：《蜃楼志序》，丁锡根编：《中国历代小说序跋集》，北京：人民文学出版社，1996年，第1201页。

② 罗书华：《中国小说学主流》，上海：上海书店出版社，2007年，第265页。

从创作实际看。一方面，清代小说体量庞大，体式众多。据统计，此一时期的章回小说约二百四十种，拟话本约五十种，文言小说则达五百多种。[①]章回小说中既有历史演义、英雄传奇、神魔小说、世情小说，也出现了一些合流、变异而来的新体式，如才学小说、侠义公案小说、狭邪小说、谴责小说等。文言小说仍以笔记小说为主体，但传奇小说也实现了"中兴"。另一方面，清代小说大都是文人案头独创之作，传统文人受书坊商业企划的干预较明人小得多，也更倾向于摆脱市民意识的裹挟，站在更高的精神崖岸之上，表达个体意识，抒发个体情怀，表现个体趣味。而近代转型期的文人则更自觉地将小说创作当成治生的主要手段，积极适应刊印技术、媒介形式和读者习惯的变化，出现了一批以报刊连载糊口的职业或半职业小说家。同时，文人小说家也更清楚地剖白心迹，向读者呈现"自我"，如蒲松龄的《聊斋自志》，再如《红楼梦》第一回脂批中的"作者自云"，又如《绿野仙踪》的自序。李百川将其创作的心路历程，完完全全地披露出来：之所以迁延几十年才成书，一是其命途多舛，生活艰难，所谓"风尘南北，日与朱门作马牛"，二是确实将小说创作视作自己的心灵寄托，以致"未易轻下笔"。[②]通过这些表白，我们能够更清楚地看到真实作者的形象，而非仅仅通过文本去"提取"隐含作者的理念和态度。

从艺术品位看。在叙述的框架结构上，文人小说家进行了更积极、更富有创见的探索，传统的"意态结构"固然存在，但已经不再依附于单薄、机械的线性结构，而是在更灵活的时空架构中实现，出现了《红楼梦》这样的"多层"叙述之作（起码可以分为三层框架），《儒林外史》这样的"主题—并置"之作。在叙述声音上，传统文人虽然仍借"说话人"承担发声功能，却更倾向于令其隐藏在故事背后，进行"自然而然"的叙述，只有通过个别措辞（如带有叙述干预性质的定语或状语）或文体标识（如"有分教""欲知后事如何，且听下回分解"等套语）才能发现其存在，近代转型期的文人则多多少少受到

---

① 张俊：《清代小说史》，杭州：浙江古籍出版社，1997年，第2页。
② （清）李百川：《绿野仙踪序》，北大藏清抄本。

西方小说影响，尝试进行"同叙述"（尽管声音还不太稳定，起码是有意的尝试）。在人物塑造上，清代小说中的人物较之前更加立体、丰满，与现实生活贴合得更近，艺术典型的色彩也更浓。文人小说家调动时空、场景、物象以塑造人物的意识更强，能力也更为突出。在主题意蕴上，清代小说多表现出浓重的悲剧意蕴。从清初小说的易代之痛，到清中叶小说审视封建末世的现实，再到清末小说忧心国事，在苦闷、彷徨中寻求出路，伤感悲愤成为这一代小说的主体情绪。

从小说批评看。清代小说批评承接明代的发展势头，将古代"小说学"推至繁盛期，这也是小说高度文人化的突出表现。在体量上，清代小说批评（以评点为主）较明代翻了一倍。据谭帆先生《中国小说评点研究·编年叙录》①，明代小说评点约六十种，而清代（统计截至1899年）小说评点则多达一百二十余种；在形式上，清代文人继承并发扬了"评点"这种传统批评形式，几家"名批"（如金批《水浒》、毛批《三国》、脂批《红楼》、张批《金瓶梅》等）均产生于此时，而围绕名著的评点"合声"也很多（今人多将其整理为"会评本"，如会评本《聊斋志异》、会评本《儒林外史》、会评本《红楼梦》等），更有理论化、体系化的专题文章，如金圣叹《读第五才子书法》、毛宗岗《读三国志法》、张竹坡《批评第一奇书金瓶梅读法》等；在关注点上，清代文人一方面继承并发展了明人关于小说地位、小说与史传之关系、真与假及虚与实之关系、人物性格、叙述语言、结构框架等问题的讨论，又多方开掘，"触及小说学的各个方面"。② 这些评点不仅是古代小说学的关键环节，也是明清时期"文人文化景观"的重要组成。③ 而文人文化正是清代文人小说生产、消费、传播的画布底色。

当然，清代文人小说数量众多，艺术品位也良莠不齐。尤其晚清时期，职业小说家以连载小说为治生手段，又常供稿于多家报刊，疲于应付，其创作大

---

① 谭帆：《中国小说评点研究》，上海：华东师范大学出版社，2001年，第169—325页。
② 罗书华：《中国小说学主流》，上海：上海书店出版社，2007年，第186页。
③ 林岗：《明清小说评点》，北京：北京大学出版社，2012年，第13页。

都缺乏一种全局构思和整体性的艺术提炼，又往往中途夭折；进步人士在小说改良方面积极探索，尤其照搬西方小说（其实更多是译介小说）经验，热情颇高，但成就有限，更不乏"画虎类犬"者。总体看来，清代文人小说成就最高者，集中出现于清代前中期。

# 第一节　蒲松龄与《聊斋志异》

基于文学史的刻板印象，过去人们多认为传奇小说在经历中晚唐的绚烂辉煌之后，便进入漫长的低谷期，直至清代才重新繁荣起来。今天看来，这种认知是值得商榷的。"低谷"之说是否成立，一要看其聚焦点，二要看其参照系。聚焦点当然是艺术风貌，而参照系则是唐传奇。综合起来说，即以唐传奇诗意浪漫的想象和委曲婉转的叙述为标准。这固然是没有问题的，毕竟唐传奇是文言小说的一个艺术标杆。然而，我们也需要承认：唐传奇艺术风貌的形成，与唐代士人的文化教养、知识结构、审美趣味存在直接和必然的关系。宋代以来，这些要素发生了重要变化，以致传奇小说的生产、消费、接受出现诸多新情况，忽略这些新变而用唐传奇的艺术成就"尺度"宋以后的传奇小说，略显刻板、机械。

按孙逊师的描述，传奇小说的发展历程并非一个开口向下的抛物线，而是经历两次波峰后，至清朝才整体走向衰微。具体说来，唐五代是传奇小说的第一个繁荣期，宋代是其衍生期，元明两代是第二个繁荣期，清代是整体衰微期。[1] 尽管鲁迅先生称"传奇小说，到唐亡时就绝了"，但其所谓"绝"，指的是唐传奇的题材倾向和艺术风貌未被宋人更多继承，即"唐人大抵描写时事；而宋人则极多讲古事。唐人小说少教训；而宋则多教训"。[2] 这其实是通过设立

---

① 孙逊：《孙逊学术文集》第 3 卷，上海：上海古籍出版社，2021 年，第 163 页。
② 鲁迅：《中国小说史略》，北京：商务印书馆，2017 年，第 297 页。

特定考察点，形成对照，从而构造出一种文学史、小说史的刻板印象，传统文学史家的批评逻辑大抵如此，如胡应麟所谓"唐人以前纪述多虚而藻绘可观，宋人以后论次多实而彩艳殊乏"①，考察点虽有异，逻辑则是一致的。

我们当然承认宋传奇与唐传奇在艺术、题材上的差异，但这不代表传奇作为一种体式，在唐以后就衰歇了。恰恰相反，"传奇"这一体式概念，本来就是由宋人提出的，是其总结前代文艺经验的结果，这基于系统的文献整理（如小说类书、选集的编纂）和敏感的文艺嗅觉（如捕捉到唐传奇的"丽情"取向）。从创作实际看，宋代传奇的体量也相当可观，据《宋代志怪传奇叙录》，单篇传奇有89篇，收录传奇的小说集也有18部。② 更重要的是，宋代传奇出现了一些与时代文艺相结合的新变，如《青琐高议》《醉翁谈录》《绿窗新话》等小说集中的传奇作品，本身具有为说话艺术提供素材底本的意义，内容也更靠近市民的文化教养和审美趣味，或可称作"通俗传奇"。③

元明传奇又沿着通俗的方向进一步发展。元代的《娇红记》可视作此一时期单篇传奇的艺术标杆，而从明初的《剪灯新话》《剪灯馀话》，到晚明的《觅灯因话》等传奇集，其与白话小说的互动愈来愈明显，以致出现一种更新的变体——中篇传奇。如《贾云华还魂记》《钟情丽集》《怀春雅集》《龙会兰池录》《双卿笔记》《花神三妙传》《寻芳雅集》《天缘奇遇》《刘生觅莲记》《金兰四友传》《李生六一天缘》《传奇雅集》《双双传》《五金鱼传》《痴婆子传》《荔枝奇逢》等。这些传奇小说基本都以男女婚恋为题材，用浅显文言写成，羼入大量诗词，"其甚者连篇累牍，触目皆是，几若以诗为骨干，而第以散文联络之者"④，篇幅则明显加长，动辄数千言，甚至逾万言，但仍远不及白话短篇。

这些篇幅漫长的作品，总体格调不高，却体现出文言小说为融入通俗市场而做出的积极努力：一方面继承并发扬唐传奇的"诗笔"，以诗词写人叙事（尽管走向极端），另一方面向宋元话本取经，通过加大文本的延展度，给故事的

---

① （明）胡应麟：《少室山房笔丛》，上海：上海书店出版社，2009年，第283页。

② 李剑国：《宋代志怪传奇叙录》（增订本），北京：中华书局，2018年。

③ 刘勇强：《中国古代小说史叙论》，北京：北京大学出版社，2007年，第205页。

④ 孙楷第：《日本东京所见小说书目》，北京：人民文学出版社，1958年，第126页。

起承转合提供更多腾挪空间，又注重内容的适俗性、语言的通俗化。更重要的是，这些作品"出现于市民阶层需求迅速增长之时，应急式地填补了通俗读物阅读市场的空白"①。尽管很快就被市场淘汰，却具有重要的小说史意义，其地位略似上一章介绍的"熊大木模式"下的章回小说。

至于清代，尤其乾嘉时期，受朴学考据风气影响，文言小说整体上回归"笔记"的传统。遵循"著述者之笔"的笔记体小说集占据主流，以《池北偶谈》《子不语》《阅微草堂笔记》等为代表，书中多是叙述平实、笔法简约的篇什，体现出编撰者的学者气质和知识趣味。单篇传奇则罕见流传，传奇集也不多，"小小情事，凄婉欲绝"的艺术传统，至此才消歇。只不过，在彻底陷入寂暗前，夜空中绽放出一颗耀眼的明星，这便是蒲松龄的《聊斋志异》。

蒲松龄（1640—1715），字留仙，一字剑臣，别号柳泉居士。淄川（今山东淄博）人。出身书香世家，至其父蒲槃，家贫不能自给，只得弃儒经商，一度颇有资财。但蒲槃为人慷慨，且不善经营，更遭连年战乱，家道又艰难起来。

顺治十五年（1658），蒲松龄应童子试，在县、府、道三次考试中，均取第一名，受到时任山东学道的施闰章赏识。施氏是著名学者、诗人，得其奖掖，青年蒲松龄在地方上颇有文名。

然而，蒲氏此后的科举之路一直不顺，屡应乡试不第，由此开始入幕和坐馆的乞食生涯。康熙九年（1670），蒲氏受同乡进士、宝应知县孙蕙邀请，去做幕宾，负责为孙氏起草文书。翌年，蒲氏返乡，准备参加下一轮乡试。这段短暂的幕僚生活，使蒲氏近距离了解了当时的政治生态，尤其直观感受到官场环境的昏暗污浊，以及人际的尔虞我诈。

康熙十一年，蒲氏又一次乡试失败，转而至王篆永家坐馆。十八年，蒲氏开始在西铺毕际有家坐馆，直到七十岁才撤帐归家。毕氏待蒲松龄十分亲厚，所谓"同食久如毛里亲"（《赠毕子韦仲》），这为其创作《聊斋志异》提供了一个相对优裕而安逸的环境。更重要的是，毕氏藏书颇丰，又与当时高官名流多

① 陈大康：《明代小说史》，北京：人民文学出版社，2007年，第327页。

有交游，前者帮助蒲氏开阔了文学眼界，后者更使其得以与唐梦赉、高珩、王士禛、朱缃等人相识，结为文学知音。此一时期，《聊斋志异》已初具规模，唐、高等人皆为之作序。王士禛自身的小说风格虽是"著述者之笔"一派，却对《聊斋志异》抱有浓厚兴趣，曾向蒲氏借阅原稿，后又作《戏题蒲生〈聊斋志异〉卷后》一诗，并采撷若干篇什，入其《池北偶谈》，注明"事见蒲秀才松龄《聊斋志异》"，这无疑大大抬高了此书身价。朱缃在借阅、抄录此书外，还向蒲氏提供了《司训》《嘉平公子》《老龙船户》《外国人》等篇的素材。

康熙四十九年，70 岁的蒲氏勉强入贡。对这位一生困于科场的老秀才而言，也算是迟到的慰藉。翌年，其长孙蒲立德应童子试，以第一补博士弟子员，蒲松龄作《喜立德采芹》一诗，曰："天命虽难违，人事贵自励。无似乃祖空白头，一经终老两足羞。"既是劝勉孙辈，也是喟叹自身。康熙五十二年，画家朱湘鳞为蒲松龄画像。画中蒲氏着官服，端坐椅上。蒲氏自嘲曰："作世俗装，实非本意，恐为百世后所怪笑也。"[1] 不久，蒲妻刘氏病故。康熙五十四年正月，蒲松龄也倚窗危坐而卒，终年 76 岁。

可以看到，蒲松龄的一生，主要是在失意困顿中度过的，所谓"数奇，终身不遇，以穷诸生授举子业，潦倒于荒山僻隘之乡"[2]，是其人生"主旋律"。枯守于逼仄的书斋，借笔耕以自慰，是其生活的主要情态。蒲氏的经历简单，闻见有限，这限制了其思维格局，导致其不可能以更高的站位，去审视关乎国计民生的重大问题；但他又是典型的书生，生性疏狂，耽于想象，内心敏感而丰盈，这使其善于观察、体悟、审视周遭（尽管是狭隘的），一方面放大个体心灵世界，另一方面将外部世界缩化、扁化到自我经验范围以内，寻求内外体验的共鸣，构成一个以主观认知为原点的可感知、可理解的世界；更重要的是，蒲氏是一个"雅爱搜神"，又有"才子之笔"的文学家，善于"托志幽遐"，将这一可感知、可理解的真实世界，变相而成"狐鬼花妖的世界"，借"神灵怪

---

[1] 朱一玄编：《聊斋志异资料汇编》，天津：南开大学出版社，2002 年，第 275 页。

[2] 朱一玄编：《聊斋志异资料汇编》，天津：南开大学出版社，2002 年，第 476 页。

物，琦玮僪诡，以泄愤懑，抒写愁思"。① 这不仅慰藉了蒲氏自己，也为传奇小说的整篇乐章，贡献了一个"繁音急节十二遍，跳珠撼玉何铿铮"的绝妙尾声。

需要说明的是，《聊斋志异》的近五百篇作品，体式、笔法是多样化的，既有叙事简约如六朝志怪者，也有委曲婉转、刻画细致如唐传奇者，即鲁迅先生所谓"拟晋唐小说"②，这里的"晋小说"，即泛指六朝笔记（尤其志怪）小说。只不过，这些短篇作品也要进一步分析，其中一部分确实停留于"丛残小语"的形态，如《赤字》："顺治乙未冬夜，天上赤字如火。其文云：'白苕代靖否复议朝冶驰。'"仅25字，是一条干巴巴的记录。而即便上升为叙述，也有不少"粗陈梗概"者，如《鞠药如》一篇：

> 鞠药如，青州人。妻死，弃家而去。后数年，道服荷蒲团至。经宿欲去，戚族强留其衣杖。鞠讬闲步至村外，室中服具，皆冉冉飞出，随之而去。③

这段文字，记述异闻，笔墨简省，叙事形态全是"概述"，即便混入六朝志怪小说中，也是几可乱真的。又如：

> 暹罗贡狮，每止处，观者如堵，其形状与世传绣画者迥异，毛黑黄色，长数寸。或投以鸡，先以爪搏而吹之；一吹，则毛尽落如扫，亦理之奇也。（《狮子》）④
>
> 东海有蛤，饥时浮岸边，两殻开张；中有小蟹出，赤线系之，离

① 朱一玄编：《聊斋志异资料汇编》，天津：南开大学出版社，2002年，第479页。
② 鲁迅：《中国小说史略》，北京：商务印书馆，2017年，第193页。
③（清）蒲松龄著，张友鹤辑校：《聊斋志异会校会注会评本》第3册，上海：上海古籍出版社，2011年，第1080页。
④（清）蒲松龄著，张友鹤辑校：《聊斋志异会校会注会评本》第2册，上海：上海古籍出版社，2011年，第657页。

殼数尺，猎食既饱，乃归，殼始合。或潜断其线，两物皆死。亦物理之奇也。(《蛤》)①

这些文字则更靠近博物类小说，虽然也是记述"异事"，流露的却是一种知识趣味，笔墨也很像《博物志》等作品。

类似的篇什，书中还有许多，如《猪婆龙》《龙》《蛰龙》《瓜异》《产龙》《龙无目》《龙取水》《蛙曲》《鼠戏》《小人》《钱流》《龙肉》《魁星》《梓潼令》《禄数》《杨疤眼》《役鬼》《男生子》《藏虱》《黄将军》《夜明》《化男》《鸿》《鹿衔草》《澂俗》《孙必振》《元宝》《研石》《武夷》《富翁》《皂隶》《红毛毡》《衢州三怪》《牛飞》《某甲》《大蝎》《蚰蜒》《黑鬼》《牛犊》《外国人》《车夫》《土化兔》《鸟使》《李檀斯》等，皆是其代表。

但也有一些作品，虽是短幅，但笔墨细致，刻画生动。如《杜小雷》：

> 杜小雷，益都之西山人。母双盲。杜事之孝，家虽贫，甘旨无缺。一日，将他适，市肉付妻，令作馎饦。妻最忤逆，切肉时，杂蜣螂其中。母觉臭恶不可食，藏以待子。杜归，问："馎饦美乎？"母摇首，出示子。杜裂视，见蜣螂，怒甚。入室，欲挞妻，又恐母闻。上榻筹思，妻问之，不语。妻自馁，彷徨榻下。久之，喘息有声。杜叱曰："不睡，待敲扑耶！"亦竟寂然。起而烛之，但见一豕，细视，则两足犹人，始知为妻所化。邑令闻之，縶去，使游四门，以戒众人。薇臣曾亲见之。②

按人化物之事，六朝志怪中已多见，流传过程中附上伦理色彩，也不是近古以来才有的逻辑；从规模上看，这篇小说也仍在志怪范畴内。然而，作者在

① (清)蒲松龄著，张友鹤辑校：《聊斋志异会校会注会评本》第3册，上海：上海古籍出版社，2011年，第1288页。
② (清)蒲松龄著，张友鹤辑校：《聊斋志异会校会注会评本》第4册，上海：上海古籍出版社，2011年，第1603页。

有限的篇幅内，组织起多个情节序列，实现了起承转合的腾挪，尤其刻画场景（如还原杜氏声口毕肖的叱语，就叙述而言，本来是没有必要的），这就已经有传奇小说的味道了。再如《捉狐》一篇：

> 孙翁者，余姻家清服之伯父也。素有胆。一日，昼卧，仿佛有物登床，遂觉身摇摇如驾云雾。窃意无乃魇狐耶？微窥之，物大如猫，黄毛而碧嘴，自足边来。蠕蠕伏行，如恐翁寤。逡巡附体：着足，足痿；着股，股软。甫及腹，翁骤起，按而捉之，握其颈。物鸣急莫能脱。翁亟呼夫人，以带絷其腰。乃执带之两端，笑曰："闻汝善化，今注目在此，看作如何化法。"言次，物忽缩其腹，细如管，几脱去。翁大愕，急力缚之；则又鼓其腹，粗于椀，坚不可下；力稍懈，又缩之。翁恐其脱，命夫人急杀之。夫人张皇四顾，不知刀之所在。翁左顾示以处。比回首，则带在手如环然，物已渺矣。[①]

这篇小说写得极为精彩，基本由连续的场景支撑起来，节奏紧凑，画面感极强，笔触也很细腻。尤其存在"内聚焦"倾向，自"微窥之"以后，直到"甫及腹"之前，基本是从人物视角出发的。特别是"逡巡附体"一段，由"看"转向生理"感知"，这在文言小说中是极为少见的。就题材和篇幅而言，几乎没有人会承认这是一篇传奇小说，但其笔法确实是传奇体的，即鲁迅先生所谓"用传奇法，而以志怪"[②]。以往，学界更倾向用以女妖、女鬼为主人公的长幅故事来讨论这句话。其实，那些关于狐鬼花妖的"丽情"故事，本来就已经是传奇了。比较而言，反倒是这些仍未脱志怪规模的短幅作品更具有代表性。

当然，《聊斋志异》中最具思想性与艺术性的，还是那些篇幅漫长、记叙委曲的篇什，蒲松龄用亦真亦幻的笔墨，构造出一个幽明相通、虚实相生的狐

---

① （清）蒲松龄著，张友鹤辑校：《聊斋志异会校会注会评本》第 1 册，上海：上海古籍出版社，2011 年，第 22 页。

② 鲁迅：《中国小说史略》，北京：商务印书馆，2017 年，第 194 页。

鬼花妖世界，借此表达对于社会、人生的理解。从主旨内容看，这些篇什主要集中在三个方面：

一是抒发孤愤，宣泄由科举失意导致的牢骚郁结。所谓"发愤著书"，又所谓"不平则鸣"，从创作论的角度说，真实作者的原创动力经常是其历经现实的苦难（特别是理想与现实间的巨大落差），由此生出一腔郁结而不得不抒发、宣泄。这种原创动力，在具有较高艺术力度的作家笔下，可以转化为熔铸于文本的强大精神力量，所以古代优秀的文学作品大都有强烈的"愤书"色彩。《聊斋志异》当然也是一部"愤书"，而对于蒲松龄来说，导致其内心郁结愤懑的最直接原因，就是科举之路的坎坷。可以发现，许多杰出的小说家都是科场失意者，往往是早年成名，跻身衣冠之流，却越不过乡试的门槛，屡试不第，前文介绍的冯梦龙、凌濛初、吴承恩、陆西星、董说、李渔、吴敬梓等人，皆是这类选手。对此，各人选择不同，或寄情烟花，或遁迹空门，或与仕途经济彻底决裂，但也有抱着一份执念，于泥淖中苦苦挣扎而以致绝望者，蒲松龄便是其典型，可谓屡败屡战，而又屡战屡败。据路大荒先生《蒲柳泉先生年谱》，蒲氏的最后一次乡试在康熙二十九年（1690）[1]，高明阁先生则认为是康熙四十一年（1702）秋闱[2]，此后才"不复闱战矣"。盛伟先生《蒲松龄年谱》亦持此说。[3] 此时，蒲氏已是一个年逾花甲的老廪生。此后，他其实仍未绝功名之念，70 岁时还为了考岁贡，"奔驰青州道中"[4]，其执念之重，由此可见。而执念愈重，积怨也愈深。痛苦的经历使其难以用玩世不恭的态度看待科举中人，以滑稽、诙谐的笔墨调侃、挖苦"三年复三年，所望皆虚悬"的可怜虫们；但正因为难以放下执念，蒲氏无法脱离泥淖，抽身事外，以冷静目光审视科举制度本身，像吴敬梓那样从根本上揭露、批判科举制的诸种弊端。蒲氏

---

① 路大荒：《蒲柳泉先生年谱》，《蒲松龄集》，上海：上海古籍出版社，1986 年，第 1789 页。
② 高明阁：《蒲松龄的一生》，《蒲松龄研究集刊》第 2 辑，济南：齐鲁书社，1982 年，第 230 页。
③ 盛伟：《蒲松龄年谱》，《蒲松龄全集》，上海：学林出版社，1998 年。
④ 朱一玄编：《聊斋志异资料汇编》，天津：南开大学出版社，2002 年，第 284 页。

写出了科举制对士人身心的摧磨，也多少触及该制度本身的荒诞性、虚伪性，却主要是借想象的人事疗愈自我，而非挽救社会。

蒲松龄笔下的应举书生，往往少年成名，却屡试不第，典型者如《叶生》一篇。① 男主人公"文章词赋，冠绝当时，而所如不偶，困于名场"。这里明显有作者自己的影子。现实中的蒲松龄，被迫接受苟且，小说中的叶生则因此"形销骨立，痴若木偶"，以致英年早逝，却又死不瞑目，形神不灭，非要证明"半生沦落，非战之罪"。这里可以看到作者内心的恨（既有遗憾，更有怨恨）。叶生不相信自己文章不行，只承认自己时运不济，这也是蒲松龄的意识，于是有了后来一系列浪漫想象：叶生将生前拟就的制艺悉数传授给丁生。同样的文章，丁生持以应试，便连战连捷，登科入仕。叶生由此感慨"是殆有命"。这其实已经触及科举制的荒诞性，但蒲松龄陷于自我伤悼而无法自拔，很难冷静思考：到底是命运的捉弄，还是制度的原罪。接下来的情节，"疗愈"色彩更重：借丁生之力，叶生最终中举，衣锦还乡，却发现身死已久，顿觉惆怅，"扑地而灭"。叶生的经历当然是悲剧性的，但故事最后的笔调，更多归于伤感，而非悲怆。尤其让叶生在死后扬眉吐气，也是蒲氏对自己的宽解与麻醉。在文末"异史氏曰"中，蒲氏的措辞倒是很激烈的：

> ……嗟乎！遇合难期，遭逢不偶。行踪落落，对影长愁；傲骨嶙嶙，搔头自爱。叹面目之酸涩，来鬼物之揶揄。频居康了之中，则须发之条条可丑；一落孙山之外，则文章之处处皆疵。古今痛哭之人，卞和惟尔；倾倒逸群之物，伯乐伊谁？抱刺于怀，三年灭字；侧身以望，四海无家。人生世上，只须合眼放步，以听造物之低昂而已。天下之昂藏沦落如叶生其人者，亦复不少，顾安得令威复来，而生死从之也哉？噫！

---

① （清）蒲松龄著，张友鹤辑校：《聊斋志异会校会注会评本》第 1 册，上海：上海古籍出版社，2011 年，第 81—85 页。

同样的言辞，在蒲氏词作（如《大江东去·寄王如水》《水调歌头·饮李希梅斋中》）中也可见到，说明"遭逢不偶"确是其内心难以消释的块垒。这里的情绪无疑是悲怆的——作为独立的叙述干预，作者可以无遮无拦地宣泄。清人冯镇峦称此篇是"聊斋自作小传，故言之痛心"①，的为确论。但我们也可以说这是蒲氏为自己开的一副"金疮药"，无论伤感的故事，还是悲怆的发言，都是为了缓解内心的创伤。而在蒲氏看来，致其重创的，除了"遇合难期"，便是"伯乐伊谁"。当然，一是无形的，一是有形的。蒲氏对其态度也有差异：命运是难以捉摸的，也是无法抗拒的，唯有"听造物之低昂而已"；有司考官却是可以指摘的，甚至嘲讽、批评的。这样一来，蒲氏对于科举的批判，便集中于具体的"操作环节"。在他看来，之所以有如此多的"泣玉"之士，关键在于考官昏庸。

书中不少篇什都将矛头直指向考官。在蒲松龄看来，当时考官要么是"乐正师旷"，要么是"司库和峤"。②或是不学无术，无衡文法眼，或是营私舞弊，将科考变成发财的买卖。

对前者的批判，多借人物之口。如《司文郎》中，借盲僧之口揶揄讽刺："仆岁盲于目，而不盲于鼻，帘中人并鼻盲矣。"③而说到底是其心盲、意盲，在满腹郁结的蒲松龄看来，这些考官不仅是"师旷"，简直"六识"皆无，不过是尸位素餐的"壳子"。而之所以缺乏衡文能力，又主要在于两个方面的恶性循环：一是扭曲的标准，二是功利的态度。如《贾奉雉》中，贾生也是"才名冠一时，而试辄不售"，郎生道破个中原委："帘内诸官，皆以此等物事进身，恐不能因阅君文，另换一副眼睛肠肺也。"④所谓"此等物事"，即猥劣不

① （清）蒲松龄著，张友鹤辑校：《聊斋志异会校会注会评本》第 1 册，上海：上海古籍出版社，2011 年，第 85 页。
② （清）蒲松龄著，张友鹤辑校：《聊斋志异会校会注会评本》第 3 册，上海：上海古籍出版社，2011 年，第 1167 页。
③ （清）蒲松龄著，张友鹤辑校：《聊斋志异会校会注会评本》第 3 册，上海：上海古籍出版社，2011 年，第 1101 页。
④ （清）蒲松龄著，张友鹤辑校：《聊斋志异会校会注会评本》第 4 册，上海：上海古籍出版社，2011 年，第 1359—1360 页。

足观的文章。后来贾生将落第试卷中荒芜浅陋的词句"连缀成文"，竟然高中"经魁"。以丑为美，以劣为佳，进庸才而黜佳士，可见选拔标准之扭曲。再如《于去恶》中，借鬼之口骂道："得志诸公，目不睹坟、典，不过少年持敲门砖，猎取功名，门既开，则弃去；再司簿书十数年，即文学士，胸中尚有字耶！"[1]在蒲氏看来，侥幸登科者只以文章为晋身门径，功利主义色彩很浓，入仕后更长年苟且于案牍文字，抹灭灵性，自然也失却了衡文的能力。

对后者的批判，则多借情节反映出来。如《考弊司》中，司主虚肚鬼王在署衙两廊立碣，大书"孝弟忠信"与"礼义廉耻"，又自我标榜是"两字德行阴教化""一堂礼乐鬼门生"，实际上却强逼士子割股献纳，形成"旧例"，只有"丰于贿者，可赎也"。[2]这就是在映射现实中的督学官员。再如《饿鬼》中，诨号"饿鬼"的市井无赖马永投胎至朱家。朱生不学无术，侥幸入泮，挨到六十多岁，补授为临邑训导。"官数年，曾无一道义交。惟袖中出青蚨，则作鸱鸮笑；不则睫毛一寸长，棱棱若不相识。"又专行勒索之事，"有讼士子者，即富来叩门"，把督学当作一条发财的门路。正如冯评所言："饿鬼居然教官，以教官中原多饿鬼也。"[3]而教官如此，考官更甚，如《僧术》中，"冥中亦开捐纳之科"，贿赂冥使一万钱，即"甲科立致"。[4]《神女》《素秋》等篇中也都提到科场营私舞弊、贪污纳贿的事实。从培养到选拔，主事者多好黄白之物，在这样污浊的环境内，学富而家贫的书生连"入场券"也拿不到。

客观上讲，书中直接或间接反映的不良现象在当时是普遍存在的，这也确实是科举制的弊端——功利主义的人才培养、选拔，及其扭曲的价值体系——但这不是根本上的问题。基于个体经验，蒲松龄尝试寻找屡战屡败的原因。他

①（清）蒲松龄撰，张友鹤辑校：《聊斋志异会校会注会评本》第3册，上海：上海古籍出版社，2011年，第1167页。

②（清）蒲松龄撰，张友鹤辑校：《聊斋志异会校会注会评本》第2册，上海：上海古籍出版社，2011年，第822页。

③（清）蒲松龄撰，张友鹤辑校：《聊斋志异会校会注会评本》第2册，上海：上海古籍出版社，2011年，第820页。

④（清）蒲松龄撰，张友鹤辑校：《聊斋志异会校会注会评本》第3册，上海：上海古籍出版社，2011年，第969页。

只是需要一个"答案"，一个能够提供慰藉的"解释"，而非向根源处发掘，找出问题"症结"之所在。所以，他不可能像吴敬梓一样看到"一代文人有厄"，尝试讨论士林阶层的真正"悲剧"；他只能看到自己及相同遭遇者的"可怜"，如其在《王子安》中所描画的"秀才入闱"。[①] 而造就了一大批可怜虫的原因，在蒲氏看来是命运不济和考官昏聩、贪婪，他从来没有怀疑、否定过科举制本身。在找到了"答案"之后，蒲氏的满腔愤懑也就有了一个可操作的宣泄口径，一些"过刻"的笔墨难免流露出来，如《三生》写兴于唐应试下第，愤懑而死，纠集"其同病死者以千万计"，大闹阴司，要求阎君勾拿考官，"掘其双睛，以为不识文之报"，又请"剖其心"，阎君如其所请，众冤魂才哄然而散。[②] 这类情节，固然令人觉得解气、畅快，但也暴露出作者认知的局限。

二是抒发公愤，揭露与批判现实丑恶。蒲氏终身混迹于中下层民众，直接或间接经验了"下沉社会"所面临的各种压力。这些压力当然首先是来自社会结构本身的，压力的形态与程度则取决于社会属性。但蒲松龄是以"庶民视角"审视社会生活的，他没有深刻意识到压力来自封建等级制度，却清楚地看到压力的具象化形式——官吏贪婪酷虐、乡绅为富不仁，百姓受其盘剥、压榨——便尽意刻画、暴露这些丑恶的形象，代民众宣泄义愤。客观上说，这种"义愤"笔墨是带着"个人好恶"色彩的，正如有学者所指出的："蒲松龄沉浸在个人感觉和心灵世界中，予取予与，不受约束地倾泻自我的喜好和义愤……他从具体、个人化的角度写故事，更以情绪化的方式表达他的欲望、偏好、愤怒和憎恨，避免了上层士人故作的矜持和貌似不偏倚的立场。"[③] 所以说，这里的"公"，其实多少也带着"孤"的意味，只是未到偏狭的程度，还是站在"义"的立场之上；而其情感丰沛，笔墨又十分生动，笔力也格外深厚，以至"刺贪刺虐，入木三分"。

---

① （清）蒲松龄著，张友鹤辑校：《聊斋志异会校会注会评本》第 3 册，上海：上海古籍出版社，2011 年，第 1239 页。
② （清）蒲松龄著，张友鹤辑校：《聊斋志异会校会注会评本》第 4 册，上海：上海古籍出版社，2011 年，第 1330—1331 页。
③ 王昕：《〈聊斋志异〉文化史研究》，北京：商务印书馆，2021 年，第 73—74 页。

如《促织》就是一篇典型的刺世之作。[①] 该篇应根据王世贞《国朝丛记》、吕毖《明朝小史》、沈德符《万历野获编》等书记载而来，写明宣德年间，因"宫中尚促织之戏"，各级官员便借此科敛百姓，"每责一头，辄倾数家之产"，老实懦弱的成名屡被追比，惨遭杖责，愤懑欲死。好不容易捉到一只"状极俊健"的蟋蟀，又被成子失手拍死。成子恐受父亲责打，投井而死，其魂魄化作一只百战不殆的蟋蟀。成名以之纳献上官，得免差役，最终发迹变泰，父子团聚。尽管拖着一个"大团圆"的俗套尾巴，但小说从一个侧面深刻揭示了封建统治者的荒淫昏聩，以及各级官吏的横征暴敛，具有很强的现实意义。再如《续黄粱》由《枕中记》演化而来，立意却在暴露官场黑暗，尤其批判掌权者之贪虐。曾孝廉于梦中做上当朝首辅，不思调和鼎鼐、燮理阴阳，反而在皇帝"优容"之下，肆意作恶，"平民膏腴，任肆蚕食；良家女子，强委禽妆"，"荼毒人民，奴隶官府，扈从所临，野无青草"，"声色狗马，昼夜荒淫；国计民生，罔存念虑"。[②] 这里写的虽是梦境，映射的却是现实。

尤其这种贪虐不是集中于一二人的，而是当时官僚集团的"群体症候"。换句话说，它是系统性的。如《席方平》写男主人公来到阴司告状，替父伸冤，但仇家贿赂阴司各级官员，上自冥王，下至城隍，皆为其买通，相互勾结，滥用刑法，以致官司越打越糊涂，席方平愈告愈凄惨，最终幸有二郎神的强力干预，才得以伸张冤屈。而二郎神判词说得好："金光盖地，因使阎摩殿上，尽是阴霾；铜臭熏天，遂教枉死城中，全无日月。"[③] 这哪里是批评阴司，分明是在抨击人世。在系统性的贪虐中，当时各级官府衙门，有几个不是"阎摩殿""枉死城"的？再如《梦狼》中，白翁梦入儿子衙署，见"一巨狼当道"，墀中"白骨如山"，"堂上、堂下，坐者、卧者，皆狼也"，及至治馔，便

---

① （清）蒲松龄著，张友鹤辑校：《聊斋志异会校会注会评本》第2册，上海：上海古籍出版社，2011年，第484—490页。

② （清）蒲松龄著，张友鹤辑校：《聊斋志异会校会注会评本》第2册，上海：上海古籍出版社，2011年，第521—522页。

③ （清）蒲松龄著，张友鹤辑校：《聊斋志异会校会注会评本》第4册，上海：上海古籍出版社，2011年，第1347页。

有"一巨狼，衔死人入"，原来合署日常都是靠吃人充饥的，这更生动地反映出贪虐官府的豺狼本性。正如篇末叙述干预所道破的："窃叹天下之官虎而吏狼者，比比也。——即官不为虎，而吏且将为狼，况有猛于虎者耶！"[1] 所谓"苛政猛于虎"，统治者的肆意盘剥给民众造成深重苦难；而在具体执行过程中，各级"虎"官"狼"吏的凶残本性（尤其毫不掩饰贪婪、暴虐的一面）更进一步加剧了民众所承受的苦痛。

同时，横行乡里、鱼肉乡民的土豪劣绅，也是蒲氏揭露、批判的对象。如《红玉》写罢职御史宋某，看中冯相如妻子，竟派人闯入冯家，公然劫掠，又殴打冯氏父子，以致冯父呕血而死。冯相如告到衙门，但"上至督抚，讼几遍，卒不得值"，可见各级官府与豪绅勾结，使得平民"冤塞胸吭，无路可伸"。[2] 再如《向杲》写向晟欲纳一妓为妾，豪强庄公子"怒夺所好"，竟将向晟打死。向杲替庶兄伸冤，具状上告，庄公子则"广行贿赂，使其理不得伸"。[3] 又如《石清虚》写某势豪喜爱邢云飞的奇石，也是公然入室劫夺，扬长而去，邢云飞只能"顿足悲愤而已"。[4] 此外，如《窦氏》中的南三复、《崔猛》中的王监生、《成仙》中的黄吏部、《刘姓》中的刘姓地主、《博兴女》中的势豪某、《辛十四娘》中的楚银台公子等，也都是这类人物。他们与执政者勾通联结，织成一张覆盖于市井、乡野的庞大权力关系网。在其网罗之内，大大小小的"势豪某"欺男霸女，强夺财物，侵占民田，挟私报复，无恶不作，却不会受到任何惩罚，平民也拿他们毫无办法，只能如砧板上的鱼肉，任其宰割，如有丝毫挣扎、抵抗，只会遭来更大的痛苦。这一切，也是长年生活于"下沉世界"的蒲氏所直接或间接经历的。在他看来，"强梁世界，原无皂

① （清）蒲松龄著，张友鹤辑校：《聊斋志异会校会注会评本》第3册，上海：上海古籍出版社，2011年，第1055页。

② （清）蒲松龄著，张友鹤辑校：《聊斋志异会校会注会评本》第1册，上海：上海古籍出版社，2011年，第278页。

③ （清）蒲松龄著，张友鹤辑校：《聊斋志异会校会注会评本》第2册，上海：上海古籍出版社，2011年，第831页。

④ （清）蒲松龄著，张友鹤辑校：《聊斋志异会校会注会评本》第4册，上海：上海古籍出版社，2011年，第1575页。

白"①，却也无力改变、无力挣脱，只能借文学想象以宣泄愤懑。

三是排遣内心的苦闷、寂寞，借狐鬼花妖事迹表达对知音（尤其灵魂伴侣）的渴望。文学家总是格外敏感的，当其感受到来自外部世界的压力，特别是遭受现实的打击，抑郁牢骚之外又会生出莫名的孤独感；加之蒲氏常年在外坐馆，尽管宾主相宜，又可结交文学名流，毕竟不是足以浸润心灵的慰藉。所谓"子夜荧荧，灯昏欲蕊；萧斋瑟瑟，案冷凝冰"，寂寞书斋的时空情境，会进一步强化真实作者内心的孤独感，借文学想象的"白日梦"以自慰的冲动也愈强烈。《聊斋志异》中最精彩的篇什，是人与异类的婚恋故事（约占到全书的四分之一）。作者敷演出一篇又一篇幽明恋爱的罗曼史，塑造出一个又一个卓荦动人的聊斋丽女子。这些狐鬼花妖的身世、经历、术能或有不同，但形象气质基本都是书斋寂寞士的"理想型"，她们往往有殊色，性温婉，情真挚，意缠绵。更重要的是，她们独具慧眼，倾心于"穷蹴之士"，不计较功名、财富、权势，与男主人公休戚与共，一方面照顾其生活起居，胜任"贤内助"的角色，一方面又充当其灵魂伴侣，与书生们旨趣相投，心灵相契，是后者的伯乐、知音。这样的妙人儿——既可满足庸俗生活的需要，又能作为疗愈心灵的药石——人世间实难觅到几个，的确需要向"白日梦"里寻。然而，蒲氏笔下的罗曼史不仅仅是"意淫"，而是融入了他对人性、人情的理解，及其进步的恋爱观。

蒲松龄赞美真挚的爱情，肯定青年男女自由恋爱。如《青凤》中，耿去病与青凤相识、相爱，耿生明知青凤为狐女，却不以"非类见憎"，更拯救其及家人于危难；青凤最终也挣脱封建"闺训"的束缚，真诚地回馈耿生，立下"与君坚永约"的誓言。② 再如《小谢》中，陶望三读书于荒宅，女鬼秋容、小谢时来戏弄，陶生光明磊落，不为所感。二女鬼为其折服，并随其习诵诗书，又照顾其生活起居。后来，陶生含冤下狱，二女鬼奔走解救。再后来，秋容被城隍祠判官抢去，也被陶生搭救。最终，二女鬼借尸还魂，与陶生结为夫妻。

---

① （清）蒲松龄著，张友鹤辑校：《聊斋志异会校会注会评本》第1册，上海：上海古籍出版社，2011年，第88页。

② （清）蒲松龄著，张友鹤辑校：《聊斋志异会校会注会评本》第1册，上海：上海古籍出版社，2011年，第116页。

从题材来看，这类"一男二美"的故事未免庸俗，但蒲氏的笔墨超脱了庸俗，他写出了主人公之间由友情到爱情的奇妙"化学反应"，更写出其所经历的现实考验，以人物苦难相守的积极行动，有力回应期待读者的质疑："绝世佳人，求一而难之，何遽得两哉！"①面对"兼美"故事，人们往往会提出这样的疑问。但在这篇故事里，陶生与秋容、小谢的情感是纯洁而真挚的，更是经过岁月洗练、金石磨砺的，并不给人俗不可耐的感觉。

蒲松龄尤其强调知己之爱。如《乔女》写乔女黑丑，"壑一鼻，跛一足"，孟生不重相貌而重德操，殷勤聘求；乔女感慨："妾以奇丑，为世不齿，独孟生能知我。"②为报答知遇之恩，在孟生死后，乔女不顾世俗非议，拼全力为其保住家私、田产，又悉心教养遗孤，使其成材。再如《瑞云》写杭州名妓瑞云"色艺无双"，而倾慕寒士贺生，愿与之"图一宵之聚"。杭生自惭穷匮，"惟有痴情可献知己"，并不奢望"肌肤之亲"。后来瑞云面生黑癍，"丑状类鬼"，遭人厌弃，贺生赶来为之赎身，娶为正妻。瑞云"不敢以伉俪自居，愿备妾媵"，贺生言："人生所重者知己：卿盛时犹能知我，我岂以衰故忘卿哉！"③遂不复娶。尽管受人讥笑，夫妻情谊却日益笃厚。可以看到，在这些理想化故事里，蒲氏表达了一种进步的爱情观：不为世俗目光左右，以"知己之感"为基础的自由恋爱。

同时，蒲氏也渴望一种理想型的家庭生活。如《细侯》中，从良妓女细侯畅想的婚后情境："妾与君归后，当长相守……四十亩聊足自给，十亩可以种黍，织五匹绢，纳太平之税有馀矣。闭户相对，君读妾织，暇则诗酒可遣，千户侯何足贵！"④这种小富即安，既有烟火气，又不乏诗情画意的生活，与其说

---

① （清）蒲松龄著，张友鹤辑校：《聊斋志异会校会注会评本》第 2 册，上海：上海古籍出版社，2011 年，第 779 页。

② （清）蒲松龄著，张友鹤辑校：《聊斋志异会校会注会评本》第 3 册，上海：上海古籍出版社，2011 年，第 1284 页。

③ （清）蒲松龄著，张友鹤辑校：《聊斋志异会校会注会评本》第 4 册，上海：上海古籍出版社，2011 年，第 1388—1389 页。

④ （清）蒲松龄著，张友鹤辑校：《聊斋志异会校会注会评本》第 2 册，上海：上海古籍出版社，2011 年，第 792 页。

是细侯的愿景，不如说是真实作者的愿景。

可以看到，蒲松龄对于社会、人生的观照，始终是从个体经验出发的，是对外部世界的压缩，以及心灵世界的放大；尤其来自"下沉世界"仰望的视点，带着"疾视"的滤镜，具有很强的主观化、情绪化特点。他无法站在貌似不偏不倚的士大夫立场上去"分析"，也难以站在更高的精神崖岸上去"省视"，而这正是一般人看待世界的方式。所不同的是，蒲氏的"孤愤"之感是真实的，也格外有力，其"不平则鸣"并非夸张的表演，而是不加掩饰、不劳顿挫的疏泄。更为重要的是，蒲氏将真实的情感融入"似幻似真"的艺术世界，如鲁迅先生所说，"出于幻域，顿入人间"[①]，使其情感具有更强的艺术感染力。

可以说，《聊斋志异》在艺术上的突出成就，首先就在于构造出一个光怪陆离而又真实可感的狐鬼花妖世界。这个世界是寂寞书斋里寒士的梦境。如所有的梦境一样，它是浪漫瑰奇、摇曳多姿的，这里有仙佛彰影、鬼怪腾跃、妖魅游冶；他们进入"我"的时空，与如"我"一般的形象因缘纠葛，倾向于"我"的认知和情感，成为"我的世界"的组成部分。这就是"我们"的梦，而出身于"我们"的蒲氏，他的梦境又是突出的"这一个"——基于常规的造梦逻辑，又向着两个方向延伸：一是现实色彩，一是浪漫色彩。

蒲松龄笔下的仙境鬼界、远国异邦，往往是真实社会的倒影或变相。其中人物之妍媸美丑，皆以现实为参照。如《罗刹海市》里前后对照的两个国度：大罗刹国选拔人才"不在文章，而在相貌"，审美倒错，以丑为美，逼得人们"易面目图荣显"；海市国则推重文士，有真才实学者可致荣显。前者显然是现实世界的倒影，篇末叙述干预即言："花面逢迎，世情如鬼"，何评也说："世人以美为恶，以恶为美"。[②] 以貌取人和价值观扭曲本就是当时社会的普遍现象，只不过经作者艺术提炼，叠加在一面镜子里。再如前文提到的《席方平》

---

① 鲁迅：《中国小说史略》，北京：商务印书馆，2017年，第194页。

② （清）蒲松龄著，张友鹤辑校：《聊斋志异会校会注会评本》第2册，上海：上海古籍出版社，2011年，第464—465页。

《考弊司》《续黄粱》《梦狼》等篇，一方面将地狱冥司描写得阴森恐怖，一方面又借其映射出现实的官场，刻画出各级官吏的贪婪、酷虐。至于叙写人与异类婚恋的篇什，诸如《聂小倩》《连琐》《婴宁》《娇娜》《青凤》《小翠》《莲香》《小谢》《香玉》《黄英》《葛巾》《翩翩》等，大都笔调浪漫，无论塑造人物，还是摹写情景，往往"似真似幻，若有若无，亦楚楚有致，颇具诗意"。[1]作者给自己的梦境加入各种奇妙的想象，将其与个体的生活理想、人生抱负相结合。如《翩翩》中，仙女翩翩留罗子浮住在"光明彻照，无须灯烛"的石室，剪芭蕉作衣，采白云作棉，取山叶制饼，贮山泉为醴，兴致所至，唱其"我有佳儿，不羡贵官。我有佳妇，不羡绮纨"的歌谣。[2]再如《巩仙》中，尚秀才与歌姬惠哥住进巩仙袍袖，这里"有天地、有日月，可以娶妻生子，而又无催科之苦，人事之烦"。[3]种种想象，都是作者对美好（尤其田园诗意）生活的浪漫期许。

其次，《聊斋志异》在叙事写人上直接继承了唐传奇的艺术传统。尤其篇幅漫长的作品，其叙事委曲婉转、细腻生动，人物塑造则立体饱满，神情毕肖。

蒲氏叙事极讲究章法。如其在《与诸弟侄书》所说："盖意乘间则巧，笔翻空则奇，局逆振则险，词旁搜曲引则畅。虽古今名作如林，亦断无攻坚擿实，硬铺直写，而其文得佳者。"这是来自其叙事实践的心得体会，或者说其叙事理念有效地落实在叙述实践中。如冯镇峦《聊斋杂说》谓其"有意作文"，尤其在叙事上"节次分明，铺排安放，变化不测"。[4]这是蒲松龄着意营构的结果。如《促织》一篇，按照"小说逻辑"叙述，由低谷入手，继而反弹，推至顶点后，再被摁至谷底，形成更强烈的反弹，其内部"其实还有一个小小的跌宕"。[5]通过富于策略的叙述，调节节奏，带动着读者的情绪起伏。再

---

① 张俊：《清代小说史》，杭州：浙江古籍出版社，1997年，第214页。

② （清）蒲松龄著，张友鹤辑校：《聊斋志异会校会注会评本》第1册，上海：上海古籍出版社，2011年，第432—436页。

③ （清）蒲松龄著，张友鹤辑校：《聊斋志异会校会注会评本》第3册，上海：上海古籍出版社，2011年，第900页。

④ 朱一玄：《聊斋志异资料汇编》，天津：南开大学出版社，2002年，第483页。

⑤ 毕飞宇：《小说课》（增订版），北京：人民文学出版社，2020年，第12—17页。

如《王桂庵》，作者借情节的多次伸缩，使一对青年男女的离合事迹变得"跌宕起伏，摇曳多姿"，即便到了"似已柳暗花明，难再伸缩"的地步，蒲氏又能"平地生波"，以王桂庵一句戏言，导致芸娘投水自尽。这一缩的力道极大，也出人意料，眼看将故事拽入悲剧的绝境，却又借一个看似不经意的"避雨"场景，令爱侣重逢，解除误会。① 又如《胭脂》，叙写一桩命案的来龙去脉，出场的人物不多，也没有怪力乱神的成分，却是冤外冤、错中错，枝节丛生，又不离主干。这样的篇什，不胜枚举。不得不叹服蒲氏的叙事才能，尤其"作文"谋略。从章法来看，《聊斋志异》中的许多作品宛如"杜诗"，是策略性、技术性的，讲求步步为营、错综调度。

蒲氏笔下的人物，以狐鬼花妖形象最为抢眼。对这些异类女子的塑造，蒲氏一方面保持其物性，如花姑子是獐子精，便写她"气息肌肤，无处不香"（《花姑子》）；葛巾是牡丹花妖，也"异香竟体"（《葛巾》）；蜜蜂幻化的绿衣女"腰细殆不容掬"，唱起曲来，"声细如蝇"（《绿衣女》）；鹦鹉精阿英"娇婉善言"（《阿英》）；青蛙精十娘则"虽谦虚，但含怒"，又"最恶蛇"（《青蛙神》）；鱼精白秋练每食必加少许湖水（《白秋练》）；鼠精阿纤善于积粟治家（《阿纤》）等。一方面更突出其人心、人性、人情。如鲁迅先生所说，这些异类女子"多具人情，和易可亲，忘为异类，而又偶见鹘突，知复非人"②，当其亮相时，往往只是美丽可爱的人间女子，展现的是人的情态。如《青凤》中，青凤初见耿生时，面对后者的涎痴目光，"辄俯其首"。耿生试探引逗，"隐蹑莲钩"，青凤"急敛足，亦无愠怒"。写出其娇羞，又暗示其动情、留情。再遇耿生时，青凤"骇而却走，遽阖双扉"，经耿生苦求，才"启关出，捉之臂而曳之"，被叔父撞破后，她"羞惧无以自容，俯首倚床，拈带不语"，受到叔父詈骂，她又"嘤嘤啜泣"。③ 在这一系列描写中，我们看不到狐精的妖媚，只有闺阁女儿为礼教束缚，而又渴望爱情的矛盾心理。

① 张俊：《清代小说史》，杭州：浙江古籍出版社，1997 年，第 215 页。
② 鲁迅：《中国小说史略》，北京：商务印书馆，2017 年，第 194 页。
③（清）蒲松龄著，张友鹤辑校：《聊斋志异会校会注会评本》第 1 册，上海：上海古籍出版社，2011 年，第 114—115 页。

蒲氏尤其继承并发扬了唐传奇的艺术经验，以场景写人。蒲氏首先将人物置于特殊的空间环境（space），以环境氛围渲染人物气质。如《连琐》中，女鬼连琐就是在一个由古墓、白杨、凄风、荒草、流萤等物象组合而成的意象化空间中出现的，以此烘托其"孤寂如鹜"的情态。[1] 再如《晚霞》中，笙歌四起、花舞缤纷的水晶世界，则反衬出阿端、晚霞的幽囚心境。至于《婴宁》中，于"丛花乱树"间，隐隐可见的茅屋，以及"意甚修雅"的环境氛围，更是女主人公之自然本真状态的外化象征。在此基础上，蒲氏又着意刻画动作细节，通过戏剧性的对话塑造人物。如借王子服之眼，聚焦婴宁簪花的动作：

> 方伫听间，一女郎由东而西，执杏花一朵，俛首自簪。举头见生，遂不复簪，含笑拈花而入。

婴宁之天真烂漫，尤其心底无私情，宛若有私情的可爱之处，便被作者从容点逗出来。继而通过一段经典场景，皴染人物性格、气质：

> （婴宁）见生来，狂笑欲堕。生曰："勿尔，堕矣！"女且下且笑，不能自止。方将及地，失手而堕，笑乃止。生扶之，阴捘其腕。女笑又作，倚树不能行，良久乃罢。

何评此段描写曰"活现"。而何止画面生动，关键是作者在人物塑造中，巧妙制造了一个社会认知与个体表现的"不对称"。婴宁人物塑造的一个关键就是笑。笑是其自然本真状态的表征——这种笑是自然性的，而非社会性的；表达功能强，交流功能弱。所以，每每见到王生，婴宁的本能反应便是笑，王生的痴情举止更是其集中"爆笑点"。然而，婴宁的朗朗笑声并非对于痴情举止的交流性回馈，尤其不是"人的社会属性"的交际互动。故而，当"隐捘其

————————
① （清）蒲松龄著，张友鹤辑校：《聊斋志异会校会注会评本》第 2 册，上海：上海古籍出版社，2011 年，第 331—332 页。

腕"的动作细节（在常识认知里，这显然是一个暗示性的小动作）出现后，婴宁没有像一般闺阁女儿那样表现出"羞"（羞涩、羞赧、羞怯），反而笑得"倚树不能行"，说明她根本没有接受到由王生发出的"交际"信息流。接下来一段"小儿女情长"的对话中，这种"不对称"表现得更生动：

> 生俟其笑歇，乃出袖中花示之。女接之曰："枯矣。何留之？"曰："此上元妹子所遗，故存之。"问："存之何意？"曰："以示相爱不忘也。自上元相遇，凝思成疾，自分化为异物；不图得见颜色，幸垂怜悯。"女曰："此大细事。至戚何所靳惜？待郎行时，园中花，当唤老奴来，折一巨捆负送之。"生曰："妹子痴耶？""何便是痴？"曰："我非爱花，爱拈花之人耳。"女曰："葭莩之情，爱何待言。"生曰："我所谓爱，非瓜葛之爱，乃夫妻之爱。"女曰："有以异乎？"曰："夜共枕席耳。"女俛思良久，曰："我不惯与生人睡。"①

这段对话固然是在交流，但双方的信息依旧不对称，仿佛"鸡同鸭讲"。婴宁之无邪，使其无法理解王生的暗示；不仅未被带入既定的交际套路，反而倒逼对方一步一步揭去社交伪装，说出"笨拙的真相"。而"不惯与生人睡"一语尤其令人绝倒。这是真正的赤子语，出乎意料，又在情理之中，正出自一颗绝假存真的童心。所以，这段看似"无效"的对话，置于叙述中就是"有效"的，因其生动揭示出人物的精神。

最后，《聊斋志异》的语言是为后人所称道的。蒲松龄充分吸收了前代文言叙述的艺术经验，又提炼和融入当时的方言俗语，形成一种既雅丽又活泼的语言风格。蒲氏的叙述语言，总体上看是典型的文言，尤其融合、提炼了前代范式性的文言叙述体，如王士禛所说："或探原左国，或脱胎韩柳；奄有众长，不名一格。视明代之模拟秦汉以为高古，矜尚神韵，掉弄机灵者，不啻小巫见

---

① （清）蒲松龄撰，张友鹤辑校：《聊斋志异会校会注会评本》第 1 册，上海：上海古籍出版社，2011 年，第 152—153 页。

大巫矣。即骈四俪六，游戏谐谑之作，亦能出入齐梁，追蹑庾鲍，不为唐以下僿佻纤仄之体。"[1] 在散语叙述方面，蒲氏语言具有鲜明的古文风貌，尤其写景状貌的语言，如：

> 见长莎蔽径，蒿艾如麻。时值上弦，幸月色昏黄，门户可辨。摩娑数进，始抵后楼。登月台，光洁可爱，遂止焉。西望月明，惟衔山一线耳。(《狐嫁女》)[2]

> 一夜，相如坐月下，忽见东邻女自墙上来窥。视之，美。近之，微笑。招以手，不来亦不去。固请之，乃梯而过，遂共寝处。(《红玉》)[3]

> 见一狞鬼，面翠色，齿巉巉如锯。铺人皮于榻上，执彩笔而绘之；已而掷笔，举皮，如振衣状，披于身，遂化为女子。(《画皮》)[4]

从中可以看到史传文的影响。在插入韵语方面，蒲氏也发扬了唐传奇的"诗笔"，运用骈文、诗词等辅助写人叙事，如《连琐》《白秋练》《公孙九娘》等篇什中的诗作，不仅点缀出作品的诗意风格，也成为人物塑造的有机组成部分。

在人物语言上，《聊斋志异》承袭了宋传奇以来的通俗化、口语化倾向，使场景生动如画，前引《婴宁》中对话即是典型，再看《聂小倩》中的一段：

> 妇曰："小倩何久不来？"媪云："殆好至矣。"妇曰："将无向姥姥有怨言否？"曰："不闻，但意似戚戚。"妇曰："婢子不宜好相识！"言未已，有一十七八女子来，仿佛艳绝。媪笑曰："背地不言人，我

---

[1] 转引自马瑞芳《聊斋志异创作论》，济南：山东大学出版社，1990年，第453页。

[2] (清)蒲松龄著，张友鹤辑校：《聊斋志异会校会注会评本》第1册，上海：上海古籍出版社，2011年，第53页。

[3] (清)蒲松龄著，张友鹤辑校：《聊斋志异会校会注会评本》第1册，上海：上海古籍出版社，2011年，第276页。

[4] (清)蒲松龄著，张友鹤辑校：《聊斋志异会校会注会评本》第1册，上海：上海古籍出版社，2011年，第120页。

两个正谈道，小妖婢悄来无迹响。幸不訾着短处。"又曰："小娘子端
好是画中人，遮莫老身是男子，也被摄魂去。"女曰："姥姥不相誉，
更阿谁道好？"妇人女子又不知何言。①

　　整段对话，宛若"邻人眷口"日常语。尤其姥姥言语，融入俗语、方言，
语法也间或向白话靠拢，这几乎是当时文言叙述中，场景口语化的极致了。

　　基于其突出的艺术成就，《聊斋志异》于成书过程中，即得到当时不少名
士称赏。但蒲氏经济拮据，无力刊刻，此书问世后，在相当长一段时间内，都
是以抄本形式流传的，约有六种。其中最著名的是铸雪斋抄本。共十二卷，计
四百七十四篇。另十四篇有目无文。又有二十四卷抄本，也存四百七十四篇。
两本均抄写于乾隆年间，篇目互有出入，整合起来可代表《聊斋志异》的最大
体量。目前所见的最早刊本是乾隆三十一年（1766）赵起杲青柯亭本。共十六
卷，计三百三十一篇。虽然体量不及抄本，但经典篇什已囊括在内。该本进行
了一些文字更定的工作，不乏可取之处。后世不少刊本皆据之翻刻。值得庆幸
的是，还有半部蒲氏手稿本存世。现存八册，计二百三十七篇，其中一百九十
篇出自蒲氏手迹，其余为他人代抄。20世纪50年代被发现，现藏于辽宁省图
书馆。

　　只不过，《聊斋志异》的艺术风貌未被当时或后世作者充分发扬。当时文
言小说的主流，仍是以纪昀《阅微草堂笔记》为典型的"著述者之笔"。文学
史上虽然习惯将沈起凤《谐铎》、和邦额《夜谭随录》、长白浩歌子《萤窗异
草》、袁枚《子不语》等视作步武《聊斋》的作品，其实，它们只能算作"余
响"，尽管在写人叙事上不乏可圈可点之处，但与真正的"才子之笔"之间，
还有相当距离。而随着文言书写走向终结，文言小说的时代结束。蒲松龄的
"拟晋唐小说"固然可以说是文言小说的"中兴"，但今天看来更像"回光返
照"。

--------

① （清）蒲松龄著，张友鹤辑校：《聊斋志异会校会注会评本》第1册，上海：上海古籍出
　　版社，2011年，第161页。

## 第二节　吴敬梓与《儒林外史》

前章已述，入清以后，世情小说蔚为大观，不仅自身体量庞大，又吸引历史演义、英雄传奇、神魔小说等体式向其靠拢。然而，清初的世情小说还陷在"花营锦阵"里出不来，才子佳人小说是当时主流，"开口文君，满篇子健，千部一腔，千人一面"，流于套路。通俗文学市场上又依旧可见不少艳情小说，一味随俗披靡。虽然不少作品打着"因势利导"的幌子，实际还是满足人们庸俗（甚至恶俗）的趣味，标榜"劝人窒欲"，实则蛊惑读者钻进"千层锦套头"。至于《醒世姻缘传》等家庭小说，则主要表现家庭日常，虽然也多少涉及社会生活，但延展度有限，其"镜头"主要是聚焦于家庭（甚至闺阃）的。直到吴敬梓《儒林外史》问世，世情小说才从家庭走向社会，重拾"寄意于时俗"的本色。当然，"寄意于时俗"也需要有一个聚焦点，以便叙述者发力。《金瓶梅》的聚焦点在西门大宅，《儒林外史》则从家宅走向社会，由个体转向集体，将聚焦点落在封建末世的"儒林"，通过刻画儒林百态，进而表现社会众生相，揭示、讽刺、批判浮浇偷薄的世风。

吴敬梓（1701—1754），字敏轩，号粒民，又号秦淮寓客，晚年自称"文木老人"。安徽全椒人。出身官僚地主家庭，曾祖辈中出过四位进士，曾祖父吴国对更是顺治戊戌（1658）科探花。祖父辈亦能继承家声，伯叔祖吴晟、吴昺皆为进士，后者更是康熙辛未（1691）科榜眼。当时的吴氏为全椒望族，维持了半个世纪的"家门鼎盛"，所谓"厄茜有千亩之荣，木奴有千头之庆"[1]。至其父辈，家道衰落。

生父吴雯延只是一介秀才，嗣父吴霖起也不过是一个贡生（胡适先生曾据吴氏《移家赋》中"赣榆教谕"一说，判定敏轩生父为吴霖起。学界相沿成

---

[1] 李汉秋编：《儒林外史研究资料集成》，上海：上海古籍出版社，2017年，第40页。

习。后来陈美林先生据《国朝金陵诗征》等材料，考证敏轩生父应为吴雯延，吴霖起是其嗣父。[①] 学界普遍接受此说）。康熙五十三年（1714），霖起被任命为江苏赣榆县学教谕，吴敬梓便随嗣父赴任。在赣榆县学，吴敬梓熟读"四书""五经"，接受了系统的时艺训练，十八岁进学，成为一名秀才（进学前不久，生父吴雯延病逝）。六十一年（1722），吴霖起解职归乡，本来可以享受"还我书生本色"的生活，却在翌年病逝。此时，因继嗣而成为长房长孙的吴敬梓，便成为族人的眼中钉、肉中刺。为争夺家产，"兄弟参商，宗族诟谇"之声纷起，势单力薄的吴敬梓难以招架，其所继承的产业，大部分被族人侵夺去，他自己还要被扣上"败家子"的帽子。吴敬梓也由此深刻认识到当时在"温情脉脉"的宗法外衣掩饰之下，人们虚伪、贪婪、市侩的本性。

这场以"怪鸮恶声封狼贪"为主题画面的家族经济纠纷，大约持续了十年之久。其间，又遭爱妻陶氏病逝、乡试不利等打击，况且父母皆已亡故，吴敬梓对故乡全椒再无眷恋，最终于雍正十一年（1733），下定"逝将去汝"的决心，携继室叶氏和幼子吴烺等亲属离开全椒，来到南京，寓居于秦淮河畔。

移家南京之举，对于吴敬梓来说是一个重要的人生转折。六朝余韵的人文环境潜移默化地滋养了他，大都会的物质与精神文化也开阔了他的眼界。他在这里结交了诸多学者、文学家、艺术家、科学家，提高了自己的文艺品位，并完善了知识结构，甚至形成了朴素的唯物主义和初步的民主思想。[②] 同时，由于荷包渐空，家境逐日艰难，以致过上"日惟闭门种菜，偕佣保杂作"的生活，吴氏也更深入地接触和理解"下沉社会"，与普通民众结下深厚情谊。可以这样说，如果没有"金陵烟水气"的润养，吴敬梓是不可能成长为一位杰出的文学家的。

第二个重大人生转折是乾隆丙辰（1736）"应博学鸿词科"之事。所谓"博学鸿词"，原作"博学宏词"，乾隆朝以后，因避讳而改"宏"为"鸿"。这是一种"荐贤"形式的人才选拔，汉代以来，几乎历朝皆有，目的在于网

---

① 陈美林：《吴敬梓研究》，上海：上海古籍出版社，1984年，第94页。

② 陈美林：《吴敬梓研究》，上海：上海古籍出版社，1984年，第80页。

罗人才。清朝统治者尤其看重此科，希望借此笼络汉族知识分子。康熙十七年（1678）开设此科，凡品学兼优且善属文者，京内外官员皆可推荐，应征者入京参加廷试，考取一、二等的可经引荐而供职翰林，由此入仕，也算是一种"曲线救国"，如李因笃、朱彝尊、潘丰、严绳孙等，都是以此解褐的。当然，也有坚辞不就者如顾炎武、万斯同等，或者是告病推辞的，如杜越、傅山等。吴敬梓对博学鸿词科的态度却比较模糊，如程晋芳《文木先生传》言：

> 安徽巡抚赵公国麟闻其名，招之试，才之，以博学鸿词荐，竟不赴试；亦自此不应乡举，而家益以贫。①

这里交代了背景和结果，恰恰没说清楚吴氏的态度。而在不同的叙述中，吴氏的态度又显得很"矛盾"。起码从现存资料看，可以分成两种形象：一是托病推辞，一是因病放弃。前者意味着吴氏主观上不想应征，只是找了个借口，后者意味着吴氏主观上接受征召，只是被病情耽搁了。

前者的代表性叙述为顾云《盋山志》卷四：

> 乾隆间，再以"博学鸿词"荐，有司奉所下檄，朝夕造请，坚以疾笃辞。或咎之，曰："吾既生值明盛，即出，其有补斯世耶否耶？与徒持词赋博一官，虽若枚马，曷足贵耶？"卒弗就。②

这本身有些"脑补"叙述的意味，借助场景呈现，塑造出一个立体的人物形象，性格气质也鲜明，态度也明确。后世不少学者认为这与《儒林外史》的隐含作者态度，以及落实于文本的杜少卿形象相符，更倾向于支持此说。

然而，从与吴氏距离更近者的叙述看，后一种说法更为可信。如程廷祚与唐时琳为《文木山房集》写的两篇序文。程序叙述简略，仅言："曾与荐鸿博，

① 李汉秋编：《儒林外史研究资料集成》，上海：上海古籍出版社，2017年，第10页。
② 李汉秋编：《儒林外史研究资料集成》，上海：上海古籍出版社，2017年，第68页。

以病未赴，论者惜之。"[1] 唐序则交代得比较详细：

> 朝廷法古制科取士，自世届时，诏在廷诸臣及各省大吏，采访博
> 学鸿辞之彦，余司训江宁三年，无以应也。今天子即位之元年，相国
> 泰安赵公方巡抚安徽，考取全椒诸生吴敬梓敏轩；侍读钱塘郑公督学
> 于上江，交口称不置。既檄行全椒，取具结状，将论荐焉，而敏轩病
> 不能就道。[2]

按唐时琳当时任江宁县学训导，正是他将吴敬梓举荐给巡抚与督学。至于
赵国麟是否推荐吴敬梓应博学鸿词科，其实还在"将论荐焉"的阶段，又赶上
吴敬梓病重，不能上路，最后也就不了了之，并无"坚以疾笃辞"之事。

吴敬梓的病应该也不是"装"出来的。他长年受消渴病折磨，所谓"闲情
时有作，消渴病难除"，又所谓"酒痕掩病肺，诗卷伴闲身"，[3] 作为真实作者的
吴敬梓，其诗性精神始终与痛苦的疾病体验相伴。这里的"病肺"也与消渴病
有关联。如元人朱震亨即提出"三消"理论，后世多从其说；而"上消"即与
肺相关联，按《丹溪心法》所言："上消者，肺也。"[4] 在《题王溯山左茅右蒋图》
一诗中，吴敬梓描画其"辞征"时的形容为"蜡言栀貌还枝语"，[5] 可见当时正
是病情较重的阶段。两个月后，吴氏去见唐时琳，仍旧形容憔悴，后者才知其
"非托为病辞者"。说明"病不能就道"是事实。

但这样一来，在一部分习惯构造文学史刻板形象的学者看来，吴敬梓与科
举制度"彻底决裂"的形象就要打折扣，又如何理解《儒林外史》对于科举
制的根本否定，以及杜少卿这一形象的塑造呢？其实，这并不妨碍相关问题的
讨论。只要我们将三个关系捋明白：真实作者、隐含作者和人物。杜少卿说到

① 李汉秋编：《儒林外史研究资料集成》，上海：上海古籍出版社，2017年，第27页。
② 李汉秋编：《儒林外史研究资料集成》，上海：上海古籍出版社，2017年，第25—26页。
③ 李汉秋、项东升：《吴敬梓集系年校注》，北京：中华书局，2011年，第136、159页。
④ （元）朱震亨：《丹溪心法》，上海：上海科学技术出版社，1959年，第251页。
⑤ 李汉秋、项东升：《吴敬梓集系年校注》，北京：中华书局，2011年，第170页。

底只是《儒林外史》这部小说（小说的本质又是虚构）中的一个人物。许多人物身上都会带上真实作者的"影子"，甚至可以说是后者在文本中的一个"分身"，但绝不是真实作者本人。杜少卿装病辞征，不代表吴敬梓就要装病辞征。以文本实际反向推导真实作者实际的研究思路（尤其在虚构文学中），在逻辑上是不成立的。

况且，两者之间还存在一个与读者距离更近的隐含作者。这是"从叙述中归纳出来、推断出来的一个人格"①。我们在分析一部作品的主题思想时，其实都是围绕隐含作者的人格（更准确地说，是一套价值理念的集合）展开的。这个"人格"当然与真实作者及其所处的大环境、小环境有密切关系（所以需要"知人论世"），但不能说就是真实作者本身。通过《儒林外史》的叙述，我们当然会归纳出一个与科举制度彻底决裂的隐含作者形象，这与写定《儒林外史》的吴敬梓的态度、意识、观念（甚至上升到思想）有不可切割的关系，但也不能说就是后者。

换句话说，我们研究文学史、小说史，归根到底是要讨论伟大的、卓绝的作品，讨论作品所体现出的精神，而不是用以印证一个又一个"伟大的、卓绝的灵魂"，构造出一个罗曼蒂克的"名人堂"。因为在生活的真实中，他们是真实的肉身，没有我们所"要求"的那么"伟大"与"卓绝"。

此后，吴敬梓不再应试，更放弃了秀才学籍，与科场仕途分道扬镳。而失去了经济来源，吴氏的生活也变得更加拮据。即便如此，为了资助修建南京先贤祠以祭祀吴伯泰等人，吴氏甚至卖掉了最后的财产——全椒旧居。由此，他也终于沦为"囊无一钱守，腹作干雷鸣"的城市贫民。自乾隆六年（1741）起，吴氏经常到真州、淮安、扬州等地投亲靠友，寻求接济。《儒林外史》就是在这一时期创作的。抽身科场、绝意仕进的态度，对贫穷、疾病的深切体验，对扬州等地社会百态的认真观察，以及对各路亲友态度、行迹的重新认识，正是其小说创作的内、外环境基础。

---

① 赵毅衡：《当说者被说的时候：比较叙述学导论》，北京：中国人民大学出版社，1998年，第10页。

乾隆十九年（1754）十月，五十四岁的吴敬梓突然倾囊购买酒食，邀来好友，尽醉尽饱。席间，他反复吟咏张祜的《纵游淮南》。所谓"人生只和扬州死，禅智山光好墓田"，年逾半百而"消渴病难除"的吴敬梓似乎感觉到大限将至。这次欢宴后不久，吴氏便在二十八日当晚痰涌而死。家人无力营葬，还是得两淮盐运卢见曾资助，由戚友金兆燕扶柩，回到南京，吴氏才能长眠于此。

　　大约在作者五十岁时，《儒林外史》已基本完稿，并在其朋友圈内产生广泛影响，所谓"人争传写之"。但最早刊刻于何时，尚难确定。据同治八年（1869）苏州群玉斋所刻《儒林外史》的金和跋语，金兆燕任扬州府学教授期间，曾刊刻此书。[①] 但目前还未发现这个本子。现存最早刻本为嘉庆八年（1803）卧闲草堂本。卷首有署名闲斋老人的序，全书五十六回，除第四十二、四十三、四十四、五十三、五十四、五十五回，每回皆有回评，对该书的思想主旨、人物塑造、情节结构等方面的成就，多有发明，不乏真知灼见，历来为学界所重视。但卧闲草堂主人、闲斋老人，以及回评作者究竟为谁，尚难考证。据金和跋语，"是书原本仅五十五卷"，故卧闲草堂本的第五十六回，学界一般认为出自后人补作。但五十五回的"原本"，我们也确实没有看到。由于可以引发知识群体的强烈共鸣，此书的旧评本也不少，除卧闲草堂本之外，代表性的还有咸丰三年（1853）至同治元年（1862）间完成的黄小田本，同治十三年（1874）的齐省堂本（一般认为该本评点者为惺园退士），以及大约同时的天目山樵（张文虎）本。黄评主要承袭卧评的思路，但形式丰富，有两千余条眉批，对小说艺术构造的分析也更深入细致。天目山樵本明显又受到黄评的启发，也附有大量夹批，经多人辗转抄录，"随时增减，稍有不同"，又形成所谓"天一评"和"天二评"。今有李汉秋先生辑校的"汇校汇评"本，是比较方便易得的本子。

　　《儒林外史》的思想成就主要体现在揭示、批判士风世情的力度与深度。而力度与深度的保证，在于吴敬梓始终坚持聚焦于"儒林"，深刻反思导致其

① 李汉秋编：《儒林外史研究资料集成》，上海：上海古籍出版社，2017年，第302页。

集体性空虚、庸俗、堕落的根源——腐朽的科举制度。即鲁迅先生所说的："机锋所向，尤在士林。"① 用力集中，持续作业，因而可以深入开掘。

更重要的是，与蒲松龄明显带有"自伤"色彩的抨击、讽刺不同，由于及早放弃功名，与科举中人分道扬镳，吴敬梓能够"站开足够距离"来审视科举制度本身，并由对个体的关注，转向对集体的关注——不是同病相怜者，而是整个知识阶层；基于个体经验的牢骚、怨仇，让位于对集体命运的反思，发掘造成集体悲剧的社会原因，即"秉持公心，指摘时弊"。这使得吴氏笔下的"儒林"是全景透析式的，而没有停留在一个狭小的平面。

为了全面而深刻地揭露科举制度对知识阶层心灵、思想的戕害，吴氏着力塑造了三类形象：

一是为八股取士制度蛊惑、折磨的儒生形象。在"楔子"中，作者便借王冕之口道出八股取士之法的根本弊端："读书人既有此一条荣身之路，把那文行出处都看得轻了。"可谓一语中的。何谓"儒生"？自《史记》设"儒林列传"以来，该集体便是被关注的历史形象，被描述为"士之抱遗经相授受者"，而学问授受不只在于知识的传递、积累，以及为执政服务，更在于道德的养成，个体与集体精神世界的建构与维护。科举制度在其产生之初，是为了克服九品官人法的弊病，以更合理、更科学地实现国家对人才的选拔，具有积极意义。然而，随着封建制度本身日渐腐朽，以及人才培养、选拔方式的僵化，尤其用八股文作为衡量士人能力的"卡尺"，儒生的知识结构、能力水平、价值取向、人生理想都发生了很大变化。

八股文，又称制义、制艺、时艺、时文、八比文。它有一套相对固定的写作程式。其题目取自"四书""五经"（以前者为多），如果题目出自"四书"，则论述要严格根据朱熹《四书章句集注》展开，不能偏离"考纲"。要采用"代圣人立言"的论述形式。每篇有破题、承题、起讲、入手等部分。入手后再分起股、中股、后股和束股四部分（每股有两排对偶文字，故称"八股"）。末尾又有一段数十至百余字的大结。作为一种文体，八股文强调文章的

① 鲁迅：《中国小说史略》，北京：商务印书馆，2017 年，第 204 页。

形式美与技巧性（优秀的八股文确实在这两方面表现得十分突出），其本身无所谓"对"与"错"。但作为一种程式化的应试文体，尤其演化为晋身的"敲门砖"，八股文变成戕害知识阶层的最直接工具，造成其知识匮乏、心灵空虚、理想庸俗的恶果。

由于将大量（甚至全部）精力用以研习八股文，当时儒林普遍知识匮乏，除了"考纲"范围内（尤其"教材"上）的知识，一概不知，连起码的文史常识也没有。张静斋误把刘基当作"洪武三年开科的进士"，又煞有介事地将赵匡胤访赵普之事"嫁接"到朱元璋、刘基身上，唐奉、范进却信以为真。蘧景玉用某四川学差不知苏轼之事打趣，谁料范进竟也不晓得东坡为谁。而其由诵习所固化下来的知识，不过是程朱理学的教条。这些教条"吃"空了相当一部分知识者的脑子，不仅扼杀其思考、批判的能力，更使其泯灭人情、人性，甚至沦为封建卫道士和刽子手。如做了三十年秀才的王玉辉，不只自己入毒已深，还立志编纂三部书以"嘉惠来学"（实为荼毒青年）。他的女儿也成为理学的直接牺牲品。基于家庭教养，以及父亲的怂恿，王女选择为早亡的丈夫殉节。这里，吴敬梓没有将王玉辉塑造成一个虚伪、做作的理学"秃鹜"，而是写出他在维护"存天理，灭人欲"之教条上的自发、自觉。作为一名父亲，他爱自己的女儿，希望女儿有一个好归宿。只不过，好归宿不是安安稳稳地生，而是轰轰烈烈地死。他真心觉得殉节是"一个好题目"，是"青史上留名的事"。这种在今人看来扭曲畸形的"父母之爱子，则为之计深远"，其实是真诚的、发自肺腑的，这也正是程朱理学的可怕之处。由此，吴敬梓也真正触及了封建礼教的"吃人"本质——对"人"的彻底毁灭，不止于肉体毁灭，更是精神上的毁灭。

同时，由于不看重"杂览"，尤其缺乏文学艺术的陶冶，相当一部分知识者心胸滞涩，丧失了生命的灵气与活力，表现得无趣、乏味，甚至迂腐，在摇曳多姿的"有情世界"中，活得像一具行尸走肉。典型者如马二先生，"举业"几乎是他生活的全部，从科场竞争退败下来后，他转而致力于选事，靠选评墨卷（录取的试卷）为生，依旧寄生于"举业"。除了"四书""五经"上的教条，他不理解人生的其他可能；除了"范文"的模板、套语，他甚至不知晓抒情言志的其他形式。自然地，他也丧失了发现"诗意人生"的能力。游览西湖时，马二先生只是一程又一程地"走"，伴之以廉价而低级的"吃"，他"看"到了自然风光与人文景观，却因为业已丧失"发现"美、"阐释"美的能力，尤其"杂览"方面的语料素材储备不足，只能从《中庸》搬来一句"载华岳而不重"的套话，不只唐突了经典，更唐突了胜景。当然，也唐突了"人"本身。按《周易》所言，"故人者，天地之心也，五行之端也"，人是万物灵长，是宇宙之精华，是唯一有能力去发现、体悟、表达、阐述世界之美的主体，而程朱理学扼杀人的感性、磨灭人的灵性，尤其经过八股取士的"流水线"加工，知识者丧失了"情动于中而形于言"的基本能力，遑论"手之舞之，足之蹈之"的活泼表现。

更重要的是，在八股取士的选拔机制下，知识者缺乏崇高理想，汲汲于功名利禄；无心关乎国计民生的重大问题，只着眼于个人的政治、经济权力（说到底是瓜分社会财富的能力），喜乐哀愁皆由此而来。小说正文一开始，叙述者便先后引出两个在科考之路上蜗行牛步的可怜虫——周进、范进。他们耗光大半生的时间，熬得胡须花白，还是童生；攥着一张皱巴巴的"入场券"，却挤不进衣冠人物的"俱乐部"。他们处于食物链底层，饱受欺凌侮辱，王惠之流的举人"大老爷"全不将其放在眼里，连梅玖这样"新进学"的秀才也可以对其进行公开的奚落嘲笑，更不用说来自市井乡间的市侩之徒的冷眼与酸话。对此，他们深感羞愧，却只能忍气吞声。羞愧的原因，并非知识者的自省自责——"修齐治平"的包袱未得以实现——而是依循社会大众的庸俗价值观（声望、权势、财富），承认自己是失败者。他们的忍气吞声，一方面源于胆怯——不是对某个人的，而是对其所代表的政治、经济、文化"权力"，一方面则是驯服——自觉遵从、维护森严的封建等级制度。当然，还有一股持续的"源动力"支撑其向前蠕动，但这并非"穷通不为改节"的精神支持，而是对功名利禄的执念。怀着一线希望，攥住枯朽的藤蔓，哪怕耗尽生命，也要攀爬进乐享特权的"光明境"。最终，他们成功了，成功得"势如破竹"，收获得"盆满钵满"。周进得商贾资助，捐出一个监生的功名，得以参加乡试，高中举人，接着上京会试，"又中了进士，殿在三甲，授了部属。荏苒三年，升了御史，钦点广东学道"①。正因周学道的鼓励、提携，范进也得以进学，又中了举人，从"尖嘴猴腮"的"现世宝穷鬼"，摇身变为"才学又高，品貌又好"的"天上的星宿"，乡绅赶来结交，以财物笼络，奉承者更是纷至沓来，"有送田产的，有人送店房的，还有那些破落户，两口子来投身为仆图荫庇的"②。这里，作者揭示出了科举制的荒诞性、虚伪性——选拔考试的评价标准缺乏科学性、合理性，甚至有很强的主观色彩，取与舍也就存在很大偶然性；而一旦跻身衣冠之流，便是挤进了瓜分社会资源的"俱乐部"，收获一定的声望、权势、财富，又是必然的，这也正是当时大批士子所热盼的、渴求的，甘愿为之付出毕生精力，饱受身心摧残，甚至出卖人格与灵魂的。

二是庸俗无能、虚伪贪婪的官绅形象。他们是封建等级制与科举制的既得利益者，结成了蔓延、渗透至广泛的城乡社会的庞大权力网络。他们是知识者，是饱读诗书的"文化精英"。然而，"四书""五经"上的干瘪教条，无助于其道德的养成；"格物致知"的方法论，也未能培养出治国理民的实际才能。在以八股文为敲门砖，侥幸加入瓜分社会资源的"俱乐部"后，等待他们的是持续性、集体性、系统性的精神堕落。越过了"功名"的门槛，"利禄"二字成为人生的主题。得肥缺者，只图搜刮、盘剥百姓，以中饱私囊，如王惠任南昌太守时，衙门里头终日"戥子声、算盘声、板子声"不绝，致使"合城的人无一个不知道太爷的利害，睡梦里也是怕的"③；居闲职者则满腹怨曲，消极以待，又放不下利禄诱惑，如鲁编修因"现今肥美的差都被别人钻谋去了"④，赌气"告假"，实际上仍巴望"差事"，以致生出"身在江湖，心悬魏阙"的瘵症，直到"开坊"升了侍读，才"欢喜"起来，却也因此引得"瘵病大发"，

① （清）吴敬梓著，李汉秋辑校：《儒林外史汇校汇评》，上海：上海古籍出版社，2010年，第34页。

② （清）吴敬梓著，李汉秋辑校：《儒林外史汇校汇评》，上海：上海古籍出版社，2010年，第45页。

③ （清）吴敬梓著，李汉秋辑校：《儒林外史汇校汇评》，上海：上海古籍出版社，2010年，第107页。

④ （清）吴敬梓著，李汉秋辑校：《儒林外史汇校汇评》，上海：上海古籍出版社，2010年，第129页。

断送了老命。至于不在其位的乡绅，也自觉与各级衙门勾结，依仗"官绅社会"的势力，欺凌、压榨平民。如张敬斋为了谋夺僧官田产，唆使地痞闹事，诬告僧官与民妇通奸，事败后又拿帖子"在知县处说情"。严贡生更是常将"写帖子"挂在嘴边，动不动要送人"到县里去"，借此恐吓乡里，巧取豪夺，占尽便宜，甚至将魔爪伸向同胞兄弟的产业。这些庸俗、狠毒的官绅，正是由八股取士法选拔出的人才，他们生动地诠释着科举制给儒林带来的灾难，本身也在以组织性、结构性的形象，给整个社会制造灾难。

三是鱼龙混杂的名士形象。当时又有一部分知识者，也是科场失意，却不像周进、范进那般执着，转而附庸风雅，故作潇洒，以邀买虚名。这些人物出身不同，成员构成比较复杂。其中心人物多是世家子弟，如娄三、娄四公子。其父娄中堂"在朝二十馀年，薨逝之后，赐了祭葬，谥为文恪"，兄长"现任通政司大堂"，尽管声势不及父亲在日，在地方上还有相当影响力。二人本来也是举业中人，娄琫是举人，娄瓒是监生，只因"科名蹭蹬，不得早年中鼎甲，入翰林，激成了一肚子牢骚不平"，常把"自从永乐篡位之后，明朝就不成个天下"一类惊人之语挂在嘴上，[①] 被兄长赶回老家，便效法"四公子"故事，招徕门客，举办盛会，以填补其空虚无聊的生活，但他们见识浅薄、不辨良莠，笼络的多是不学无术、贪婪虚伪、耍宝卖嘴的江湖混子，如杨执中、权勿用、张铁臂之流，以致"半世豪举，落得一场扫兴"。又如胡三公子，守着尚书父亲的遗产，聚拢赵雪斋、景兰江、浦墨卿、支剑锋等市井之徒，结诗社，写斗方，不务正业，装腔作势。更有如杜慎卿一般风流蕴藉的青年俊士，他看不起萧金铉等斗方名士，尤其不屑于"诗社里的故套"，颇有些真名士的派头，实则也是孤芳自赏、矫揉造作之徒。他喜欢顾影自怜，"太阳地里看见自己的影子，也要徘徊大半日"，沉浸于自我塑造的"病态美"之中；他一面声称"和妇人隔着三间屋就闻见他的臭气"，一面又忙不迭地纳妾；他鼓吹"朋

① （清）吴敬梓著，李汉秋辑校：《儒林外史汇校汇评》，上海：上海古籍出版社，2010年，第111—112页。

友之情，更胜于男女"，借此粉饰男风癖好。[①]他甚至打着"风雅"旗号，召集全城一百多个旦脚演员参加"莫愁湖高会"。表面上看，这是一场地方文艺界的盛会，实际上只是便于他饱眼福；他刚在人前表白，看不起"开口就是纱帽、中状元、做官"的禄蠹，但转眼就"加了贡，进京乡试"去了。而这样一个言清行浊之人，当时却"名震江南"，士林价值观之扭曲，由此可见。

以上这些形象构成了当时"儒林"百态的主体，而堕落的士风更延及市井乡野，毒害、侵蚀着原本心思纯朴的城乡青年。典型者如匡超人，他出身小经纪人家庭，是个大孝子，却受士风浸染，误入歧途。他先是被马二先生蛊惑，上了科举的"贼船"，做了童生，又顺利进学，成为一名秀才，从此不再于"孝弟上用心"，反而"添出一肚子里的势利见识来，改了小时的心事"。继而与景兰江等假名士厮混，发现"天下还有这一种道理"，也学着做起欺世盗名的勾当，距离纯真天性愈来愈远。后来更是寡廉鲜耻、道德沦丧，先是在利益驱使下，给人做枪手，伪造公文，又停妻再娶，卖友求荣，四处行骗。最后，本性全失的匡超人竟被学政"题了优行，贡入太学"，这样一个人伦"报废品"，恰恰是当时社会人才培养的"标准件"。又如牛浦郎，他本是市井细民，没读过多少书，又想出人头地，便偷店里的钱买书，要"破破俗"，后来又偷了牛布衣的诗集，发现一条成名的捷径："可见只要会做两句诗，并不要进学、中举，就可以同这些老爷们往来。何等荣耀！"索性由"偷物"进阶为"偷名"，冒了牛布衣的名号，与各级官员往来，竟也混得风生水起，由假秀才变作真秀才。

如果说匡超人是被染黑的白纸，则牛浦郎似乎从一开始就是动机不纯的。但所谓"不纯"，说到底不过是小市民摆脱出身、改变境遇的渴望，今天看来是无可指摘的。回归问题的本质，还是弥漫于整个社会的污浊风气，而其关键则在于知识分子的集体"失范"，尤其提供了一套错误的方法论。儒林本该起到"行为世范"的作用，引领积极的社会风气，营造良好的社会氛围。然而，

---

① （清）吴敬梓著，李汉秋辑校：《儒林外史汇校汇评》，上海：上海古籍出版社，2010年，第 369—370 页。

在以腐朽的封建制度为背景的"车间"里，从科举的"流水线"上走下来的，只能是一个又一个自私、贪婪、庸俗、虚伪的灵魂。他们孱弱而强悍，无力（也无意）改造世界（无论内部精神世界，还是外部客观世界），却在对功名利禄的追求上表现出强大的执念和持续的能动性。凭借官绅社会的庞大权力网络，他们扩散开来，仿佛渗透至社会肌体的病毒，不断感染其他尚未病变的组织。长期接触下层社会的吴敬梓，对当时社会的一系列"病症"有深切体验，作为清醒的知识分子，他也发现了"病灶"所在。只不过，他说到底还是封建"儒林"一分子，他能够自觉地跳出"流水线"，却走不出"车间"（遑论捣毁整个"厂房"）；他将矛头直指儒林，进而揭露、批判科举制的罪恶，却没有从根本上揭示出封建制度自身的罪恶——毕竟，儒林百态也只是"病症"，腐朽没落的封建制度才是"病征"。但仅就对于"病灶"的影像学发现来看，《儒林外史》已经足够全面而深入了。

既然发现了"病灶"，吴敬梓也给出了一种疗救的可能，塑造了一批正面人物形象。开篇楔子里的王冕便是一个理想化典型。在复归传统文人的理性人格特质方面，该形象呈现出强烈的"自觉"。他鄙视举业、弃绝名利、洁身自爱；他敏锐地指出八股取试法的弊端，表达出对"一代文人"的担忧与伤悼。在形象塑造过程中，作者叙写了王冕的"成长"经历，却隐去、淡化了相关人格特质（道德的、情感的、认知的）的"习得"线索，使其具有"原发"意味，从而虚构出一个在"文行出处"的判断与选择上高度自觉的真"名流"，也正因为这种高度自觉，作者才可借其形象、事迹来"傅陈大义""隐括全文"。

在集中暴露"儒林群丑"之后，作者又着力塑造了杜少卿这一全书的"灵魂人物"。之所以说是"灵魂"，一方面是其在叙述中的"枢纽"地位——由现实转入理想，由暴露转向称颂；一方面是该形象更直接地体现出作者精神的灌注。前文已述，杜少卿身上明显带有吴敬梓的"影子"。他装病辞征，决意仕进；他讲究传统美德，又敢于向陈规陋习发起挑战；他秉承魏晋风度，反对名教，崇尚自然，任情恣意，追求人格独立和精神自由；他尊重女性，理解、同情下层劳动人民。凡此种种，都多少带着作者自己的认知与实践，又经过艺术提炼与升华，从而塑造出一个既传统又进步（当然，前者比重更大一些）的艺术典型。以杜少卿为中心,作者又塑造了虞育德、庄绍光、迟衡山等"真儒"形象,他们强调政教功能,反对浮言,提倡实学,尤其看重"礼乐化俗"的实践,劳师动众地组织了全书最重要的节目——泰伯祠祭祀大典。对于这场仪式的叙述、描写,作者不厌其烦,踟蹰雁行,以致将全书叙事拉入沉闷、拖沓的境地,但这正是作者针对社会"病灶"给出的方剂,所谓"良药苦口",也不能苛责作者由于过分注重对于配方和用法的"说明",以致妨害"叙事"。只不过,该方剂走的还是托古改制的老路——这是传统文人面对并尝试解决现实难题时的常规思路——能否发挥预期效用,还要打一个问号。吴敬梓自己似乎也意识到"复古"的努力终将化为泡影,便以悲凉的笔调收束该段落——"维持文运"的真儒"风流云散",盛极一时的泰伯祠最终也不过是一座空荡荡的摆设。

吴敬梓也做了其他尝试,将目光移到儒林之外,寻找其他理想人格,于是刻画了鲍文卿、沈琼枝等正面的市民形象,以至于倪老爹、卜老爹、牛老儿等小手工业者或小经纪人,他们远离举业仕途,未受到污浊士风的浸染,表现得自尊自爱,独立坚强,朴素真诚。然而,这类形象对挽救士风是无益的。作者只能再一次进入理想化虚构,塑造出四位"市井奇人"——荆元、王太、季遐年、盖宽——他们各有市井营生,又独擅一门技艺(对应琴、棋、书、画),一面过着自食其力的小市民生活,一面又在艺术世界中陶冶情操,享受着无拘无束、高雅脱俗的人生境界。然而,这类形象实在脱离现实,甚至显得有些"古怪",是文人情趣与市井生态的强行嫁接。作者当然也意识到这一点,最终也令其退场,并以此结束叙述与探索,随着"那一轮红日,沉沉的傍着山头下去",荆元的琴声也"忽作变徵之音,凄清婉转"。可以感觉到,作者到底是"意难平"的。他敏锐地发现了问题,也清醒地认识到解决问题的关键在于摆脱"举业"束缚,但之后又该怎么办?哪一种可能,才是最好的可能?又是否有其他可能?作者是迷茫的、困惑的。由此更进一步说,将《儒林外史》视作"讽刺书",实际是对整部文本的刻板化认知。吴敬梓的确直刺儒林,揭示出问题,但核心还是尝试探索问题之解决,构造的是一部"求索书"。只不过,问题之揭示,太鲜明、太成功;问题之解决,终未得以实现,看上去更像一部

"哀书"。

当然，《儒林外史》的艺术成就，主要体现在其讽刺艺术上，这不仅表现在力度、深度上，更表现在叙事策略与手法的探索性和示范性上。

从叙述声音看，《儒林外史》尽管仍以"说话人"承担讲述工作，但与传统的"说话人"不同，这个声音不仅不"介入"故事，在叙述干预方面也表现得十分克制，尽量不"现身"。通观全书，"说话人出场"多在结构性段落，如第一回的入话与结尾处，以及每回末尾以"有分教"领起的程式性预叙。此外，则基本隐在故事背后，给聚焦者以更多自由，令儒林百态被自然而然地"看"到，由此也拉近了人物与真实读者之间的距离。

值得注意的是，《儒林外史》的"内聚焦"已发展得比较成熟，当视角"楔入"人物时，基本能被限定在人物的知识、心理、情绪、感官之内，第一回写王冕观玩荷花：

> 须臾，浓云密布，一阵大雨过了。那黑云边上镶着白云，渐渐散去，透出一派日光来，照耀得满湖通红。湖边上山，青一块，紫一块，绿一块，树枝上都像水洗过一番的，尤其绿得可爱。湖里有十来枝荷花，苞子上清水滴滴，荷叶上水珠滚来滚去。王冕看了一回，心里想道……①

这段叙述表现出很强的技巧性，摆脱了"但见"等结构标识，不动声色地呈现叙述者自觉"让位"给聚焦者的过程。"须臾"一句，还能令人明显感到这是叙述者的"声音"，自"那黑云边上镶着白云"起，便逐渐进入人物的"视点"，尤其"青一块，紫一块，绿一块"云云，完全是从人物出发的——经过一个（十来岁的；具有绘画天赋的；对"自然美"抱有先天敏感的）少年视点过滤的结果。最后才交代人物"看"的动作，并顺利递接入心理描写。整段

---

① （清）吴敬梓著，李汉秋辑校：《儒林外史汇校汇评》，上海：上海古籍出版社，2010年，第3页。

叙述是策略性的、探索性的，在之前的小说中极少见到（可以想象，在前代小说中大概就是由"但见"领起的一段由叙述者"描述"的环境）。在之后的观察中，虽然又出现"只见"等结构标识，但视点仍然限定在人物"体内"：

> 正存想间，只见远远的一个夯汉，挑了一担食盒来，手里提着一瓶酒，食盒上挂着一块毡条，来到柳树下，将毡条铺了，食盒打开。那边走过三个人来，头戴方巾，一个穿宝蓝夹纱直裰，两人穿玄色直裰，都有四五十岁光景，手摇白纸扇，缓步而来。那穿宝蓝直裰的是个胖子，来到树下，尊那穿玄色的一个胡子坐在上面，那一个瘦子坐在对席；他想是主人了，坐在下面把酒来斟。[①]

可以看到，如果说"正存想间"还是显豁的叙述者声音，那么在"只见"以后，叙述者又尽力让位给聚焦者，视点也基本限定在王冕的观察角度和感知形式内（空间关系；推测判断；以生理特征为标签的提喻），乡绅的日常性、习惯性庸俗市侩，都是由一个少年来"看"到的，而非由一个怀着批判精神的成年叙述者"讲"出的；人物聚焦者的认知水平有限，无法对观察对象进行评价（遑论批判），叙述者也绝不表露态度。"儒林群丑图"就这样徐徐展开，没有聒噪的"讲解"，隐藏在画卷之后的态度却很明确。尤为可贵的是，作者巧妙利用人物聚焦者的限制，实现了更高级的讽刺——少年只能以"胖子""瘦子""胡子"代指乡绅，这不仅摘去其社会身份，甚至褫夺了名姓，从中可以追溯叙述者的态度：精神堕落不是个体现象，而是一种集体表征。庸俗市侩弥漫士林，不仅充斥于市廛巷陌，也流布于乡野田间。

从结构框架看，《儒林外史》回归线性结构，却弱化时间线索，突出空间线索。前文已述，《三国》《水浒》《西游》都是线性结构的，又各有不同。《三国》羽翼信史，更强调时间线索，在历史进程的时间刻度上，编织蜀、魏、吴三国

---

① （清）吴敬梓著，李汉秋辑校：《儒林外史汇校汇评》，上海：上海古籍出版社，2010年，第3页。

的人物与事件流程；在《水浒》《西游》中，时间与空间的关系是有升有降的，在两书的主体部分（前者为"英雄落草"故事，后者为"西天取经"故事），虽然也采用"缀段式"叙述，但各单元的连缀其实并不强调时间秩序，而更倾向于在空间递接中调度人事。"英雄落草"事迹当然是一段接一段讲出来的，但那只是因为叙述者"一张口难说两家话"，许多事迹在时间上其实是颉颃关系；"西天取经"也是一难接一难挨过来的，在时间轴上也是依次排列开来的，但多数事件之间没有因果联系。时间的总量是既定的，但刻度不明显；相对而言，空间秩序的形象更为突出——与灵山物理距离的拉近，但刻度仍不够清晰。

到了《儒林外史》中，吴敬梓对时间秩序与空间秩序的关系，进行了创造性探索。一方面，吴氏是强调时间秩序的。在关键节点上，他明确标识"大时间"刻度，如第一回"元朝末年"、第二回"那时成化末年"、第二十回"此时乃嘉靖九年八月初三日"、第五十五回"话说万历二十三年"等；在情节序列内部，他也"刻意"标识"小时间"刻度，如第五回"严监生寿终正寝"的序列中，时间流程就被标记得很清楚。另一方面，书中俯拾即是的时间标识，其实只是对时间的"标记"。《儒林外史》中，时间不具有"拉动"故事的能动力；全书故事不是通过时间调度的，而是在空间递接中实现的。随着空间布景转移，人物上场或下场（当然，也存在吊场人物，如第二十回结尾处，匡超人正式退场，牛布衣则负责"吊住"场面，至第二十二回引出牛浦郎，才正式退场），即鲁迅先生所说的："仅驱使各种人物，行列而来，事与其来俱起，亦与其去俱讫。"时间则在空间秩序背后缓缓流淌。由此，《儒林外史》也成为"空间叙事"的典型，有学者将其归入"主题—并置叙事"——一种因共同"主题"而把几条叙事线索联系在一起的类似于故事集一样的结构。[①] 有学者则将其概括为复合型的"转移式"叙述章法——叙述不停地由此轴心转向彼轴心。[②] 但无论是哪一种定义、阐释，都是在强调本书突出的空间秩序形象。

---

① 龙迪勇：《空间叙事研究》，北京：生活·读书·新知三联书店，2014 年，第 170 页。

② 傅修延：《讲故事的奥秘：文学叙述论》，南昌：二十一世纪出版社集团，2020 年，第 111 页。

从人物塑造看，书中人物多有原型可寻，又是经过高度艺术提炼的"典型环境中的典型人物"。自金和跋语指述书中一系列人物的历史真身，人物原型考述便成为《儒林外史》研究的一个重要方向，经历代学者努力，目前已考实的人物已有五十多个。[①]然而，书中人物的魅力绝不仅仅在于为我们提供了"解密"的乐趣，更在于让我们"发现"一个又一个艺术典型。

作为以揭露"儒林丑态"为主要任务的小说，《儒林外史》并不像后来的谴责小说那样刻意矮化、丑化人物，作者只暴露人物的"丑"，而非用漫画式的笔墨去构建一种"丑"（漫画笔墨固然存在，如刻画王三太太的"失心疯"，就是漫画式的，但这类刻画在书中很少，尤其不施诸衣冠人物）。尤为可贵的是，作为一部现实主义作品，作者实现了"典型环境"与"典型人物"的高度统一。无论是周进、范进这样的被举业吃空了脑子的可怜虫，还是严大、严二一般贪婪自私的乡绅，抑或娄三、娄四一流庸俗无聊的假名士，以至形形色色、各具风致的衣冠丑角，他们固然来自吴敬梓的"朋友圈"分组（可以想见，其中包括家人、同窗、朋友、状态可见者、状态不可见者，等等），但绝不是现实的"影集"，也不是简单的艺术夸张或变形，而是集体性、时代性影像在作者脑海中复拓，又经过讽刺精神与悲悯情怀的熔铸，重新凝汇而成的"另一个"。吴敬梓当然不懂得人是"一切社会关系的总和"，但他笔下的人物确实表现出"总和"的形态，集中而生动地体现着"一代文人有厄"的环境系统。

同时，在个别人物塑造上，作者也比较清晰地勾勒出环境"养成"人物的过程，并将其与空间调度的叙述章法相结合。典型者如匡超人，他是古典小说中难得一见的"性格发展"的角色，而其由"白"变"黑"、由"善"转"恶"的过程不是时间推移造成的，而是由空间对峙导致的——淳朴自然的乡村环境所养成的"真"与"善"，同污浊造作的都市环境所养成的"假"与"恶"的冲突，以及前者无条件向后者缴械投降的悲剧。在生活真实中，吴敬梓是乡村社会的"叛逃者"，他热爱以南京、扬州等为代表的大都会。但他逃离乡村是无奈之举，热爱大都会也主要着眼于其物质文明和文艺氛围。在艺术创造

---

① 李汉秋编：《儒林外史研究资料集成》，上海：上海古籍出版社，2017年，第135页。

中，起码从人的性格养成方面，吴敬梓眼中的乡村则是"清"的，而大都会是"浊"的。匡超人的情节序列其实就是一个早期的"乡村青年最终被城市吞噬"的过程。只不过，吴敬梓不是在构造"城市的原罪"，而是意识到城市空间特质——人口集散地，它既可以是人文荟萃之处，也可以是"奇葩"丛生之地。

与人物塑造关系最为密切的是场景。由于作者尽量克制自己，极力掩藏在故事背后，令人物"自曝其丑"，《儒林外史》中场景的戏剧性也更强。读者更容易产生一种"幻觉"，仿佛是在透过"第四堵墙"偷窥人物；人物在毫不知情的情况下自说自话，其言行矛盾、名实相离的本质也自然而然地呈现出来。如第四回中，严贡生刚对人表白："实不相瞒，小弟只是一个为人率真，在乡里之间，从不晓得占人寸丝半粟的便宜。"话音还未落，就见家里小厮进来说："早上关的那口猪，那人来讨了，在家里吵哩。"[1] 再如第二十回匡超人的"表演"：

> 匡超人道："我的文名也够了。自从那年到杭州，至今五、六年，考卷、墨卷、房书、行书、名家的稿子，还有《四书讲书》《五经讲书》《古文选本》，家里有个账，共是九十五本。弟选的文章，每一回出，书店定要卖掉一万部，山东、山西、河南、陕西、北直的客人，都争着买，只愁买不到手；还有个拙稿是前年刻的，而今已经翻刻过三副板。不瞒二位先生说，此五省读书的人，家家隆重的是小弟，都在书案上，香火蜡烛，供着'先儒匡子之神位'。"牛布衣笑道："先生，你此言误矣！所谓'先儒'者，乃已经去世之儒者，今先生尚在，何得如此称呼？"匡超人红着脸道："不然！所谓'先儒'者，乃先生之谓也！"牛布衣见他如此说，也不和他辩。冯琢庵又问道："操选政的还有一位马纯上，选手如何？"匡超人道："这也是弟的好友。这马纯兄理法有余，才气不足；所以他的选本也不甚行。选本总以行

---

[1] （清）吴敬梓著，李汉秋辑校：《儒林外史汇校汇评》，上海：上海古籍出版社，2010年，第56页。

为主，若是不行，书店就要赔本，惟有小弟的选本，外国都有的！"①

诚如黄小田评，作者"恶此等人至于此极"，但作者偏能克制，绝不令叙述声音进行"评点干预"，甚至不进入牛布衣、冯琢庵等人的心理，以变相进行评价；自始至终，作者都没有打断匡超人的表演，人物的无知、无耻也得以淋漓尽致地表现、暴露出来，即鲁迅先生所说"无一贬词，而情伪毕露"②。正是这种极力克制的笔墨，成就了全书一个又一个经典场景（如周进之哭、范进之疯、严监生之死等），这些场景又进一步成就了古典文学人物长廊的一系列典型。

从语言上看，《儒林外史》的人物语言是日常化、口语化的，不仅进一步实现了"一样人还他一样声口"（如作者注意到衣冠人物与市井人物的"声口"差异，同是庸俗市侩、恬不知耻，王德、王仁的语言与胡屠户的语言就是高度差异化的；再如作者注意到联袂人物的"同中之异"，二王、二娄、二汤总是联袂出现的，而其言语又有细微差异），也与具体的场景、情境相贴合。换句话说，人物语言不只服务于一般的性格，也服务于特定的心态、情绪。如范进中举前后的言语都是乏味的、陈腐的、缺乏生命力的，体现出其稳定的性格——经八股举业训练而形成的"僵尸"气质，这与登科与否没有关系。而在"痰迷心窍"的特定情态中，言语服务于"变态"表现，"噫！好了！我中了！"，其实是范进在书中说过的最具"生命力"的话。这是心理长期郁结的瞬时爆发，是对来自衣冠与市井人物之"风刀霜剑"的集中回馈。

而其叙述语言，堪称"白话之正宗"。总体看来，作者习惯以平实晓畅的语言将故事娓娓道出，述事则滑稽诙谐，写景则诗意盎然。《儒林外史》的场景密度很高，生动的、高饱和的场景之所以能够自然、紧捷地组织起来，关键在于作者的概述文字洗练利落，兔起鹘举，绝少迟滞。当然，洗练不是简率，

---

① （清）吴敬梓著，李汉秋辑校：《儒林外史汇校汇评》，上海：上海古籍出版社，2010年，第156—157页。
② 鲁迅：《中国小说史略》，北京：商务印书馆，2017年，第207页。

即便在叙事提速的过程中，作者依然不忘寓诸讽刺，如第六回：

> ……赵氏在家掌管家务，真个是钱过北斗，米烂陈仓，童仆成群，牛马成行，享福度日。不想皇天无眼，不祐善人，那小孩子出起天花来，发了一天热，医生来看，说是个险症，药里用了犀角、黄连、人牙，不能灌浆，把赵氏急的到处求神许愿，都是无益。到七日上，把个白白胖胖的孩子跑掉了。赵氏此番的哭泣，不但比不得哭大娘，并且比不得哭二爷，直哭得眼泪都哭不出来。①

这段文字是衔接"严监生序列"与"严贡生序列"的过桥，作者紧踩油门，高速冲向新的场景序列，但还是在"夹枪带棒"地对人事进行讽刺。正如陈文新先生指出的，严监生的人格特质是"自我压缩，自我作践"。濒死之际，他之所以纠结于"两茎灯草"，不是纯粹的吝啬，而是不放心赵氏，担心她不能继承"好家风"，不能"意识到压缩自己的必要性"。②从后续情节看，严监生的担忧并非多余，赵氏果然"享受"起来，以致乐极生悲，给狠毒的严大提供了机会，严二一生"自我压缩、自我作践"的成果付诸东流。同时，作者"句有勾映"，以调侃口吻比照赵氏前后之"哭"，以讽刺人情薄厚虚实，点到即止，丝毫不影响叙述加速，确实是驾驭故事的高手。

然而，作者有时又会在叙述中"踩一脚刹车"，插入描写景物的笔墨，如第一回写时知县访王冕：

> 说话之间，知县轿子已到。翟买办跪在轿前禀道："小的传王冕，不在家里，请老爷龙驾到公馆里，略坐一坐，小的再去传。"扶着轿子，过王冕屋后来。屋后横七竖八几稜窄田埂，远远地一面大塘，塘边

---

① （清）吴敬梓著，李汉秋辑校：《儒林外史汇校汇评》，上海：上海古籍出版社，2010年，第80页。

② 陈文新：《士人心态话儒林》，武汉：华中理工大学出版社，1994年，第183页。

都栽满了榆树、桑树。塘边那一望无际的几顷田地，又有一座山，虽不甚大，却青葱，树木堆满山上。约有一里多路，彼此呼叫，还听得见。知县正走着，远远的有个牧童，倒骑水牯牛，从山嘴边转了过来。①

可能有学者要说，当中插入的一段场景描写，是为塑造（衬托）王冕形象服务的，这固然有一定道理，但从叙述效果看，在概述中"横插"一段描写，造成叙述中止（故事时间约等于零），其实是比较危险的操作。所幸此段文字出自吴氏这样的绝高手笔，仿佛一幅乡村水彩画，勾描点染，清新可爱，令人沉浸于诗意境界中，几乎忘却其对叙述的"打扰"。至于写秦淮河、玄武湖则简直是"停车坐爱枫林晚"的架势，如第二十四回写秦淮河夜景：

> ……那秦淮到了有月色的时候，越是夜色已深，更有那细吹细唱的船来，凄清委婉，动人心魄。两边河房里住家的女郎，穿了轻纱衣服，头上簪了茉莉花，一齐卷起湘帘，凭栏静听。所以灯船鼓声一响，两边帘卷窗开，河房里焚的龙涎、沉速，香雾一齐喷出来，和河里的月色烟光合成一片，望着如阆苑仙人，瑶宫仙女。还有那十六楼官妓，新妆祛服，招接四方游客。真乃朝朝寒食，夜夜元宵。②

纯用白描笔法，调动多种感官，组织各色意象，凝汇而成摇曳多姿的人文空间影像，天目山樵称赞曰："写秦淮风景，百世之下犹令人神往。"而催生这些诗意笔墨的是作者对南京风物之美的钟情与流连，即黄小田所谓："南京乃作者所爱，故细细写出。"人文地理学家段义孚曾"杜撰"出一个概念——恋地情结（topophilia），用以概括人类对物质环境的所有情感纽带，并给出两个层次的具体描述："人对环境的反应可以来自触觉，即触摸到风、水、土地

---

① （清）吴敬梓著，李汉秋辑校：《儒林外史汇校汇评》，上海：上海古籍出版社，2010年，第9页。

② （清）吴敬梓著，李汉秋辑校：《儒林外史汇校汇评》，上海：上海古籍出版社，2010年，第306页。

时感受到的快乐。更为持久和难以表达的情感则是对某个地方的依恋，因为那个地方是他的家园和记忆储藏之地，也是生计的来源。"① 可以说，《儒林外史》中浸润字纸的"诗笔"，正生动地反映出吴氏之于南京的深层次"恋地情结"。

可以看到，《儒林外史》的艺术成就，在于案头原创的文人小说对于古典叙事艺术的全方位"拉升"，而绝不止于"讽刺艺术"一点。但反过来说，从声音视点到结构框架，以至人物、情节、场景等具体构造，也确实为"机锋所向，尤在世林"的叙述姿态服务，以至形成"讽刺之书"的形象，甚至被视作后世讽刺小说之圭臬，如李伯元《官场现形记》、吴趼人《二十年目睹之怪现状》（及由其衍生的一系列"现形记"小说、"怪现状"小说），从批判意识、讽刺手法、结构形式看，都明显受到《儒林外史》的影响。只不过，这些真正意义上的"讽刺小说"大都未能继承吴氏"戚而能谐，婉而多讽"② 的风格。以往我们更强调其"能谐"与"多讽"的主体风貌，却忽略了"戚"与"婉"这两个前提。其实，吴氏之谐谑是以悲世精神为底色的，而其讽刺艺术又是含蓄蕴藉的；作者的讽刺力道固然不可谓不强，却是留有余地的，原因在于其不忍——毕竟，儒林群丑也只是科举制度的牺牲品。晚清讽刺小说"鲜有以公心讽世"者，揭露、讽刺成为叙述目的本身，进而通过漫画式人物的塑造为之服务，笔墨夸张（甚至荒诞），即鲁迅先生所谓"辞气浮露，笔无藏锋"③，这其实已经摆脱了《儒林外史》的艺术范式，成为另一种体式了。


# 第三节　曹雪芹与《红楼梦》


如果将古典文人小说的发展历史形容为登山的过程，那么明代过渡期的作

---

① （美）段义孚：《恋地情结》，志丞、刘苏译，北京：商务印书馆，2017 年，第 136 页。

② 鲁迅：《中国小说史略》，北京：商务印书馆，2017 年，第 204 页。

③ 鲁迅：《中国小说史略》，北京：商务印书馆，2017 年，第 263 页。

品大都还在"白云回望合，青霭入看无"的阶段摸索，《儒林外史》则将我们带到山岭之上，得见"分野中峰变，阴晴众壑殊"的胜景，直到《红楼梦》问世，文人小说才攀登至"太乙近天都"的最高处，让我们可以在"连山接海隅"的视野中总结前代、遥想未来。可以说，作为"古典叙事文学的巅峰"，《红楼梦》是当之无愧的；其作者曹雪芹，也是一位真正意义上的叙事天才。

曹雪芹，名霑，字梦阮，号雪芹、芹圃、芹溪；或曰字芹圃，号梦阮。生卒年尚无法确定，仅能据相关文献资料推算。这是一个"倒推"过程。首先划定其卒年。对此，学界有两种意见：一是乾隆二十七年（1763）除夕，一是乾隆二十八年（1764）除夕。再根据张宜泉《伤芹溪居士》、敦诚《挽曹雪芹》等诗的说法，得知曹雪芹活到四十多岁，年未及五旬。由此反推其生年，应在康熙五十四年（1715）左右。

曹雪芹出身"从龙勋旧"之家。曹氏祖籍辽阳，先世原为汉人，约在明末入满洲籍，为正白旗包衣。高祖曹振彦随多尔衮入关，受到重用，曾任山西平阳府吉州知州，后升任浙江盐法道，曾祖曹玺也因"随王师征山右有功"，成为顺治帝近臣，曹家由此发达起来。

武功之外，曹家又与康熙帝有一层特殊关系。曹玺妻子孙氏是康熙乳母，曹雪芹的祖父曹寅曾给康熙做过伴读、御前侍卫，深得天子信赖。自曹玺起，继有曹寅、曹颙、曹頫，三代人先后任江宁织造，长达六十年之久。织造一职，名义上是负责监造、采办皇家所用丝织品，实际是皇帝派驻江南一带的"眼线"，负责督察军政、吏治、民情，直接向皇帝汇报，皆由其私人心腹充任。康熙六次南巡，有四次直接驻跸江宁织造府，也可见对曹家的信赖。

同时，曹家又是"诗礼之家"。据记载，曹玺便是一位"读书洞彻古今，负经济才，兼艺能"的文士，曹寅更是著名的学者、诗人、剧作家，同时又是藏书家、刊刻家（今日通行的《全唐诗》，即由其主持刊印）。①

由此可见，《红楼梦》描述的"钟鸣鼎食之家，诗礼簪缨之族"，确实有曹家的影子，敦敏《赠芹圃》诗所言"秦淮风月忆繁华"，即指曹雪芹童年时期

---

① 张俊、沈治钧：《曹雪芹与红楼梦》，沈阳：辽宁教育出版社，1992年，第12页。

享受到的家族物质与人文环境。

　　然而，所谓"一朝天子一朝臣"，曹家既然与康熙帝有如此密切的关系，距离政治旋涡也就更近，被皇室内部权力争斗波及的程度也更重，其结果可能就是毁灭性的。雍正五年（1727），曹頫便因"行为不端""骚扰驿站"和"织造款项亏空"的罪名（背后原因其实是曹家与胤禩、胤禟的联系）被革职抄家，举家迁回北京。这次抄家，当然给曹氏满门带来重创。但雍正朝后期，随着政治氛围改变，尤其与曹家有戚缘关系的傅鼐、福彭等人被复用，曹家的生存环境也得以改善，甚至出现"中兴"之势。只不过，乾隆帝登基后，曹氏又经历一次抄家（其原因暂不可考），由此彻底败落。晚年，曹雪芹携家迁到北京西郊一个小山村，过着"蓬牖茅椽，绳床瓦灶"的生活，甚至在"举家食粥"的贫困线上挣扎。又遭受幼子夭折的沉痛打击，忧伤成疾，无钱医治，曹雪芹最终在乾隆壬午或癸未的除夕"泪尽而逝"，身后更是凄惨悲凉，得几位好友资助，才草草埋葬。

　　当然，历来遭遇家变、晚景凄凉者不乏其人，写出《红楼梦》这样旷世巨著的却只有曹雪芹一人。究其原因，还要结合复杂的内外"环境"，如当时弥漫于整个知识阶层的感伤哀怨的"时代情绪"、前期世情小说充分的艺术准备等外部环境，以及曹雪芹的气质性格与文艺天赋，后者自然是更关键的，也是起决定性作用的。只不过，目前发现的关于曹雪芹本人的资料很少，主要是友人诗作，我们只能据其勾勒出一个大致形象。

　　从气质性格看，曹雪芹一身傲骨，又诙谐健谈。敦敏《题芹圃画石》将他比作奇石："傲骨如君世已奇，嶙峋更见此支离。"[1] 张宜泉《伤芹溪居士》则将其比作利剑："琴裹坏囊声漠漠，剑横破匣影铓铓。"[2] 可以看出来，棱角分明、锋芒毕露是曹雪芹给人留下的一般印象。这正符合其表字——梦阮所体现的价值追求。与阮籍一样，曹氏也是疏狂任性、不苟流俗之士，敦敏即说他"一醉

① 一粟：《红楼梦资料汇编》，北京：中华书局，1964年，第6页。
② 一粟：《红楼梦资料汇编》，北京：中华书局，1964年，第8页。

酕醄白眼斜"①，敦诚也说他"步兵白眼向人斜"②，后更称其"狂于阮步兵"③。在他们眼中，曹雪芹俨然一个"身边的阮籍"。阮籍自然是魏晋风度的代表，而魏晋风度又不止于任诞简傲，也在于谈吐风雅，裕瑞即称其"善谈吐，风雅游戏，触境生春。闻其奇谈娓娓然，令人终日不倦"④。足见曹雪芹是其"朋友圈"里的能言善道者，而"触境生春"与"娓娓然"等描述，又说明他在日常生活中就是一个"讲故事"的行家里手。

从文艺天分看，小说创作之外，曹雪芹又擅长诗画。只可惜，这些作品大都没有保存下来，诗歌只留存两句："白傅诗灵应喜甚，定教蛮素鬼排场。"这是曹氏题敦诚《白香山琵琶行》传奇的诗句。敦诚仅引述了两句，我们很难据此评价曹诗的风貌与成就，但敦诚引这两句的目的，意在称赏曹诗"新奇可诵"，他又说过"爱君诗笔有奇气"，可见"奇"是曹诗的一个最突出的风貌。《红楼梦》中的"诗笔"倒是俯拾即是的，可借其"追溯"曹雪芹本人的诗歌观念与实践（相关论述已有很多），这一研究路径固然是可行的，也有很强的操作性，但我们必须认识到一点：古典小说的"诗笔"是其"文备众体"之艺术体制的表现，归根到底是为"叙事"（主要是写人造境）服务的，尤其"代言"性的诗作，当然出自曹雪芹之手，但必然经过人物形象塑造（文化教养、知识结构、心理情绪）的过滤，与真实作者的诗艺是有距离的。既然我们不可能用薛蟠的"哼哼韵"来讨论曹雪芹本人的诗歌造诣，那么在用黛玉的《葬花吟》来"反溯"曹氏诗歌的风貌与成就时，也要保持足够的审慎——毕竟，两者在本质上是一致的。或以为从诸如"红楼十二曲"等非代言性诗体片段中，可以更直接地"提炼"出曹诗的风格，这其实也是忽视了一点：它们是经过叙述"声音"过滤的；叙述者不是真实作者，其调动语言材料为叙事服务的"冲动"，比真实作者要强烈得多。至于绘画才能，则可据敦诚等人题诗知道，他喜欢以自然物象为主题，画山水、奇石等物。这一方面是世家公子的艺能教

---

① 一粟：《红楼梦资料汇编》，北京：中华书局，1964 年，第 7 页。
② 一粟：《红楼梦资料汇编》，北京：中华书局，1964 年，第 1 页。
③ 一粟：《红楼梦资料汇编》，北京：中华书局，1964 年，第 3 页。
④ 一粟：《红楼梦资料汇编》，北京：中华书局，1964 年，第 14 页。

养，一方面也表现出自然天成的审美追求，更借其"写出胸中魂礧"，抒泄不平之气。

当然，曹雪芹将其对于世界、社会、人生的深刻思考，更多（也更系统）地落实在《红楼梦》的创作中，这应该也是一个苦心孤诣的过程。据考，在《红楼梦》之前，曹雪芹曾写过一部名为《风月宝鉴》的小说。这从小说第一回正文中可以看到：

> ……从此空空道人因空见色，由色生情，传情入色，自色悟空，遂改名情僧，改《石头记》为《情僧录》。东鲁孔梅溪则题曰《风月宝鉴》。[1]

又有《脂砚斋重评石头记》甲戌本第一回朱笔眉批为证：

> 雪芹旧有《风月宝鉴》之书，乃其弟棠村序也。今棠村已逝，余睹新怀旧，故仍因之。[2]

这则眉批说得很明白，曹雪芹原有《风月宝鉴》一书（或以为"有"应理解为"藏有"，而非"著有"，则《风月宝鉴》的作者另有其人。但照常理看，曹雪芹是不太可能将一部藏书交给弟弟写序的[3]），棠村为之作序。后来"旧"的《风月宝鉴》升级为"新"的《红楼梦》，但为了纪念棠村，便在"新"著中适当保留"旧"作之名。

同时，"旧"作的一部分内容也为"新"著所保留。俞平伯、周绍良、吴世昌等先生曾尝试从《红楼梦》中分离出诸多应当属于旧稿的"风月故事"，

---

① （清）曹雪芹原著，（清）程伟元、高鹗整理，张俊、沈治钧评批：《新批校注红楼梦》第1册，北京：商务印书馆，2013年，第11页。
② （清）曹雪芹：《脂砚斋甲戌抄阅再评石头记》，上海：上海古籍出版社，1985年，第9页。
③ 孙逊：《脂批和〈红楼梦〉作者之谜》，《孙逊学术文集》第2卷，上海：上海古籍出版社，2021年，第350—351页。

典型者如"见凤姐贾瑞起淫心""秦可卿淫丧天香楼"等段落。按曹雪芹创作《风月宝鉴》的原意，应是"戒淫"，即甲戌本第一回"凡例"所谓："《风月宝鉴》是戒妄动风月之情。"① 这其实是明清情色小说的一般逻辑。后来，他的认识又有了提高，认为"大半风月故事，不过偷香窃玉、暗约私奔而已，并不曾将儿女之真情发泄一二"②。尤其针对当时流行的才子佳人、情色小说提出批评。前者是"千部共出一套，且其中终不能不涉于淫滥"，后者更是"淫秽污臭，涂毒笔墨，坏人子弟"。③ 便从原来的狭隘境界跳脱出来，由"色情"回归"人情"，进而回归真正意义的"世情"，从而结撰出《红楼梦》这部不朽的现实主义巨著。

约在乾隆十九年（1754），《红楼梦》初稿已完成，这主要是根据甲戌本第一回"至脂砚斋甲戌抄阅再评，仍用《石头记》"④ 的说法判断出来。再根据正文中"批阅十载"等语向前倒推，则曹雪芹是在乾隆九年（1744）左右开始创作《红楼梦》的。初稿写成后，曹雪芹仍在进行修改、整理工作，但逝世之前仅整理好前八十回，当时用的书名是《石头记》。

由此也形成《红楼梦》最早的版本系统——脂本。

所谓"脂本"，是学界对以《石头记》之名流传的一系列抄本的总称。属于该系统的本子，多有署名脂砚斋、畸笏叟等人的评语，因卷首多题"脂砚斋重评石头记"，故称"脂评本"，简称"脂本"。其抄写时间不一（一些本子在曹雪芹生前就已在社会上流传）。历来多有发现，已达十多种，学界习惯以抄写时间为其命名，最重要的有以下几种：

一是"甲戌本"。甲戌，即乾隆十九年（1754）。这是目前发现的最早的一种抄本，可能也是最接近曹氏原稿的一种，可惜仅残存十六回。

二是"己卯本"。己卯，即乾隆二十四年（1759）。该本避"玄""祥""晓"等字，"玄"是康熙帝玄烨之讳，"祥"与"晓"则是避两代怡亲王允祥、弘晓

---

① （清）曹雪芹：《脂砚斋甲戌抄阅再评石头记》，上海：上海古籍出版社，1985年，第2页。
② （清）曹雪芹：《脂砚斋甲戌抄阅再评石头记》，上海：上海古籍出版社，1985年，第11页。
③ （清）曹雪芹：《脂砚斋甲戌抄阅再评石头记》，上海：上海古籍出版社，1985年，第8页。
④ （清）曹雪芹：《脂砚斋甲戌抄阅再评石头记》，上海：上海古籍出版社，1985年，第9页。

之讳，故吴恩裕、冯其庸先生判断此本应为乾隆时怡亲王府抄本，故学界又将之称作"脂怡本"。[1] 该本残存四十一回及两个半回。

三是"庚辰本"。庚辰，即乾隆二十五年（1760）。该本很可能是据己卯本过录的，抄写者又补入了大量己卯本未有的脂砚斋、畸笏叟评语。[2] 同时，该本存七十八回，是"脂本"中比较完备的一种，颇受学界重视。

以上三种抄本，因距离曹雪芹写作、修订《红楼梦》时间较近，也就具有特殊的学术价值。此外，如"列藏本""戚序本"等也颇有价值。"戚序本"又有有正书局石印本，也称作"有正本"。鲁迅先生写《中国小说史略》时，对于《红楼梦》文字的分析，即以此本为据。

至于脂砚斋为谁，目前还是一个谜。或说是曹雪芹之父，或说是其叔父，或说是其妻子，也有人认为就是作者自己。从批语看，他与作者的关系密切，对小说创作过程也非常熟悉，甚至干预了创作（如第十三回，照作者原意，应为"秦可卿淫丧天香楼"，以直笔交代秦可卿死因，从而生动揭露封建家族之荒淫、堕落，但脂砚斋等人考虑到为尊者讳，尤其同情秦可卿的人物塑造，所谓"其言其意则令人悲切感服"，便"命芹溪删去"，致使成稿较原稿"少却四五页"，却成就了一段精彩的"曲笔"叙事），这对于我们了解曹氏生平与创作动机、过程有重要价值。同时，脂评贴合本文，对叙事技巧的讨论时有新见。但也要看到，相关评点还是一个不太稳定、不太统一的"意见系统"，文字良莠不齐，不乏粗疏荒芜、杂乱龃龉之处，这也是不能回避的。

与"脂本"相对的是由程伟元、高鹗整理的一百二十回刻本，简称"程本"。

程伟元（1745？—1819？），字小泉，江苏苏州人。出身书香门第，能诗善画。乾隆五十五年（1790）前，流寓北京，留意搜集《红楼梦》原作、续作的各类抄本。嘉庆五年（1800），入盛京将军晋昌幕府，与李煌、刘大观、

---

[1] 孙逊：《红楼梦脂评初探》，《孙逊学术文集》第 1 卷，上海：上海古籍出版社，2021 年，第 13 页。

[2] 孙逊：《红楼梦脂评初探》，《孙逊学术文集》第 1 卷，上海：上海古籍出版社，2021 年，第 13 页。

孙锡等人交游，诗文酬唱，最后卒于辽东。

高鹗（1758—1815），字云士，号秋雨，别号兰墅，又署红楼外史。辽东铁岭人。隶属内务府镶黄旗汉军。早年有过一段放浪形骸的生活，后来回归仕途经济的"正路"。乾隆五十三年（1788）恩科举人，六十年（1795）殿试三甲第一名进士。嘉庆元年（1796）补授内阁中书，六年（1801）任顺天乡试同考官，十四年（1809）考选督察院江南道监察御史，十八年（1813）升刑科给事中，后因林清案而降级调用。

乾隆五十六年（1791），程伟元与高鹗将历年搜得的《红楼梦》前八十回与后四十回，"细加厘剔，截长补短"，合成一部，以木活字排印，即通常所谓"程甲本"。次年（其实不到一年时间），二人"复聚集各原本，详加校阅"，在甲本基础上"补遗订讹""略为修辑"，重新排印，即所谓"程乙本"。"程本"结束了《红楼梦》的"抄本时代"，使小说得以以全帙形象为市民大众所接受（"程乙本"也是后来市面上最流行的本子），有助于其成为真正意义的"公共经典"。

至于后四十回文字出自谁手，过去人们多认为是高鹗补作的。主要证据是高鹗妻兄张问陶《赠高兰墅（鹗）同年》诗题下的注："传奇《红楼梦》，八十回以后俱兰墅所补。"[1] 这个"补"字，固然可以理解成"补作"，但也可理解成"补修"，即上文所说的"补遗订讹"；考虑到当时高鹗已收志，潜心举业，是否还有闲情创作小说，也是很值得怀疑的。今天学界一般认为，曹雪芹生前已大致完成了后四十回的创作，只是还未整理成定稿；及其身后，原稿便散佚。目前看到的后四十回应该不是曹氏原稿，作者为谁，尚不可确知。中国艺术研究院红楼梦研究所校注本在处理"责任人"问题时，标明前八十回为曹雪芹原著，后四十回为"无名氏续"，全帙由"程伟元、高鹗整理"，是比较保险的做法。

这四十回文字，从思想性、艺术性来看，固然不可与前八十回比肩，"兰桂齐芳、家道复初"的尾巴，严重削弱了原著的批判性，人物形象塑造与前文

---

① 一粟：《红楼梦资料汇编》，北京：中华书局，1964年，第20页。

存在矛盾，"有的描写，显得重复；有些细节，处理失当"①，但它基本延续了曹雪芹铺垫的文思脉络，写出了贾府的败亡、人事之零落，具体的情节也不乏亮点（如"黛玉焚稿"等）。更重要的是，续作者保证了全书的悲剧结局，只此一点就是功莫大焉的了。

作为"彻头彻尾之悲剧"②，《红楼梦》的悲剧性是多层次、多维度的。

首先是封建家族的悲剧，进而反映出整个时代的悲剧。《红楼梦》以宁、荣二府（更侧重于后者）为中心，全景式地呈现封建大家庭虚伪、庸俗、琐碎的日常，生动地叙写出其加速衰亡的过程。以宁、荣二府为代表的末世家族，在书中一出场，就呈现出无可挽救的颓势。虽然在外人看来，还维持着"峥嵘轩峻"的气象，连花园里的树木山石"也还都有蓊蔚洇润之气"，也只不过是应了"百足之虫，死而不僵"的道理，如冷子兴那样与其略沾亲带故者便可发现实质："如今生齿日繁，事务日盛，主仆上下，安富尊荣者尽多，运筹谋划者无一；其日用排场费用，又不能将就省俭，如今外面的架子虽未倒，内囊却也尽上来了。"更重要的是封建世家子弟在道德、素养、能力上的持续下滑，所谓"如今的儿孙，竟一代不如一代了"。这不单是宁、荣二府的问题，也不只是史、王、薛、甄等家族的问题，而是封建末世家族的普遍问题。换句话说，这是没落的贵族之家不得不面对的困境。经济上入不敷出，人事上勾心斗角，精神上整体堕落；在优渥的物质环境和空洞的礼法教育中成长起来的后代贵族子弟，早已忘却祖辈的创业精神，也不具备起码的守成素质，只有享受特权的习惯。在其看来，剥削阶级的特权是预设的，腐化生活的程序是既定的，这是其行动的保障与根据，而其行动只有消耗——消耗着物质，也消耗着精神；他们如"蛀虫"一般，贪婪而机械地啃食基业（社会的、家族的），对内外环境的变化表现得十分麻木。即便一些直接或间接的当家主事者，由于负责维持日常运作，必然发现家族的经济困难，如王熙凤所说："家里出去的多，

① 张俊：《清代小说史》，杭州：浙江古籍出版社，1997年，第371页。
② 王国维：《〈红楼梦〉评论》，《王国维文学论著三种》，北京：商务印书馆，2010年，第11页。

进来的少。凡有大小事儿，仍是照着老祖宗手里的规矩，却一年进的产业，又不及先时多……若不趁早儿料理省俭之计，再几年就都赔尽了。"[①] 再如贾蓉说："这二年，那一年不赔出几千两银子来！头一年，省亲连盖花园子，我算算那一注花了多少，就知道了。再二年，再省一回亲，只怕就精穷了。"[②] 但这实际上只是长期接触"账面"而产生的焦虑，根本谈不上对家族未来命运的担忧，遑论筹算谋划。他们目光短浅，只能看到"眼前几步"，缓解焦虑的方法无非粉饰"鲜花着锦、烈火烹油"的虚假繁荣，背地里进行"拆东墙，补西墙"的操作，对于真正意义上的"长策"（如秦可卿魂归太虚前的一番叮嘱），则表现得很迟钝。

他们更不可能意识到问题的实质：处于末世的封建家族的"经济危机"，其根源在于由落后的生产关系所支持的剥削形式，已然不符合时代要求。正如陈大康先生所指出的，封建社会后期，随着商品经济发展，货币地租逐渐取代实物地租，"使封建的自然经济日益卷入货币经济，它是促使封建制度瓦解的重要因素之一"[③]。而贾府的剥削形式，又是建立在更为落后的"农奴制"基础上——这是清前期由"跑马圈地"形成的相当一部分贵族庄田的真实写照。贾府一方面被迫卷入货币地租的生产关系，受到来自商品经济的拖曳，甚至撕扯；另一方面又固守"旧例"，极力维护"农奴制"的野蛮掠夺形态，强行"开历史的倒车"。一前一后，一进一退，两下里作用，加速了贾府等封建大家族之经济基础的崩塌。

至于阖府上下复杂尖锐的人事矛盾，更是加剧家族衰亡的关键病灶。在主子集团，"执政派"与"在野派"的冲突，明争暗斗，离心离德；在奴才集团，也是山头林立，互相构陷、倾轧、迫害，甚至于以折磨、戕害同阶级者为乐。而主子与奴才之间的矛盾，更是封建社会的常态：前者对后者的剥削、压榨，

---

① （清）曹雪芹原著，（清）程伟元、高鹗整理，张俊、沈治钧评批：《新批校注红楼梦》第2册，北京：商务印书馆，2013年，第1002页。
② （清）曹雪芹原著，（清）程伟元、高鹗整理，张俊、沈治钧评批：《新批校注红楼梦》第2册，北京：商务印书馆，2013年，第959页。
③ 陈大康：《荣国府的经济账》，北京：人民文学出版社，2019年，第360页。

以至从肉体到灵魂的掠夺；后者对前者不满，或阳奉阴违，或伺机生事，却怯于从根本上进行反抗，甚至表现出"不做奴隶毋宁死"的派头。王熙凤曾生动描述贾府人事之日常：

> 咱们家所有的这些管家奶奶们，那一位是好缠的？错一点儿他们就笑话打趣，偏一点儿他们就指桑说槐的抱怨。"坐山看虎斗"，"借刀杀人"，"引风吹火"，"站干岸儿"，"推倒了油瓶儿不扶"，都是全挂子的本事。①

这是来自"一线实战"的经验，说的是主仆间的矛盾，也间接反映出奴才间的矛盾，及其所依附的主子间的矛盾。而探春更是一针见血地指出矛盾的实质——人"吃"人，及其对家族的危害："咱们倒是一家子亲骨肉呢，一个个不像乌眼鸡是的？恨不得你吃了我，我吃了你！"②"可知这样大族人家，若从外头杀来，一时是杀不死的。这可是古人说的，'百足之虫，死而不僵'，必须先从家里自杀自灭起来，才能一败涂地呢！"③这已经是站在"史鉴"的立场上，发掘问题的本质，无疑是一种远见卓识。

抄检大观园便是所有矛盾的一场集中爆发。此一回"混战"，诚如王蒙先生所说，"人情世故，春秋纵横，里里外外，干干系系，可算是写绝了——简直应该作为关系学、摩擦学、窝里斗学的基本教材来读"④。而之所以具有教科书的性质，首先在于其写实性，曹雪芹以传神写照之笔，生动揭露出在虚伪的礼教外衣掩护下，封建家族内部"人吃人"的本质。

更可悲的是封建贵族在精神上的集体堕落。小说中，宁、荣二公是以"虚

<hr />

① （清）曹雪芹原著，（清）程伟元、高鹗整理，张俊、沈治钧评批：《新批校注红楼梦》第1册，北京：商务印书馆，2013年，第293页。
② （清）曹雪芹原著，（清）程伟元、高鹗整理，张俊、沈治钧评批：《新批校注红楼梦》第3册，北京：商务印书馆，2013年，第1358页。
③ （清）曹雪芹原著，（清）程伟元、高鹗整理，张俊、沈治钧评批：《新批校注红楼梦》第3册，北京：商务印书馆，2013年，第1344页。
④ 王蒙：《红楼启示录》，北京：生活·读书·新知三联书店，2005年，第186页。

笔"塑造出来的理想化贵族——他们固然也是封建末世的贵族，却被想象成具有"创业"精神的早期贵族，积累财富，设立秩序，奠定基业。他们的下一代尚有"守成"能力，延续家族精神。而当创业、守成两辈进入"时间范畴"，封建家族步入"内耗"阶段，贵族子弟的精神养成便成为问题。按贾雨村所说："这宁、荣二宅，是最教子有方的。"诚然，贵族之家强调教育，但失去创业、守成之辈的言传身教，后世子弟面对的只有空洞的"读本"。读本上的教条无助于其精神的养成，反而会造成精神空虚。贾府的第三代"文"字辈，就已迅速退化为精神空虚者：贾敬一心向道，借丹铅符箓自我麻醉，逃避家族责任；贾赦贪饕无耻，一味通过对人与物的占有、掠夺，充实自己无聊的生活；贾政看上去清肃，实则庸碌迂腐，不通庶务。及至第四代"玉"字辈，以及第五代"草"字辈，更生出一批"皮肤滥淫之蠢物"，以贾珍、贾琏、贾蓉为代表。他们普遍缺乏道德感，甚至突破伦理底线。恣意享乐，败坏家声；消耗自身，荼毒周遭。在这一方面，他们倒是表现出惊人的创造力。尤其贾珍父子，在其率领下，宁国府简直沦为赌窝淫窠，乌烟瘴气，浊臭逼人，正如柳湘莲所说："你们东府里除了那两个石头狮子干净，只怕连猫儿狗儿都不干净。"[1] 由此回顾第五回宝玉梦入太虚、初试云雨的一处看似无意的闲笔："却说秦氏正在房外嘱咐小丫头们好生看着猫儿狗儿打架"[2]，柳氏所言，诚不虚也！可以想象，这些伏在残余祖业上的末世贵族，心灵空虚，目光呆滞，又表现得极度亢奋，他们鼻翼翕动，嘴角流涎，攫住眼前一切可以咀嚼、吞咽的物质，不停向口中填塞，尽情享受末世的狂欢盛宴。这是他们唯一习得的能力，也是其历史"使命"——将封建基业消耗殆尽，最终"食尽鸟投林，落了片白茫茫大地真干净"。

可以看到，以宁、荣二府为代表的封建家族的悲剧，实则是时代悲剧的一个缩影。贾府没落的原因，反映的是封建末世的诸种顽疾；贾府的"峥嵘轩峻"实则是封建末世的"黄昏晚景"。

---

① （清）曹雪芹：《脂砚斋重评石头记》，北京：人民文学出版社，1975 年，第 1606 页。
② （清）曹雪芹：《脂砚斋重评石头记》，北京：人民文学出版社，1975 年，第 901 页。

再者是宝、黛、钗的爱情与婚姻悲剧，以此表现命运之悲剧。我们习惯将四大家族的"败亡史"视作《红楼梦》的副线，将宝玉与黛玉的爱情悲剧，及其与宝钗的婚姻悲剧视作全书的主线；它也是小说的中心旨意，即作者所说的"怀金悼玉"，程甲本作"悲金悼玉"，意思就更明白了——宝钗可悲，黛玉可悼。第五回《终身误》曲已道破其关键："都道是金玉良姻，俺只念木石前盟。"前者指宝玉与宝钗的婚姻悲剧，后者指宝玉与黛玉的爱情悲剧。

所谓"金玉良姻"，是后天人工穿凿的。"玉"固然是自大荒山无稽崖青埂峰携入红尘的，"金"却是人为造作的；它们当然是"一对儿"，却是被"制造"出来的，是被集体"讲述"出来的（所谓"都道是"）。尤其以"金"对"玉"，构成一组财富符号，体现的是社会价值，更带有浓重的功利色彩。换句话说，"金玉良姻"体现的是社会的功利性期待。从该角度看，"金镶玉"的组合无疑是"良姻"了。这里之所以用"镶"字，因其能够更显豁地体现"金玉良姻"的结构形式及本质。"金镶玉"是一种工艺，即将"金"嵌在"玉"上，后者为主，前者为辅。从贾府的家族利益看，薛家本来就是一个需要进一步巩固关系的盟友，尤其面对日益突出的经济困难，薛家的"皇商"身份显得越发诱人，而巩固盟友关系的最好方式自然是联姻。此前，贾家与史、王两家皆已联姻，缺少的正是与薛家的婚姻关系。值得注意的是，之前与史、王联姻而迎娶的主妇，成为荣国府得力的三代"当家奶奶"——第二代史太君、第三代王夫人、第四代王熙凤，即将与薛家联姻而迎娶的薛宝钗，明显也是"当家奶奶"的一个合适人选。她是自觉迎合封建家长意志而成长起来的"淑女"，从内而外散发着理想的"主妇"气质——健康、美丽、俭朴、持重，简直是从《闺范》一类妇德教材中走出来的人物。将这样一块"金"镶嵌在"玉"上，不仅能够带来财富，也符合封建家长改造宝玉的期待——将其改造成"仕途经济"的理想型，通过人为工艺，用后天的"金"修补先天的"玉"，用集体期待规约个体追求，用社会理性改造自然感性，这恰恰是宝玉要极力挣脱的。所以，与"都道是"形成直接冲突的是"俺只念"。这种社会／自然、理性／感性、集体／个体、后天／先天的矛盾，导致宝、钗之间没有爱情的婚姻，造成其不幸的悲剧。需要强调的是，宝钗本来也是自然天成的个体，金本来也是

"大自然的馈赠"，但她更早（也更自觉）地接受社会理性的规约，迎合集体期待，也接受了一种后天赋予的命运，由金变为"金"，成为一个装饰部件，进而沦为用以改造另一个自然个体的工具，这才是该形象更深层次的悲剧。

而所谓"木石前盟"，当然是先天自然生成的。宝、黛的积极互动，也构成一股"青春力量"，它不仅是对"情"的追求与维护，更是对封建社会的反叛，对道学理性的否定。即便在今天，这种青春叛逆力量的最终结果，往往也是接受社会理性的规约，何况在封建时代。社会理性具体落实为封建家长的意志，更具体到他们选择新一辈当家主妇的标准，林黛玉的性格、体质、家业皆不符合，尤其不能承担改造宝玉的功能。"木"与"石"都是天然之物，二者的组合是自然而然的状态，是在原始情境中，在保持个体本真状态下的心意相投、心灵相通，不存在"谁修补谁"或"谁改造谁"的问题。然而，当他们幻化人体，来到滚滚红尘，必然要面对社会的、集体的、人工的审美期待，进而接受判断其成为"盆景"艺术装置的可能。如果坚持保有个体本真状态，拒绝被打磨、修剪、拗折，拒绝被"布置"成符合期待的样子，就容易被冷落、被厌弃，天然的"木石前盟"当然不可能战胜符合期待的"金玉良姻"。

然而，我们经常忽略（或回避）一点：即便没有封建家长的干预，"木石前盟"也是不可能修成"正果"的，其前提就带有明显的消极色彩。黛玉爱恋宝玉的起点是"酬报灌溉之德"，即其所谓"但把我一生所有的眼泪还他，也还得过了"[1]。这是其"情情"状态的本质，它是针对性的、回馈性的；同时，也是有配额的——"一生所有的眼泪"是有限度的。而其眼泪的配额又"锚定"了生命的配额。这就意味着：爱得越真挚，回馈得越热烈，消耗的配额也就越多，余下的生命光阴也就越少。所以，伴随着宝、黛之爱的萌发、成长、质变、升华，黛玉的眼泪反而越来越少，"去日苦多"的生命焦虑也越来越重。正如第四十九回的一段关键场景：

---

[1] （清）曹雪芹原著，（清）程伟元、高鹗整理，张俊、沈治钧评批：《新批校注红楼梦》第1册，北京：商务印书馆，2013年，第15页。

黛玉因又说起宝琴来，想起自己没有姊妹，不免又哭了。宝玉忙劝道："这又自寻烦恼了。你瞧瞧，今年比旧年越发瘦了，你还不保养。每天好好的，你必是自寻烦恼，哭一会子，才算完了这一天的事。"黛玉拭泪道："近来我只觉心酸，眼泪却像比旧年少了些的。心里只管酸痛，眼泪却不多。"宝玉道："这是你哭惯了，心里疑惑，岂有眼泪会少的！"①

我们知道，宝、黛的爱情大致经历了三个发展阶段："第十七至二十二回为第一阶段，第二十三至二十七回为第二个阶段，第二十八至三十六回为第三阶段。定情之后是一个相对稳定，也未得到更多表现的阶段。"②此时，二人已进入心意相通阶段，黛玉的眼泪却少了，体质也愈来愈差，诚如评者所言："是书至此，恰为九十八回'苦绛珠魂归离恨天'之半，看首回'酬报还泪'之说，颦儿泪已还大半，殆将尽矣。"③而"殆将尽"的不只眼泪，更是其生命，因为前者本来就是"锚定"于后者的。所以说，即便没有封建势力的"黑手"，没有"一年三百六十日，风刀霜剑严相逼"，黛玉也是注定早归离恨天的，因为她对宝玉之爱如此真挚而热烈，不惜以消耗生命为代价，这是其既定的命运，也注定了二人的爱情以悲剧结局。

由"悲金悼玉"的核心线索，可进一步上升至对"女儿国"的整体悲悼，而大观园的陨灭意味着"情之世界"的消逝，这是青春理想幻灭的悲剧。

第五回，宝玉梦游太虚，饮的茶叫"千红一窟"，品的酒名"万艳同杯"，脂批道破其谐音"千红一哭"与"万艳同悲"。而"千红万艳"即《红楼梦》中所有的女儿，她们都是作者悲悼的对象。

我们固然可以将"千红一哭"与"万艳同悲"理解成对封建时代女性命运

---

① （清）曹雪芹原著，（清）程伟元、高鹗整理，张俊、沈治钧评批：《新批校注红楼梦》第2册，北京：商务印书馆，2013年，第882页。

② 罗书华：《红楼细细读》，上海：复旦大学出版社，2007年，第158页。

③ （清）曹雪芹原著，（清）程伟元、高鹗整理，张俊、沈治钧评批：《新批校注红楼梦》第2册，北京：商务印书馆，2013年，第882页。

的悲悼，《红楼梦》也确实生动揭示了各色女儿的悲剧人生，无论"金陵十二钗正册"中人，抑或收入"副册""又副册"者，不论出身、才识、性格，她们整体上是被动的，受压抑与禁锢，被选择与消费，遭迫害与折磨。其具体人生轨迹自然是不同的，但本质是相同的，即贾府"四春"代表的"原应叹息"。她们无力抗争，因其要对抗的是经几千年而固化下来的封建制度的深层结构（而非封建家长集体，抑或有限的几个"恶人"）。

然而，书中的女儿又是具有象征意义的。她们代表着青春的、自由的、本真的、天然的精神力量。我们知道，《红楼梦》有两个世界：一是"理之世界"，一是"情之世界"。前者是"男人的世界"，也可称"现实的世界"，后者是"女儿的世界"，也可称"理想的世界"。大观园就是后者的具象化。这是为女儿们建设的"理想国"，天然真挚的女儿们被安置于此，她们在优渥的物质环境与秀美的自然风光中徜徉、嬉戏，借诗艺来陶冶个体性情、维护集体精神，在贾宝玉与王熙凤"双凤护珠"结构模式中，[①] 得到保护、照拂，享受自在、安宁。

但保护与照拂是有限的，自在与安宁也是短暂的，这不仅在于"双凤"自身的性格、能力与功能缺陷，更在于"情之世界"本身缺乏坚实基础，及其与"理之世界"力量的不平衡。当我们说到"两个世界"时，更容易在脑海中生成两个等量的、对称的"圆"，一个标识"情"，一个标识"理"，二者构成对立，互相冲撞，直到"情"被"理"冲垮、吞没。事实上，"情之世界"本来就是在"理之世界"包裹、围困中的。大观园不是在"绝境"中开辟出来的"桃花源"，而是在宁国府会芳园等处基础上改建、扩充出来的，第十六回交代得清楚："从东边一带，接着东府里花园起，至西北，丈量了，一共三里半大"，"先令匠役拆宁府会芳园的墙垣楼阁，直接入荣府东大院中。荣府东边所有下人一带群房已尽拆去……会芳园本是从北墙角下引了来的一股活水，今亦无烦再引。其山树木石虽不敷用，贾赦住的乃是荣府旧园，其中竹树山石以及亭榭栏杆等物，皆可挪就前来。如此两处又甚近便，凑成一处，省许多财

---

① 罗书华：《红楼细细读》，上海：复旦大学出版社，2007 年，第 1—5 页。

力"。① 可以看到，之所以不"采置别处地方"，主要是贾家财政已然吃紧，入不敷出，只好尽量挪用现成，这就决定了大观园是在"现实世界的瓦砾堆"上兴建的，不止于此，它还沿用了会芳园的水源，更移用了贾赦园中的植物、建筑。这说明"情之世界"并未从根本上割断与"理之世界"之间的"脐带"，甚至从一开始就羼入了后者的恶浊基因，甚至"皮肤滥淫"的物质。

所以说，"情之世界"是先天不足的，它又被"理之世界"围困着，它越是向外冲突，越是受到来自后者的压力，它不可能膨胀，只能被一再压缩，这就注定了宝玉与女儿们对于"情"的追求与维护，注定以失败告终。在宝玉同女儿们搬进大观园的第一个春天，作者就着意叙写了一个富于象征意义的事件——黛玉葬花。敏感的黛玉更早意识到大观园的现实困境，发现其"乌托邦"实质："撂在水里不好，你看这里的水干净，只一流出去，有人家的地方儿什么没有，仍旧把花遭塌了"，唯有将花葬在大观园里，"日久随土化了，岂不干净"。② 黛玉认识到大观园的"干净"只是时空区隔的结果，围在外面的世界"什么没有"（脂本作"脏的臭的混倒"，更觉通俗），本真、天然、纯情、青春的状态只能在大观园内部得到维护，与其共存。而"存在"也是时空区隔的结果，美好的一切终将逝去，所谓"一朝春尽红颜老，花落人亡两不知"，山石花木、楼台轩榭只是大观园的壳子，女儿们的性灵才是其生命力所在，而女儿们终将风流云散，大观园也注定荒芜颓败，《葬花吟》便是"女儿国"悲剧的序曲。接下来，虽然也有结社联诗、宴饮游艺的盛事，但也不断遭受"理之世界"的冲击，小者如赵姨娘大闹怡红院、尤二姐赚入大观园，大者如宝玉挨打、抄检大观园；"情之世界"又是如此脆弱，刚到第二个秋天，大观园中已觉"悲凉之雾，遍披华林"，女儿们风流云散，青春理想最终被毁灭。

与其丰厚的悲剧意蕴相适应，《红楼梦》也取得了绝高的艺术成就。鲁迅先生曾激赏道："自有《红楼梦》出来以后，传统的思想和写法都打破了。"的

① （清）曹雪芹原著，（清）程伟元、高鹗整理，张俊、沈治钧评批：《新批校注红楼梦》第1册，北京：商务印书馆，2013年，第300、302页。

② （清）曹雪芹原著，（清）程伟元、高鹗整理，张俊、沈治钧评批：《新批校注红楼梦》第1册，北京：商务印书馆，2013年，第439页。

确如此，在充分继承传统叙事经验的同时，曹雪芹对小说的写法进行了大胆而全面的突破与创新，从而将古典叙事艺术推至巅峰。

首先，从叙述框架看，《红楼梦》摆脱了传统章回小说由"说话人"直接讲述故事的方式，转而采用分层叙述。最外层的叙述者仍是"说话人"。小说正文开篇第一句为："看官，你道此书从何而起？"这无疑是"说话人"声口。但主体故事不是由"说话人"讲述的，而是"被那茫茫大士、渺渺真人携入红尘、引登彼岸的一块顽石"追述的，故小说原名《石头记》。由此，形成内、外两个叙述层。这两个叙述层的衔接处，我们也可于书中清晰地看到：

> 《石头记》缘起既明，正不知那石头上面记着何人何事？看官请听。
>
> 按那石上书云：当日地陷东南，这东南有个姑苏城，城中阊门，最是红尘中一二等富贵风流之地。[①]

分层标记是明确的："按那石上书云"之前属于外叙述层，叙述者是"说话人"；之后属于内叙述层，叙述者是"石头"。

这种分层叙述是与全书的主旨和时空设置相适应的。

《红楼梦》开篇羼入正文的一段总评已点明创作主旨："作者自云：曾历过一番梦幻之后，故将真事隐去，而借通灵说此《石头记》一书也。"尽管我们不主张将《红楼梦》视作曹氏"家传"，但小说的创作确实与真实作者的自伤、自悼、自省心态密切相关，这赋予小说以鲜明的个人风格——感伤悲切，而风格最终是要被接受者"读"出来的，尤其"愧则有馀，悔又无益，大无可如何"的情绪，无论"开诚布公"地自我剖白，还是伪装成旁观者讲述"他的故事"，总要接受者看到叙述者自己的身影。换句话说，这种风格需要叙述者"介入"故事（自己的故事，或与自己有关的他者故事）。但传统的"说话

---

① （清）曹雪芹原著，（清）程伟元、高鹗整理，张俊、沈治钧评批：《新批校注红楼梦》第1册，北京：商务印书馆，2013年，第13页。

人"形象恰恰不介入故事，他讲述与自己无关的他者故事，章回小说又未发展出第一人称叙述，感伤悲切的情绪如何能够让接受者"读"出来，就成为一个问题。更重要的是，《红楼梦》未停留于自伤、自悼，而是超越对自我的反思，站在更高的精神崖岸之上反观人生，这又需要叙述者保持一种超然态度。传统的"说话人"尽管置身故事之外，却很难表现出理念上的超然气质（最多是事不关己的态度）。为了解决这个问题，曹雪芹便将讲述的任务压在"石兄"身上。

"石兄"的形象正符合主旨要求：一方面，它参与故事。其"堕落之乡、投胎之处"的所有人事，皆在闻见之内。更重要的是，在作者笔下，它"与神瑛侍者形成了一体的关系"，这种关系使其与宝玉精神、心灵相通，起码"在感情的天平上会向贾宝玉有所倾斜，同情贾宝玉及其家族的遭遇"；另一方面，它又与故事保持了足够的距离，"它和神瑛侍者不仅不是同一个人，而且与三生石畔那段浪漫的还泪故事也没有任何关系"，"它扮演的主要是观察者、见证者和记录者的角色，贾府的兴衰成败、宝黛的爱情都和它没有关系，它与故事中的人物也不存在利益和感情纠葛，它可以以超然、冷静、客观的态度来观察，记录自己看到的一切"。[1] 这就有利于接受者"读出"作者的情绪、心理和态度。

同时，叙述分层又与《红楼梦》的时空分界相适应：外叙述层属于"神话时空／浪漫时空"，内叙述层属于"历史时空／现实时空"。

从空间看，"神话时空／浪漫时空"是无限的，以写意方式呈现。整个空间的主体隐于神话的五色暧曃中，仅浮露出个别景致，如大荒山无稽崖青埂峰、太虚幻境、灵河畔等。由于缺乏更多参照系，我们无法知道这些景致之间的位置和距离关系，这就更容易形成无限渺远的空间联想。而"历史时空／现实时空"是有限的，聚焦于宁、荣二府（又以后者为中心）与大观园，以散点透视的方式呈现主要功能空间，借助人物活动轨迹，阶段性地"曝光"空间布

---

① 苗怀明：《论〈红楼梦〉的故事讲述者与叙事层次》，《江苏第二师范学院学报》2016年第1期。

局（如借黛玉入府、周瑞家的送宫花"曝光"荣府布局，借宝玉题对额、刘姥姥二进荣国府"曝光"大观园布局），又以"长镜头"呈现空间细节（如对秦可卿卧房、探春之秋爽斋、宝玉之怡红院的空间细节呈现），保证了空间的密度与丰盈度。

从时间看，"神话时空／浪漫时空"是永恒的，起于"开辟鸿蒙"之时，却"不知过了几世几劫"，也"无朝代年纪可考"，又指向无尽的未来。"历史时空／现实时空"则是短暂的，它本身就是极短促的，自宝玉降世、顽石被携入红尘到宝玉出家、顽石复归于大荒，满打满算还未过二十年，[①]与"神话时空／浪漫时空"对比，更是一瞬之于万载。但作者在"微观时间"上很"敏感"，注意对季节、节令、纪念日（如生辰、忌日等）的表现，人物、事件也多以"微观时间"进行串联与间隔，形成紧凑有序的时间秩序。如此一来，对接受者而言，尽管宏观时间上看是"模糊"的，进入时间细节后又发现格外"清晰"。

值得注意的是，在内叙述层充当叙述者的"石兄"，并不总是隐在故事背后的，其不仅有自我意识，还会时不时跳出来进行叙述干预。而其叙述干预，突破了传统的、常见的评论干预，出现了古典小说中稀见的指点干预。所谓"评论干预"，指对叙述内容进行的干预，"提供补充信息，或阐明叙述者本人对叙述时间与人物的态度"[②]，在古代白话小说中，评论干预俯拾皆是，"说话人"之所以在文本中"现身"，几乎都出于评论干预的冲动；所谓"指点干预"，则是对叙述形式本身进行的干预，即"解释叙述是如何进行的"[③]。这在古代白话小说中是极少见的，因为"说话人"缺乏"指点"的权威——他源于场上说话艺人形象，只承担将故事"讲述"出来的任务，不参与故事生产。《红楼梦》内叙述层的叙述者却有这种权威，他不仅与故事存在联系，也参与故事生产，可以向接受者解释故事是如何讲述的，为何要这样讲述，如第六回引入刘姥姥

---

① （清）曹雪芹原著，（清）程伟元、高鹗整理，张俊、沈治钧评批：《新批校注红楼梦》第1册，北京：商务印书馆，2013年，第33、34页。
② 赵毅衡：《苦恼的叙述者》，成都：四川文艺出版社，2013年，第44页。
③ 赵毅衡：《苦恼的叙述者》，成都：四川文艺出版社，2013年，第44页。

前的一段干预：

> 且说荣府中合算起来，从上至下，也有三百馀口人，一天也有
> 一二十件事，竟如乱麻一般，没个头绪可作纲领。正思从那一件事那
> 一个人写起方妙，却好忽从千里之外，芥豆之微，小小一个人家，因
> 与荣府略有些瓜葛，这日正往荣府中来，因此便就这一家说起，倒还
> 是个头绪。①

按小说前五回具有"总纲"形式，在设置好整个故事的前提后，如何找到
进入"正戏"的榫口，是一个关键问题，但这是叙述形式本身的问题，不涉及
对书中人物、事件的态度。以往的白话小说中，接受者是看不到叙述者这方面
之"思考"的，"石兄"则将其明确交代出来。晚清近代白话小说中倒是不乏
指点干预的，但那主要是受了译介小说的影响。早在 18 世纪末，古代白话小
说就已经自觉出现如此清晰的指点干预，确实是难能可贵的，而这也正是由创
造性的叙述分层所保证的。

其次，从叙述结构看，《红楼梦》继承并发展了《金瓶梅》的网状结构，
形成立体、复杂、严密的网络系统。《金瓶梅》的网状结构基本是在平面上铺
展开来的，则《红楼梦》的网络系统则是"靶环通柱"式的。

这条通柱的中心线（或可称"芯线"）是宝、黛、钗的爱情与婚姻，裹缚
芯线的"辅线"则是以贾家为中心（又以荣府为中心）的封建家族的衰亡史，
由此构成通柱的"主轴"。主轴本身就是网络型的：芯线与辅线间震荡相应，
形成巨大张力，前者的每一次延展、曲折都受到后者的强力干预；辅线内部又
涉及多条人事线索，盘根错节，矛盾丛生。在庞大的人物群中，在琐碎的日常
中，几乎每一件人事，都可以生成一条独立的脉络，又与其他脉络并行、交
错、扭结，几乎每一个细节都可以成为推升大波澜的一处暗涌。当多条脉络扭

---

① （清）曹雪芹原著，（清）程伟元、高鹗整理，张俊、沈治钧评批：《新批校注红楼梦》第
    1 册，北京：商务印书馆，2013 年，第 145 页。

节成"瘤"，冲突力量蓄积到足够程度，便会暴涨破发，构成一处大"节目"。如果不捋清书中那些看似单薄平滑的脉络，就无法专攻，如"不肖种种大承笞挞""惑奸谗抄检大观园"等。同时，辅线不只向内挤压，也向外延展、勾连，联系到广阔的社会景观，"或朝廷官衙，或寺庙道观，或市井民巷，或乡野村落，无不尽收眼底"[①]，这就形成整条通柱的最外层组织，仿佛细密的毛细血管。而当我们将通柱切开，会发现横切面看上去像一张"靶环"，当中是芯线剖面，外一圈是辅线剖面，再外一圈是血管剖面。只不过，与传统的"靶环"不同，每层剖面都是蜂窝状的，蜂窝密度由中心向四周递减。

再者，从人物塑造看，《红楼梦》的一个突出成就在于塑造了一批真实、生动、立体、饱满的人物形象。据统计，书中有名姓者多达四百八十多个，给人留下深刻印象的典型人物，至少也有几十个。[②] 人物之所以打动人，主要原因在于其真实、鲜明的性格，而在叙述中，性格是被"发现"的。

受史传文学影响，古典叙事习惯在开篇对人物性格、气质、能力进行简单概述，但这只是一般的人物塑造，仿佛一张名片，不足以动人。性格的真实性、生动性、复杂性，要通过更多直接或间接的人物标识，尤其通过具体的行动表现出来，被接受者"发现"。比如薛宝钗形象，出场不久，作者就对其进行了一般的人物塑造："年岁虽大不多，然品格端方，容貌丰美，人多谓黛玉所不及。而且宝钗行为豁达，随分从时，不比黛玉孤高自许，目无下尘。"可以看到，即便是一般的人物塑造，作者也进行了艺术探索——一开始即在对比中贴标签，但这仍是不足以动人的。宝钗之"任是无情也动人"的性格气质，是在之后的叙述中通过调动各种结构、成分而逐步"暴露"出来（如花名签的道破、蘅芜苑的空间形象、人物的日常打扮、诗词吟咏、"羞笼红麝串"等情态、宝玉挨打后"亲切稠密"的表现等），以至被我们发现并接受的。

这里，尤其值得一提的是，作者更自觉地运用空间来表现人：一是静态关系的运用，即以意象化的空间来表现人，空间成为人的外化，有学者称其

---

① 张俊：《清代小说史》，杭州：浙江古籍出版社，1997年，第389页。
② 张俊：《清代小说史》，杭州：浙江古籍出版社，1997年，第386页。

为"空间表征法"。① 如蘅芜苑之于薛宝钗、潇湘馆之于林黛玉、怡红院之于贾宝玉、秋爽斋之于探春、稻香村之于李纨，以至于秦可卿的卧室、王夫人日常起居作息的"正室东边的三间耳房"等，空间环境（空间本身的位置、氛围，以及对关键物象的聚焦）不只为人物言行、情态提供了舞台，更是人物主体性格、气质的显性的物质表现。潇湘馆里"合着地步打就的床几椅案"暴露出黛玉寄人篱下的处境，及其日常感受到的环境压力，清幽凄冷的氛围更是黛玉忧郁气质的外化。可以这样说，林黛玉是潇湘馆的一部分，而潇湘馆更是林黛玉形象的一部分。

二是动态关系的运用。"空间表征法"也可以与人物的行动联系起来，在不同的空间中"暴露"人物不同的性格、气质，服务于"圆形人物"塑造，最典型的就是王熙凤。该人物是古典小说中最成功的"圆形人物"之一，其性格的多面性、复杂性、矛盾性，不是在时间的线性轨迹上"排列"出来的，而是在空间场面的转换中"组织"起来的。在不同的空间情境里（如自家小院、贾母处、王夫人处、邢夫人处、荣府公共空间、宁府公共空间、大观园等），王熙凤的表现是不同的。尤其作为与贾宝玉共同护"珠"的一只"凤凰"，王熙凤往来于"理之世界"与"情之世界"，在"男人堆"和"女儿国"之间周旋，这形成其性格中的阴、阳两面。在"理之世界"里，她是当家主妇，处于日常矛盾的中心，必须拿出"胭脂虎"的一面，曲意逢迎，杀伐决断。其果敢、机智、伶俐、狠辣、贪婪、残忍，都是在"理之世界"的空间情境中"暴露"出来的，而一旦踏入大观园，回归"情之世界"，其"金陵十二钗正册"人物的本质便显露出来，她也有美好的一面，不仅尽力维护、照拂诸女儿，更与其自在玩笑、游艺。种种表现提示我们，王熙凤也是在"使闺阁昭传"的写作主旨之下，作者理解、同情、赞美的对象。

当然，生动的人物最终要靠逼真的场景呈现出来。

与之前的小说相比，《红楼梦》的场景密度更高，真实性、细腻性、艺术性也达到新境界。与《儒林外史》一样，《红楼梦》的文本主体也基本是由连

① 龙迪勇：《空间叙事研究》，北京：生活·读书·新知三联书店，2014 年，第 263 页。

续的场景"挨排"出来的（概述语言被进一步压缩、凝练），而场景容量、深度明显高于前者。吴敬梓也注意运用日常的、逼真的场景来表现人物，但镜头驻留的时长往往是有限的，也不习惯深度聚焦，对人物动作细节的呈现，点到即止。曹雪芹则习惯以细腻的文字呈现一个又一个日常场面，尤其刻画动作细节，如：

> ……袭人笑道："你们不用白忙，我自然知道。不敢乱给他东西吃的。"一面说，一面将自己的坐褥拿了来，铺在一个杌子上，扶着宝玉坐下，又用自己的脚炉垫了脚，向荷包内取出两个梅花香饼儿来，又将自己的手炉掀开焚上，仍盖好，放在宝玉怀里，然后将自己的茶杯斟了茶，送与宝玉。彼时他母兄已是忙着齐齐整整的摆上一桌子果品，袭人见总无可吃之物，因笑道："既来了，没有空回去的理，好歹尝一点儿，也是来我家一辋。"说着，捻了几个松瓤，吹去细皮，用手帕托着给他。①

这类委曲婉转的场景，在之前的小说中不能说没有，但确实少见（尤其对动作步骤的拆分刻画，许多作者是没有这个兴头的），在《红楼梦》中却是俯拾即是的。可以说，《红楼梦》之"文情婉委"的形象，主要就是通过这些"如春葩含露、游丝袅空"的细腻笔墨皴染出来的。

同时，作者格外注意刻画特定场景中人物的特定情态，如黛玉葬花、晴雯撕扇、湘云眠芍、宝钗扑蝶。尤其动作细节，大都是只属于某一人物的"这一个"动作，即便它本质上是一种日常动作。如第十九回"意绵绵静日玉生香"，作者已经以细腻的笔墨呈现了宝、黛的小儿女情态，并点出该场景的主题"香"，进而递接人物叙述层，以耗子精故事强化主题，表现人物爱情之萌发。而就在递接的过程中，作者仍不忘捕捉动作细节：

① （清）曹雪芹原著，（清）程伟元、高鹗整理，张俊、沈治钧评批：《新批校注红楼梦》第
　　1 册，北京：商务印书馆，2013 年，第 358—359 页。

    ……黛玉夺了手道："这可该去了。"宝玉笑道："要去不能。咱们
  斯斯文文的躺着说话儿。"说着复又躺下，黛玉也躺下，用绢子盖上脸。①

  严格说来，"用绢子盖上脸"是一个"静止性自由型"意元②，它不推动情
节发展，从文本中脱落掉，甚至不会对叙述产生丝毫影响；这本来也是再寻常
不过的一个动作，回归生活真实，当屡见于闺阃日常。然而，这里却成为专属
于黛玉的"这一个"动作，深深地烙在读者的脑海中，只有业已从童稚情谊中
萌发出爱意的黛玉，只有在私密空间里，在"意绵绵"的氛围中，在"一对小
夫妻顽皮光景"的铺垫后，才会于"不经意间"表现出这一动人娇态。如果将
"这一个"动作删省掉，固然不妨害叙事，但有了"这一个"动作，读者咂摸
起来，才会觉得"倒像有几千斤重的一个橄榄"。

  除了生动的场景，《红楼梦》也通过心理描写塑造人物。

  受史传文学影响，古典小说习惯以言语、动作揭示人物心理，而不擅长
直接进入人物"体"内，描写其心理活动。《红楼梦》继承了该传统，如凤姐
初见刘姥姥时，"也不接茶，也不抬头，只管拨手炉内的灰"，再如宝钗劝阻
宝玉吃冷酒时，黛玉"咳着瓜子，只抿着嘴笑"，又如宝玉挨打后，宝钗"手
里托着一丸药走进来"，等等。这些场景中的动作细节生动揭示了人物心理。
但《红楼梦》以宝、黛、钗的爱情与婚姻悲剧为主线，尤其侧重前者，即所谓
"大旨谈情"，这种长篇爱情书写，需要进入当事人"体"内，刻画其复杂心
理，而之前的古典小说未提供类似经验（中国长篇爱情书写固有其艺术传统，
但主要是明清传奇剧的传统，古典戏曲是"诗句"，借助长篇大套的代言体曲
文抒写心理，章回小说则没有这类体制优势），曹雪芹创造性地"走进"人物
内心，将人物的心理活动直接揭示出来，强化了人物塑造的"深度"。如第

———————
① （清）曹雪芹原著，（清）程伟元、高鹗整理，张俊、沈治钧评批：《新批校注红楼梦》第
 1 册，北京：商务印书馆，2013 年，第 372 页。
② 赵毅衡：《苦恼的叙述者》，成都：四川文艺出版社，2013 年，第 155 页。

三十二回：

> 宝玉又说："林妹妹不说这些混账话，要说这话，我也和他生分了。"黛玉听了这话，不觉又喜又惊，又悲又叹。所喜者，果然自己眼里不错，素日认他是个知己，果然是个知己；所惊者，他在人前一片私心称扬于我，其亲热厚密，竟不必避疑；所叹者，你既为我的知己，自然我亦可为你的知己，既你我为知己，又何必有"金玉"之论呢？既有"金玉"之论，也该你我有之，又何必来一宝钗呢？所悲者，父母早逝，虽有铭心刻骨之言，无人为我主张。况近日每觉神思恍惚，病已渐成，医者更云："气弱血亏，恐致劳怯之症。"我虽为你的知己，但恐不能久待；你纵为我的知己，奈我薄命何！想到此间，不禁泪又下来。[①]

这段心理描写是关键性的。自第九回至此回，是宝黛爱情的发展阶段，经过多次口角，二人心迹渐明、心意渐通。直到此处，黛玉"发现"宝玉为真知己，从此进入"放心"状态，不再与宝玉拌嘴，对宝钗也颇宽容。人物表现的分水岭，没有一段直接的心理描写，是很难令人信服其行动根据的。曹雪芹不仅将其直接揭示出来，又写出了层次，剖白了心意，又含蓄蕴藉，真实可感。再如第二十九回分写宝、黛共时状态下的心理，篇幅漫长，洞察幽微，条分缕析，真实生动，堪称古典小说心理描写之最（尤其这个"之最"不是受西方小说影响出现的，而是古典小说自觉出现的）。难能可贵的是，曹雪芹并没有因为艺术创新而放弃传统，即便能够轻松驾驭长时段的心理描写，他仍旧以外部刻画来塑造人物，正如其在这段心理描写后紧跟的一段叙述干预："如此之话，皆他二人素习所存私心，也难备述。如今只述他们外面的形容。"所谓"难备述"，不是技术层面的，而是审美价值层面的：曹雪芹不仅自觉发展出长时段

---

① （清）曹雪芹原著，（清）程伟元、高鹗整理，张俊、沈治钧评批：《新批校注红楼梦》第2册，北京：商务印书馆，2013年，第595—596页。

心理描写，更自觉地认识到长时段心理描写必须合度（其自身容量的"度"，以及在文本中分布比例的"度"），钻到人物肚子里不出来，没完没了地描写心理，不仅会造成人物的延宕，更会造成叙述的延宕，这是不符合曹氏的审美取向的，也不符合中国传统叙事的审美取向。

最后，从语言看，曹雪芹是一位真正做到雅俗会通的语言大师。其叙述语言自然流畅，于平实中见奇谲（即戚蓼生所谓"似谲而正"），描写语言富于诗意，人物语言则"声口"毕肖。

《红楼梦》叙述采用纯熟的白话，绝无艰深生涩语，又脱离了对"说话人"声音的模仿，摒弃刻板的市井烟火气，以经过锤炼的文人白话讲述故事。曹雪芹继承了古典文学"炼字"的传统，写人述事讲究准确、生动。如第十四回，凤姐故意为难宝玉，假意不发给对牌，"宝玉听说，便猴向凤姐身上立刻要牌"。用一个"猴"字，便活画出宝玉之顽皮可爱，也透露出"红楼双凤"名为叔嫂，情同姐弟的特殊关系。庚辰本批语即言："诗中知有炼字一法，不期于《石头记》中多得其妙。"① 不只动词，曹雪芹在修饰词上也颇讲究，如第十五回写凤姐、宝玉等乘马车赶赴铁槛寺，"不一时，只见从那边两骑马压地飞来"，脂批即赞此句形容"有气、有声、有兴、有影"。② 更不用说回目中常见的"一字评"（如"贤袭人""俏平儿""敏探春""慧紫鹃""憨湘云"等），皆是作者"推敲"的结果。

《红楼梦》的叙述也是极平实的，不刻意卖关子，也不一味依赖误会、巧合来制造呆板的"奇趣"，只将人事细细写出，人情物理于纸面上自然而然地晕染开来，看似平淡的文字便生出迷人的光泽。如第六回，刘姥姥初见凤姐"端端正正坐在那里，手内拿着小铜火箸儿拨手炉内的灰"。脂批曰："至平，实至奇，稗官中未见此笔。"的确，这一处描写无非将日常情态采撷入文本，在以往追求传奇性的小说作者那里，是不会被注意到的。曹雪芹却利用了这一"天造地设"般的情境，不假修饰，不予干预，只"至平"地叙出，却达到

① （清）曹雪芹：《脂砚斋重评石头记》，北京：人民文学出版社，1975 年，第 294 页。
② （清）曹雪芹：《脂砚斋重评石头记》，北京：人民文学出版社，1975 年，第 306 页。

传神写照效果：不仅强化了人物相对稳定的一般气质，更生动地反映了人物在特定的角色张力内，一种出于"当下"的心理状态——一位世族出身的主事贵妇，一位惯于颐指气使的当家奶奶，在面对"芥豆之微"的小人物时，内心的倨傲、骄懒，于无声处自然流出，诚可谓"追魂摄魄"，这是对明以来白话小说"无奇之所以为奇"叙事艺术的发展与升华，而类似笔墨在《红楼梦》中在在皆是。

曹雪芹也极少刻意去"写景"，《红楼梦》中的景致都是被"发现"的，而非由叙述者描述（describe）出来的（如《儒林外史》写秦淮夜景那样可以被"切割"出来的"散文诗"是几乎看不到的），它们总是经过人物视点的过滤，与其一般气质和特定心境相结合，成为意象化的聚焦物，流露出情韵诗意，如第二十六回写宝玉"顺脚"走到潇湘馆：

> 说着，便顺脚一径来至一个院门前，看那凤尾森森，龙吟细细，正是潇湘馆。宝玉信步走入，只见湘帘垂地，悄无人声。走至窗前，觉得一缕幽香从碧纱窗中暗暗透出。[①]

作者调动视觉、嗅觉（其实还有听觉，后文黛玉"春困发幽情"，即是被宝玉听到的），聚焦景致，渲染氛围，"凤尾森森，龙吟细细"历来被视作对潇湘馆景致的高度概括，而这其实是宝玉的认识——在其眼中，潇湘馆是恬静的、安逸的、优雅的，因为这里住着黛玉。宝玉"信步走入"的不自觉，反映的恰是其爱恋黛玉的自觉。

至于人物语言，曹雪芹则真正做到了"一样人还他一样说话"。曹氏出身世族大家，谙熟诗礼之家的日常交际语言，无论公共空间的"场面话"，还是内闱空间的"私房话"，都是信手拈来的；他又长期周旋于"下沉世界"，习得大量市语、俚语，这些语言经选拣、加工后，与具体的人物塑造相结合，便实

---

① （清）曹雪芹原著，（清）程伟元、高鹗整理，张俊、沈治钧评批：《新批校注红楼梦》第1册，北京：商务印书馆，2013年，第490页。

现了"一人一语，千人千面，绝不混淆"①。如第七回写王熙凤欲见秦钟：

> ……尤氏笑道："罢，罢！可以不必见，比不得咱们家的孩子，胡打海摔的惯了的。人家的孩子，都是斯斯文文的，没见过你这样泼辣货，还叫人家笑话死呢。"凤姐笑道："我不笑话他就罢了，他敢笑话我？"贾蓉道："他生的腼腆，没见过大阵仗儿，婶子见了，没的生气。"凤姐啐道："呸！扯臊！他是哪吒，我也要见见。别放你娘的屁了，再不带来，打你一顿好嘴巴子。"贾蓉溜泑着眼儿笑道："何苦婶子又使厉害，我们带了来就是了。"凤姐也笑了。②

这段对话，乍读来似觉不合人物身份，尤氏所谓"胡打海摔"，已觉不符合其文化教养，凤姐说话更是粗鄙，但掩卷咂摸，联想其画面，又实在合理：正因为是诗礼之家，才刻意放低身段（如贾母见刘姥姥时自称"老废物"，又说"我们这里虽不比你们的场院大，空屋子还有两间"等），"捧"人"踩"己，其实流露出一种优越感；凤姐言语则表现其一贯"使厉害"，一方面是未将宁国府视作"客场"，绝不收敛锋芒（此一小段恰可作为后来"协理宁国府""大闹宁国府"等大节目的铺垫），另一方面也符合凤姐的"表演型"人格，故意以粗鄙语表现与尤氏、秦氏等人亲厚，尤其詈语是直接说给贾蓉听的，面儿上是婶子骂侄子，听来又不似婶子骂侄子，作者借此不动声色地为凤姐、蓉哥之暧昧关系抹上一笔。

可以看到，曹雪芹的语言是经过洗练的、富于诗性的、传神写照的，这是其得以俘获一代又一代读者的直接"魅力"。许多读者读至八十回以后，并不会迅速发现文脉的紊乱、波动，以及人物形象的矛盾、龃龉，却能够直观感受到语言的"断崖式"下滑，从而判断出非作者原笔，因为语言是风格最直接的证据。

---

① 张俊：《清代小说史》，杭州：浙江古籍出版社，1997年，第391页。
② （清）曹雪芹原著，（清）程伟元、高鹗整理，张俊、沈治钧评批：《新批校注红楼梦》第1册，北京：商务印书馆，2013年，第170—171页。

当然，如前所说，目前所见后四十回，与其他续书相比已算"上乘"了。据一粟《红楼梦书录》所录，《红楼梦》的续书多达三十余种。其中，仅《后红楼梦》就有三种，《续红楼梦》两种，《红楼圆梦》两种，《新石头记》两种，又有《补红楼梦》《增补红楼梦》，以及"补梦""圆梦""重梦""复梦""后梦""续梦""再梦""演梦"等，不一而足，堪比宝钗、湘云"拟菊花题"，也算得上古典小说续书史上的一道奇观。这些续作的笔力或有高下，但大都旨意庸俗，消解原著的悲剧意蕴，或流入才子佳人的俗套，耽于"一男二美"的意淫，或扬钗抑黛，或抑钗扬黛，最终却无非富贵幻想，更有借怪力乱神生事，或以淫秽描写博人眼球者，化神奇为腐朽，成为"点金成铁"（甚至"成泥"）的败笔。不过，这也从一个侧面反映出《红楼梦》的巨大"魅力"。

另一种"魅力"表现则是持久的《红楼梦》研究，直到今天，"红学"依旧是当之无愧的"显学"，这是其他任何一部小说的相关研究皆望尘莫及的（如《三国志演义》《水浒传》《西游记》《金瓶梅》《儒林外史》《聊斋志异》等书皆有专学，当下亦有相对稳定的学人团体，但气候远不及"红学"）。"红学"之名由来已久，李放《八旗画录》即说："光绪初，京朝士大夫尤喜读之，自相矜为红学云。"[1] 得舆《京都竹枝词》更有这样的话："开谈不说《红楼梦》，读尽诗书也枉然。"[2] 只不过，早期的《红楼梦》研究是偏离文学阐释轨道的，索隐派一味"猜笨谜"，在预设前提的逻辑中，尽力"发现"小说与历史事件的关系，甚至将其视作"反清复明"之作；考证派则倾向将小说视作纪实文学，通过文本考证，尽力证明《红楼梦》是曹雪芹的"自叙传"，尽管为后来的研究发掘、整理了大量有价值的史料，在真实作者创作环境、动机、过程的考证上贡献卓著，却从根本上解构了小说的文学本质。今日的《红楼梦》研究，一方面继承考证派研究的积极一面（如抽离出"曹学"一支），另一方面则深入发掘小说的审美价值，讨论其艺术成就，还原其经典化过程。后者才是当代"红学"的主流。

---

① 一粟：《红楼梦资料汇编》，北京：中华书局，1964 年，第 26 页。

② 一粟：《红楼梦资料汇编》，北京：中华书局，1964 年，第 354 页。

# 余　论

以上，我们尝试通过对代表性文本的介绍，帮助读者建构古代小说产生、发展历史的简单形象。从演化倾向看，这是一个从历史叙述向文学叙述、从纪实向虚构、从"粗陈梗概"向"曼长委曲"、从集体讲述向个体叙述转变的过程；从大致进程看，可以如此简述：从先秦两汉的孕育期到魏晋南北朝的雏形期，古代小说破土萌发，渐具雏形。至于唐五代，文言小说率先实现文体自觉，并很快成熟起来。宋元时期，伴随故事讲述由场上向案头转移，以及故事消费由"听"转向"看"，白话小说逐渐成熟，至明代而繁荣。不过，该时期的小说还多少带着由集体讲述向个体叙述过渡的痕迹。入清以后，古代小说进入纯粹文人原创的新时期，并祭出《红楼梦》这样不仅堪称古代叙事文学巅峰，甚至可以睥睨世界叙事文坛（当时的西方小说还困在"流浪汉小说"的早期形态中[1]）的鸿篇杰作。

受制于"简史"体制，我们的脚程很快，游览线路上标记的景观有限，驻留于每处景观的时间也有限；不待读者深度观玩，在完成"拍照打卡"的基本操作后，笔者就仿佛一个焦躁的导游，一手挥着小旗儿，一手举着大喇叭，催促大家赶奔下一个景点，或给人以"撵兔子"之感。即便这样匆促，"自进门起，所行至此，才游了十之五六"，眼看红日西沉，遥遥可见山门，游览也该结束了，但自《红楼梦》以后，古代小说还有一个多世纪的历史，虽不足细观，也不能直接跳过，便附上一段"余论"，正如《红楼梦》第十七回"大观园试才题对额"末尾贾政所说："到底从那一边出去，纵不能细观，也可稍览。"

---

[1] 傅修延：《中国叙事学》，北京：北京大学出版社，2015 年，第 21 页。

中国古代小说简史

所谓"稍览"即可，因为此一时期的小说整体艺术品位是不高的。从体量上看，清代后期的小说创作其实是"繁荣"的，可谓"作者云蒸，作品霞蔚"，已知的作品便多达五六百种。①但这些作品的思想性、艺术性普遍较低，由其构成的"基本盘"，其实是一片思想艺术的"洼地"。从中或可拣选出若干"上乘"之作，那也只是与"基本盘"相较而言的，不可与之前的一流作品比肩。当然，从艺术规律看，高峰过后面临较长时段的低谷期，也是自然的——一流作品本身要经历一个经典化的"发酵"过程，其艺术经验的传播、接受、实践、沉淀也需要一段时期，但历史留给古代小说的时间已然不多了。道光朝以后，封建社会急剧衰落。中国古代小说自身的"慢演进"轨迹被截断，适应、调整、转身、蜕变的节奏也被打乱。她好比一个古典美人，还在自己经历几千年而养成的作息习惯里延宕，"懒起画蛾眉，弄妆梳洗迟"，却骤然接受欧风美雨的"洗礼"，被冲荡得"花钿委地无人收"，狼狈不堪，忙着拢发网，遮裹脚，掩面背身……而当画面"切回"时，镜头中的主题形象已然是位装束时髦的近现代美人了。

那么，可作"稍览"者有哪些类型呢？

一是以《野叟曝言》《镜花缘》为代表的才学小说，即鲁迅先生所说的"以小说见才学者"。这是清中期出现的新类型（准确地说是"准类型"，它们涉及不同的题材，包含白话、文言两种书写系统，"见才学"其实是一种倾向），也是小说文人化的一个自然而然的方向，正如刘勇强先生指出的："《儒林外史》表现出的思想化的倾向，并不是文人小说的唯一特点，文人小说家作为知识分子的本性使他们不由自主地、有时更是有意地在小说中显扬自己的才学。"②绪论部分已强调过，知识功能是小说的一个重要功能，知识趣味也是小说编创的重要动力。第二章也介绍过，文言小说中很早就出现了"博物类"作品，并形成稳定的传统。白话小说的高度文人化是到了清中期才实现的，而知识趣味很快就得以落实，足见其"动力"之持久、强劲。

---

① 方正耀：《晚清小说研究》，上海：华东师范大学出版社，1991 年，第 1 页。

② 刘勇强：《中国古代小说史叙论》，北京：北京大学出版社，2007 年，第 467 页。

余
论

《野叟曝言》大约成书于乾隆十五年（1750），作者夏敬渠时年四十五岁左右，这正是个体知识结构完善、闭合的时期。夏氏本是一位博闻通识者，而乾嘉时期学术繁荣的背景，又给这类"以小说为庋学问文章之具"作品的生产提供了温床，于是出现了书中主人公文素臣这样带有作者影子的"大百科"式人物。以文氏行迹见闻为主线，作者以"集大成"的创作抱负，尝试结构一部堪称"人间第一奇书"的巨制，即其在小说"凡例"中标榜的："是书之叙事说理，谈经论史，教孝劝忠，运筹决策；艺之兵诗医算；情之喜怒哀惧；讲道学，辟邪说，描春态，纵谐谑：无一不臻顶壁一层。至文法之设想布局，映伏绚缔，犹有馀事。为古今说部所不能仿佛。"① 可见，与"博物类"文言小说分门别类地"记录"知识不同，夏敬渠是要借虚构故事来结构海量知识，尤其用人物行动来吸附驳杂的知识区块。这种尝试本身是有益的，只不过不易操作，尤其不易把握尺度。从实际效果看，也确实不成功："趣味"晋级为"野心"（即挑战小说文本可以承载的表现内容之极限，包罗各种叙"事"的可能。如以往学者多诟病作者以道学家自居，书中却有大量猥亵笔墨。今天看来，这应当不是一种"恶趣味"，而是其"野心"所致。毕竟，猥亵笔墨是已验证的小说文本可以承载之内容，是叙"事"可能之一），这种"野心"不仅妨害"叙事"，甚至本末倒置——"叙事"为知识"野心"服务。

相比之下，《镜花缘》的尺度把握略好一些。此书于作者李汝珍三十五岁时开始创作，历时近二十年，于嘉庆二十年（1815）完稿。李氏本人也是一位博学多识者，尤精于音韵学，其知识结构与乾嘉考据之风更贴合，他也没有表现出强烈的以叙事结构知识的"野心"，主要还是一种"趣味"。如其在卷末所说："心有余闲，涉笔成趣，每于长夏余冬，灯前月夕，以文为戏，年复一年，编出这《镜花缘》一百回，而仅得其事之半。"② 正因为"以文为戏"，小说的虚构性、叙事性更强，但这种"以文为戏"又为"年复一年"的漫长时光所

① （清）夏敬渠：《野叟曝言·凡例》，丁锡根编著：《中国历代小说序跋集》，北京：人民文学出版社，1996年，第1574页。
② （清）李汝珍：《镜花缘》，北京：人民文学出版社，1994年，第760页。

稀释，内容就比较杂，结构也比较散。全书一百回，主要分为两部分：前五十回写秀才唐敖仕途不顺，随妻兄林之洋泛海出游，以舵工多九公为向导，游历十三余国，见识各种奇风异俗，后入小蓬莱修道成仙。唐敖之女小山（百花仙子谪世）海外寻父，历经艰险，后遵父命改名唐闺臣，回国应考。后五十回写武则天开"女试"，由诸花神托生的一百名女子被录取。她们在人间宴饮剧谈，诗文酬唱，论学谈艺，说古道今，各显其能。书中涉及的诸多殊方异域大都导源于《山海经》《博物志》等书，这本身就体现出一种知识趣味，更不用说充斥于人物剧谈中的各类知识，涵盖经、史、子、集各部，正如鲁迅先生所说，"学术之汇流，文艺之列肆"[①]。尽管没有表现出强烈的"野心"，但这些知识作为"以文为戏"的内容（甚至目的）同样妨害了叙事。

这种"以小说为庋学问文章之具"的叙述倾向在晚清小说中仍旧可见，只不过"野心"退去，"趣味"也是零星的，散落在叙述片段中。更重要的是，在西学东渐的背景下，文人的知识结构和兴趣发生了改变，舶来的"洋知识"成为时髦。作者或借人物之口，或以叙述声音进行直接干预，对书中涉及的"洋事象"予以说明或评论，这当然也会妨害叙事，但考虑到时代背景——西学之"渐"在大众社会的覆盖面和沉浸度是有限的，而市民对"洋事象"又充满好奇，则这些内容本身可以增加故事的"传奇"性。人物或叙述者的说明不仅有"知识"传播的软功能，更有"训诂"文本的硬功能，还是有一定必要性的。

二是侠义公案小说与狭邪小说两类"时髦"作品。

侠义小说与公案小说是传统题材，清中期已然合流，出现了《施公案》这样的代表作。该书又名《施案奇闻》《施公案传》《百断奇观》等，作者不详。全书九十七回，应是在民间说唱的基础上整理、改编而成的，至嘉庆三年（1798）已成书，但今日所见皆为道光以后刊本。可以说，"侠义"与"公案"两种题材的合流，是"集体叙述"的结果，而非文人原创。前者讲侠士惩恶锄奸，后者讲清官断案折狱，都是令市民、乡民感到"痛快"的故事；两类故事

---

① 鲁迅：《中国小说史略》，北京：商务印书馆，2017年，第234页。

的主人公形象虽然不同，却都是"A 惩治 B"的叙事结构，填充 B 功能的形象又经常重合（贪官污吏、土豪劣绅、地痞无赖），只要在一定程度上"涤"去侠士的绿林气，使其成为清官的扈从、羽翼，即可构成联合主人公；至于情节结构，更是现成的"穿糖葫芦式"，一个接一个案件串联起来，单元故事的结构不断重复。这些都是很容易操作的，不需要太多创造性。当然，回归清中叶的时代背景，这类小说的生产与传播还是有一定积极意义的，它们集中暴露了尖锐的社会矛盾，反映出大众向通俗文艺（尤其理想化形象）寻求慰藉的补偿心理。

晚清时期，侠义公案小说进入全盛状态，作品涌现，并诞生了《七侠五义》这部集大成作品。是书原名《三侠五义》，刊刻于道光初年，前半部写包公断案故事，后半部写诸侠客辅佐颜查散破襄阳王逆案的故事，题"石玉昆述"。按石玉昆是当时著名的说书艺人，尤擅讲唱包公故事，所谓"编来宋朝包公案，成就当时石玉昆"①。书题既用"述"字，可见保留了相当一部分口头叙述的经验。今天，我们一般认为此书也是成于众手的，是"经石玉昆徒弟和其他说书艺人修改整理"②的产物，这个"述"字说到底还是"集体讲述"，可见从实现合流到集大成文本问世，该类作品的主体生产方式未发生多少变化。后来，俞樾认为书中第一回狸猫换太子故事"殊涉不经"，故别撰一回。又认为"三侠"指南侠展昭、北侠欧阳春、双侠丁兆兰与丁兆蕙，实为四人，故增上小侠艾虎、黑妖狐智化、小诸葛沈仲元，凑成七人，改书名为《七侠五义》，重新刊行。这也成为后来最通行的本子。

论艺术性，该书固然可圈可点，如鲁迅先生所说，"写草野豪杰，辄奕奕有神，间或衬以世态，杂以诙谐，亦每令莽夫分外生色"③。但书中立体的形象、生动的细节，主要是漫长的"集体叙述"沉淀的结果，而非写定者的笔力。论思想性，该书（及《小五义》《续小五义》等续作）继承了《水浒传》等早期作品"为市井细民写心"的传统，但只取其形貌，"而非精神"。④ 我们

---

① 黄仕忠等编:《子弟书全集》第 8 卷，北京:社会科学文献出版社，2012 年，第 3368 页。
② 张俊:《清代小说史》，杭州:浙江古籍出版社，1997 年，第 429 页。
③ 鲁迅:《中国小说史略》，北京:商务印书馆，2017 年，第 254 页。
④ 鲁迅:《中国小说史略》，北京:商务印书馆，2017 年，第 260 页。

固然可以从中看到市民的反抗愿望，但清官秉公断案、侠客仗义锄奸故事，以及由此构建出来的一个"虚构世界"，本身就是在抚平、消解愿望，用郑振铎先生的话说，"这完全是一种根性鄙劣的幻想；欲以这种不可能的幻想，来宽慰了自己无希望的反抗的心理的"①。

更重要的是，这说到底还只是一种新的"时髦类型"。在传统题材类型相继退潮的情况下，当时大众喜爱的仍是《三国》《水浒》《西游》等早期作品；《红楼梦》固然产生了广泛影响，但世情小说的创作整体上是疲软的，眼看走进"死胡同"。小说出版业急需一种新的"时髦"来"振作"市场，但古典小说"自我更生"的历史已近尾声，无法开拓新境域，只能"内部重组"，有充分的叙述经验准备，经过市场长期考验，又迎合特定时代风尚（如晚清武术技击的流行）的侠义与公案两种"旧时髦"类型合流成"新时髦"，便是自然的事情。只是该"时髦"的生命力有限，等到更具"一新耳目"能力的西方侦探小说进入市场，以及近代武侠小说的风行，侠义公案小说便偃旗息鼓了，但相关故事还保持着旺盛的活力，成为戏曲、说唱文本系统的"保留节目"。

狭邪小说是另一种"时髦"。在经历清前期的风行披靡之后，才子佳人小说在清中期已然显出颓势。《红楼梦》问世后，其续书、仿作多是以"红楼"笔法写才子佳人模式，算是对该类型小说的"抢救"。然而，一再就宝、黛、钗婚恋故事"炒冷饭"，不免造成审美疲劳，便有作者将视点从闺阁移向私寓（或称相公堂子）、妓馆。仍用"才子＋佳人"的关系模式，只是后者由处室之女替换为优伶、娼妓；也模仿《红楼梦》笔法，只是不再由家庭辐射至社会，而专注于嫖界的庸俗日常。

最早出现的狭邪小说应是陈森的《品花宝鉴》（又名《燕京评花录》《怡情佚史》）。该书写青年才子梅子玉与男伶杜琴言的恋情，兼及其他才士、名伶的风流韵事。其创作背景是清中期京师梨园业的蓬勃发展，以及士大夫狎优风气，如邱炜萲《菽园赘谈》所记："京师狎优之风，冠绝天下，朝贵名公，

---

① 郑振铎：《论武侠小说》，《郑振铎全集》第 5 卷，石家庄：花山文艺出版社，1998 年，第 345 页。

不相避忌，互成惯熟。"这种畸形恋爱在当时也算是一种"时髦"。大约同时的《风月梦》（又名《名妓争风》《海上花魅影》，邗上蒙人著，真实姓名不可考）则将才子置换为嫖客，写常熟人陆书往扬州买妾，与袁猷、贾铭、吴珍、魏璧结为五兄弟。五人臭味相投，流连妓馆，纵欲挥霍，皆不得好结果。据小说"自序"，作者曾误入歧途，"陷迷魂阵里三十馀年"，后来幡然醒悟，觉"风月如梦"，故写成这部小说，"警愚醒世，以冀稍赎前愆，并留戒余，后人勿蹈覆辙"。[1] 其"现身说法"的创作动机或可暂放在一边。可以说，正是作者"三十馀年"的亲身经验，使之熟悉"烟花场"的庸俗日常，对嫖界事理人情的再现也比较真实、生动。

如果说扬州是早期南方"烟花场"的中心，晚清近代时期，中心则迅速转移至畸形繁荣的大都会——上海。由此，也催生一批"沪上狭邪"，如《海上花列传》《海上尘天影》《海天鸿雪记》《海上繁华梦》《九尾龟》《九尾狐》等。其中最具品位的是韩邦庆的《海上花列传》（又名《海上花》《青楼宝鉴》《海上青楼奇缘》）。书叙农村青年赵朴斋随舅父偶然涉足风月场所，从此陷入迷魂阵，直至嫖资耗尽，流落街头，靠拉洋车糊口。以之为中线，作者生动再现了风月场所的庸俗日常，刻画了形形色色的嫖客、妓女，以及鸨母、龟公等形象。据小说"凡例"，作者的创作动机也是"为劝戒而作"，故其旨意也在于"暴露"。同时，作者有意效仿《儒林外史》的结构模式，以贴合"列传"的题意，又发展出"穿插藏闪"的笔法。所谓"穿插"，用胡适先生的话说，就是"把许多故事打通，折叠在一块，让这几个故事同时进行，同时发展"[2]，由此升级了《外史》的缀段式结构；所谓"藏闪"，指多处埋伏，某一事件的枝节已藏于其他事件中，反复提及，故设悬念，直到所有线索拼凑起来，便真相大白。作者标榜此乃"从来说部所未有"，事实上于《红楼梦》中已可见其规模。在人物形象上，虽然作者也借用"刻板形象"（stereotype）来塑造人

---

[1] （清）邗上蒙人：《风月梦自序》，丁锡根编著：《中国历代小说序跋集》，北京：人民文学出版社，1996年，第1207页。

[2] 胡适：《中国旧小说考证》，北京：商务印书馆，2014年，第518页。

物，但也注意刻画性格，突出个性，雷同较少。尤其主要人物形象，是比较鲜明、立体的。在人物语言上，作者多用苏白，还原沪上娇娃风情（以及造作手段），堪称"吴语文学的第一部杰作"①，也为后来《海天鸿雪记》《九尾龟》等作品提供了语言范式。

三是直刺现实的谴责小说。

与前几类作品相比，当代国人更熟悉该类作品，"四大谴责小说"是基础教育阶段的文学常识，更早进入大众知识结构。基于这种"便宜"，在当代国人的一般认识中，《官场现形记》《二十年目睹之怪现状》《老残游记》《孽海花》等作品的文学史形象格外突出，其小说史"地位"看上去很高，艺术上似乎也更"高级"。实际上，无论思想性，还是艺术性，它们与前期一流作品相比，还是逊色不少的。这是我们理解"四大谴责小说"文学史意义的大前提。

以此为前提，我们可以对四部作品予以充分肯定。

它们是直面现实的。尽管本质上是虚构文学，但不是侠义公案小说那样构造一个"虚拟世界"，也不像狭邪小说那样退守"烟花场"，而是表现广泛的社会生活，直刺社会弊病，暴露各种现实丑恶，以文学方式再现"大变局"背景下中国社会的"聚变"形态。正如刘勇强先生所说：

> 如果没有这些作品，我们今天可能已无法真切地感受那个飞速发展的时代。重要的是，这些小说揭示了那个时代的命题……一是作为叙事中心的"官场"，这实际上是晚清小说家对传统社会的一种批评；二是作为叙事对象的"洋场"，这实际上是晚清小说家对近代化进程的一种记录；三是世界格局中的国家形象，这实际上是晚清小说家基于传统与近代化进程中的社会，从世界范围内对国家及国家命运的新认识；四是文化、人格的审视，这实际上是晚清小说家对社会发展深层问题的思考。②

---

① 胡适：《中国旧小说考证》，北京：商务印书馆，2014年，第520页。
② 刘勇强：《中国古代小说史叙论》，北京：北京大学出版社，2007年，第536页。

可以说，谴责小说生动反映出了文人在"大变局"中的积极调整，尤其是观念与视点的调整；其文本内容也是对时代细节的生动"记录"，如果没有这些标本性的作品，我们对于时代"转身"的理解，将停留于历史的宏大叙事。

当然，也要看到这些作品大都"辞气浮露，笔无藏锋"，真实作者的社会良知与匡世精神经常"溢出"文本，由此解构小说的文学品格，使其沦为理念的"传声筒"；《儒林外史》"戚而能谐，婉而多讽"的艺术范式未被继承下来，含蓄蕴藉的讽刺变为直白露骨的谴责，作者更倾向以漫画式的笔墨丑化、矮化人物，以致偏离真实的人情事理，虽然"可以激起读者拍案扼腕，但不耐咀嚼回味"[1]。

这种"缺少回甘"的艺术气质，其实是晚清小说的共性。指出这一点，不是要从根本上否定该时期的小说创作，而是还原其小说史形象——这是将其置于连续的历史线索中，与之前和之后一流作品比较的结果。毕竟，这还是一个尘埃未及落定的时代，西方观念（政治的、经济的、文化的）与叙事经验"袭来"，石印、铅印技术长足发展，报刊等新媒介兴起，大众的知识结构、审美旨趣、消费习惯产生变化……凡此种种，历史的"短时段"内发生了太多变化，打乱了古典小说自身演进的"慢节奏"，难免出现气口、步频、姿态的错乱。这种错乱不是消极的，而是积极的，反映出文人作家的调整过程（我们甚至可以通过具体作品而聚焦作家调整的动作细节）。尤其在文化自信受挫的背景下，当时的多数作者与评论者倾向"以西律中"，即以西方小说的价值标准与文体规范"尺度"中国小说，否定古典小说的艺术传统和叙事经验。即便如陈寅恪先生，强调"具有历史观念"的文化自信，反对"自乱其宗统"的西化倾向，[2] 在评价古典小说时也不免表现出不自信："至于吾国之小说，则其结构远不如西洋小说之精密，在欧洲小说未经翻译为中文以前，凡吾国著名之

---

① 谭帆主编：《明清小说分类选讲》，北京：高等教育出版社，2007 年，第 233 页。

② 陈寅恪：《金明馆丛稿二编》，上海：上海古籍出版社，1980 年，第 223 页。

小说，如《水浒传》《石头记》与《儒林外史》等书，其结构皆甚可议。"[1] 所谓西洋小说的结构"精密"，其实不过以主人公行动贯穿全书而已，这是西方叙事文学传统（史诗—罗曼史—小说）所导致的叙述成规，本来也不是中国古典小说的艺术追求。更不用说那些自觉"卷入"小说界革命的作家、评者，在"远摭泰西之良规，近挹海东之馀韵"[2]的主张下，割断与古典小说的"脐带"，"跪乳"于西洋或东洋"嬷嬷"便成为晚清近代小说的一种"标准动作"，这难免导致营养不良。

需要强调的是，我们绝不排斥向域外叙事经验学习，"西学东渐"不只是近古时期才发生的，佛教文化也是"西"来的，佛教文学对于中国叙事的深刻影响也是不争的事实。如郑振铎先生所说，"在音韵上，在故事的题材上，在典故成语上，（中国文学）多多少少都受有佛教文学的影响。最后，且更拟仿着印度文学的'文体'而产生出好几种宏伟无比的新的文体出来"[3]。这里，"拟仿着"的距离和程度或可商榷，但佛教文学无疑滋养了中国叙事的发展。晚清近代的"欧风美雨"同样滋养了中国叙事，使文人作家看到了另一种叙事的"可能"，尤其在叙述框架、叙述声音、叙述结构、叙述语法和章法的"另一种"经验。

今天，当我们站开足够的历史距离，客观看待"向来萧瑟处"，并以充分的文化自信面向世界，从容地与各种叙事"可能"展开对话，吸收、消化其经验中的有益成分，同时秉承"历史观念"，从积淀深厚、连绵不绝的中国叙事传统中汲取养分，又着眼于当下，投入新时期的中国叙事实践，才能充分认识自先秦以迄晚清的古代小说之意义与价值。

至此，我们的"导览"工作也告结束，意犹未尽的朋友可以去"服务台"领取阅读资料，以便再次入园游览，深度观玩。所谓"服务台"，便是我们附在书末的参考文献。

---

① 陈寅恪：《寒柳堂集》，北京：生活·读书·新知三联书店，2001年，第67页。
② 陈平原、夏晓虹编：《清末民初小说理论资料》，北京：北京大学出版社，2021年，第78页。
③ 郑振铎：《插图本中国文学史》，北京：人民出版社，1957年，第188页。

# 参考文献

需要说明的是，本书既为"简史"，附在后面的自然也是"简目"。自 20 世纪初"中国古代小说史"逐渐成为专门研究、教学科目以来，通史、断代史、类别史著不下百种，这还是仅就目力所及而言的，更不用说诸多基于"历史观念"而从事的文献、文化、文本研究，均未统计在内（可以说，"20 世纪以来的中国古代小说史研究"本身就是一个大命题），这里列出的只是其中极小一部分，是我们在日常教学中推荐给学生（本科生、硕士研究生）课外阅读的著作，诸君请勿将其视为"专科目录"，权作入门级的"推荐书目"来看吧。同时，既然强调"入门"，则作为"治学门径"的书目提要是必不可少的，所以这里将常用的书目提要列在下面：

## 【书目提要】

孙楷第：《中国通俗小说书目》，人民文学出版社，1982 年。

孙楷第：《日本东京所见小说书目》，人民文学出版社，1958 年。

柳存仁：《伦敦所见中国小说书目提要》，书目文献出版社，1982 年。

石昌渝主编：《中国古代小说总目》，山西人民教育出版社，2004 年。

江苏省社会科学院明清小说研究中心编：《中国通俗小说总目提要》，中国文联出版公司，1990 年。

程毅中：《古小说简目》，人民文学出版社，2000 年。

袁行霈、侯忠义：《中国文言小说书目》，北京大学出版社，1981 年。

宁稼雨：《中国文言小说总目提要》，齐鲁书社，1996 年。

刘永文：《晚清小说目录》，上海古籍出版社，2008 年。

王继权、夏生元:《中国近代小说目录》,百花洲文艺出版社,1998 年。

李剑国:《唐五代志怪传奇叙录》(增订本),中华书局,2017 年。

李剑国:《宋代志怪传奇叙录》(增订本),中华书局,2018 年。

林辰:《明末清初小说述录》,春风文艺出版社,1988 年。

【通史】

鲁迅:《中国小说史略》,商务印书馆,2017 年。

石昌渝:《中国小说源流论》(修订版),生活·读书·新知三联书店,2015 年。

杨义:《中国古典小说史论》,中国社会科学出版社,1995 年。

齐裕焜:《中国古代小说演变史》,人民文学出版社,2015 年。

陈平原:《中国散文小说史》,上海人民出版社,2005 年。

刘勇强:《中国古代小说史叙论》,北京大学出版社,2007 年。

李剑国、陈洪:《中国小说通史》,高等教育出版社,2007 年。

【断代史】

王枝忠:《汉魏六朝小说史》,浙江古籍出版社,1997 年。

侯忠义:《隋唐五代小说史》,浙江古籍出版社,1997 年。

程毅中:《唐代小说史》,人民文学出版社,2003 年。

萧相恺:《宋元小说史》,浙江古籍出版社,1997 年。

齐裕焜:《明代小说史》,浙江古籍出版社,1997 年。

陈大康:《明代小说史》,人民文学出版社,2007 年。

张俊:《清代小说史》,浙江古籍出版社,1997 年。

阿英:《晚清小说史》,人民文学出版社,1980 年。

欧阳健:《晚清小说史》,浙江古籍出版社,1997 年。

陈大康:《中国近代小说编年史》,人民文学出版社,2014 年。

侯忠义、安平秋主编:《古代小说断代简史丛书》,山西人民出版社,2005 年。

【类别史】

侯忠义、刘世林:《中国文言小说史稿》,北京大学出版社,1993 年。

吴志达：《中国文言小说史》，齐鲁书社，1994年。

陈文新：《文言小说审美发展史》，武汉大学出版社，2002年。

苗壮：《笔记小说史》，浙江古籍出版社，1998年。

李剑国：《唐前志怪小说史》，天津教育出版社，2005年。

林辰：《神怪小说史》，浙江古籍出版社，1997年。

欧阳健：《中国神怪小说通史》，江苏教育出版社，1997年。

薛洪勣：《传奇小说史》，浙江古籍出版社，1998年。

李宗为：《唐人传奇》，中华书局，1985年。

韩南：《中国白话小说史》，尹慧珉译，浙江古籍出版社，1989年。

许振东：《十七世纪白话小说编年叙录》，中国文联出版社，2003年。

陈美林等：《章回小说史》，浙江古籍出版社，1998年。

胡士莹：《话本小说概论》，中华书局，1980年。

萧欣桥等：《话本小说史》，浙江古籍出版社，1997年。

陈熙中：《历史小说史》，浙江古籍出版社，1997年。

齐裕焜：《中国历史小说通史》，江苏教育出版社，2003年。

欧阳健：《历史小说史》，浙江古籍出版社，2003年。

向楷：《世情小说史》，浙江古籍出版社，1997年。

黄岩柏：《中国公案小说史》，辽宁人民出版社，1991年。

苗怀明：《中国古代公案小说史论》，南京大学出版社，2005年。

刘荫柏：《中国武侠小说史》，花山文艺出版社，1992年。

曹亦冰：《侠义公案小说史》，浙江古籍出版社，1998年。

苏建新：《中国才子佳人小说演变史》，社会科学文献出版社，2005年。

这里，我们仅列出了一些常见、常用的以"史"为题的著作。还有很多专题研究——尤其以某类型小说为专题——其实也是基于"历史观念"，讨论该类型小说的文体、叙事、审美发展演变过程。篇幅有限，便不于此胪列了。

# 后　记

　　绪论部分已经交代过，本书只是一张"导览图"，它的结构比较简单，内容也相对单薄——我们只希望勾勒出一条足以领略中国古代小说历史景观的简明路径。之所以如此处理，固然因为我们缺乏必要的"野心"——本书既不希冀追慕任何一部经典的小说史著，也不妄图比肩任何一部已为业界普遍肯定的小说史教材——但更重要的原因是，本书的撰写逻辑来自实际教学场景中的经验。

　　我们发现：无论怎样变换师生授受形式的花样（由此可以联想到时下各种令人眼花缭乱的新名词），只要希望在有限的课堂时间内实现较高质量的知识传播与专业训练，同时便于学生（尤其初学者）在课后进行自学，教师的"叙述"应当保持足够"克制"，尽量化繁为简，线索越明晰越好，重点越突出越好。当这些主要诉诸听觉的叙述转化为诉诸视觉的叙述，落实于字纸，形成教材，也应当放弃对学术著作的"钦羡"。毕竟教材是供于教学的，它更强调指导性与转化性；没有哪一部教材真正有助于学业精进，学生知识结构的完善与专业素养的提高，根本上依赖于以教材为线索的文本（以及伴随文本）积累。所以，本书满足于自身"导览图"的形象，又重点突出在以往教学中反复聚焦的主要景观。

　　尽管缺乏"野心"，本书的撰写并不敷衍。对于主要景观，本书是采取深度聚焦的。同时，本书只设"章"与"节"两级标题，不再以三级标题"切割"叙述内容。作为"导览"，我们希望以连贯、完整的叙述，引导学生流连于主要景观之中。叙述本身就是对事件的选择与组织，而教材的叙述又是程式化的，总脱不开那些必要事件（如作者、成书、版本、思想、艺术、影响等），其排列顺序也基于惯例，即便略作调整，也不会出现"乾坤大挪移"的局面。作为导游，我们自觉已经够聒噪了，没必要走一步喊一声，还是让读者通过完整的叙述，自觉地流连于景观吧。

最后，要感谢本书参考文献的作者。教材编写，总免不了"拾人牙慧"。一方面，参考文献为本书提供了可靠的型文本与前文本。另一方面，如何在传递前人"声音"的同时，保持自己的"调性"，更促使我们深入思考。也要感谢历年选修相关课程的同学，书中不少论述，其实是与同学们课内外研讨的结果。即便未参与讨论的同学，你们的集体形象，也是本书真正的"期待读者"。特别感谢参与本书校对工作的冯伟博士。

还要感谢在疫情三年中给予我们莫大关怀与帮助的亲人和朋友！